내 생애 이야기 1

나남
nanam

한국연구재단 학술명저번역총서
서양편 443

내 생애 이야기 1

2023년 11월 10일 발행
2023년 11월 10일 1쇄

지은이 조르주 상드
옮긴이 박혜숙
발행자 趙相浩
발행처 (주) 나남
주소 10881 경기도 파주시 회동길 193
전화 (031) 955-4601 (代)
FAX (031) 955-4555
등록 제 1-71호(1979. 5. 12)
홈페이지 http://www.nanam.net
전자우편 post@nanam.net

ISBN 978-89-300-4146-1
ISBN 978-89-300-8215-0 (세트)

책값은 뒤표지에 있습니다.

이 책은 2019년 대한민국 교육부와 한국연구재단이 우리 시대 기초학문의 부흥을 위해 펼치는 학술명저번역사업의 지원을 받은 책입니다(2019S1A5A7068983).

한국연구재단
학술명저번역총서
443

내 생애 이야기 1

조르주 상드 지음
박혜숙 옮김

Histoire de Ma Vie

by

George Sand

타인에게는 따뜻하게

나에게는 엄격하게

신 앞에서는 진실하게

이것이 이 책을 쓰기에 앞서 내가 하고 싶은 제언이다.

1847년 4월 15일

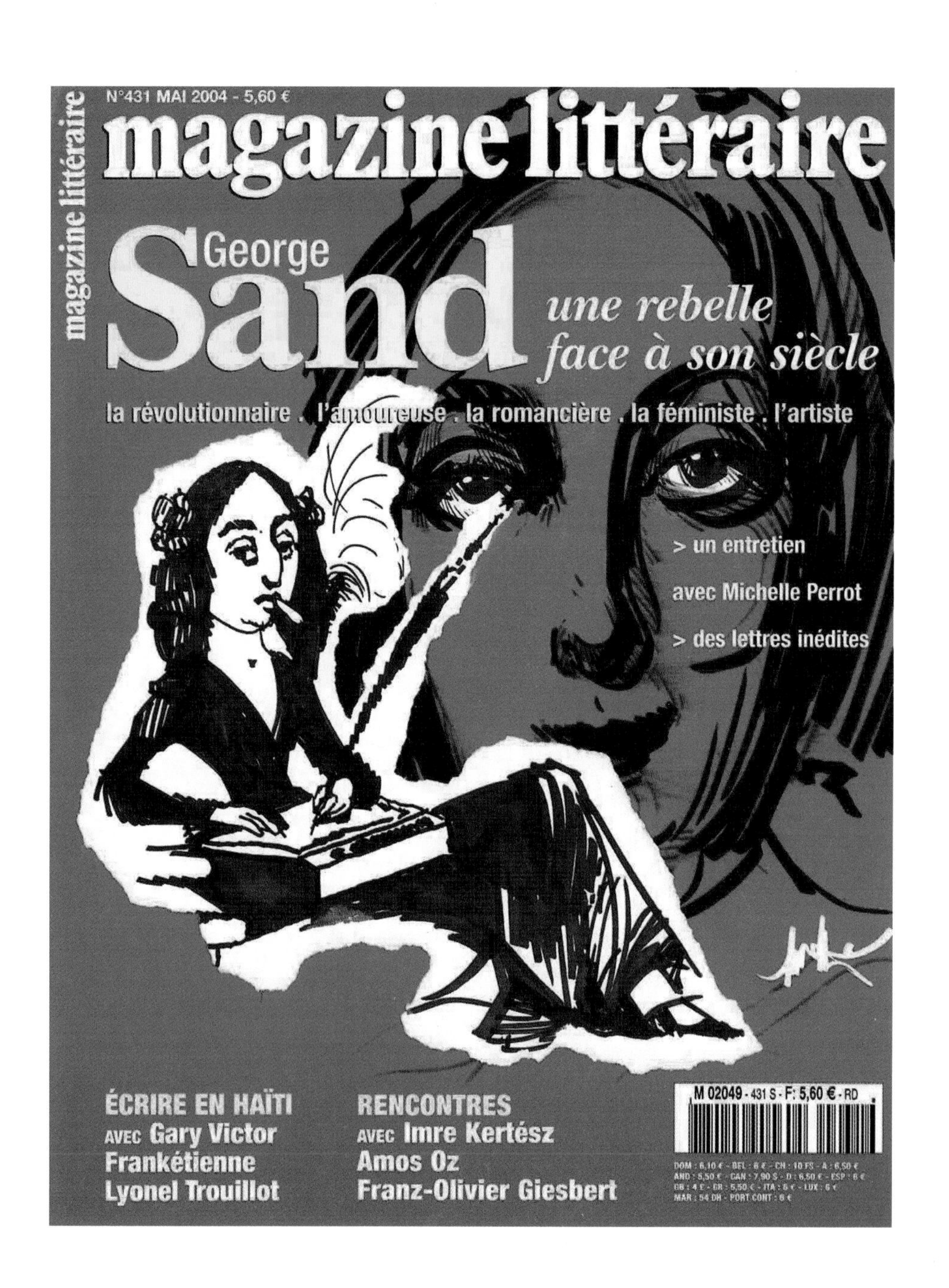

조르주 상드 탄생 200주년 특집을 꾸민 프랑스 문예지 〈마가진 리테레르〉(2004년).
'자신의 시대에 맞선 반항인'을 제목으로 혁명가, 연인, 소설가, 페미니스트, 예술가로서 상드의 삶을 조명했다.

샤르팡티에가 그린 상드의 초상화(1938년).

상드의 연인이었던 시인 뮈세가 그린 상드 초상화(1833년).

훗날 '오랜 친구'가 된 들라크루아가 그린 상드 초상화(1834년).

들라크루아가 그린 상드와 쇼팽. 하나의 그림으로 그려졌으나 현재는 분리되었다.
이 그림은 스케치를 기반으로 복원한 것이다.

쇼팽과 함께 했던 스페인 마요르카섬 여행(1838년)을 다룬 《마요르카에서 보낸 겨울》 자필원고.

상드는 문학 외에도 다양한 분야의 예술에 조예가 깊었고, 여러 예술가들과 활발히 교류했다. 요제프 단하우저가 그린 그림에는 왼쪽부터 뒤마, 베를리오즈(혹은 위고), 상드, 파가니니, 로시니, 리스트, 마리 다구가 등장한다.

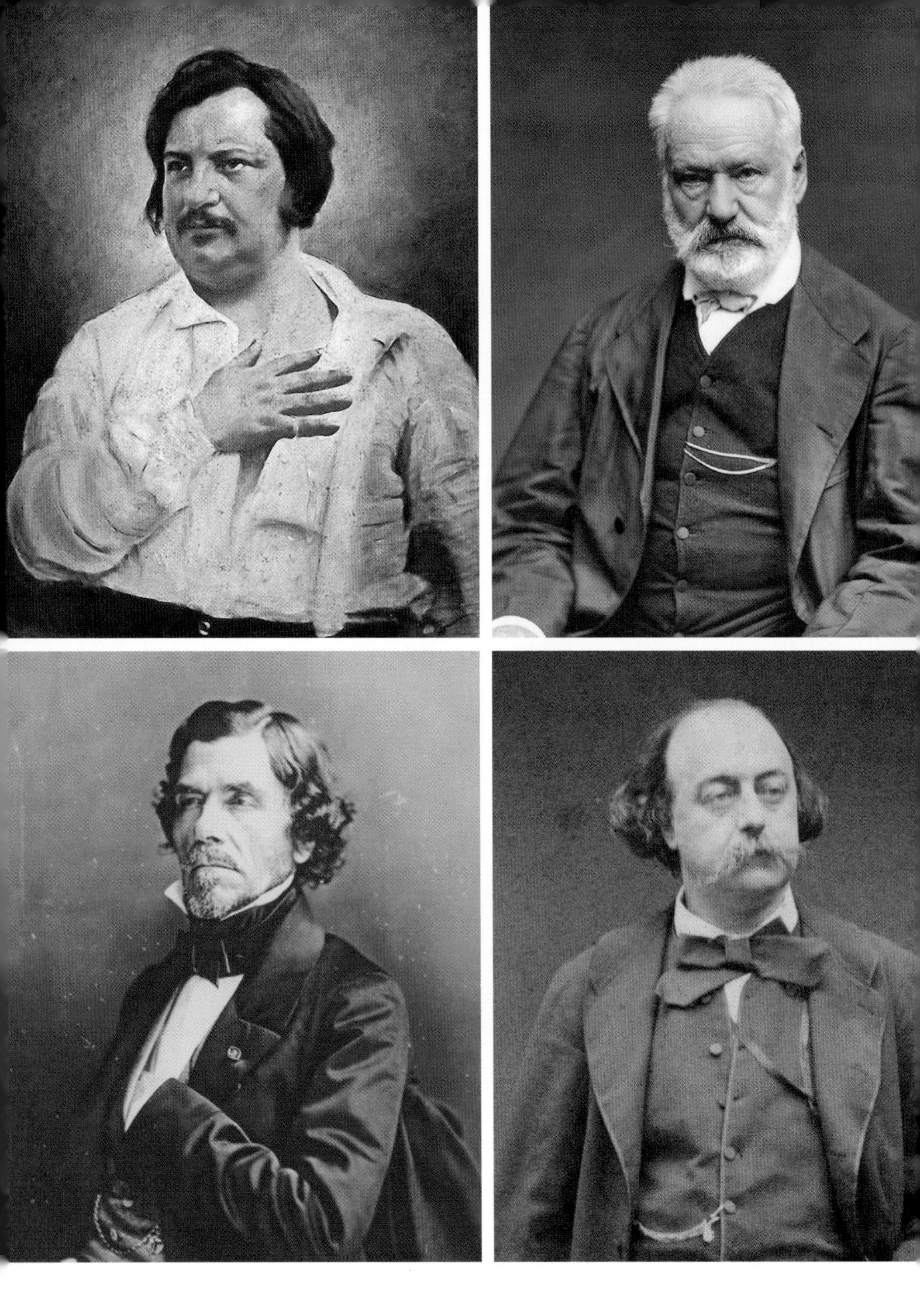

상드와 교류한 당대 인물들. 왼쪽 위에서 시계방향으로 발자크, 위고, 플로베르, 들라크루아.

상드가 살았던 노앙의 집. 19세기 위대한 사상가들의 모임이 이곳에서 열렸다.
상드는 이곳을 배경으로 여러 편의 전원소설을 남겼다.

노앙의 집 서재. 상드는 1830년경 파리와 노앙을 오가며 생활할 때
할머니 방 옆의 작은 규방을 서재로 꾸며 그곳에서 소설을 집필하곤 했다.

사진작가 나다르가 촬영한 노년의 상드(1864년).

1830년대 프랑스 지도

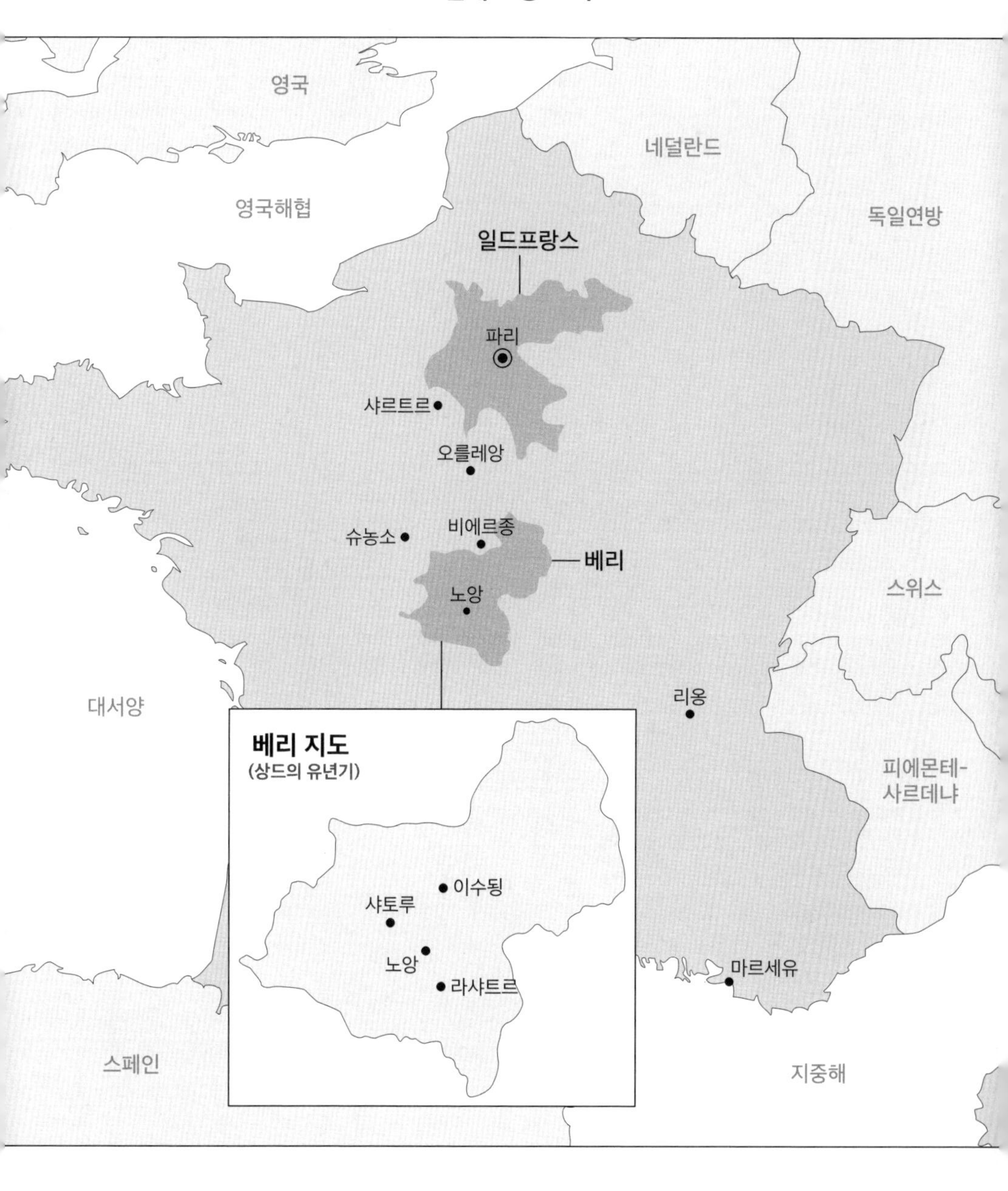

옮긴이 머리말

"우리는 혼자가 아니라는 것을 알기 위해 책을 읽는다."

얼마 전 우연히 접한, C. S. 루이스가 말했다는 이 문장이 머릿속에 오래 머물렀다. 아마도 그는 하나님을 생각하며 이 말을 했을지도 모르겠지만 조르주 상드의 자서전 《내 생애 이야기》를 읽어가며 느꼈던 내 마음을 어쩌면 그렇게도 정확하고 간결하게 표현하고 있는지. 이 책을 번역하는 지난 몇 년 동안 상드의 이야기를 들으며 "내가 혼자가 아니구나." 하는 생각을 여러 번 했었다.

예전에 몽테뉴의 수상록을 읽을 때도 굽이굽이 문장마다 "그래 그게 맞는 거지. 내가 틀린 게 아니야."라며 감탄하곤 했다. 그런데 흥미롭고 놀라운 것은 상드도 이 책에서 몽테뉴에 대해 나와 비슷한 고백을 하고 있다는 거였다. 이 부분을 번역할 때 얼마나 놀랍고 반가웠던지…. 그때 마치 몇 세기를 뛰어넘어 외로웠던 세 사람이 만나 우리가 혼자가 아니라는 것을, 우리 생각이 결코 틀린 것이 아니라는 것을 확인하는 듯했다. 몽테뉴는 16세기 사람이고 상드는 19세기 사람이니 시간과 공간을 뛰어넘어 변하지 않는 진리가 있는 것 같다.

그런데 번역을 끝내고 원고가 넘겨진 나남출판사를 처음 방문해서 발행인 조상호 회장님을 만나고 집에 돌아올 때도 비슷한 기분이 들었었다. 좀 과장하자면 "살다 보니 이런 날도 있구나…." 하는 감격 아니면 울컥하는 심정이었는데, 원고지로 8천 매가 넘는 원고를 다 읽으신 발행인이 상드에 대해 많은 이야기를 나눠주셨고 또 번역 작업에 대해 많은 격려를 해주셨기 때문이다. 마지막 문장을 번역하고 자판에서 손을 떼던 날 마치 텅 빈 공연장 무대에서 나 혼자 쓸쓸히 내려오는 기분이었는데 그날은 극장 밖으로 나와 뜻밖의 큰 박수를 받는 기분이었다.

《내 생애 이야기》는 그 분량의 방대함 때문에 프랑스에서도 발췌본으로 가끔 출판되고 있다. 그런데 프랑스에서 작가의 중요도를 가늠해볼 수 있는 척도인 갈리마르 출판사의 《비블리오테크 드라플레이아드Bibliothèque de la Pléiade》 전집에는 상드의 150편이 넘는 소설, 희곡들을 다 제쳐두고 그녀의 자서전 전편과 여행기 등 그녀의 자전적인 글만이 수록되었다. 이 전집에 오른 작품들은 문학사에서 그 작품성을 크게 인정받는다는 의미가 크니 그녀의 대표적인 작품은 어떤 소설들보다 이 자서전이라고 할 수 있다. 《영국사》와 프루스트 전기, 그리고 상드의 전기를 쓴 앙드레 모루아André Maurois도 그녀가 빵 가게에서 빵을 사기 위해 쓴 책들 말고 그녀의 자전적인 글들은 대가들과 어깨를 나란히 한다는 말을 했었다. 그러니 프랑스 문학사에서 매우 중요한 이 작품, 또 너무나도 방대한 이 작품을 우리말로, 그것도 완역했다는 것은 매우 의미가 크다고 할 수 있다. 상드 전공자로서 정말 가슴 뿌듯하고 어떤 숙제를 끝낸 듯하다. 이번에 번역한 《내 생애 이야기》는 이 전집에서 나온 책을 원본으로 하였다.

2019년 번역을 시작할 때, 무엇보다 먼저 절대로 하다가 지쳐서는 안 된다고 다짐했다. 기한을 맞추기 위해 한꺼번에 몰아서 하거나 밤을 새우며 무리해서는 안 된다고. 그러니까 이 방대한 분량의 번역을 노동하듯 하는 게 아니라 즐겁게 해내리라 마음먹었다. 또 상드를 더 깊이 만나게 될 거라는 설렘도 있었던 것 같다. 또 당시에, 2018년에 태어나 돌이 막 지난 둘째 손주 하엘을 가끔 봐줘야 했기 때문에 하다가 번아웃이 되는 일은 결코 없어야만 했다. 그리고 솔직히 그때 마음 속으로는 하엘을 돌보는 일이 더 중요하게 여겨지기도 했다.

지치지 않기 위해 매일 정확히 3~4쪽씩만 마치 마라톤을 하듯 페이스를 조절했다. 처음에는 그렇게 꾸준히 할 수 있을까 의심스러웠지만 나는 정말 3년간 이 리듬을 잃지 않고 지독하게 천천히 그 속도를 지키며 번역자와 할머니로서의 임무를 끝까지 해낸 것 같다.

그런데 내가 이 두 가지 일을 해낼 수 있었던 것은 전적으로 나보다 더 헌신적으로 육아와 또 살림살이에 동참해주었던 남편의 도움 덕분이었다. 이 자리를 빌려 부족한 마누라와 살아 준 남편에게 감사를 표하고 싶다.

남편에게 감사해야 할 일이 또 있다. 한참 번역에 열을 올리던 2020년 어느 날, 아니 어쩌면 코로나 시국의 답답함 때문인지도 모르겠는데, 갑자기 나는 '아침에 바다를 보며 커피를 마시고 싶다'는 생각에 무작정 바닷가 바로 앞에 있는 작은 아파트를 구했다. 지난 3년간 별내집과 강릉을 오가며 이 작업을 했다. 높은 산에 오르면 삶을 다시 생각하게 되는 것이 인간만이 가지고 있는 영성이라는데, 발밑에서 치는 파도 소리가 들리는 아파트 베란다에서 내려다보이는 망망대해 그리고 물속 바위가 훤히 들여다보이는 맑은 동해 바다는 내 안의 영성을 깨우며 세상을 조금은 관조하며 바라볼 수 있는 평정심을 주었다. 이 또한 과제를 해낼 수 있었던 원동력임이 분명하다. 이 글을 쓰고 있는 지금도 창밖으로 파도 소리가 들린다.

또 지난 몇 년간 큰 잡념 없이 이 일에 집중할 수 있었던 것을 생각하니 고마운 사람들이 많이 떠오른다. 먼저 과분하게 잘 자란 두 아들 두영이와 두수 그리고 더 과분한 며느리 진아에게 감사한다. 또 사람에 대한 사랑을 가르쳐주셔서, 지나온 세월 동안 어떤 어려움 속에서도 다시 일어날 수 있는 힘을 주신 어머니, 올해 94세에도 여전히 건강하고 예쁜 엄마에게 감사한다. 그리고 엄마가 이렇게 행복한 여생을 보낼 수 있도록 엄마 곁을 든든히 지키고 있는 오빠와 올케 언니 그리고 언제나 항상 내 편인 언니, 강릉 바닷가 아파트를 나만큼이나 좋아해서 엄마와 함께 늘 동행해주었던 언니에게도 사랑한다는 말을 전하고 싶다. 또 한 가지 언급하지 않을 수 없는 일은, 번역하는 와중에 가끔 이곳에 와서 함께 놀았던 사랑하는 친구들, 너무나 신기하게도 만나자마자 40년 세월을 훌쩍 뛰어넘어 백양로를 깔깔대며 걸어가던 그 스무 살 시절로 되돌아가게 했던 그 꽃놀이패들에게도 감사하고 싶다.

이 책을 번역하는 동안 프랑스의 국립도서센터(Centre national du livre de France: CNL)의 "번역가 체류 지원 프로그램(*Bourses de séjour aux traducteurs)*"의 지원을 받아 두 달간 파리에 체류하며 상드의 고향 노앙도 방문하였다. 마음 깊은 곳으로부터 감사를 표한다.

그리고 나남출판사 조상호 발행인과 이필숙 디자인실장님, 이윤지 편집자께도 깊은 감사의 마음을 전한다. 나무를 좋아하시는 발행인은 분명 상드의 깊은 내면을 누구보다 잘 이해하실 것 같다. 나남출판사에서 이 책을 출간하게 된 것은 정말 큰 행운이다.

어쩌면 이렇게 도시와 바다를 오가는 삶의 방식을 용기 있게 실현할 수 있었던 것은, 고향과 파리를 오가며 살았던 상드의 영향인지도 모르겠다. 그녀는 각박한 파리 생활에 지치면 한적한 고향 마을 노앙을 찾았고, 시골 생활이 지루하면 도시 문화를 즐기기 위해 파리로 오가며 살았다. 도시의 각박함을 견디지 못하고 끊임없이 자연 속에서 쉼을 찾았던 그녀의 삶이 내 안에 녹아들어 이런 용기를 내게 했는지 그녀의 자서전을 번역하며 내 삶까지 나도 모르게 그녀를 닮아가고 있었다.

외국어를 이해하고 그것을 완벽하게 전달해줄 수 있는 우리말 표현을 찾기 위해 고심하다가 딱 맞는 표현을 찾아냈을 때 느끼게 되는 그 형용할 수 없는 희열이 번역 작업이 주는 즐거움일 것이다. 하지만 내가 상드의 자서전을 너무나 즐겁게 번역할 수 있었던 것은 그녀의 삶과 그녀의 사상에 깊이 공감할 수 있었기 때문이있다. 자서전의 결론 부분을 번역할 때 얼마나 감동하고 감격했던지 …. 그때 책 속 문장들을 가족들과 친구들에게 카카오톡으로 전송했다. 상드의 그 긴 자서전의 결론이 바로 내 인생 결론이었다는 말과 함께 …. 다소 길지만 상드의 결론을 전하며 이 글을 맺고 싶다.

이런 믿음의 승리를 나 자신의 이성과 나 자신의 의지 덕분이라고 감사해야 할까? 아니! 내 마음속에서 강하게 나를 사로잡고 있는 것은 오로지 사랑해야겠다는 생각뿐이다. … 하지만 하나님은 그것을 무슨 기적 같은 일로 보여주신 것은 아니다. … 신의 은총이 이런 저런 진실들과 함께 내게 임했다.

제일 처음은 라이프니츠였고 그다음은 라므네였고 그다음은 … 이런 사람들이 나에게 현대 철학으로 이리저리 휘둘릴 나의 삶의 지표를 분명하게 제시해주었다. … 최고의 이상적 교리, 우리 마음의 교리, 그러니까 예수의 교리가 본질적으로 모든 세기의 심연을 극복하게 해주는 하나의 결론이었다. 천재의 대단한 계시들을 살펴보면 볼수록, 정신 속에서 마음으로 느껴지는 하늘의 소리가 더 커질수록 성경 속 교리에 관한 생각이 더 깊어질 뿐이다.

이것은 우리 시대에 있어 그리 미래지향적인 생각은 아닐 것이다. 우리 시대는 지금 그런 방향으로 나아가지 않으니까. 하지만 아무 상관없다. 그런 날은 언제고 올 테니까. … 모든 위대한 사람들의 해결책이란 것도 이제는 절대적이지도 결정적이지도 않은 시점에 왔다. … 아! 하나님 감사합니다! 고통의 심연 속에서 사랑은 더 순수해지고 진정으로 누군가로부터 사랑받으며 나는 여전히 이 길을 묵묵히 갑니다. 모든 사람에 대한 사랑이 우리에게 가라고 명령하는 그 길을.

우리 부부의 행복의 근원인 하린이와 하엘이에게, 안 보면 그립고 보고 싶은 그런 설렘을 다시 느끼게 해 준 나의 6살, 8살 두 손녀에게 이 책을 바치고 싶다. 언젠가 이 책을 읽으며 곰돌이 할머니를 기억하고 또 혼자가 아니라는 것을 알게 되길 바라며 … .

2023년 5월 20일

영진 바닷가에서

박혜숙

일러두기

1. 번역의 저본은 갈리마르 출판사의 《비블리오테크 드라플레이아드》(*Bibliothèque de la Pléiade*) 전집에 포함된 판본이다.
2. 장제목은 번역본에서 추가한 것이다.
3. 저자가 남긴 각주 이외에 역자가 추가한 각주는 〔역주〕로 표시했다.

내 생애 이야기 ①

차례

내 생애 이야기 ④

내 생애 이야기 ⑤

내 생애 이야기 ⑥

내 생애 이야기 ⑦

1부

가족 이야기,
퐁트네이에서
마렝고 전투까지

Histoire de Ma Vie

1. 들라보르드 집안[1]

잘난 척하려는 생각으로 아니면 오만한 마음으로 자신의 자서전을 쓰려는 사람은 없을 것이다. 더욱이 지난 기억 중에서 간직하고 싶은 것들 아니면 아주 그럴듯한 것들만 골라 쓰려는 사람도 없을 것이다. 나의 경우를 말하자면 나는 아주 고통스러운 의무를 수행해야 하는 것 같은 심정이다. 왜냐하면, 나에게는 나를 규정하거나 내가 어떤 사람이라고 한마디로 말해야 하는 것만큼 힘들고 어려운 일이 없기 때문이다.

사람의 마음이란 들여다보면 볼수록 더 알 수 없어지는 속성을 가지고 있는 법이니까 말이다. 또 어떤 자유분방한 영혼의 소유자들에게는 자기 자신을 정의한다는 것은 진 빠지는 작업이 아닐 수 없으며 그것은 결코 완벽하게 해낼 수도 없는 일일 것이다. 하지만 어쨌든 나는 이 일을, 이 의무를 끝까지 완수해내려 한다. 나는 이 의무를 늘 염두에 두고 생각해왔던 것 같다. 나는 다른 사람들에게 충고한 일을 나 스스로 반드시 이루리라 생각했는데 그 일이란 것이 바로 나에 대해 철저하게 성찰하는 것과 내 존재에 대해 아주 세밀히 관찰하는 일이었기 때문이다.

하지만 어떤 불치의 게으름으로(이것은 늘 쫓기듯 바쁘게 사는 사람들이 걸리는 병, 그러니까 '젊음의 병'인데) 지금까지 나는 이 임무를 미뤄

---

1 1부는 1847년에 쓴 것이다.

왔던 것 같다. 지금껏 나에 대해 출판된 수많은 종류의 전기들, 나에 대해 말도 안 되는 칭송을 늘어놓았건 아니면 말도 안 되는 비난을 했건, 그런 책들을 출판되도록 내버려 두었던 것도 전적인 나의 잘못이다. 그런 전기들이 엉터리로 꾸며낸 것은 내 이름뿐만이 아니다. 이런 책들은 일단 외국에서 출판된 다음 프랑스로 들어와 다시 황당무계하게 번역된 것들이다. 이런 소설 같은 이야기들을 쓰는 작자들이 내게 뭔가를 물어왔을 때, 때로 그 질문들이 나에게 호의적이고 또 상대가 아주 선의를 가진 사람인 경우라도 나는 아주 작은 정보조차 주지 않을 만큼 그들에게 냉정하였다.

솔직히 말해 내 머릿속과 마음속은 늘 나보다 훨씬 강하고, 논리적이고 훨씬 완벽하고, 이상적인 그러니까 나보다 잘난 소설의 주인공들에 관한 생각으로 가득 차 있었는데, 대중들이 별 볼일도 없는 나 같은 허접한 사람에 대해 알려고 하는 것이 극도로 싫었던 것 같다. 나는 자기의 삶에 대해서는 언제고 평생에 한 번 아주 진지하게 말한 다음 다시 돌아보지 않으면 된다고 어렴풋이 생각하고 있었다.

자기에 대해 말하다 보면 사람들은 곧잘 과장하게 되기 마련이다. 물론 이것은 아주 무의식적이고 또 모든 사람에게 공통적 속성이랄 수 있는데, 우리 머릿속은 원래 우리가 생각하는 것을 좀 더 고상하고 좀 더 아름답게 쓰게 되어 있다. 이런 글 중에는 이런 방면에 아주 천부적인 재능을 부여받은 시인들의 글처럼 감정적으로 고양된, 그리 위험할 것도 없는 순진한 허풍들도 있다. 그러나 자기 자신에 대해 너무 지나치게 감상적이다 보면 어느 순간 너무 높이 올라 흥분하게 되는데 이런 유의 감상주의는 다른 사람들에게 자기 이야기를 길게 해야 할 때는 경계해야 할 일이다.

이런 흥분상태로는 자기가 가지고 있는 본연의 약점 따위는 곧잘 잊어버리기 때문이다. 그런 흥분감은 신이나 이상을 향한 감상주의와도 같다. 그런 감상주의는 때로 자신이 후회하거나 뉘우치는 일조차도 과장하고 미화해서 결국 절망과 통한의 서사시를 쓰게 하고 결국 자신을 베르테르, 맨프레드, 파우스트, 햄릿 같은 숭고하고 예술적 인물로 만들고 만다. 그렇게 쓰인, 철학적이지도 지성적이지도 않은 모든 글은 정말로 못 말리는 끔찍한 글들이라고 할 수 있다.

하지만 시인의 영혼에서 나오는 강렬한 감정으로 완성된 위대한 그림들은 영원히 숭배될지니! 분명코 위대한 예술가들이 번득이는 구름과 영광스러운 섬광 속에서 자신들을 한껏 꾸미는 것을 우리는 용서해야만 한다. 그것은 그들의 권리이기 때문이다. 그들은 자신들의 가장 숭고한 감정으로 창조된 결과물을 우리에게 줌으로 그들의 숭고한 임무를 완수했을 뿐이다. 하지만 그보다 평범하고 대중적인 글쓰기로도 그러한 숭고한 임무는 완수될 수 있다. 평범한 글들은 어떤 상징이나 후광이나 높은 기단 없이도 보통 사람들과 소통하면서 보다 즉각적으로 그들에게 도움이 될 수 있는 것이다.

자신의 존재를 이상화하고 그것으로부터 추상적이고 눈에 보이지 않는 어떤 것을 끄집어낼 수 있는 시인의 능력을 가르치는 것만이 가장 완벽한 교육이라고 믿는 것은 말도 안 되는 생각이다. 그런 이상화는 분명 우릴 도와주고 우리의 삶에 생기를 불러일으킬 수는 있다. 왜냐하면 영감 받은 몽상가들의 열정은 우리 모두의 정신을 열광시키기 때문이다. 그런 순간에 우리의 모든 감정은 정화되고 고양되어 우리는 그들과 함께 황홀한 순간을 경험할 수 있다. 그러나 늘 이리저리 흔들리는 우리를 마비시키는 이 미묘한 마취제에는 정말로 중요한 한 가지가 빠져 있다. 그것은 바로 '리얼리티'라는 것이다.

어떤 작가에게는 실제 현실을 그대로 다룬다는 것이 부담스러운 일일 수도 있다. 현실과 그럭저럭 타협할 수 있는 사람들은 정말로 마음이 너그러운 사람들이다. 나로 말할 것 같으면 일단 그것이 의무적으로 해야만 하는 일이란 생각이 들기만 하면 이야기의 밑바닥까지 주저 없이 내려갈 수 있다.

나는 늘 생각한다. 자신에 대해 너무 많이 떠벌리는 것도 좋은 취미는 아니지만, 그렇다고 자신 안에서만 그 생각을 오래 품고 있는 것도 결코 좋은 취미가 아니라고. 평범한 사람들의 삶 속에는 호기심을 갖고 깊이 명상할 만한 가치가 있는 날들이나 순간은 거의 없지만 나는 모든 사람이 겪는 그런 평범한 날들, 그런 순간순간을 느끼며 살았고 그때 내 마음속에 넘쳐나는 그 생생한 고통, 내 속에서 요동치는 격한 불안들을 풀어내기 위해 펜을 들곤 했다.

그때 내가 쓴 글 대부분은 출판되지 않았고 단지 내가 앞으로 겪을 인생의 시련들을 위한 하나의 지표가 될 뿐이었다. 하지만 그중 일부분이 출판되었으니 《한 여행자의 편지》라는[2] 제목의, 반은 개인적이

2 〔역주〕 *Lettres d'un voyageur*, 1834년과 1836년에 출판된 상드의 여행기로 필자는 남자로 되어 있다.

고 받은 문학적인 책인데, 이 책은 여러 날짜에, 여러 장소에서 쓴 편지 형식의 글이다. 내가 그 편지들을 쓸 당시 나는 나에 대해 말하는 것을 그리 두려워하지 않았었다. 왜냐하면 그것은 공공연하게 또 문자 그대로 나 자신을 위한 것이 아니었기 때문이다. 이 책은 하나의 허구였고 나는 젊었지만 나이든 남자의 이름으로 글을 쓰고 있었으니까. 이 책의 주인공이기도 한 이 슬픈 순례자巡禮者의 입을 통해 나는 더 엄격하고 까다로운 소설에서보다 더 개인적인 상념들과 느낌들을 말할 수 있었다.

내가 하고 싶었던 것은 단지 내 안에 일어나는 감정들을 쏟아내는 것이었지, 당시 독자에 관한 관심은 안중에도 없었던 것 같다.

지금도 그럴 생각은 더 추호도 없다. 그런 유치하고, 또 적어도 예술가들에게 있어 위험천만인 그런 욕심 말이다. 이제 왜 내가 그런 욕구가 없는지, 또 마치 식욕도 없으면서 먹으려고 하는 사람처럼 그런 욕망도 없으면서 마치 욕망이 있는 듯이 내 삶에 관해 쓰려고 하는지 그 이유를 설명해 보겠다.

나에겐 그런 욕심이 없다. 왜냐하면 지금 나는 흔들리지 않는 평온한 나이에 도달했기 때문이다. 이 나이에는 나를 밖으로 드러낸다고 해서 이득 되는 건 하나도 없다. 만약 내 본능대로 내가 내키는 대로 해도 된다면 나는 오직 남들이 나를 잊기만을 열망하고, 또 나 스스로 나를 완전히 잊고 싶을 뿐이다. 나는 젊은 시절을 고뇌하게 했던 수수께끼 같은 단어들에도 이제는 관심이 없다. 나를 잠 못 들게 했던 문제들에 대해서도 어느 정도 답을 찾았다. 물론 다른 사람들의 도움을 받아서 말이다. 나 혼자서는 결코 그 답을 알 수 없었을 테니까.

내가 살아온 세기는 그동안 감춰져 있던 진실의 빛들이 분출되기 시작한 시대였다. 나는 그것을 보았고, 그것의 중심이 무엇인지 알았고, 그것으로 충분했다. 나는 오랫동안 심리적 차원에서 진리를 찾으려고 했다. 하지만 그것은 바보 같은 일이었다. 결국 그 진실의 빛이 근본적 원칙들 속에 있다는 것을 이해하게 되었을 때, 그리고 그 원칙이라는 것이 나로부터 만들어져 나오는 것이 아니라 내 안에 이미 존재해 있다는 것을 알게 되었을 때, 나의 이성은 큰 노력이나 값을 치르지 않고도 평온한 상태에 도달할 수 있었다.[3]

하지만 감정은 그렇지 않았고 또 결코 그렇게 무심해져서도 안 되는 거였다. 동정심이 많게 태어난 사람들에게는 이 땅에 불쌍히 여기고, 사랑하고, 도와주고, 함께 고통을 나눠야 할 대상들이 늘 있기 마련이기 때문이다. 그러므로 나이가 몇 살이건, 그러한 고통이나 피곤함, 두려움 따위가 사라지길 바랄 필요는 없다. 그런 상태는 곧 무관심과 냉담함의 상태이니 그것은 이미 죽은 것과 다름없는 삶이기 때문이다. 불치병은 그것을 인정할 때 더 잘 견딜 수 있기 마련이다.

이렇게 평온한 정신과 감정적 체념 속에서 나는 속고 사는 인간에

---

3 〔역주〕 이 부분은 원문으로도 매우 모호하게 쓰여 있다. 유추해 보건대 그녀가 살았던 19세기에 터져 나온 진실의 빛은 무신론에 기초한 인본주의 사상들을 말하는 것 같다. 상드는 그런 이론들의 영향으로 인간의 심리에 대한 이론에서 답을 찾으려 했지만, 결국 진실이란 자기 안에 이미 내재되어 있는 기독교적 원칙들 안에 있음을 발견했다고 말하는 듯하다. 이후에도 그녀의 글 속에는 기독교적인 가치관을 보여주는 부분이 등장한다. 할머니 영향으로 볼테르주의자였던 상드는 비록 교회에 다니지는 않았지만 그녀의 자서전은 그녀가 뼛속까지 크리스천이었음을 말해준다.

대한 혐오감도 느끼지 못했고 또 너무나도 오래 속아왔던 나에 대한 열정도 가질 수 없었다. 또 그 결과 나는 다투는 것에 대해서는 어떤 매력도 느끼지 못했고 나의 현재나 과거에 대해 고백할 필요도 느끼지 못했다.

하지만 나는 이것을 나의 의무로 생각한다고 말했는데 그 이유는 다음과 같다.

많은 사람은 자신의 존재에 대해 심각한 고민이나 이해 없이 또 개인적으로나 내가 속한 사회 속에서 나를 바라보는 하나님의 시선 따위는 아랑곳없이 살아간다. 그들은 자신을 드러내지 않고 우리 사이를 지나친다. 왜냐하면 자신도 알지 못한 채 식물처럼 살아가기 때문이다. 비록 그들의 굴곡진 삶이 신의 섭리에 따라 볼 때 꼭 그래야만 했었던 이유를 찾아볼 수 있는 삶이라고 해도 그런 사람들의 인생을 말한다는 것은 불필요한 일이며 다른 사람들에게 어떤 정신적 도움도 주지 못할 거라는 것은 너무나 자명한 일이다.

인간 정신의 진보에 있어 가장 생명력 있고 가장 종교적인 원천은 우리 시대의 언어로 말하자면 바로 '연대'4 의식이다. 모든 세대의 사람들은 이것에 대해 본능적으로 분명히 느끼고 있었다. 그래서 지금껏 자신의 삶에 대해 잘 말할 수 있는 재능을 타고난 사람들은 모두가 자기 안에서 솟아나는 강렬한 목소리로 이것에 대한 열망을 소리 높

---

4 지난 세기에는 이것을 '감수성'이라고 했고, 그 이전에는 '자선'이라고 했고 50년 전에는 '형제애'라고 했을 것이다.

여 외쳤다. 그들에게 이것은 하나의 의무와 같았다. 그래서 그들은 역사적 사실에 대해 증언할 때나 개인적으로 중요한 일에 대해 말할 때나 혹은 여행을 할 때조차도 늘 이러한 관점을 가지고 사람들을 인식하고 사물을 바라보았다.

개인적 글쓰기 중 아주 가끔 볼 수 있는, 내 눈에 아주 유익해 보이는 것은 바로 내면의 삶, 즉 영혼의 삶에 관해 이야기하는 것이다. 다시 말해 인류애의 차원에서 본 자기의 마음과 정신에 관해 이야기하는 것이다. 진솔한 사람이 들려주는 개인적 느낌, 여행, 다시 말해 지성과 감성의 추상적 세계로의 여행은 하나의 자극, 하나의 격려가 될 수 있다. 그것은 삶의 미로에서 헤매는 사람들에게는 충고와 안내가 될 수 있다. 이것은 마치 이야기하는 사람과 듣는 사람이 서로의 신념을 나누고 공감하는 것과 같다. 내면의 세계 속에서 어떤 원초적 움직임이 우리를 소박하고 품격 있는 정신의 고양에 이르도록 한다.

어떤 친구나 형제가 우리에게 자신의 고통과 힘든 상황을 말하러 왔을 때 우리 자신의 경험에서 나오는 충고만큼 그에게 힘을 주고 그를 설득하기에 효과적인 것은 없다. 개개인의 삶이 모두의 삶이듯 그 친구의 삶이 우리의 삶이라고 느낀다면 말이다.

"나도 그런 고통을 겪었어. 나도 그런 암초를 만났었지. 그리고 헤쳐 나왔어. 그러니까 너도 이겨내고 나올 수 있어."

이렇게 친구는 친구에게 말하며 인간은 서로를 가르치는 것이다. 절망과 고통 속에서 다른 사람의 사랑과 위로가 절실한 때에 우리 중 누가 함께 공감해주는 그런 영혼의 소리에 감동하지 않을 수 있겠는가?

다른 사람들에게 가장 큰 힘을 줄 수 있는 사람은 분명 가장 큰 시련을 받은 사람이다. 마음의 위로를 받는 데 있어 우리는 냉소적인 생각이나 똑똑한 이론을 구하지는 않는다. 우리가 시선을 돌리고 손을 내미는 사람은 우리처럼 불행한 사람, 어쩌면 우리 중 가장 불행한 사람일 것이다. 만약 괴로워하는 그를 문득 찾아간다면 그는 동정심을 갖고 우리와 함께 울어줄 것이다. 만약 그가 어느 정도 힘과 논리를 회복한 후에 그를 찾는다면 그는 우리를 가르치고 우리를 구해줄 것이다. 하지만 분명한 건 그가 우리를 이해하는 만큼만, 우리를 이해하는 한에서만 우리에게 도움이 될 수 있다는 것이다. 우리가 그를 신뢰하는 것만큼 그도 우리에게 신뢰감을 주어야 하기 때문이다.

그러므로 모든 사람의 고통과 투쟁에 대한 이야기는 모두에게 교훈이 될 수 있다. 왜 고통을 받았으며 어떻게 그것에게서 벗어났는지를 안다면 그것은 모든 사람에게 하나의 구원이 될 수 있다. 성 어거스틴이 자신이 살던 시대의 고백으로 《고백록Confessiones》을[5] 쓴 것도 바로 이런 숭고하고 뜨거운 신앙심에 사로잡혀서였는데, 이 책은 몇 세대에 걸쳐 매우 효과적으로 많은 기독교인들을 구원했다.

장 자크 루소의 《고백록》과[6] 교부敎父의 것 사이에는 큰 심연이 있

---

5 〔역주〕 아우구스티누스라고도 하는 성 어거스틴(Aurelius Augustinus, 354~430)은 알제리 및 이탈리아에서 활동한 기독교 신학자로 매우 방탕한 생활을 하다 기독교로 회심하여 《고백록》(*Confessiones*)을 쓴다.

6 〔역주〕 《인간 불평등 기원론》을 써서 프랑스 혁명과 코뮈니즘(communisme)에까지 지대한 영향을 미친 18세기 철학자 장 자크 루소(Jean-Jacques Rousseau,

다. 18세기 철학자의 목적은 보다 개인적이고 덜 진지하며 덜 유용해 보인다. 그는 자신의 결백을 주장하기 위해 스스로 참회하고 공공의 비난을 피하기 위해 자신의 무고한 실수들을 드러냈다. 때로 그의 글들은 오만함과 겸손함이 혼합된 기념비 같기도 한데, 때로는 너무 가식적이어서 거부감을 불러일으키고 때로는 너무 솔직해서 우리의 가슴을 때리기도 한다. 그의 유려한 글은 때로 너무나 결함이 많고 온당치 못해서 그것 자체로 어떤 교훈을 주기도 한다. 순교자가 나락에 떨어져 이상을 좇아 괴로워하면 할수록 그의 이상에 우리는 가슴을 치며 빨려들게 되는 것이다.

하지만 우리는 너무 오랫동안 장 자크 루소의 《고백록》을 온전히 개인적인 변명으로만 간주했다. 그의 작품 속에 뒤섞여 있는 혼란스러운 이야기들은 우리에게 교묘하게 하나의 고정관념을 심어주었다. 하지만 오늘날 이제 그의 친구들도 적들도 더는 존재하지 않는 지금, 우리는 작품을 더욱 높은 차원에서 바라보아야 한다.

이제 《고백록》의 작가가 얼마나 불의하고 병적인가 혹은 그를 중상모략하는 사람들이 얼마나 무자비하고 잔인했던가를 따지는 것은 더는 우리와 상관없는 것이다. 우리에게 관심거리가 되고 우리를 밝혀주고 우리에게 영향을 주는 것은 그가 저지른 시대적 잘못과 철학적 운명의 장애물에 사로잡혔던 그의 영혼의 이야기이다. 한 엄격하고 독립적이며 자존심 강한 천재가 경박하고 신앙 없고 썩은 세상을 살아

1712~1778)는 말년에 《고백록》(*Les Confessions*)을 써서 내면적 글쓰기의 효시를 보여준다.

가며 그것이 주는 모든 유혹과 독재와 절망의 심연을 겪어내고 때로는 숭고한 저항으로 내몰리며 이 세상과 싸웠던 투쟁 말이다.

만약 루소의 《고백록》이 옳은 거라면, 그래서 나의 미숙한 잘못들을 찾아내고 어쩔 수 없었던 잘못들을 굳이 말해야만 한다면, 나는 그러한 공공연한 굴욕 앞에서 뒷걸음질 칠 생각은 없다. 독자들은 내가 적어도 작가로서 비겁한 사람이 아니라는 것을 알고 있으리라 생각한다. 하지만 나는 그런 식의 자책은 겸손하지 못한 것으로 생각한다. 대중도 그런 것에 속아 넘어가지는 않을 것이다.

장 자크가 나의 할아버지에게서 3리브르 10수를 훔쳤다는 것을 아는 것은 유익할 것도 없고 교훈도 되지 않는다. 게다가 그 사실은 분명한 사실도 아니다.[7] 나로 말할 것 같으면 어릴 때 가난한 사람에게 주기 위해 할머니 지갑에서 몰래 10수를 훔치고 즐거워한 기억이 있다. 그런데 그것은 굳이 떠벌릴 것도 자책할 것도 없는 일이었으며 단지 멍청한 짓이었을 뿐이었다. 왜냐하면, 할머니는 돈을 달라고 하기

---

7 할머니의 노트에는 여기에 대해 이렇게 쓰여 있다.
"나의 남편 프랑쾨이유는 어느 날 장 자크에게 '프랑스 사람들을 만나러 가지 않겠나?' 하고 물었다. 그러자 루소는 '그럼 한두 시간 하품이나 하고 있어야 할 걸.' 하고 빠르게 대답했는데 아마도 그 평생에 이렇게 빨리 대답한 적은 없었을 것이다. 그리 재치 있는 말은 아니었지만 말이다. 내 남편에게서 3리브르 10수를 훔친 날은 아마도 그날이었을 것이다. 그런데 그가 그 짓에 대해 떠벌리는 것은 늘 매우 가식적으로 보였다. 프랑쾨이유는 그것을 기억하지도 못했다. 오히려 그는 루소가 자기가 매우 양심적인 사람이라는 것을 보이기 위해, 그리고 자기가 고백하지 않은 것은 믿지 못하도록 하기 위해 지어낸 이야기가 아닌가 하고 생각했다. 그런데 순진한 장 자크 선생, 우리 귀를 쫑긋 세우게 하려면 좀 더 세게 채찍질을 해야 하지 않을까요?"

만 하면 언제든 주었기 때문이다.

이렇게 우리의 잘못이라고 하는 것들 대부분이 우리처럼 순진한 사람들에게는 단지 하나의 바보 같은 실수에 불과하다. 또 일부러 계획적으로 나쁜 짓을 꾸며대는 정직하지 못한 이들에게 비난의 화살을 돌리는 것쯤은 괜찮다고 생각할 수 있다. 하지만 세상은 이런저런 종류의 다양한 사람들로 이루어져 있고, 그들에게 관심을 받거나 감동을 주기 위해 우리를 과하게 낮추는 것은 그들을 미혹迷惑하는 것에 불과하다.

위대하신 루소께서 이렇게 자신을 낮추고 과장하거나 때로 없는 잘못들까지도 만들어내면서 자신을 미워하는 적들의 악의적인 마음 앞에 자신의 결백을 주장하는 것을 보는 것은 정말 괴로운 일이다. 그의 그런 '고백'들로는 결코 사람들의 생각을 바꿀 수 없다. 더욱이 그가 순진한 사람이라는 것을 알기 위해서는 그가 자신을 비난하지 않는 부분들을 읽는 것만으로 충분하지 않을까? 그가 순수한 모습을 보인 것은 오직 그때뿐이라는 것이 우리 모두의 솔직한 느낌이다.

우리는 작든 크든, 순수하든 그렇지 않든, 마음속에 미숙하고 불행한 허영심을 품고 산다. 나는 어떻게 죄를 지은 피고인이 법정에 서서 할 말이 그렇게 많을 수 있는지 항상 궁금했다. 만약 죄가 있다면, 거짓말은 죄를 가중시킬 뿐 아니라 법의 심판에 치욕과 굴욕을 더할 뿐이니 말이다. 그리고 만약 죄가 없다면 자신의 무죄를 증명하기 위해 그렇게까지 비굴해질 필요가 있는 걸까?

또한, 이것은 자신의 명예로운 삶과도 관련된 일이다. 일상적인 사회생활에서는 우리는 우리 자신을 따뜻하게 사랑하거나, 아니면 그 누구도, 제아무리 잘난 사람도 결코 피할 수 없는 중상모략을 밀어내고 자신의 탁월함을 온전히 증명해줄 수 있는 성공적인 전략들을 갖춰야 한다. 그것이 이 사회 속에서 우리가 가져야 할 자세이다. 하지만 개인적 삶의 영역에서는 어떤 말로도 우리의 올바름을 증명할 수 없다. 그리고 누구도 자신의 완전함을 증명할 수 없기에 우리는 우리를 아는 이들이 우리의 단점을 용서하고 장점들을 칭찬할 수 있도록 해야 한다.

요컨대 사람은 더불어 살아가는 존재이기 때문에 혼자만의 잘못이란 있을 수 없다. 모든 잘못에는 원인이 되는 사람이나 공범이 있기 마련이고 자신 자신을 비난하려면 함께 연루된 다른 이들 또한 비난할 수밖에 없다. 그래서 때로 우리는 우리를 공격하는 적을 비난하기도 하고 또 우리를 두둔하는 친구를 비난하기도 한다. 루소에게 일어난 일이 바로 이런 일이었는데 그것은 명백히 옳지 않은 것이었다. 자신의 죄를 고백하면서 바랑스 부인의8 잘못을 함께 드러냈던 그를 누가 과연 용서할 수 있겠는가?

그의 책 《고백록》을 읽고 그를 비난하지 않을 수 없음에 대해 루소에게 사과의 말을 전한다. 하지만 이처럼 비난하는 것 역시 당신을 향한 존경의 표시이며, 이런 비난을 한다고 해도 당신의 작품들에 대한 경의와 열의는 여전함을 알아주길 바란다.

---

8 〔역주〕 고아였던 루소를 데려다 키운 귀족 부인. 루소는 그녀의 집에 10년간 머무르며 어깨 너머로 귀족들의 대화를 들으며 독학하게 된다.

나 역시 확실히 하고 싶은 것은 이 책을 어떤 소설처럼 시작하려는 의도가 전혀 없다는 것이다. 내가 하고 싶은 이야기들은 즉흥적으로 자유롭게 풀어내야만 가치가 있는 것이며, 내 인생을 소설처럼 이야기할 생각도 없다. 그 형식에 더 깊은 이야기들이 묻혀 버릴지도 모르기 때문이다.

내 이야기를 두서없이 털어놓다 보면 모순에 빠질지도 모른다. 인간의 본성은 일관성 없는 언행의 연속이고 자신이 언제나 일관된다고 우기는 이들의 말은 결코 믿을 수 없는 말이다.

이 책은 이처럼 될 대로 되라는 식으로 서술할 것이며, 먼저 나는 시작하기에 앞서 이러한 회고록의 유용성에 대한 나의 신념을 설명하려고 한다. 그리고 그것은 점차로 내가 써나가는 실제적인 예들로 증명될 것이다.

나에게 악하게 했던 어떤 이도 두려움에 떨지 않기를, 나는 그들을 기억하지 못하므로. 온갖 스캔들을 쫓아다니는 이들은 기뻐하지 않기를, 나는 그들을 위해 쓰는 것이 아니므로.

나는 나폴레옹 황제가 즉위하던 해 곧 공화정 12년(1804)에 태어났다. 나의 이름은 대부분의 전기 작가들이 말하듯 '뒤드방 공작 부인 마리-오로르 드삭스'가 아니다. 나의 이름은 '아망틴-뤼실-오로르 뒤팽'이고, 나의 남편은 '프랑수아 뒤드방'으로 어떤 작위도 없다. 단지 보병 중위였을 뿐이고 나와 결혼했을 때는 27살밖에 되지 않았었다. 그를 제국의 노장교라고 하면서 사람들은 내 소설 속의 인물인 델마르와9 혼동하고 있다. 사람들은 소설가의 전기를 쓰면서 그가 쓴 소설 속 허구들과 그의 삶을 마구 뒤섞어 버리기 십상이다. 사실 순수한 상상이 어디 그리 많겠는가.

사람들은 또 그와 나를 우리의 부모님과도 혼동하는 것 같다. '마리 오로르 드삭스'는 나의 할머니이고, 내 남편의 아버지는 제국의 기마 대장이었다. 하지만 남편의 아버지는 엄격하지도 까탈스럽지도 않았다. 그는 남자 중에서 최고로 다정한 남자였다.

이 점에서는 나의 전기 작가들에게 정말 미안한 생각이 든다. 하지만 그들과 사이가 나빠지는 한이 있다 해도, 그들의 호의를 악의로 갚는 한이 있다 해도 할 말은 해야겠다는 생각이다. 내가 결혼 생활을 유지 못하고 별거 중에 소송한 것을 변명해주기 위해 내 남편의 결점들을 들추어내는 것은 결코 올바르지도 정직하지도 않을 뿐 아니라 품위 있는 행위라고도 할 수 없다. 그것에 대해 나는 나의 독립을 쟁취한 후로 한 번도 불평을 늘어놓은 적이 없다. 어쩌면 대중들이란 최악의 경우라고 할 수 있는 이런 종류의 소송에 대한 기억들만을 가지고 이쪽저쪽 사람들을 판단하는지 ….

이것은 정말 못 말리는 일이다. 이런 것이 단지 대중들이 떠들어대는 입방정을 참아내는 거라면 아무러하든 아무 상관없는 일이다. 하지만 전기 작가가 다른 작가의 삶에 관해 쓰는 경우, 특히 그에 관해 호의를 가지고, 그를 위대한 사람으로 만들거나 혹은 명예를 회복하기 위해 쓰는 경우라면 그는 작가의 감정이나 생각과 반대되는 것을 써서는 안 될 것이다. 그의 주변 사람들에 대해 아무렇게나 떠들어대

---

9 〔역주〕 상드의 소설 《앵디아나》에 등장하는 인물이다.

면서 말이다. 친구가 쓰는 경우가 이런 경우라고 할 수 있는데 친구들은 공적인 잣대를 저버려서는 안 된다. 내 남편은 여전히 살아 있고 또 그는 나의 글도 나에 관해 쓴 글도 읽지 않는다. 그래서 더더욱 나와 관련해서 그를 공격하는 것을 용인할 수 없다.

나는 그와 함께 살 수 없었다. 우린 근본적으로 너무나 달랐다. 법적인 별거가 필요했지만 실제로 그렇게 살고 있었기 때문에 그는 별거에 굳이 동의할 이유도 없었다. 그런데 누군가의 너무나 경솔한 충동질로 공공연한 싸움을 시작하게 되니 우리는 서로를 비난할 수밖에 없게 되었다. 그것은 정말 불완전한 법이 초래한 슬픈 결과였고, 미래에는 꼭 시정되어야 할 법이다. 그리고 별거가 결정되었을 때부터 나는 즉시 모든 기소 이유를 잊어버렸다. 그래서 그에 대한 공적인 비난들이 내게는 참 고약한 취미들로 보인다. 그리고 그런 비난들은 아직도 내가 그에 대해 깊은 원한을 갖고 있다고 믿게 할 것 같아 안타까울 뿐이다.

이렇게까지 이야기했으니 아마도 여러분들은 내가 나의 소송 건에 대해 더는 여기서 말하지 않을 거라는 것을 짐작했을 것이다. 너무나 부끄러운 원한들과 쓰디쓴 추억들에 지면을 할애해야 한다면 이 일은 참으로 고통스러운 일일 것이다. 나는 그 일에 대해서는 충분히 고통스러워했다. 하지만 나는 내 입장을 변명하기 위해서도 나 자신을 위로하기 위해서도 쓰지 않을 것이다. 이런 너무나 개인적인 일에 대해 고통스럽게 말하는 것은 모두에게 어떤 도움도 되지 않을 테니까. 나는 모든 사람에게 유익한 이야기만을 쓰려고 한다. 다시 말하지만 남의 스캔들이나 캐고 다니는 사람이라면 첫 장부터 책을 덮기 바란다.

이 책은 그런 사람들을 위해 쓴 것이 아니니까.

이것이 아마도 나의 결혼에 대한 내 생각의 전부인 것 같다. 조금 전 나는 내 생각이 머무는 대로 그냥 썼을 뿐이다. 나에 대해 매우 호의적으로 쓴 전기를 부정하는 것이 신중하지 못한 행동이란 것도 알고 있다. 어쩌면 그들은 내용을 다시 고치겠다고 으름장을 놓을지도 모른다. 하지만 나는 그 어느 것에 대해서도 신중해 본 적이 없다. 그렇다고 애써 신중하게 산 사람들이 불행을 나보다 더 잘 피해 가는 것도 본 적이 없다. 다 마찬가지라면 그저 자기가 타고난 성품대로 살아가면 될 것이다.

이제 이쯤 해서 결혼에 대한 나의 이야기를 접고 나의 출생에 대한 이야기로 돌아가 보겠다. 양쪽의 두 가정으로부터 너무나 자주 또 너무나 이상하게 비난을 받았던 나의 출생은 사실 참으로 신기한 사건이었다. 그리고 이것은 내게 혈통이란 것에 대해 생각하게 하는 계기가 되었다.

나는 외국에서 나의 전기를 쓴 작가들이 특별히 높은 신분의 귀족들이 아닐까 의심한다. 왜냐하면, 그들은 모두 내가 대단한 가문의 후손이라고 입을 모으고 있기 때문이다. 그러니까 그들은 내 가문의 수치에 대해 너무나 잘 알고 있을 것이 분명하지만 함구하고 있는 것 같다.

사람들은 아버지의 자식만이 아니고 어느 정도는 엄마의 자식이기도 하다. 내 생각에는 모계 쪽 영향이 더 크다고 여겨지는데 우리를 가장 강력하고 성스러운 방식으로 그리고 직접 몸으로 낳았기 때문이다. 그래서 만약 나의 아버지가 폴란드의 왕이었던 오귀스트 2세의 증손자라면, 그래서 이쪽으로는 내가, 비록 법적으로는 아니지만 샤를 10세와 루이 18세의 가까운 친척이 된다고 한다면 또 다른 한편으로 나는 서민의 직계 혈통인 것도 사실이다. 더욱이 이쪽 서민 혈통 쪽으로는 결코 사생아도 아니다.

나의 엄마는 파리의 오래된 거리에서 자라난 가난한 아이였다. 그녀의 아버지인 앙투안 들라보르드는 폼 놀이 기구 장인이었고[10] 새 조련사였다. 그러니까 그는 와조강 변에서[11] 카나리아와 방울새를 파는 사람이었다. 또 파리 어딘가에서 당구대를 놓은 작은 카페를 연 것이 그가 평생에 한 일의 전부였다.

나의 엄마의 대부는 진짜로 새에 대해 아주 유명한 바라Barra라는 사람이었다. 그의 이름은 아직도 탕플 대로에 있는 크고 작은 새장으로 가득 찬 건물 위에 써 있다고 한다. 그곳에서는 항상 모든 종류의 새들이 즐겁게 지저귀고 있어서 나는 그들에게 아주 각별한 친근감을 느끼며 마치 나의 대부와 대모나 되는 듯 바라보게 된다.

인간과 이 작은 피조물 사이에 존재하는 이 친근감에 대해 어떻게 설명해야 할까. 이것은 전혀 위험할 것도 없이 동물에게 우리가 느끼는 본능적인 공포와 거부감만큼이나 실제로 존재하는 것이다. 나로 말할 것 같으면 새와의 교감이 너무 분명해서 친구들은 그것을 마치

---

10 〔역주〕 원어로 maître paulmier는 maître paumier와 같은 뜻으로 그 의미는 폼 놀이(jeu de paume, 작은 공과 라켓을 가지고 노는 19세기식 실내 테니스)의 기구들을 만드는 장인을 말한다.

11 〔역주〕 와조(Oiseaux)는 불어로 새라는 뜻이다.

마술처럼 생각하며 깜짝 놀라기도 한다. 사실 나는 동물을 길들이기 위해 많은 교육을 했지만 모든 생명체 중에 새들에게만은 그 교육이 대단한 힘을 발휘할 수 없었다. 그러니 내가 이 방면으로 잘난 척을 한다면 그것은 새들에게 미안한 일이 아닐 수 없다.

사실 내가 이런 능력을 받은 것은 엄마로부터이다. 엄마는 나보다 더 큰 능력을 갖추고 있었다. 그녀는 항상 무례한 참새들, 민첩한 꾀꼬리, 또 수다스러운 방울새들과 정원을 거닐곤 했다. 새들은 자유롭게 나뭇가지 위를 날아다니다 먹이를 주는 손 위로 날아와 먹이를 쪼아 먹으며 엄마에 대한 무한한 신뢰를 보이곤 했다. 이런 능력은 분명 할아버지로부터 받은 것이라고 나는 확신한다. 그리고 할아버지 또한 그저 우연히 새 장수가 되었다기보다는 새들에 대한 어떤 천부적인 재능에 이끌려 그렇게 된 거라고 나는 확신한다.

어느 누구도 마르탱과 카터와 밴앰버그가[12] 가지고 있는 야생동물에 대한 본능을 부정하지 못할 것이다. 그러므로 새들에 대해 내가 가지고 있는 요령과 기술들에 대해서도 반기를 들지 말기 바란다. 아마도 나는 전생에 새와 깊은 인연이 있었던 것 같다.

재미있는 얘기지만 우리는 모두 어떤 동물들에 대해 때로는 아주 격렬한 반응을 하는 것 같다. 개는 인간의 삶과 지나칠 정도로 친밀한데 여기에는 그 깊이를 가늠할 수 없는 어떤 신비가 있어 보인다. 내

---

12 〔역주〕 밴앰버그(Isaac A. Van Amburgh, 1811~1865)는 미국의 동물 조련사로, 처음으로 야생동물을 길들인 서커스를 선보였다.

게는 돼지를 너무 좋아하는 하녀가 하나 있었는데 어느 날 돼지들이 푸줏간 주인들 손에 넘어갈 때 그녀가 절망감으로 기절하는 것을 보았다. 반면에 나는 시골집에서 수많은 가축들 속에 자라나서 그들에 대해 거의 어린아이 같은 공포심을 가지고 있다. 그래서 만약 그 가축들에 둘러싸인다면 나는 아마 정신을 잃어버리게 될 것이다. 나는 차라리 사자나 호랑이에 둘러싸이는 것이 백 번 천 번 더 나을 거라는 생각이 든다.

아마도 이것은 모든 사람이 각자 다른 종류의 동물로부터 내려와 인간이 되었기 때문인지도 모른다. 생물학자들은 생물적으로 같은 종에 대해 말하는데 정신적으로 같은 종이 있다는 것을 부인할 수 있을까? 우리 사이에 여우나 늑대나 사자나 독수리나 풍뎅이나 파리가 있는 것은 아닐까? 때로 게걸스러운 돼지처럼 더럽고 파렴치한 저속한 속물들을 볼 때 나는 인간에 대한 말할 수 없는 혐오와 공포를 느끼게 된다.

나는 개를 좋아한다. 하지만 모든 개는 아니다. 특히 어떤 종의 특별한 성격에 대해서는 혐오감마저 가지고 있다. 나는 개들이 반항적이고 용감하고 독립적이고 시끄러운 것은 좋다. 하지만 먹는 거라면 뭐든 가리지 않고 허겁증을 내는 것은 날 우울하게 한다. 개들은 대단히 우수하고 많은 재능을 부여받은 건 사실이지만 어떤 점에서는 못 말리는 점이 있다. 짐승 같은 난폭함을 사정없이 발휘할 때 말이다. 개-인간은 결코 아름다운 종種은 아니다.

하지만 새는 진정 창조물 중에 단연 최고로 아름다운 종이라고 할 수 있다. 그 모양부터 기막히다. 나는 것 자체로 공간적으로 인간 위에 존재하고 있다. 그래서 새는 우리 인간 누구도 아직 경험하지 못한 활기찬 생명력을 지니고 있다. 부리와 다리는 기막히게 능숙하고 부부 사이의 애정이나 규칙 또 가정을 꾸리는 데는 거의 본능적인 감각을 타고났다. 그들의 둥지는 한마디로 걸작이다. 능숙하고 정성스럽고 섬세하고 호화롭다. 가정에서 수컷이 암컷을 돕는 데는 표본이 되는데, 아버지는 인간들처럼 집을 짓고 자식들을 보호하고 먹이는 역할을 한다.

새는 노래하는 가수이고 아름답고 우아하고 부드럽고 생기 차고 다정하고 도덕적이다. 새들이 변덕스럽다고 하는 것은 잘못된 것이다. 짐승들에게 본능적인 정절을 생각할 때 새들은 동물 중에 가장 정절을 잘 지키는 종이다. 그 잘났다는 개들의 경우 암컷만이 가족에 대한 애정을 품고 있어서 이 경우 암컷이 수컷보다 우월하다 할 수 있다. 하지만 새의 경우 암수가 모두 정절을 지켜서 결혼에 있어 가장 이상적인 본보기가 될 수 있다. 그러니 새에 대해 가볍게들 말하지 말기 바란다. 어쩌면 우리보다 훨씬 많은 능력을 갖추고 있는 음악가들이나 시인들에 견주어도 결코 못났다고 할 수 없을 것이다. '새-사람'은 바로 예술가들이리라.

이 장에서 새에 대해 늘어놓기 시작했으니 (이왕 본론을 한참 벗어났으니 좀 더 한들 대수겠는가?) 내가 직접 경험한 것에 대해 얘기하고 싶다. 이것은 자연의 시인인 뷔퐁에게[13] 해주고 싶었던 이야기이다.

---

13 〔역주〕 뷔퐁(Georges-Louis Leclerc, Comte de Buffon, 1707~1788)은 자연과

나는 두 마리의 서로 다른 품종의 꾀꼬리를 서로 다른 둥지에서 키우고 있었다. 하나는 가슴이 노랗고 다른 것은 몸통부분이 회색이었다. 가슴이 노란 종키유는 회색인 아가트보다 15일 더 빨리 태어났다. 꾀꼬리과에서 15일은 (꾀꼬리는 어떤 새보다 똑똑하고 속이 깊은 새인데) 사람으로 치면 10년에 해당한다. 종키유는 아주 상냥한 소녀였는데 아직 마르고 깃털도 다 자라지 않았고 아직 잘 날 수도 없어서 그저 이 가지에서 저 가지로 잠깐씩 날 수 있을 뿐이었다. 먹이도 혼자 먹지 못했다. 왜냐하면, 사람이 키우는 새는 야생에서 자라는 새보다 훨씬 발달이 늦기 때문이다. 어미 꾀꼬리는 인간보다 훨씬 혹독하게 자식을 키운다. 종키유는 만약 내가 달라고 하는 대로 주지 않고 그냥 내버려뒀더라면 15일은 일찍 혼자 먹이를 찾아 먹었을 것이다.

아가트는 못 말리는 작은 새였다. 늘 부산하게 소리 지르며 방금 난 깃털들을 흔들어대고 종키유를 괴롭혔다. 그러면 종키유는 발을 몸의 깃털 속에 감추고 머리를 어깨에 파묻고 눈을 반쯤 감은 채로 생각에 잠기곤 했다.

그래도 종키유는 여전히 작고 어린 소녀였고 먹성이 좋아서 내가 어쩌다 자기와 눈이 마주치기만 하면 먹이를 맘껏 먹기 위해 나 있는 곳까지 애를 쓰며 날아오곤 했다.

어느 날 나는 소설을 열심히 쓰고 있었고 조금 떨어진 곳에는 푸른

학의 몇몇 분야에 큰 영향을 미쳤다. 그는 〈자연의 신기원〉에서 처음으로 지질학사를 시기별로 재구성했으며, 멸종된 종에 대한 그의 개념은 고생물학 발전의 터전을 마련했고, 행성이 태양과 혜성의 충돌로 생겼다는 학설을 처음으로 제시했다.

나뭇가지가 하나 있었는데 거기에 나의 두 학생이 나란히 사이좋게 앉아 있었다. 날씨는 조금 쌀쌀했다. 아가트는 아직 깃털이 덜 자라 종키유의 가슴 아래로 몸을 붙이며 비벼대고 있었고, 종키유는 이런 어미 역할을 아주 너그러운 마음으로 하고 있었다. 그들은 30분 동안 그렇게 조용히 있어서 그동안 나는 글을 쓸 수 있었다. 낮에 그렇게 여유롭게 글을 쓰는 경우는 드물기 때문에 다행스러운 일이었다.

하지만 갑자기 식욕이 동한 종키유는 의자로 날아와 테이블 위로 올라와서는 이제 막 쓴 마지막 단어를 지워 버렸다. 아가트는 가지를 떠날 용기를 내지 못하고 날개를 바둥거리며 내 쪽으로 부리를 내밀고는 사정없이 소리를 질러댔다.

소설이 거의 끝나가는 중이었기 때문에 나는 처음으로 종키유에게 화가 났다. 나는 이제는 혼자 알아서 먹이를 먹을 나이가 되었으며 먹이통에 맛있는 먹이도 있으니 이제는 게으름 피우면 용서치 않겠다고 혼을 냈다. 종키유는 조금 화가 나서 뾰로통해져서는 가지로 돌아갔다. 하지만 아가트는 물러설 줄 모르고 종키유를 향해 미친 듯이 먹이를 달라고 우짖어댔다. 떠나갈 듯한 그 소리는 거의 웅변적이었다. 비록 아직 정확한 의사 표현은 아니라고 해도 그 소리 자체에는 듣는 사람의 마음을 찢는 호소력이 있었다. 무지한 나는 종키유가 무슨 생각을 하는지 가만히 숨죽이며 보고 있었다. 종키유는 조금 망설이는 것 같았고 뭔가 마음속으로 이상한 전쟁을 치르고 있는 것 같았다.

마침내 그녀는 결심한 듯 단번에 날아올라 먹이 그릇이 있는 곳까지 가서는 마치 먹이가 스스로 부리 쪽으로 오길 바라는 듯 소리를 한 번 지른 다음 단호히 빵조각을 떼어 물었다. 그런데 그다음, 세상에 그녀의 마음 씀씀이는 너무나 경탄스러웠다! 그녀는 자기의 배고픔을 달래기보다 부리에 먹이를 채운 다음 가지로 돌아가 아가트를 마치 어미 새처럼 능숙하게 먹이기 시작했다.

이때부터 아가트와 종키유는 나를 더는 괴롭히지 않았다. 어린 새는 언니 새가 먹여주었다. 언니 새는 자기가 나보다 더 잘, 나보다 더 재빠르게 할 수 있다는 것을 아는 듯이 동생을 더 깨끗하고 반짝반짝 윤이 나게 돌봐주었다. 이렇게 이 가여운 새는 어린 새를 마치 데려온 딸처럼 보살폈다. 자기도 아직 어리고 아직 먹이를 먹을 줄도 몰랐으면서 오로지 새끼를 먹이려는 모성애 때문에 혼자 먹는 법을 터득한 것이다. 14

한 달 후에 종키유와 아가트는 품종도 다르고 둘 다 암컷인데도 불구하고 늘 붙어 다니며 내 정원의 큰 나무들 사이를 자유로이 날아다니며 살았다. 둘은 집에서 멀리 떨어지지 않은 곳에서 큰 전나무 꼭대기에 집 짓는 것을 좋아했다. 둘은 긴 꼬리에 윤이 나고 생동감이 넘쳤다. 날씨가 화창해서 우린 매일 밖에서 식사했는데 그때마다 이 새들은 날개를 파닥이며 마치 손님이라도 된 듯, 식탁 위에 내려와 어떤 때는 근처 가지 위에, 어떤 때는 어깨 위에 앉았고, 어떤 때는 과일을 내오는 하녀 앞을 날아다니며 우리보다 먼저 접시 위 과일을 맛보곤 했다.

---

14 이 놀라운 이야기는 특별한 이야기가 아닌 것 같다. 내가 이 책을 쓴 이후로 그런 예들을 많이 보았으니까. 우리가 키운 나이팅게일들은 겨우 먹는 법을 터득하기 시작했을 때 같은 새장에 있는 모든 작은 새들에게 부드럽게 먹이를 주었다.

우리 모두와 다 친했지만, 그들을 잡을 수 있는 건 오직 나뿐이었다. 낮 동안 잠깐씩 내가 부르는 소리를 알아듣고 높은 나무에서 내려오곤 했는데 다른 사람들의 소리에는 절대로 반응하지 않았다. 파리에서 온 한 친구는 내가 높은 가지 위로 사라져 버린 새들을 부르자 그들이 즉시 달려오는 것을 보고는 놀라움을 금치 못했다. 내가 그들이 내 말에 복종하는 것에 내기를 걸면 새들을 훈련하는 것을 보지 못한 친구들은 내가 마술이라도 부리는가 생각했다.

올새도 한 마리 있었는데 놀랍도록 똑똑하고 기억력이 좋은 녀석이었다. 또 모든 사람에게 사나운 솔개도 있었는데, 나와는 너무 친해서 아들아이의 요람 가에 앉아서는 면도날처럼 날카로운 큰 부리로 아이 얼굴 위에 있는 손수건을 애교스러운 작은 소리를 내며 너무나 정교하게 들어 올리곤 했다. 그리고 얼마나 조심스럽게 다시 내려놓았던지 절대로 아이를 깨우지 않았다.

하지만 이 녀석은 마음에 들지 않는 사람에게는 위험스러운 존재가 되어 새장 속에 들어가게 됐는데, 어찌나 힘이 세고 고집스러운지 어느 날 그 육중한 새장을 굴려서 부수고는 날아가 버렸다. 그는 모든 사슬을 순식간에 다 자를 수 있었고 큰 개들도 무서워 어쩔 줄 몰라 했다.

내게는 친구나 동료 같은 새 이야기를 끝낼 수가 없을 것 같다. 베네치아에서는 아주 멋진 찌르레기와 살았었는데 물에 빠져 죽었을 때는 그 절망감을 이기지 못할 정도였다. 그다음은 개똥지빠귀 새와 살았는데 두고 올 때는 얼마나 고통스러웠는지 모른다. 베네치아 사람들은 새를 키우는 데는 일가견이 있는 사람들이었다. 특히 길모퉁이에 있는 한 청년은 이 방면에 천부적인 자질이 있었다. 어느 날 이 청년은 복권으로 얼마인지 알 수 없지만 꽤 많은 돈이 생겼는데 그는 형편이 어려운 친구들을 다 모아 큰 잔치를 벌이고 하루 만에 돈을 다 써버렸다. 그리고 다음 날부터 그는 참새와 찌르레기가 가득한 새장을 들고 늘 그가 앉던 구석진 자리로 돌아와 이번에는 사람들에게 훈련한 새들을 팔기 시작했다. 그는 그들과 아침부터 밤까지 늘 즐겁게 이야기를 나누었다. 그는 가진 돈을 친구들과 먹는 것으로 다 써버린 것에 대해 후회도 회한도 없었다. 새들과 오래 살았던 그는 예술가가 된 것 같았다.

내가 5수를 주고 개똥지빠귀 새를 산 것도 바로 그날이다. 5수를 가지고 이런 아름답고 착하고 유쾌하고 잘 훈련되었으며 오직 죽을 때까지 나만을 사랑하기 위해 존재하는 그런 친구를 갖게 된다는 것은 정말 거저나 다름없는 일이다! 아! 새들이여! 그런 새들을 사람들은 얼마나 무시하며 고마워하지도 않는지!

예전에 나는 새가 주인공인 허무맹랑한 소설을 쓴 적이 있는데 그 소설 속에서 나는 새들의 친근함과 그들이 가진 신비스러운 힘에 대해 쓴 적이 있다. 그 책의 제목은 《테베리노》인데[15] 독자들은 이 책을 참조하기 바란다. 앞으로도 나는 자주 이런 식으로 독자들에게 내가 쓴 소설을 환기시킬 것인데 이미 한번 상세히 설명한 것에 대해 다시 쓰고 싶지 않기 때문이다. 나는 그저 '아무나'를 위해 글을 쓰고 있

---

15 〔역주〕《테베리노》(*Teverino*), 1845년에 상드가 쓴 소설 제목이다.

다고는 생각하지 않는다. 여기서 '아무나'라고 하는 것은 한 작가의 문집이나 잘나가는 삶과는 거리가 먼 소설가의 이야기에 관심이 있기보다는 그저 세상 일로 머릿속이 꽉 찬 사람을 말한다.

나와 같은 직업에 있는 사람들은 오직 우리와 같은 종류의 삶을 살고 우리와 같은 몽상에 빠진 몇몇 사람들을 위해서만 글을 쓸 뿐이다. 그러니까 나는 이 글에 대한 보완으로 내가 쓴 다른 책을 읽어 보라는 부탁이 그들에게 결코 건방진 소리로 들리지 않으리라 믿는다.

어쨌든 이렇게 나는 나의 소설 《테베리노》에서 마치 에덴동산의 이브처럼 새들에 대해 신비한 힘을 가지고 있는 한 소녀를 등장시켰다. 그러니까 내가 하고 싶은 말은 그것이 완전한 나의 창조물이 아니라는 것이다. 티아나의 허풍쟁이 아폴로니우스의[16] 놀라운 기적 같은 이야기들이 결코 성경의 기독교 정신과 반대되는 이야기가 아니듯 말이다. 지금 우리는 지금까지 우리가 기적이라고 생각했던 것들의 원인에 대해 아직도 잘 설명할 수 없는 시대에 살고 있다. 하지만 우리는 안다. 이 땅에 기적이란 없으며 너무나 광대해서 그 끝을 측정할 수도 정의 내릴 수도 없는 이 우주의 법칙이란 결국 영적 질서와 부합한다는 것을.

하지만 이제 이 새에 대한 이야기는 접어두고 나의 출생 이야기로 돌아와야겠다.

---

16 〔역주〕 아폴로니우스가 아내와 딸(그는 이 딸이 죽었다고 생각함)과 헤어졌다가 긴 여행 끝에 결국 다시 만난다는 내용이다. 이 이야기의 기원은 3세기 때의 그리스어 작품인 듯하지만, 지금은 남아있지 않다.

2. 뒤팽 가문

그러니까 결론적으로 말해 내 핏속에는 왕족의 피와 가난하고 보잘것없는 조상의 피가 섞여 있다고 할 수 있다. 하지만 이른바 개개인에게 있어 숙명적이라고 생각되는 기질이란 것이 결국 여러 혈통이 뒤섞인 결과이며 그렇게 계속 여러 혈통이 결합하고 변형되면서 이른바 운명이란 것이 만들어지는 것이니 육체적이거나 혹은 정신적인 혼혈은 우리와 조상들 사이의 아주 중요한 관계를 보여준다는 생각이다.

왜냐하면 우리는 모두 위대하건 보잘것없건 평범하건 간에 누구나 조상이 있기 때문이다. 조상이란 늘 복수로만 쓰이는 단어이니 이들은 바로 이 기질을 이어 내려온 아버지들을 말한다. 귀족들이 이 단어를 자기들만의 전유물로 생각하는 것은 정말 웃기는 일이다. 마치 장인들이나 농부들에게는 조상이 없다는 듯이, 또 마치 가문의 문장이 없으면 아버지의 신성한 타이틀을 이어받을 수 없다는 듯이, 혹은 마치 어떤 계급은 합법적인 아버지를 더 많이 가지고 있는 듯이 말이다.

귀족에 대한 내 생각은 《피시니노Piccinino》라는 작품에서 이미 잘 설명한 적이 있다. 나는 이 작품에서 세 장에 걸쳐 귀족에 대한 내 생각을 썼는데 아마도 이 작품은 그것을 쓰기 위해 시작한 것인지도 모른다. 그들의 편견들은 가족의 신앙, 다시 말해 모든 인류에게 적용해야 할 값지고 성스러운 원칙들을 오로지 돈 있고 힘 있는 계급에만 적용해 온 괴상한 편견에 불과한 것이다. 이 성스러운 원칙은 그 자체로 침해되어서는 안 된다. 그렇다고 스페인 사람들이 말하는 *Cada uno es hijo* *de sus obras*라는[17] 말도 절대적인 것 같지는 않지만, 조상으로부터 물려받은 귀족 칭호가 아니라 자기 자신의 고귀한 행동과 각자의 미덕의 정도에 따라 자신의 가치를 인정받는다는 것은 위대하고 고귀한 생각이다. 이런 생각으로부터 우리의 위대한 혁명도 일어난 것이다.

하지만 이런 저항의 몸짓들은 오로지 문제의 한 면만을 본 것이다. 그리고 인간은 너무 무지해서 그 모든 것을 다 희생해 버리고 말았다. 우리가 "자신의 행위의 자식"이라는 표현은 너무나 옳은 말이다. 하지만 우리가 우리의 아버지들 혹은 친가나 외가 쪽 조상의 자식이란 것도 맞는 말이다. 우리는 태어나면서 우리에게 이어진 피의 본성들을 가지고 태어난다. 그것은 마치 지긋지긋한 운명처럼 우릴 지배한다. 만약 하나님이 공평하게 우리 각자에게 주신 어떤 의지가 없었다면 말이다.

이것에 대해서 (이것은 본론을 벗어나는 이야기이지만) 나는 이렇게 말하고 싶다. 우리는 완전히 자유롭지 않다. 운명예정론 같은 끔찍한 도그마를 신봉하는 사람들은 자신들의 논리를 위해 또 하나님의 선하심을 모욕하지 않기 위해 지옥이라는 끔찍한 허구의 이야기를 만들었지만, 그것은 지워 버려야 할 것이다. 내가 내 영혼과 생각에서 그것을 지워 버렸듯이 말이다. 하지만 우리는 완전히 본능의 노예도 아니다. 신은 우리에게 그것과 싸울 수 있는 또 다른 어떤 본능을 주었다. 이성적으로 판단하고 비교하고 또 우리의 경험을 유리하게 활용해서 마침내 우리를 구원할 수 있는 능력을 말이다. 설사 그것이 자기 자신에 대한 사랑에 의해서건 혹은 절대적 진리에 대한 사랑에 의해서건 말이다.

---

17 〔역주〕 사람들은 자기 행위의 자식이다.

사람들은 바보나 미친 사람 혹은 편집광적인 살인자들을 예로 들며 내 말에 반박할지도 모르겠다. 하지만 모든 규칙에는 예외가 있는 법이다. 아무리 완벽한 조합에도 돌연변이는 있을 수 있는 법이다. 그러나 나는 확신한다. 사회와 교육의 진보로 이런 돌연변이들은 사라지게 될 것이다. 마치 우리가 운명적으로 조상들로부터 물려받은 기질들을 최고로 잘 발휘해서 끊임없이 갈등할 수밖에 없는 우리의 타고난 본능과 이성적 원칙들을 도와줄 수 있는 것처럼 말이다.

인간의 이런 노예 상태와 자유의지를 인정하는 것은 수 세기 동안 신학계와 철학계가 고민했던 문제를 겁도 없이 건드리는 것인지도 모른다. 많은 종교는 자유의지라는 것을 절대적으로 인정하거나 혹은 절대적으로 거부하지 않고는 자신들의 종교를 세울 수 없다고 굳게 믿어왔다. 내 생각에 미래의 교회는 인간의 숙명, 다시 말해 본능적 폭력성과 감정적 욕망을 인정해야만 할 것이다. 과거의 교회도 아마 이미 이것을 예감했던 것 같다. 왜냐하면 영원한 지옥과 영원한 천국 사이에 마지막 단계로 연옥煉獄이란 것을 만들었으니 말이다.

인간적으로 완전한 신학은 운명과 자유라는 두 가지 원칙을 인정했다. 하지만 마니교manichéisme는 서로 반대되는 이 둘에 대한 해결책으로 세 번째 원칙을 가정함으로 이 문제를 매듭지으려 했는데 그것은 바로 은총이라는 것이다.

이 원칙은 새로 창조해야 하는 것이 아니라 예전부터 있었던 것을 보존하기만 하면 되는 것이다. 왜냐하면 이것은 발굴된 고대의 유산 중에 가장 아름다운 것이기 때문이다. 은총은 항상 인간을 도울 만반의 준비를 하는 신의 너그러운 행위이다. 나는 이것을 신봉하고 있으며 만약 이것이 없었다면 신도 믿지 않았을 것이다.

고대 신학은 이것을 순진하고 무지한 사람들을 위한 무지몽매한 도그마로 여겼다. 그들은 '사탄의 유혹'에 '자유의지' 그리고 '은총'으로 사탄을 이기고 구원된다고 말했다. 그런데 이 3개의 표현은 어딘지 균형이 맞지 않는다. 2 대 1이다. 절대적 선택의 자유와 운명에 저항하기 위한 전지전능한 신의 구원, 이 두 가지가 사탄의 유혹과 맞서고 있다. 그렇다면 사탄의 유혹은 쉽게 물리치고 정복되어야만 할 것이다. 그런데 이런 진실 앞에서 영원한 지옥 불에 던져질 걸 알면서도 끊임없이 자신의 욕망을 채우려 하고 자신을 사탄에게 바치는 인간의 어리석음은 어떻게 설명할 수 있을까? 자신의 자유의지와 신의 도움으로 영원한 천국의 길로 가기가 그렇게도 쉬운데 말이다.

분명히 이 도그마는 인간을 잘 설득하지 못한 것 같다. 근엄하고 열정적이며 용기 있는 마음으로부터 나온 이런 교리, 교만할 정도로 어리석고 진보에 대한 열정은 보이지만 인간의 본질을 꿰뚫어 보지 못한 이 교리, 결과적으로 잔인하고 독재적인 이 교리, 악을 숭배하기로 선택한 자에게는 영원한 신의 저주를 내리는 이런 교리는 아무도 구원할 수 없다. 성인들은 오직 사랑으로만 하늘을 가질 수 있었고 두려움에 떠는 약한 자들은 가톨릭이 말하는 지옥 속을 뒹굴었다.

육체로부터 영혼을, 물질로부터 정신을 완전히 분리하면서 가톨릭 교회는 유혹이 가지고 있는 힘에 대해 잘 알지 못했고 단지 그것은 지옥에 있는 거라고 소리쳤다. 하지만 만약 유혹이 우리 안에 있어서 아들이 엄마를 닮거나 딸이 아버지를 닮는 것처럼, 아니면 모든 아이가 이쪽이나 혹은 저쪽 편에서 삼촌이나 혹은 증조부를 닮게 되는 그런 유전의 법칙에 따라(왜냐하면 가족 간에 겉모습이나 성격이 혹은 그 둘 다를 닮는 현상을 우린 매일 확인할 수 있으니 말이다) 계속 대가 이어진다면, 유혹은 앞서 말한 것처럼 저주받은 것도 아니고 우리 밖에서 우리를 괴롭히기 위해 존재하는 보이지 않는 힘도 아니다.

장 자크 루소는 우리가 모두 선하게 태어났으며 교육될 수 있는 존재라고 믿었다. 그리고 이런 생각으로 그는 운명이란 것을 제거해 버렸다. 하지만 그는 요람에서부터 인간을 타락시키기 위해 그를 사로잡는 퇴폐적인 성향, 결국 악을 사랑하게 만드는 그런 범죄성을 어떻게 설명할 것인가? 그도 역시 인간에게 자유의지가 있다는 것은 믿고 있었다! 인간에게 절대적인 자유가 있다는 것을 인정하지만 만약 그것을 나쁘게 사용하는 것을 본다면 우리는 신의 존재를 의심하거나 아니면 신이 아무런 일도 하지 않으며 우리에게 무관심하다는 생각에 절망하여 다시 운명예정설을 믿게 될 것이다. 이것은 지난 몇 세기 동안 신학의 역사가 걸어온 과정이기도 하다.

우리의 원초적 본능이 교육될 수 있건 혹은 야만적이건 그것은 부인할 수 없이 유전적이어서 그것을 부정해 봐야 아무 소용없다는 것을 인정한다면 영원한 악, 운명적인 악은 파괴된다. 왜냐하면 진보는 운명을 그저 받아들여야 하는 것과는 거리가 멀기 때문이다. 이것은 항상 변화될 수 있거나 변화되고 있으며 최상의 것이고 때로는 숭고하기까지 하다. 왜냐하면 유전은 선한 신조차 거부할 수 없는 굉장한 선물이기 때문이다. 인류는 이리저리 우연에 따라 흩어져가는 그런

무리가 아니라 서로가 연결된 한 가족이다. 그리고 이 집단은 설사 이름이 사라진다 해도(이런 일은 귀족들이나 당황스러워하는 작은 사건일 뿐이다) 완전히 깨지지 않는다. 시간을 초월한 지성은 영혼에 어떤 영향을 미치고 진보의 영혼 그 자체라고 할 수 있는 신의 행동은 항상 인간을 과거와 종족의 원죄에서 벗어나도록 하면서 인간을 살려낸다.

이렇게 육체적인 악은 점점 우리의 피를 떠나게 된다. 마치 악의 정신이 우리의 영혼을 떠나는 것처럼 말이다. 불완전한 우리 세대가 그 자신과 싸우는 한 철학은 관용을 베풀고 종교는 긍휼을 베풀어야 한다. 그들은 인간의 어리석은 행동 때문에 인간을 죽일 권리가 없으며 인간의 잘못된 생각을 단죄해서도 안 된다. 그들이 더 강하고 더 순결한 자들만을 위한 새로운 교리를 따른다면 그들은 지옥의 종교재판관이나 영원한 사형집행인인 지옥불 사탄을 끌어들이지 않을 수 없을 것이다. 공포는 더는 인간에게 영향을 줄 수 없다(이미 그것은 효력을 잃어버렸다). 은총이면 충분할 것이다. 은총이라고 부르는 것, 이것은 이미 인간에게 약속된 신의 행위이기 때문이다.

인간 정신이 거부하고 싶은 끔찍한 지옥의 교리와 어떤 용서나 희망도 인정하지 않는 폭군 같은 광신狂信 앞에서 인간은 반항하고 결국 그 족쇄를 부숴 버린다. 인간은 교회와 함께 이 사회를 뒤집어엎고 과거의 재단과 함께 조상의 묘를 파헤친다. 그리고 인간은 비상한다. 잠시 방황하기도 하지만 곧 길을 찾을 것이다. 그러니 걱정하지 않아도 된다.

또다시 이야기가 주제로부터 멀어져 버린 것 같다. 이러다가는 나의 짧은 인생 이야기도 보헴왕의 일곱 성城 이야기처럼 되어 버릴지도 모르겠다. 하지만 그러면 어떤가? 나의 친애하는 독자들이여. 흥미로운 사건들보다 나의 회상으로 가득 채워질 내 인생 이야기는 별로 흥미로울 것도 없다. 아마 살면서 나보다 더 많은 꿈을 꾸고 나보다 더 적게 실행에 옮긴 사람은 없을 것이다. 어쩌면 소설가라고 해서 당신은 다른 이야기를 기대하고 있으려나?

하지만 잘 들어보시길. 나의 삶은 당신의 삶과 별반 다를 게 없을 것이다. 왜냐하면 내 글을 읽는 독자라면 분명 세상의 즐거움과 거리가 먼 사람일 테니까 말이다. 그렇지 않다면 당신은 지루해서 내 책을 던져 버릴 것이 분명하다. 당신은 분명 나처럼 꿈을 꾸는 사람일 것이다. 그래서 내 인생길에서 나를 멈추게 했던 모든 것이 당신도 멈추게 했을 것이 분명하다. 당신도 나처럼 찾아 헤매고 당신의 존재에 의미를 부여하고 어떤 결론에 도달하기도 했겠지. 나의 결론들과 당신의 결론을 비교해보기 바란다. 생각의 무게들을 가늠해보고 소리 내서 말해보기 바란다. 진실이란 시행착오를 통해서만 드러나는 법이니까 말이다.

우리는 결국 매 걸음 멈춰 서서 매번 모든 관점을 다 점검해볼 것이다. 지금 여기에서 내가 깨달은 진실은 가족 우상 숭배는 거짓이며 위험하지만, 가족 간의 존경과 연대의식은 필요하다는 것이다.

예전에 가족이 아주 큰 역할을 했었던 때가 있었다. 하지만 이후 이 중요성이 점점 과장되면서 귀족들은 자신들을 특권을 가진 자로 여기게 되고, 중세의 제후들은 종교적으로 신성하게 되어야만 권위 있는 가문이 될 수 있다고 생각했을 것이다. 하지만 18세기 철학자들은 귀족에 대한 이런 숭배 사상들을 흔들어 버렸고, 대혁명은 그것을 무너뜨려 버렸다. 그리고 가족에 대한 신앙은 폐허 속으로 사라지고 세습으로 고통받던 보통 사람들, 가문 같은 것은 우습게 생각하는 보통 사람들은 자신을 자신이 한 행동의 자식으로 여기게 되었다. 하지만 그들은 틀렸다. 그들 또한 모두 왕과 같은 조상들이 있는 것이다. 모든 가문은 그만의 고귀한 것과 그만의 영광과 그만의 특징을 가지고 있기 마련이니까. 그것이 재능이건, 용기이건, 미덕이건 아니면 좋은 머리이건 말이다. 다른 사람과 다른 차이를 가지고 태어난 사람들은 그것을 자신을 낳아준 남자와 여자 덕분으로 생각해야 한다.

어떤 가계의 후손이라도 자기 가문에서 이어받아야 할 것과 이어받지 말아야 할 것이 있는 법이다. 그리고 이런 식으로 훌륭한 가문의 계보는 만들어지는 법이다. 그러니 예전부터 성안 깊은 곳에서 젊은 귀족들이 교육되었던 그런 방식으로 어린아이가 유모에게서 집안의 오랜 전통 이야기를 듣는 것도 나쁜 교육은 아닐 것이다.

모든 것을 이해하기 시작한 장인들과 이제 글자를 알기 시작한 농부들이여! 더는 당신들의 죽은 선조들을 망각하지 말기를. 그리고 당신들 아버지의 삶을 당신들의 아들에게 전하길 바란다. 원한다면 당신이 직접 가문의 문장을 만들어도 좋겠다. 흙손이든 곡괭이든 낫이든 뿔피리든 간에 그 모든 것이 탑이나 종만큼 아름다운 상징물이 될 것이다. 그런 것이 마음에 들면 당신도 얼마든지 즐겨볼 일이다. 사업가들과 돈 있는 자들은 어쩌면 이런 장난질을 그렇게 잘하고 있는지!

하지만 당신은 그런 종류의 인간들보다 훨씬 진지한 사람이다. 그러니 각자가 잊어버린 조상들의 좋은 행동들과 업적들을 끄집어내어 후손들이 그 명예를 드높여주기를 바라 마지않는다. 망각이라는 너무나 어리석은 괴물은 그동안 많은 세대를 집어삼켰다. 무덤을 세울 거리가 없었다는 이유로 그동안 얼마나 많은 영웅이 아무도 모른 채 잊혔나! 지난 세월 동안 자신들만 불꽃이며 자신들만 역사가 되려는 귀족들 때문에 얼마나 많은 빛이 역사 속에서 꺼져 버렸나! 당신들은 그 망각에서 벗어나길! 정신 속에 오직 뚝 떨어진 현재만 지닌 당신들 모두 말이다!

제발 당신들의 역사를 쓰기를 바란다. 진정 자신의 삶을 이해하고 자신의 가슴 저 밑바닥을 탐색하려는 당신들 모두는 말이다. 이제 내가 나의 이야기를 쓰는 것도 내가 나의 조상들 이야기를 하려는 것도 다 이런 뜻에서이다.

삭스 선제후選帝侯이며 폴란드 왕인 프레데릭 오귀스트는[18] 그 시대의 소문난 난봉꾼이었다. 그의 피를 이어받았다는 것은 아주 드문 일은 아니다. 그는 수많은 사생아를 두었기 때문이다. 그는 아름다운 오로르 쾨니스마르크와[19] 관계했는데, 이 애교 넘치고 품위 있는 여자는 칼 12세의 마음도 사로잡아 자기를 군대보다 더 두려운 존재라고 믿게 할 정도였다고 한다.[20] 오귀스트는 이 여자와의 사이에서 아

---

18 〔역주〕 프레데릭 오귀스트(1670~1733), 삭스의 선제후이며 1697년 폴란드의 왕 오귀스트 2세가 되었다. 스웨덴 왕 칼 12세에게 정복당해 1706년 권좌에서 물러났으나 1709년 다시 되찾았다.

19 〔역주〕 오로르 쾨니스마르크(1662~1728)에 대해서는 앙드레 데훼이유의 〈조르주 상드의 조상과 스웨덴 방계혈족〉(고고학, 역사, 예술 고문서 학회지), 1958년 4월, 36쪽을 참조할 것. 오로르의 흥미로운 가계도에는 쾨니스마르크, 랑젤, 르웬호프 같은 유명한 이름들이 즐비하다.

20 여기에는 아주 흥미로운 이야기가 있다. 볼테르는 《칼 12세의 역사》란 책에서 이렇게 말한다. "… 오귀스트는 신하들로부터 듣는 까다로운 요구사항은 잘 받아들이지 않았지만 정복자가 요구하는 것은 아무리 힘든 것이라고 해도 더 잘 받아들였다. 그

들을 하나 두었는데 그는 프랑스의 기병대장에 불과했지만 귀족적인 품격은 아버지를 능가하는 아들이었다. 그의 이름은 모리스 드삭스였다. 퐁트네이의 정복자로 자기 아버지만큼 용감하고 선량한 품성

는 스웨덴의 왕에게 평화를 구하기로 결심하고 그와 비밀조약을 맺고자 했다. 이것은 상원에는 비밀로 해야 했다. 그는 신하들을 더 다루기 힘든 적으로 생각했기에 일은 아주 예민한 사항이었다. 그는 이것을 쾨니스마르크 백작 부인에게 털어놨다. 그녀는 스웨덴의 명문가 출신으로 그가 총애하는 여자였다. 오빠가 불행하게 죽은 것으로 유명했고 아들이 프랑스 군대를 이끌어 혁혁한 공을 세운 그런 여자였다. 세간에서 아름답고 영리하기로 유명한 이 여자는 협상을 성공시키는 데 어떤 신하보다 더 능력 있는 여자였다. 게다가 그녀는 칼 12세의 정부이자 재산가였고 그의 궁정에서 오래 생활해왔기 때문에 이 왕자를 보러 가기엔 더없이 좋은 구실을 가지고 있었다.

그래서 그녀는 리투아니의 스웨덴 캠프로 가서 먼저 피페르 백작(1660~1716, 칼 12세가 총애하는 재상. 후에 폴타바 전투에서 잡혀 러시아 요새 안에서 너무나 비인간적인 포로생활을 함)에게 접근했고 그는 그녀에게 너무 쉽게 왕과의 접견을 약속했다. 너무나 완벽한 백작 부인은 유럽에서 제일 사랑스러운 여자 중 하나일 뿐 아니라 자기가 가 보지도 않은 나라의 언어를 마치 모국어처럼 우아하게 말할 줄 아는 특이한 재능을 가진 여자였다. 때때로 그녀는 프랑스어로 시를 쓰기도 했고 사람들은 그런 그녀를 베르사유에서 태어난 사람으로 착각할 정도였다. 그녀가 칼 12세를 위해 쓴 시는 지금도 남아 있다. 그녀는 우화 속의 신들을 등장시켜 샤를의 공적을 치하했다. 그리고 시는 이렇게 끝이 난다.

'마침내 신들은 그의 영광을 노래하고 / 그를 기억의 전당에 올린다. / 하지만 비너스와 바쿠스는 한마디도 하지 않았다.'

스웨덴의 왕은 약속 같은 것은 쉽게 파기해 버리는 그런 종류의 사람이었다. 그는 계속 그녀와의 접견을 거부했다. 그녀는 그가 말을 타고 잘 가는 산책길에서 그를 마주치기로 했다. 그리고 결국 어느 날 한 오솔길에서 그와 마주쳤다. 그를 알아보자마자 그녀는 마차에서 내렸고 왕은 그녀에게 인사한 후 한마디도 하지 않고 말머리를 돌려 돌아가 버렸다. 그래서 쾨니스마르크 백작 부인은 스웨덴의 왕이 무서워하는 것은 오직 그녀 하나뿐이라는 사실에만 만족하고 빈손으로 돌아와야 했다."(볼테르, 《칼 12세의 역사》 2권)

의 남자였지만 바람기도 아버지 못지않았다. 전쟁술에는 더 똑똑했고 더 행복한 삶을 살았으며 주변에 도와주는 사람도 많았다.

오로르 드쾨니스마르크는 말년에 개신교 수도원을 후원했다. 이 케들린부르크의 수도원은 너무나 불행했던 삶으로 유명했던 프로이센의 아멜리 공주가 그녀의 뒤를 이어 후원했던 곳이기도 하다. 이 공주는 위대한 황제 프레데릭의 누이였으며 트랑크 남작의 정부이기도 했다. 쾨니스마르크 백작 부인은 이 수도원에서 죽고 여기에 묻히게 된다. 몇 년 전 독일 신문들은 케들린부르크 수도원의 묘지를 열어 그곳에서 완벽하게 보존된 오로르의 시신을 찾았다는 보도를 했었다. 그녀는 보석으로 덮인 화려한 비단으로 수놓은 옷을 입고 담비로 된 이중의 모피 망토를 두르고 있었다고 한다.

나도 시골에 있는 내 방에 여전히 젊고 빛나는 아름다움을 지닌 이 부인의 초상화를 가지고 있다. 그녀는 초상화를 그리기 위해 화장한 모습인데 머리가 완전히 검은색인 것으로 보아 우리 가문이 북유럽의 아름다움을 가지고 있다는 것은 틀린 말이다. 잉크처럼 짙은 검은 머리는 루비로 된 핀으로 올라가 있고 훤하게 벗겨진 빛나는 이마에서 겸손함이란 찾아볼 수 없다. 가슴 앞으로는 굵고 투박하게 땋은 머리가 늘어져 있고 금실로 수놓은 보석이 박힌 비단옷에 붉은 담비 벨벳 망토를 걸쳤는데 바로 관에서 입고 있었다던 그 망토이다.

솔직히 나는 아름답게 미소 짓는 그녀의 고상한 얼굴을 별로 좋아하지 않는다. 발굴 이야기를 들은 후부터는 가끔 저녁때 그녀의 반짝이는 눈을 보고 있자면 조금은 무서운 생각도 든다. 그녀는 마치 내게 이렇게 말하는 것 같다.

모리스 드삭스.
폴란드 왕족의 피를 이어받은 귀족이며,
1747년 프랑스군 대원수로 임명되었다.

"드높은 내 가문에서 어쩌다 잘못 태어난 아이야, 너는 머릿속에 무슨 쓸데없는 생각들을 가지고 있는 거니? 무슨 평등 같은 말도 안 되는 몽상을 하는 거니? 사랑은 네가 생각하는 그런 게 아니란다. 인간은 네가 희망하는 그런 존재가 아니야. 그들은 왕에 속고, 여자에 속고, 그들 자신에게 속는 그런 존재란다."

그녀 옆에는 그녀의 아들인 모리스 드삭스의 초상화가 있다. 라투르가 그린 아름다운 파스텔화이다. 빛나는 갑옷을 입고 머리에 분을 바른 아름답고 선량한 모습의 그는 이렇게 말하는 것 같다.

"앞으로 돌격, 북을 치고 심지에 불을 붙이라!"

그리고 아카데미에 들어가기 위해 불어를 배우는 일 같은 건 신경도 쓰지 않았던 것 같다. 그는 엄마를 닮았지만, 금발이고 얼굴 톤도 더 맑아 보인다. 푸른 눈은 더 부드럽고 미소도 가식적이지 않다.

하지만 그의 뜨거운 열정은 그의 명예에 먹칠했다. 특히 파바르 부인과의 연애 사건은 유명하다. 파바르의 편지들은 품위 있고 불타는 열정과 진실한 마음이 가득하다. 그의 마지막 사랑은 베리에르 양이었는데[21] 그녀는 오페라 배우였고 언니와 함께 "샹의 작은집"에 살고 있었다. 이 집은 지금도 파리의 새로운 중심지구인 쇼세당텡에 남아 있다. 베리에르 양은 그와의 사이에서 딸을 하나 낳았는데 그녀는 15년 후에나 삭스 기병대장의 딸로 인정되어 의회로부터 아버지의 이름을 써도 된다는 허락을 받게 된다.

이 이야기는 당시의 세태를 보여주는 아주 흥미로운 이야기이다. 나는 오래된 판례집에서 다음과 같은 것을 발견했다.

삭스의 백작이며 프랑스 기병대장 모리스의 사생아인 마리 오로르 양은 파리의 부르주아인 장 바티스트 드라리비에르와 그의 부인인 마리 랭토의 딸로 세례받았다. 오로르 양이 결혼할 즈음인 1766년 5월 3일에는 샤틀레의 결정에 따라 몽글라스가 그녀의 판관이 된다. 그런데 혼인공시 때에 그녀는 라리비에르의 딸로 쓰는 것을 원치 않았고 더욱이 엄마 아빠를 모른다고 쓰는 것도 원치 않아 법원에 샤틀레의 결정을 상고하였다. 법원은 테티옹 씨의 변호로 그녀 엄마의 출산을 도왔던 제르베뿐 아니라 그녀의 세례식에 있었던 여러 사람의 완벽한 증언에 따라 그녀가 삭스 백작의 사생아였으며 그도 그녀를 자신의

---

21 그녀의 진짜 이름은 마리 랭토(Marie Rinteau)였고 그녀의 언니 이름은 주느비에브(Geneviève)였다. 베리에르라는 이름은 가명이었다.

딸로 인정했다는 결정을 내렸다.

재판에 넘겨진 첫 번째 판관인 마소네 씨는 변호사 졸리 드플뢰리의 변론에 따라 1766년 6월 4일 그전 5월에 내린 결정을 확정하는 판결을 내렸다. 법정은 검사인 지로드 씨를 오로르의 판관으로 명하였고 그는 다음과 같은 판결을 하였다.

"삭스 백작 모리스의 사생아로 그와 같은 지위와 소유를 인정한다." 그리고 그는 1748년 10월 19일 파리의 생제르베 생프로테 교회에서 행한 세례식에 대해 다음과 같이 수정 명령을 내렸다. "수르디 공작 앙투안-알렉상드르 콜베르와 주느비에브 랭토를 대부와 대모로 하여 위 날짜에 세례를 받는 마리 오로르는 파리 부르주아 장 바티스트 드라리비에르와 그의 아내인 마리 랭토라는 이름 대신 마리 오로르 이름 뒤에 프랑스 군대의 기병대 장교 삭스 백작 모리스와 마리 랭토의 사생아라는 말을 붙일 수 있음을 허락한다."[22]

나의 할머니가 사람들 앞에서 보일 수 있는 또 다른 결정적인 증거는 바로 삭스 기병대장과 너무나 똑 닮은 그녀의 모습이고 또 오귀스트 왕의 딸이며 기병대장의 조카이고 사촌이며 또 샤를 10세와 루이 18세의 어머니이기도 했던 황태녀皇太女의 양녀였다는 사실이다. 이 공주는 그녀를 생시르에 두고 그녀의 교육을 담당하고 그녀의 결혼을 도왔으며 그녀가 엄마를 만나러 가는 것을 은밀히 돕기도 했다.

---

22 파리 샤틀레의 검사였던 J. B. 드니사르(J. B. Denisart)가 쓴 〈현행 판례와 관련된 새로운 판결 및 개념 모음〉(파리, 1771) 제 3권 704쪽에서 발췌.

15살에 오로르 드삭스는 생시르를 나와 루이 15세의 사생아이며 셀레스타 왕의 근위대장인 오른 백작과[23] 결혼하게 된다. 그녀는 그를 결혼식 전날 처음 보게 되는데, 죽은 왕과 너무 닮아 그가 살아서 걸어오는 줄 알고 무서워했다고 한다. 단지 그가 좀 더 크고 좀 더 잘 생겼을 뿐이다. 하지만 그는 근엄하고 거만한 사람이었다. 결혼식 날 저녁 나의 할아버지뻘인 보몽 사제(부용 공작과 베리에르 양 사이의 아들)도 참석했는데 백작의 침실 하인 한 명이 아직 어린애인 이 젊은 사제에게 와서 젊은 오른 백작 부인이 그의 남편과 합방하지 못하도록 모든 수단을 다해 막아 달라고 했다고 한다. 여기에는 오른 백작의 주치의까지 나섰고 백작도 받아들일 수밖에 없었다.

결국, 마리 오로르 드삭스는 첫 번째 남편의 이름을 따른 적이 없었다. 그들은 알자스에서 왕자들이 벌이는 무도회에서만 가끔 볼 뿐이었다. 수비대 행렬, 축포, 금쟁반에 올려진 도시의 열쇠, 행정관의 지루한 연설, 불빛들, 시청에서의 대연회 …. 뭐가 더 있었는지 모르지만 이런 호사스러움은 사랑하지도 않고 잘 알지도 못하는 한 남자의 여자가 되어 그를 저승사자처럼 피해 다니기만 하는 가엾은 어린 소녀를 위로해주는 것 같았다.

나의 할머니는 수도원에서 나와 그녀가 보았던 화려한 연회의 인상에 대해 종종 얘기하곤 했다. 할머니는 요란하게 장식된 멋진 옷을 입은 남편과 백마 4마리가 끄는 금마차를 탔다고 한다. 축포 소리는 오

---

23 앙투안 드오른 각하. 생루이의 기사이며 셀레스타 왕의 근위병이다.

로르에게 남편의 목소리만큼 두려움을 주었는데, 그녀가 유일하게 좋아했던 건 죄수들을 사면하는 종이에 왕의 인장을 찍을 때였다고 한다. 그러면 20여 명의 죄수가 즉각적으로 풀려나서 그녀에게 감사를 표시하러 왔다고 한다. 그러면 그녀는 울음을 터뜨리면서 기뻐했는데 나중에 그녀는 이것을 신의 섭리로 생각했다고 한다. 왜냐하면, 나중에 그녀도 테르미도르[24] 9일에 감옥에서 나왔기 때문이다.

그런데 알자스에 도착한 지 몇 주 후 어느 날 연회 중간에 백작은 사라지고 새벽 3시경 백작 부인만 춤을 추고 있을 때 그녀는 남편으로부터 잠깐 만나자는 전갈을 받고 남편의 집으로 갔다. 하지만 백작의 방 앞에서는 젊은 사제가 그녀에게 절대로 혼자 그 방에 들어가지 말라고 했던 말을 생각하고 머뭇거리고 있었다. 하지만 그녀가 용기를 내어 방의 문을 열었을 때 그곳에는 많은 사람이 불을 훤히 켜고 있었다. 결혼식 날의 바로 그 하인이 지금은 오른 백작을 품에 안고 있었다. 사람들은 그를 침대에 뉘었고 의사가 곁에 있었다. 나의 할머니가 들어오는 것을 보고 하인은 "백작님은 이제 더는 말을 못 하시게 될 거예요! 어서 마님을 데려오세요!"라고 소리쳤다. 그녀가 본 것은 침대 밖으로 축 늘어진 하얀 팔뿐이었다. 사람들은 곧 그 팔을 안으로 집어넣었다. 오른 백작은 조금 전 결투에서 칼을 맞고 돌아온 것이었다.

할머니는 그 이상은 아무것도 몰랐다. 그녀는 남편의 장례를 치르는 것밖에는 남편을 위해 더는 해줄 수 있는 것도 없었다. 살아서도 죽어서도 남편은 늘 무서운 존재일 뿐이었다.

---

24 〔역주〕 프랑스 혁명력 제 11월로, 그레고리력으로 환산하면 7, 8월에 해당한다.

내 생각이 틀리지 않는다면 당시 황태자비가 여전히 살아 있었기 때문에 마리 오로르는 수녀원으로 들어갔다. 그리고 곧바로인지 조금 후인지는 모르지만 젊은 미망인은 곧 사랑하는 엄마를 자유롭게 만날 수 있게 되었고 그녀는 이 기회를 맘껏 즐겼다.[25]

베리에르 자매는 항상 풍족한 삶을 살았다. 아니, 너무 사치스럽게 살았고 어느 정도 나이가 들었지만 여전히 아름다웠고 남자들로부터 스스럼없는 찬사를 받았다. 나의 증조할머니는 너무나 영리하고 사랑스러운 여자였고 다른 할머니 또한 대단한 분이었다. 누구를 닮은 것인지 모르지만 사람들은 그녀를 '미녀와 야수'라고 부르곤 했다.

두 분은 안락한 삶을 영위했다. 당시의 엄격한 도덕 같은 것은 별로 개의치 않고 사람들이 지금 말하는 것처럼 예술을 즐기며 살았다. 두 분은 집에서 연극을 공연했다. 라아르프 씨도 이곳에서 발표되지 않은 작품을 공연했다고 한다. 오로르도 이곳에서 〈멜라니〉를 공연해서 큰 성공을 거두었다고 한다. 이곳에서는 오로지 문학과 음악만을 다루었다. 오로르는 천사처럼 아름다운 아이였는 데다가 매우 영특하고 그 시대 최고의 교육을 받았다. 그리고 이러한 지성은 엄마 주변 사람들과 만남을 통해 더 발전되고 꽃을 피웠다. 게다가 그녀는 기막힌 목소리를 가지고 있었다.

나는 할머니보다 더 좋은 음악가를 본 적이 없다. 할머니의 엄마

---

25 황태자비는 1767년에 죽었다. 그래서 나의 할머니는 19살이 되어서야 자기 엄마 집으로 가게 된다.

집에서는 오페라 공연도 하곤 했다. 할머니는 〈마을의 점쟁이〉라는 작품에서 콜레트 역을, 〈야만인들〉이란 작품에서는 아제미아 역을 맡았다. 그리고 그레트리의 오페라와 세덴의 연극에서 주연을 맡았다. 나는 할머니가 돌아가시기 전 대가들의 노래를 부르는 것을 백 번도 더 들었다. 레오, 포르포라, 하스, 페르골레즈 같은 대가들을 할머니는 스승으로 삼았다. 할머니는 손가락이 마비되었을 때도 단지 두세 손가락으로 쇳소리가 나는 클라브생의 건반을 두드리곤 했다. 할머니의 목소리는 떨렸지만, 항상 정확했고 강약으로 조절되는 어떤 울림이 있었다. 할머니는 모든 악보를 다 펼쳐놓고 읽었다. 나는 할머니보다 더 잘 부르고 더 잘 맞춰주는 사람을 본 적이 없다. 그녀는 이렇게 풍성한 재능과 티 없는 정확성을 가지고 있었다. 이런 순수한 태도, 이런 정확한 발성법을 오늘날 사람들은 알지 못한다.

어릴 적 할머니는 이탈리아 노래를 같이하자고 한 적이 있는데 작곡가가 누군지는 모르겠다.

Non mi dir, bel idol mio,
Non mi dir ch' io son ingrato
나에게 말하지 마오, 나의 아름다운 우상이여
내가 은혜를 모른다고 말하지 마오

할머니는 테너 파트를 맡았는데 65세의 나이에도 불구하고 너무나 힘차게 높이 음을 올리는 매력적인 모습에 나는 그만 노래를 멈추고 울음을 터뜨린 적도 있다. 생에 처음, 음악으로부터 받은 그 행복한 기억에 대해서는 나중에 다시 이야기하겠다. 이제 나는 다시 나의 사랑하는 할머니의 젊은 시절로 돌아가 그때 이야기를 해보려 한다.

유명한 사람 중에 그녀의 엄마 집을 자주 드나들던 사람으로 할머니는 특히 뷔퐁 씨를 기억하고 있었다. 그리고 그와의 신선했던 대화들을 아직도 기억하고 계셨다. 당시 그녀의 삶은 빛나고 즐겁고 행복했다. 그녀는 모든 사람에게 사랑과 우정을 느끼게 하는 사람이었다. 나는 당대의 명사들이 그녀에게 보낸 이런저런 연서戀書들을 여러 개 가지고 있다. 그중 라아르프 씨의 것은 이런 식이었다.

황제들로부터 당신 발아래 나는 온 마음을 내려놓습니다.[26]
우정으로 드리는 이 선물을 받아주세요.
하지만 사랑을 이야기하지는 마세요. 정신을 잃을까 두려우니까요.

이런 건 당시 남녀 사이에서 유행하던 풍습이었다. 하지만 오로르는 이 유혹과 연모戀慕의 세계를 오직 예술 연마와 정신 단련에만 몰두하며 지냈다. 그녀에게는 엄마의 사랑만이 유일한 사랑이었고 연애가 뭔지는 알지도 못했다. 하지만 그녀는 너무나 부드럽고 너그럽고 예민한 감수성의 소유자였다. 종교적인 것에서도 그녀는 자유로웠다. 그녀는 18세기적 신앙관, 곧 장 자크 루소와 볼테르의 데이즘을[27] 믿었다. 하지

---

26 그는 수에토니우스의 《12명의 카이사르》를 자신이 번역한 책을 할머니에게 가져다주었다.

27 〔역주〕 당시의 교회 제도를 거부하고 개인적으로 자연 속에서 하나님과 만나는 신앙 형태를 말한다.

만 그녀의 영혼은 굳세고 명철하며 높은 이상과 자기 자신에 대한 자신감으로 가득 차 있었다. 그녀는 애교 같은 것도 모르는 여자였다. 그런 것 없이도 그녀는 그녀 자체만으로 충분했으니까. 여자들의 그런 경박스러움은 오히려 그녀의 자존심을 상하게 했다. 그녀는 너무나 자유분방하고 너무나 방탕한 이 세상을 날개의 깃털 하나 스치지 않은 채 건너갔다. 그리고 결혼 생활에서 사랑도 알지 못한 기구한 운명의 그녀는 조용히 살면서 모든 악의적 소문들과 중상모략을 벗어날 수 있었다.

내 생각에 할머니는 25살쯤 엄마를 잃은 것 같다. 할머니의 엄마인 베리에르 부인은 어느 날 저녁 잠자리에 들기 전 숨을 거두었다. 그녀는 발이 좀 시리다는 말 외에는 어디가 아프다는 말도 없었다고 한다. 그녀는 벽난로 앞에 앉아 있었고 하녀 하나가 슬리퍼를 따뜻하게 하고 있었는데 그녀는 한마디 말도 없이 한숨 소리 한번 내지 않고 숨을 거두었다고 한다. 하녀가 슬리퍼를 신기려고 하면서 발이 따뜻하시냐고 물었지만 아무 대답이 없어서 그녀를 바라보니 그녀는 이미 영면에 들은 후였다고 한다. 내 생각에 그 당시는 같은 철학을 가진 사람들끼리 사는 생활방식과 기질이 너무 잘 조화를 이루어서 모든 것이 편안했고 죽음마저도 쉬웠던 것 같다.

오로르는 수녀원에 들어갔다. 당시에는 인생을 이끌어줄 부모가 없는 젊은 소녀들이나 젊은 미망인은 이런 경우가 많이 있었다. 사람들은 그곳에서 평화롭고 우아하게 지내면서 방문객을 받고는 했다. 때로는 아침이나 혹은 밤에라도 망토로 머리를 가리고 외출할 수도 있었다. 이것은 소문이 날까 봐 조심하는 것이기도 하고 아니면 일종

상드의 할머니 마리 오로르 드삭스.
1808년 상드의 아버지가 사망한 뒤
후견인으로서 상드를 가르쳤다.

의 에티켓이며 취미였다고 할 수 있다.

하지만 신중하고 늘 절도 있던 나의 할머니에게 이런 종류의 은둔은 아주 유용하고 소중한 시간이었다. 그녀는 그곳에서 어마어마한 양의 독서를 했다. 수많은 노트와 책들은 지금도 내가 가지고 있다. 그런 것들은 할머니의 정신적 강인함을 보여주는 증거이고 할머니가 현명하게 시대를 살아왔음을 증명해주는 것이었다. 할머니의 엄마는 그녀에게 몇 벌의 옷과 두세 개의 가족 초상화를 남겨주었는데 무엇보다 오로르 드쾨니스마르크의 초상이 놀랍게도 삭스 기병대장에 의해 아직도 그 집에 남아 있었다. 또 글 좀 쓰는 친구들의 출판되지 않은 시들과 노랫말들 그리고 기병대장의 인장과 담뱃갑이 있었는데 나는 그것을 아직도 간직하고 있다. 그것은 아주 정교하고 아름다운 물건들이다.

그녀의 집과 극장과 멋쟁이로 살았던 여자가 가지고 있었던 모든 사치품은 채권자들의 손에 다 녹아 없어진 것 같다. 부인은 마지막 순간까지 고요하고 걱정 없이 살면서 채권자들의 교육 수준을 너무 믿은 나머지 그들이 그녀를 괴롭히지 않을 거라고 믿었던 것 같다. 당시의 채권자들은 사실 아주 교양 있는 사람들이었다. 할머니도 그들과의 관계에 있어 어떤 불쾌한 일도 당하지는 않았다. 하지만 그녀는 황태자비의 작은 연금으로만 생활해야 했고 그것마저 어느 날부터는 사라져 버렸다. 바로 이즈음이었던 것 같다. 할머니가 볼테르에게 편지를 쓰고 다시 그로부터 다정스런 답장을 받고 슈아죌 공작 부인에게 간 것은. **28**

---

28 여기에 할머니의 편지와 답장이 있다.

볼테르 씨에게, 1768년 8월 24일

퐁트네이의 시인께 삭스 기병대장의 딸이 편지로 빵을 구합니다. 아버지가 돌아가신 후 황태자비께서 저의 교육을 맡으셨습니다. 공주님은 저를 생시르에 살게 하셨고 생루이의 기사이며 로열 바비에르 군대의 대장이기도 했던 오른 씨와 결혼을 시키셨습니다. 지참금으로 그녀는 셀레스타의 부관직을 얻어주었는데 제 남편이 그곳에 도착하여 연회를 베푸는 중 갑자기 숨을 거두었습니다. 이후 죽음은 저를 보호해줄 사람들, 황태자와 황태자비를 모두 데려갔습니다.

퐁트네이, 라쿠, 로펠트는 잊히고 저는 버려졌습니다. 그리고 저는 생각했습니다. 아버지의 승리를 불멸의 영광으로 기린 사람이라면 그의 딸의 불행에 관심을 둘 거라고. 위대한 코르네이유의 딸을 도와준 것처럼 영웅의 아이들을, 나를 구제해줄 사람은 바로 그라고. 불행한 자들을 변호했던 그 웅변으로 당신은 모든 가슴에 동정의 외침을 울리게 할 것입니다. 그리고 이미 당신을 존경하고 있고 당신의 위대한 재능에 대해 감탄하는 저로부터 감사의 마음마저 받으실 것입니다.

1768년 9월 2일, 페르니성에서

부인!

저는 당장 영웅에게 달려가 당신의 딸이 어떤 지경에 살고 있는지를 분노하는 마음으로 알리고 싶습니다. 나는 영광스럽게도 그와 함께 많은 날을 살았었지요. 그는 저에게 무척 잘해주셨습니다. 이제 내가 늙어 프랑스의 영웅의 딸이 프랑스에

하지만 아마 이것은 성공하지 못한 것 같다. 왜냐하면 오로르는 30살쯤 됐을 때 나의 할아버지인 62살의 뒤팽 드프랑쾨이유와 결혼하기 때문이다.

장 자크 루소의 《고백록》과 데피네 부인의 《서간집》에는 뒤팽 드프랑쾨이유가 지난 세기의 아주 매력이 넘치는 사람으로 묘사되었다. 그는 결코 높은 신분의 귀족은 아니었다. 단지 군대를 떠나 돈을 많이 번 지주의 아들에 불과했다. 나의 할머니와 결혼할 당시에도 할아버지는 징세관이었다. 그의 집안은 여러 집안과 연결된 오래된 가문이었다. 아름다운 덩굴무늬로 장식되고 문장이 그려졌으며 4번 접히는 족보도 가지고 있었다. 어쨌든 할머니는 이 결혼을 오래 고민했다고 한다. 뒤팽 씨 나이 때문이 아니고, 오른 백작 부인이자 삭스의 딸인 그녀에게는 그의 집안이 너무 초라하게 보였기 때문이다. 하지만 그런 편견은 재산 앞에서는 사라졌다. 뒤팽 씨는 당시 아주 부자였기 때문이다.

서 행복하지 못하게 살고 있다는 것은 정말 제 마음을 슬프게 합니다. 만약 제가 당신이라면 저는 슈아죌 공작 부인을 찾아가겠습니다. 제 이름을 대시면 즉시로 문을 열어줄 것입니다. 공정하고 품격 있고 부유한 슈아죌 공작 부인이라면 이런 경우 모른 척하지는 않을 것입니다. 이것이 제가 해줄 수 있는 가장 좋은 충고입니다. 분명 도움을 받을 거라고 확신합니다. 당신이 세상으로부터 떨어져 박해받을 때 다 죽어가는 이 늙은이가 삭스 대장의 딸을 도와주는 것을 행복하게 생각할 거라고 여겨주신 것은 너무나 큰 영광입니다. 또한 너무나 위대하신 분의 딸을 위해 제가 최선을 다해야만 하는 것은 너무나 당연한 일이지요.

존경하는 부인, 겸손한 하인처럼 허리 굽혀 당신을 도울 수 있다는 것이 제겐 큰 영광입니다.

볼테르

가장 아름다운 시절 수녀원에 내버려졌던 할머니에게 늙은 숭배자의 끈질긴 구애와 다정한 성격과 따뜻한 마음은 재산보다 더 큰 유혹이었을 것이다. 2~3년 동안 그는 하루도 그녀를 찾아오지 않은 날이 없었는데, 결국 그녀는 사랑하는 사람에게 승리의 왕관을 씌워주고 뒤팽 부인이 되었다.[29]

할머니는 오래 뜸을 들였던 이 결혼과 내가 모르는 그 할아버지에 대해 자주 내게 이야기해주곤 했다. 10년 동안 함께 살았는데 그와의 사이에서 난 아들을 할머니는 이 세상에서 누구보다 사랑했다. 할머니는 결코 사랑이란 단어를 사용하지 않았고 할아버지에 대해서나 누구에 대해서도 한마디도 하지 않았지만, 내가 어떻게 그렇게 늙은 남자를 사랑할 수 있냐고 물으면 빙그레 웃으며 말했다.

"늙은 사람은 젊은 사람보다 더 잘 사랑한단다. 그리고 너를 완벽하게 사랑해주는 사람을 사랑하지 않을 수는 없지. 나는 그를 나의 늙은 신랑 아니면 나의 아빠라고 불렀지. 그도 그것을 좋아했고 그도 사람들 앞에서 나를 꼭 딸이라고 불렀지. 그런데 그 시대에 사람들은 절대 늙지 않았단다! 사람들이 늙기 시작한 건 혁명 이후부터지.

너의 할아버지는 너무 잘생기고 우아하고 다정하고 품위 있고 향기롭고 유쾌하고 사랑스럽고 정 많고 또 죽을 때까지 늘 한결같은 사람이었지. 젊은 시절 조용히 살기에는 너무 매력이 넘치는 사람이었단

---

29 그런데 여기에는 어딘지는 모르지만 약간 잘못된 부분이 있는 것 같다. 왜냐하면 두 사람은 영국에 있는 대사관 채플에서 결혼식을 올린 다음, 후에 파리에서 그들의 결혼을 인정받았기 때문이다.

다. 아마 그때 만났다면 나는 더 행복하지 못하고 늘 싸웠을 거야. 나는 그와 가장 이상적인 나이에 만났지. 어떤 젊은 남자도 나를 그렇게 행복하게 하진 못했을 거야.

우린 한순간도 떨어지지 않았어. 그리고 한순간도 그 곁에서 지루한 적도 없었단다. 그의 머리는 백과사전처럼 여러 가지 생각과 지식과 재능으로 가득 차 있었는데 결코 고갈된 적이 없었지.

그는 남도 자기도 항상 즐겁게 할 수 있는 재능을 타고난 사람이었어. 나와 함께 음악을 할 때 그는 훌륭한 바이올린 연주자였는데 바이올린도 직접 만들었단다. 그는 악기 제조업자였을 뿐 아니라 시계공이었고 건축가였으며 선반공이고 화가고 자물쇠공이며 장식가이고 요리사이며 시인이고 작곡가이고 목수며 수도 아주 잘 놓았지. 나는 그가 못 하는 게 뭔지 모르겠어. 불행한 것은 그가 자신의 이런 재능을 만족시키고 또 하고 싶은 걸 다 하기 위해 재산을 다 탕진했다는 거지. 하지만 나는 그 모든 게 다 열정으로만 보였고 우리는 세상에서 가장 사랑스럽게 망한 사람들이었지.

저녁때 파티가 없는 날이면 그는 내 곁에서 그림을 그리고 나는 실을 풀었지. 그리고 우리는 돌아가며 책을 읽었어. 아니면 사랑하는 친구들과 나누는 풍성한 대화들은 그의 섬세한 정신을 살아나게 했지. 나는 대단한 젊은 부인들을 친구로 두고 있었는데 그들은 나의 늙은 남편을 부러워했지만, 결코 입 밖으로 꺼내지는 않았단다.

그 시대에 사람들은 어떻게 살고 죽어야 하는지를 알고 있었지. 아프다고 힘든 내색을 하지도 않았어. 통풍으로 온몸이 아파도 얼굴 하나 찌푸리지 않고 걸었지. 사람들은 고통을 내색하지 않도록 그렇게 교육받았으니까. 어떤 선입견으로 지레 일을 망치지도 않았고 둔한 정신으로 멍청하게 살지도 않았지. 사람들은 아무도 눈치채지 못하게 망할 줄도 알았지. 마치 최고의 도박꾼이 돈을 다 잃을 때조차 어떤 당황한 기색을 보이지 않는 것처럼 말이야. 사냥터에서 죽는 것도 두려워하지 않았고, 침대에 누워 타들어 가는 초를 바라보며 검은 옷을 입은 비열한 인간들 사이에서 죽는 거보다는 무도회나 극장에서 죽기를 원했지. 사람들은 철학자였지만 거만하지 않았고 결코 겉으로 드러내지 않았단다. 똑똑한 사람들은 단지 그것을 취미처럼 좋아했기 때문이지 결코 현학적이거나 근엄한 척하기 위한 것은 아니었단다. 사람들은 인생을 즐겼고 그것이 사라졌다고 해서 다른 사람들이 즐겁게 사는 것을 싫어하지도 않았단다.

나의 늙은 남편과의 마지막 이별 후에도 나는 오랫동안 그와 살았던 때처럼 행복하게 지냈지. 그의 너무나 너그러웠던 그 마음만큼 그를 더 그리워하게 하는 것은 없었단다."

분명 이런 인생철학은 사랑스럽고 유혹적이었다. 풍요롭고 독립적이고 너그럽고 또 걱정 없이 사는 이런 인생철학 말이다. 하지만 그런 생활은 5천이나 6천 리브르의 연금을 받는 사람들에게나 가능한 일이니 돈 없는 사람들이나 하층민들에게는 가능이나 할지는 모르겠다.

이런 우아한 인생철학은 혁명 앞에서는 실패였다. 과거 속에서 행복했던 사람들이 이제 할 수 있는 일이란 단두대를 우아하게 걸어 올라가는 것뿐이었다. 좀 지나친 말인지는 모르지만, 이것이 그들이 자신들의 마지막 용기를 보여줄 기회였다. 더는 즐길 거리가 없는 삶은 정말 견딜 수 없는 역겨움이었고, 모든 사람이 다 잘 살고 즐길 수 있는 사회를 인정해야 한다는 것은 정말 두려운 일이었다.

좀 더 이야기하기 전에 나는 뒤팽 가문을 빛냈던 한 여자 이야기를 하고 싶다. 그녀는 정말 가문을 빛냈다고 할 수 있는 사람인데 그녀에 대해 할아버지도 나도 어떤 명예 회복이나 지식인들의 인정을 바랄 생각은 없다. 이 사람은 바로 뒤팽 드슈농소 부인이다. 그녀와 나는 사실 어떤 혈연지간도 아니다. 왜냐하면 그녀는 지주였던 뒤팽 씨의 두 번째 부인이었고 뒤팽 드프랑쾨이유의 새엄마였기 때문이다. 내가 지금껏 말하지 않았던 것은 그 이유 때문이 아니다. 뛰어난 지성과 미모를 겸비한 것으로 당시 모든 사람의 칭송을 받았던 그녀가 학문의 세계에서 마땅히 자기가 받아야 할 명예 같은 것은 안중에도 없었기 때문이다.

그녀는 퐁텐 가문의 딸이었으며, 사무엘 베르나르의 딸이었다. 적어도 장 자크 루소의 말에 의하면 그렇다. 그녀는 엄청난 지참금을 가지고 뒤팽 씨와 결혼했다. 나는 둘 중 누가 슈농소를 소유하고 있었는지 모르지만 둘은 어마어마한 재산의 소유자였다. 그들은 파리에 랑베르 호텔을 가지고 있었고, 세상에서 가장 아름다운 집 중 두 채를 소유하고 있다는 것을 자랑스러워했을 것이다.

사람들은 장 자크 루소가 아버지 뒤팽 씨의 비서로 그들과 슈농소에 함께 살았으며, 또 그가 뒤팽 부인을 연모했던 것을 알고 있다. 당시 그녀는 천사처럼 아름다웠고 루소는 경솔하게도 그의 속마음을 고백했지만 성공하지는 못했던 것 같다. 어쨌든 루소는 그녀와 또 전처의 아들인 프랑쾨이유와 친구로 우정을 나누었다.

뒤팽 드슈농소 부인의 초상.
그녀는 슈농소성을 일종의 문화 살롱으로
만들었다. 이곳에 볼테르, 몽테스키외,
루소 등 당대 저명한 계몽주의자와
예술가들이 자주 드나들었다.

슈농소성의 전경.

뒤팽 부인은 문학과 철학 공부를 했지만, 결코 뽐내거나 남편의 저서에 자신의 이름을 올리거나 하지도 않았다. 분명 남편의 저술이나 생각 중 많은 부분이 그녀의 것이었지만 말이다. 《'법의 정신' 비판》에 담긴 그들의 비판은 잘 알려지지 않았지만, 매우 훌륭한 저술이었다. 형식에서는 몽테스키외의 글보다 못했지만, 그 내용에서는 여러 면에서 몽테스키외의 것보다 훨씬 좋은 글이었다. 그들은 매우 진취적인 사고의 사람들과 함께했음에도 불구하고 항상 몽테스키외의 천재성에 가려 있어야 했다. 몽테스키외는 당시 모든 종류의 정치적 질문에 다 대답을 주는 사람이었다.[30]

장 자크 루소가 그들과 함께 살았을 때 뒤팽 부부는 여성의 지위에 관한 책을 준비하고 있었다. 루소는 이들을 도와 주를 달고 관련 문서를 연구하는 일을 도왔는데, 그 엄청난 분량의 원본들은 지금도 슈농소성城에 보관되어 있다. 하지만 이 책은 뒤팽 씨의 죽음으로 출판되지 못했고 뒤팽 부인은 너무 겸손한 나머지 그들의 공동연구였던 이 책을 출판하지 않았다.

그녀의 손으로 직접 쓴 이 "에세이"라는 소박한 제목의 글들은 지난

---

30 이 책은 결코 사람들에게 알려질 수가 없었다. 몽테스키외의 후원자였던 퐁파두르 부인은 뒤팽 씨에게 이미 인쇄를 마치고 출판된 책을 없애 버리라고 했다. 하지만 다행스럽게도 나는 집에 보관되어 있던 한 권을 가지고 있다. 어떤 편견이나 가족에 대한 사랑 때문에 하는 말이 아니라, 솔직히 말해 이 책은 정말 좋은 저술이며 몽테스키외의 《법의 정신》에 나오는 모든 모순적인 문제점들을 꼼꼼히 짚어주고 있다. 그리고 가끔씩은 국가의 입법과 도덕에 대해 훨씬 더 고차원적인 사고를 보여주고 있다.

세기 철학사에 첨부할 역사적 저서로 출판되기에 충분한 가치가 있다고 여겨진다. 이 사랑스러운 여인은 당시 아주 대단한 명문가 집안 출신이었다. 그녀 가슴에 품었던 그 새로운 사상들을 연구하고 펼치는데 그녀의 삶을 바치지 않은 것은 참으로 애석한 일이다.

그녀는 당시 철학가들 사이에서도 매우 독특한 분위기의 여자였던 것 같다. 그녀는 그 누구보다도 진보적인 사람이었기 때문이다. 그녀는 결코 루소의 추종자가 아니었다. 그녀는 루소와 같은 재주는 없었지만, 루소, 그로 말할 것 같으면 그녀가 가지고 있는 정신적 위대함을 가지고 있지 않았다. 그녀는 당시 사람들보다 더 대담하고 더 깊은 사상이 있었다. 그것은 지금의 인류애적인 측면에서 보자면 여전히 구태의연하게 보일지 모르지만 18세기 당시에는 아주 혁명적인 사상이었다.

그녀는 당시 아주 기인으로 유명했던 어떤 사람의 친구이며 학생이며 어쩌면 스승이기도 (누가 알겠는가?) 했다. 바로 생피에르라는 신부인데 그는 천재라고 하기엔 뭔가가 좀 부족했고 생각을 표현하는데는 미숙했지만, 영적인 차원에서는 볼테르나 엘베시우스나 디드로나 루소보다도 훨씬 더 뛰어났던 사람이었다. 세상에서는 그를 '그 유명한' 생피에르 신부라고 하지만, 오늘날에는 아무도 기억하는 사람도 없고 잊혔으니 아이러니한 별명이 아닐 수 없다.

그는 자기 생각을 표현해낼 수 없는 불행한 천재 중 하나였다. 그들은 플라톤이라도 나타나 그들의 생각을 설명해주기 전에는 이 어두운 세상에서 희미한 불빛만 쫓아가다가 결국 자신들의 생각을 무덤으로 가져가는 그런 천재들이었다. 이와 같은 천재적인 벙어리와 말더듬이의 일원이었던 조프루아 생틸레르는 이들을 "자기 자신에 대한 이방인"이라고 불렀다.

그들의 무능력은 운명적인 것 같다. 반면에 생각도 짧고 감정도 메마른 사람들이 의사 표현만큼은 너무나 아름답고 분명하게 하는 경우가 많이 있다. 내 생각에 뒤팽 부인은 몽테스키외의 친영국적 논리보다 생피에르 신부의 유토피아를 더 선호했었던 것 같다. 대사상가 루소조차 그녀만큼 도덕적 용기와 정신적 자유를 가지고 있었던 것 같지는 않다. 그녀의 지시로 생피에르 신부의 영원한 평화 프로젝트와 다원합의체 이론을 정리했던 루소는 그것을 자기 특유의 정확하고 아름다운 글로 풀어냈다. 하지만 저자의 이 대담한 글을 직접 읽기를 권유하며 용기 있는 독자들에게 신부의 글을 소개하기도 했다.

나는 생피에르 신부의 유토피아에 대해 루소가 보여줬던 비아냥거리는 태도, 마치 자기 시대에 의당 그렇게 해야 한다는 듯한 가식적 태도를 좋아하지 않는다. 그의 그런 태도는 너무 영악한 것 아니면 너무 어수룩한 것이었다. 완전히 냉소적이지 못하면 힘을 잃게 되고 완전히 위장하지 않으면 신중함과 효과를 잃어버리게 마련이다.

슈농소의 철학자에 대한 루소의 판단에는 일관성도 확실함도 없었다. 루소는 시련으로 점철되었던 삶의 순간마다 그를 때로는 위대한 사람으로, 때로는 불쌍한 사람으로 불렀다. 《고백록》의 어떤 부분에서는 그를 칭송한 것에 대해 부끄러워하는 부분도 있다. 하지만 루소의 생각은 틀렸다. 재주가 없다고 해서 불쌍한 사람은 아니다. 천재성은 가슴으로부터 나오는 것이지 겉으로 드러나는 형식에서 나오는 것은 아니다.

당시 사람들과 함께 루소가 비판했던 제일 큰 문제는 그가 전혀 현실적인 사람이 아니며 사회 개혁을 실현하고자 하는 생각도 없었다는 것이다. 하지만 내 생각에 이 몽상가는 다른 어떤 동시대인보다 더 분명히 확신하고 있었고, 그의 혁명적이고 조직적이고 생시몽주의적이며 오늘날 이른바 인도주의적이라고 말하는 그런 사상은 몽테스키외나 그를 이어받은 루소, 디드로, 볼테르, 엘베시우스보다 더 낫다고 생각한다.

생피에르 신부의 무한한 상상의 세계 속에는 모든 것이 다 들어 있었고 이 생각의 카오스 속에는 모든 생각이 뒤죽박죽으로 얽혀 있었다. 분명 그보다 앞섰던 생시몽과 그의 제자였던 뒤팽 부인 그리고 《'법의 정신' 비판》을 쓴 뒤팽 씨 모두는 공공연한 여성해방론자들이었다. 지난 100년간 출판된 정부에 대한 여러 글과 유럽 외교의 중요한 법령들 그리고 동맹 시 군주들의 협상문들은 모두 생피에르 신부의 정부 이론으로부터 빌려온 것들이다. 영원한 평화에 대한 철학은 당시 가장 새로운 철학 학파의 생각이기도 했다.

그러니까 오늘날에 와서 생피에르 신부를 우습게 생각하는 것은 참 어처구니없는 일이다. 그리고 당시 그를 싫어했던 사람들에게도 "정말 대단한 사람"이라는 말을 들으며 존경받던 사람을 지금 우리가 존경하지 않는다는 것은 웃기는 일이다.

뒤팽 드슈농소 부인은 종교적으로 그를 좋아했고 그의 생각을 나누어 가졌으며 노후에 그를 정성스럽게 돌봐주었고, 결국 그는 슈농소에서 마지막 숨을 거두었다. 나는 그가 마지막 숨을 거둔 방에서 그린

지 얼마 안 된 그의 초상화를 본 적도 있다. 부드럽고 동시에 준엄한 그의 모습은 프랑수아 아라고와도 많이 닮아 있었지만 죽음의 그림자가 드리워 있었다. 고통으로 검은 눈은 깊게 파이고 오랜 세월의 흔적으로 두 뺨은 창백했다.[31]

뒤팽 부인이 슈농소성에 남겨둔 글들은 짧지만 분명한 사상과 귀족적 감정들로 가득했다. 이 글들은 단편적으로 쓴 것이지만 매우 일관성 있었다. 몇 쪽밖에 안 되는 〈행복에 관하여〉라는 짧은 글은 하나의 걸작이 아닐 수 없다. 그녀의 철학적 경지를 알기 위해서는 첫 번째 문장인 "모든 인간은 행복할 권리가 있다."를 읽는 것으로 충분할 정도다. 문자적으로 보면 이 말은 "모든 인간은 즐길 권리가 있다."라는 것으로 해석될 수 있다. 여기에서 즐긴다는 것은 여러 가지로 해석될 수 있지만, 오늘날 우리가 말하는 물질적 행복, 삶의 기쁨, 행복한 삶, 재산의 나눔 등을 의미한다고 볼 수 있다. 글의 제목이나 그 안에 들어있는 반듯하고 진지한 사상을 볼 때 이것은 오늘날 우리가 말하는 "필요에 따라 모두에게"라는 구호에 화답하는 글이라 할 수 있다. 이것은 정말 진보적인, 너무나 진보적인 생각이 아닌가. 오늘날에 와서도 이것은 신중한 사상가들이나 정치가들보다 더 앞서가는 사상임이 분명하다. 저 대단한 역사학자인 루이 블랑에게도 이

---

31 슈농소성의 상속자로 뒤팽 부인의 이야기를 잘 알고 있는 나의 사촌 빌뇌브는 내게 한 가지 잘못된 점을 지적해주었는데, 생피에르 신부는 슈농소에서 중한 병에 걸린 후 얼마 뒤 파리에서 죽었다고 한다.

사상을 선포하고 발전시키는 데는 큰 용기가 필요한 그런 사상이 아닐 수 없다.32

아름답고 매력적이며 가식이 없고 강하며 온유했던 뒤팽 부인은 슈농소에서 일찍 숨을 거두었다. 그녀가 쓴 글들은 그녀의 영혼만큼이나 맑고 투명하고 그녀의 얼굴만큼 섬세하고 명쾌하며 신선했다. 이게 그녀의 스타일이었다. 우아하게 수정된 문장들도 애초의 뜻을 해하지는 않았다. 그녀는 자기 시대의 언어로 말하고 있었지만, 한편으로는 몽테뉴나 베일의 문체를 보여주기도 했다. 그녀는 과거 대가들의 문체를 쓰는 것에 대해서도 전혀 두려움이 없었다. 그녀가 그들을 따라 했다는 것이 아니라 마치 좋은 위장이 좋은 음식으로 영양을 공급받듯 그들과 동화되어 갔다.

그녀에 대한 칭송에 덧붙여 한 가지만 더 말하자면 루소는 《고백록》에 불행했던 말년에 자신을 원망하고 저버렸던 많은 옛 친구 중 유일하게 남아 있었던 좋은 사람으로 그녀를 언급하고 있다. 그녀의 선함에 대해서도 루소는 망설임 없이 기록하고 있다. 그녀는 테레즈 르바쇠르와33 저급한 그녀의 가족들에게조차 친절했다. 그녀는 모든 사람에게 친절했고 또 진정으로 인정받았다. 대혁명이 노도怒濤와 같이 그녀의 성에 들이닥쳤을 때도 그들은 백발의 노부인에 대한 존경으로 단지 오래된 그림 몇 점을 압수하는 것으로 그쳤을 정도였다.

---

32 지금 이 글은 1847년 7월에 쓴 것이다. 그러나 혁명이 일어나 너무나 용감한 사상가들이 들고 일어날 것을 이 책이 출판되기 한참 전에 어떻게 알았겠는가?

33 〔역주〕 루소와 동거하며 루소의 자식을 5명이나 낳은 여자로, 글도 모르는 하녀 출신이었다.

그녀의 단출하고 우아한 무덤은 슈농소 공원 안에 시원한 그늘 아래 쓸쓸히 놓여 있다. 그곳을 지나는 관광객들은 그녀 무덤 주위 나뭇잎을 경건한 마음으로 주워가는데, 그것은 온전히 장 자크 루소가 사랑했던 여자에 대한 존경심 때문이다. 그녀는 오늘날에도 존경받아 마땅한 사람임이 분명하다. 적어도 그녀는 자기 시대에 존경받던 인물의 말년을 보살펴주었으며 스승이었으며 남편이었던 사람에게는 여성을 존경해야 하는 이유를 논리적으로 알려주었고, 또 그녀가 가지고 있는 겸손하고 온유한 천재성은 큰 존경을 받았으니까 말이다. 하지만 그녀는 그 이상이었다. 부자며 아름답고 힘이 있던 그녀는 "모든 사람은 행복할 권리가 있다."라는 말을 이해하고 있었으니 말이다. 왕의 여자처럼 아름답고 지혜로운 여인이었으며 진정한 철학자였으며 천사처럼 선량했던 그녀에게 우리 모두의 존경을!

프랑쾨이유도 이 새엄마와 고상한 우정의 관계를 맺고 있었다. 이것은 너무나 자연스럽고 선한 관계였지만 사람들은 이들을 중상모략했다. 아마도 이것은 할머니가 그녀의 나이 든 남편에게 준 것 같은 그런 애정과 존경이었을 것이다. 첫 번째 뒤팽 부인과 아내였던 두 번째 뒤팽 부인과의 만남은 그의 젊은 시절과 말년에 순수한 빛을 비춰주었다. 영혼의 문제에서 옳고 그른 것에 대해서 남자들은 남자에게서 보다는 여자에게서 더 많이 배우게 된다. 그래서 이렇게들 말하는 것이다.

"당신이 누굴 사랑하는지 말해주면 당신이 어떤 사람인지 말해줄 수 있다."

남자들은 남자들로부터 경멸받기보다는 여자들로부터 경멸받는 것을 더 쉽게 견딘다고 하지만, 모든 것을 보고 모든 것을 아는 신 앞에 서는 날에는 여자로부터 경멸받았던 자가 더 큰 벌을 받게 될 것이다. 어쩌면 여기서 나는 본론을 벗어나 나의 증조할아버지가 쓰신, 신의 계획 안에서 또 자연의 질서 속에서의 남녀평등에 대한 멋진 글들에 대해 좀 더 얘기할 수 있을지 모르겠다. 하지만 나는 나 자신의 이야기 중에 그 이야기를 더 잘할 수 있을 때 다시 얘기하기로 하겠다.

3. 아버지 모리스 뒤팽

이왕 장 자크 루소의 이야기를 꺼낸 김에 나는 오로르 뒤팽 드프랑쾨이유 할머니의 글에서 발견한 한 아름다운 일화를 적어볼까 한다.

나는 그를 한 번 보았다. (장 자크에 대한 이야기다.) 하지만 절대 잊히지 않는다. 그는 당시 이미 은둔생활을 하며 시골에 살았고 염세주의에 빠져 있었다. 이것에 대해 그를 대충 아는 친구들은 그를 너무나 잔인하게 조롱하고 있었다. 결혼 이후부터 프랑쾨이유 씨는 내게 그를 소개해주기 위해 안달이었지만 쉽지는 않았다. 그는 몇 번을 찾아갔지만 루소는 받아들이지 않았다. 마침내 어느 날 그는 창문을 통해 새에게 빵조각을 던져주는 루소를 발견했는데, 그의 슬픔이 얼마나 컸던지 날아가는 새들을 보며 이렇게 말했다고 한다.
'너희들도 배가 부른가 보군. 저놈들이 뭘 하려는지 아나요? 지붕 위로 높이 올라가 내 욕을 하려고 한답니다. 빵도 소용없어요.'
나는 그를 보기 전에 서둘러서 《신엘로이즈》를 읽었다. 그리고 마지막 페이지에서 너무 격해져서 흐느껴 울었다. 프랑쾨이유 씨는 나를 좀 놀렸던 것 같다. 나도 농담처럼 지나치려 했지만, 그날 아침부터 저녁까지 나는 온종일 울기만 했다. 나는 쥘리의 죽음을 눈물 없이는 회상할 수 없었다. 그 생각만 하면 난 아프고 처량해졌다. 이렇게 눈물만 흘리던 중에 프랑쾨이유 씨는 날 위한 따뜻한 마음으로 장 자크를 찾아갔다. 그리고 어떻게 했는지 모르지만 그를 내 앞으로 데리고 왔다. 미리 한마디 말도 없이 말이다. 내 생각에 장 자크는 그저 한 여자의 호기심을 만족시켜줘야 한다는 생각에 내게는 별 관심도 없이 억지로 온 것 같았다.

아무런 사전 예고도 받지 못했던 나는 치장하는 데 서두르지도 않았다. 그때 나는 친구인 에스파르베스 드뤼산 부인과 함께 있었는데 그녀는 세상에서 가장 예쁘고 사랑스러운 여자였다. 약간의 사시斜視이기는 했지만 말이다. 그녀는 내가 얼마 전부터 골상학骨相學에 빠진 걸 알고는 나를 놀려대고 있었다. 그리고 내게 리본을 주려고 서랍을 열다가 크고 흉측한 손 모양의 뼈를 보고는 소리를 지르기도 했다.

프랑쾨이유 씨가 두세 번 내가 준비를 마쳤는지 보러 왔다. 그는 좀 흥분한 듯 보였다고 공작 부인이 말했다(나는 뤼산 부인을 이렇게 불렀고 그녀는 나를 '친애하는 남작'이라고 불렀다). 하지만 나로서는 별로 그렇지도 않았고 거실에 굉장한 손님이 와 있는 걸 알면서도 채비를 서두르지 않았다. 루소는 퉁명스럽고 뚱한 표정으로 거실에 들어서며 저녁 식사에 대한 것을 물어보며 방 한구석에 앉아 있었다. 저녁만 먹고는 빨리 가버리고 싶은 듯이 말이다.

마침내 화장을 마쳤지만 내 눈은 여전히 빨갛게 부풀어 있었다. 나는 거실로 갔다. 키도 작고 촌스럽게 옷을 입은 사람이 얼굴을 찡그린 채 무겁게 몸을 일으켜 알아듣기 힘든 소리로 인사말을 웅얼거렸다. 나는 그를 바라보고 갑자기 울음을 터뜨리고 말았는데, 아마도 뭔가를 소리쳐 말하고 싶었던 것 같다. 이 모습에 놀란 장 자크는 내게 감사하며 함께 울음을 터뜨렸다. 재미있는 말로 분위기를 전환하려던 프랑쾨이유까지도 눈물을 쏟았다. 우린 아무 말도 할 수 없었다. 루소는 내 손을 잡고 아무런 말도 하지 않았다.

모두 울음을 그치고 저녁을 먹으려고 했지만 나는 아무것도 먹을 수 없었다. 남편도 마음을 잡을 수 없어 보였다. 루소는 식사를 마치자마자 한마디 말도 없이 도망치듯 가버렸다. 아마도 지금까지 자신이 이 세상에서 가장 박해받고 미움받고 조롱받은 존재라고 생각했던 자기의 고집스러운 생각이 실상은 맞지 않은 생각이었다는 것에 적이 실망한 듯했다.

독자들은 이런 이야기가 또 이런 글이 좀 거북스러울지 모르겠다. 사실 철자법 같은 것은 가르치지도 않는 생시르에서 자란 사람이 이 정도로 쓴 것은 그리 나쁜 글도 아니다. 사실 생시르에서는 문법보다는 '라신'을 외우게 하고 그의 대작들을 무대에 올린다. 나는 할머니가 자기 자신의 추억을 좀 더 많이 글로 써서 남기지 않은 것에 대해 섭섭한 생각이 든다. 그런 글들은 얼마 되지 않았다. 할머니는 일평생 동안 정말 세비녜 부인만큼이나 많은 편지를 썼고, 정신훈련을 위해 자기가 좋아하는 책들을 베껴 썼다.

할머니의 이야기를 좀 더 하자면, 뒤팽 씨와 결혼 후 9개월 만에 할머니는 아들을 낳았고 그게 유일한 자식이 되었다. 그 아이는 삭스 기병대장의 이름을 따 '모리스'라[34] 불렀다. 그녀는 자기 스스로 아이를 키우고 싶었다. 당시 그것은 이상한 일이었지만 할머니는 신앙심으

---

34 모리스 프랑수아 엘리자베스(Maurice François Elisabeth), 1778년 1월 13일생, 대부는 폴리냐크(Polignac) 공작이었다.

로 《에밀》을 읽었고 좋은 모범을 보이고 싶었다. 게다가 그녀는 아주 각별한 모성애를 가지고 있었고 이런 정열은 할머니 가문이 가진 큰 장점 중 하나였다.

하지만 육신이 할머니의 열정을 따라가지 못했다. 그녀는 젖이 나오지 않았고 몇 날 며칠을 죽을 것 같은 고통 속에서 아이에게 젖을 먹이려고 했지만, 젖은커녕 피만 나왔다고 한다. 결국 포기해야 했을 때 그녀는 너무나 고통스러워했고 이것은 어떤 불행의 전조前兆 같기도 했다.

달브레 공작의 징세관으로 뒤팽 할아버지는 부인과 아들을 데리고 몇 달간 샤토루에서 살았다. 그들은 오늘날 도청으로 사용하는 오래된 성에서 살았다. 그곳에서는 앵드르강 강줄기와 그것이 적시는 넓은 초원을 내려다볼 수 있었다. 아버지의 죽음 이후로 '프랑쾨이유'란 이름을 쓰지 않았던 뒤팽 할아버지는 샤토루에 시트 공장을 세웠고, 여러 활동을 통해 후한 인심으로 많은 돈을 뿌렸다. 할아버지는 낭비가 심했고 감성적이었으며 왕자처럼 살았다. 그는 음악을 연주하는 악단과 수많은 요리사와 식객들과 하인들과 말들과 개들을 거느리고 쾌락과 선행에 모든 것을 아낌없이 베풀며 행복해했다. 당시는 모든 사람이 다 그랬다.

이것은 오늘날의 재산가들이나 사업가들이 사는 방식과는 다른 방식이었다. 이들은 재산을 쾌락이나 예술에 대한 사랑이나 혹은 이제는 과거가 되어 버렸지만, 귀족들이 생각 없이 베푸는 후한 인심 때문에 탕진하지 않는다. 이들은 자기 시대의 현명한 방식을 따라 산다. 나의 할아버지가 자기 시대의 방식대로 산 것처럼 말이다. 하지만 누구도 자기들이 더 낫다고 자랑하지 말기를… . 인간은 자기가 뭘 하고 있는지 뭘 해야 하는지 알 수 없는 존재들이기 때문이다.

할아버지는 결혼한 지 10년 만에 돌아가셨다. 그리고 사업이고 나라에 낼 세금이고 간에 엉망이 된 재정 상태를 남기고 가셨다. 할머니는 똑똑한 주위 사람들의 충고로 재빠르게 일을 처리했다. 할머니는 신속하게 국가에 혹은 개인에게 진 빚들을 청산했다. 그리고 결국 그녀는 7만 5천 리브르의 연금을 받게 된 자신의 처지를 파산破産한 것으로 생각했다. 35

대혁명은 곧 할머니의 수입을 점점 더 줄어들게 하였으며 연금을 받기도 어렵게 만들었다. 하지만 그녀는 용감하고 의연했다. 나는 도대체 어떻게 7만 5천 리브르라는 엄청난 연금을 받는 것이 부자가 아닌지 알 수 없었지만 어쨌든 상대적으로 할머니는 이 '가난'을 용기와

---

35 나의 사촌 르네 드빌뇌브가 여기에 대해 내게 한 이야기가 있다.
"랑베르 호텔은 우리 가족과 로앙 카보의 아름답고 매력적인 공주인 뒤팽 드슈농소 부인의 친한 친구들이 머무는 곳이었지요. 그곳은 진정한 궁전이었어요. 그런데 어느 날 밤 뒤팽 부부의 아들이었으며 바로 얼마 전 로쉬슈아르 양과 결혼한 저 배은망덕한 슈농소는 노름으로 70만 리브르를 잃게 되었지요. 이 돈은 다음 날 바로 갚아야 하는 돈이었어요. 랑베르 호텔은 저당 잡히고 다른 재산들은 팔아야 했지요. 가구들과 유명한 그림들이 다 팔리고 남은 거라곤 3명의 뮤즈를 그린 르쉬에르의 아름다운 그림 한 점뿐이었지요. 그는 이 그림을 두 장 그렸는데, 다른 하나는 미술관에 걸려 있지요. 우리의 종조부였던 슈농소 씨와 할아버지 프랑쾨이유가 삼켜 버린 돈은 7, 8백만이나 되었지요. 당신 아버지의 여동생과 결혼한 나의 아버지는 동시에 뒤팽 드슈농소 부인의 친조카이며 그녀의 유일한 상속자이기도 했지요. 그래서 지난 49년간 내가 슈농소의 주인이 될 수 있었던 거지요."
나는 나중에 어떤 신앙심과 어떤 지략으로 빌뇌브 부부가 이 성을 르네상스의 걸작품 중 하나로 지키고 보수할 수 있었는지에 대해 이야기하겠다.

철학을 가지고 받아들였다. 이것을 그녀는 자신의 신념에 따른 명예와 자존심의 문제로 여겼다. 그녀의 머릿속에서 대혁명 때의 재산 몰수는 강도질이나 약탈로밖에는 여겨지지 않았다.

샤토루를 떠난 후에 할머니는 루아드시실가의 '작은' 아파트에서 사셨다고 하는데, 지금 현재 내 집을 채우고 있는 가구들의 규모를 생각한다면 그 말이 맞는지는 다시 생각해볼 문제다. 할머니는 아들의 교육을 위해 젊은 가정교사를 채용했고 그는 나의 가정교사이기도 했다. 진지하면서도 우스운 이 사람은 우리 가정사에서 너무나 많은 자리를 차지해서 특별히 언급하지 않을 수 없다.

그의 이름은 프랑수아 데샤르트르였다. 그는 르모안느 추기경의 교사들처럼 깃을 달았기 때문에 할머니 집에 들어올 때는 사제의 복장을 하고 '사제'로 불렸다. 하지만 모든 칭호를 다 트집 잡았던 대혁명 때 데샤르트르 사제는 신중하게 데샤르트르 시민이 되었다. 제정시대에 그는 데샤르트르 씨가 되어서 노앙의 군수가 되었다. 왕정복고 때는 다시 사제의 칭호를 되찾았는데, 그는 과거의 예법에 대한 애정을 품고 있었기 때문이었다. 하지만 그는 실제로 어떤 조직에 들어간 적은 없었다. 나는 그의 전지전능한 능력과 근엄한 태도에 "위대하신 분" 이란 별명을 붙여주었고, 그는 이후로 늘 사람들로부터 이 별명으로 불렸다.

그는 잘생긴 소년이었고 할머니를 만났을 때도 미소년이었다. 말쑥하게 면도한 얼굴에 생기 있는 눈 그리고 단단한 장딴지를 가진 그는 집사로서 흠잡을 데 없는 모습이었다. 하지만 어떤 사람도 그를 볼 때 웃음을 참을 수 없었다. 그의 얼굴과 태도에는 한마디로 '나는 유식하다.'라는 말이 붙어 있는 듯했기 때문이다.

차라리 그가 좀 무식하고 먹고 마시는 것을 탐하고 좀 비겁하기까지 했다면 그는 더 완벽해 보였을지도 모른다. 하지만 그는 너무나 아는 게 많고 너무나 검소했으며 정말 미친 듯이 용맹했다. 그는 위대한 영혼이 가진 모든 장점을 다 가지고 있었다.

그런데 성격은 정말 참을 수 없이 괴팍했고 자기 자신에 대한 애정은 거의 광기에 가까웠다. 자기 생각은 늘 절대적이었고 태도는 너무나 딱딱했으며 언어는 말할 수 없이 건방졌다. 하지만 얼마나 헌신적이고 열정적이고 섬세한 영혼의 소유자였던지! 아! 가엾은 "위대하신 분!" 나를 괴롭혔던 당신을 내가 얼마나 용서했었는지! 그러니 다음 생애에는 내가 당신의 그 숨 막히는 횡포에 대한 복수로 당신을 괴롭힌다 해도 부디 나를 용서하길!

당신은 내게 거의 가르친 것이 없지만 한 가지만은 감사하게 생각하지요. 나처럼 독립심이 강한 성질을 가진 사람이, 정말 참기 힘든 성질의 소유자들이나 말도 안 되는 소리들을 떠들어대는 사람들을 아주 오래 참아줄 수 있게 했으니까요.

나의 할머니는 아들의 교육을 그에게 맡기면서 그가 일평생 자신의 폭군이며 구원자며 친구가 될 거라는 것은 꿈에도 알지 못했다.

자유로운 처지가 되었을 때도 데샤르트르는 물리, 화학, 의학 그리고 외과학 수업을 들었다. 그는 드졸트 씨와 아주 가까이 지내며 이 대단한 분의 추천으로 외과 수술에 있어 아주 권위 있는 사람이 되었다. 얼마 후 그가 할머니의 소작인이며 군수가 되었을 때 그의 학문은 마을에 아주 큰 도움을 주었다. 더욱이 그는 그것을 하나님의 사랑으로 베풀며 보수를 받지 않았기에 더더욱 그랬다. 한밤중이건 폭풍이 치건 춥건 덥건 아무 때고 그는 달려갔다. 어느 때는 너무 멀어 가다가 길을 잃고 환자를 보러 가지 못하는 때도 비일비재했다. 그의 헌신과 이타심은 정말 놀랄 정도였다. 하지만 존경받을 만하면서도 다른 한편으로는 좀 어이없는 완벽주의자로, 그는 병이 나은 다음 돈을 들고 찾아온 사람들을 때리면서까지 자기의 청렴결백을 지켰다. 그는 어떤 이유도 듣지 않았다. 그는 병이 나은 환자들이 의사 선생님께 감사하는 마음으로 오리랑 칠면조랑 산토끼들을 가지고 오면 그것들을 몽둥이 삼아 그것을 가져온 사람들을 패며 계단 아래로 굴러 떨어지게 했다. 나는 그런 모습을 열 번도 더 보았다. 그러면 모욕당한 사람 중 용감한 사람은 씩씩거리며 가면서 이렇게 소리 질렀다.

"참 좋은 사람이 성질 한번 더럽구먼!"

어떤 사람은 화가 나서 이렇게 말하기도 했다.

"내 목숨을 구해준 사람이 아니라면 너는 내 손에 죽었어!"

그러면 데샤르트르는 계단 위에서 고래고래 소리 질렀다.

"뭐라고 이 배우지도 못한 버르장머리 없는 머저리 같은 놈아! 내가 은혜를 베풀었더니 그걸 갚겠다고! 나한테 은혜를 입기 싫다는 거지! 다 갚아 버리겠다는 거야! 빨리 도망가지 않으면 내가 널 바퀴에 매달아 보름은 더 침대에 누워 있게 해주지. 그럼 또 나를 보러 와야 할 걸!"

좋은 일을 하면서도 이 불쌍한 '위대하신 분'은 인정받기보다는 미움을 더 받았다. 그래서 말은 안 하지만 때로는 아주 혼이 나는 경우도 있는 것 같았다. 베리의 농부들은 참을성이 많지만, 어느 순간에는 조심해야 할 사람들이었다.

그런데 나는 자꾸 글의 순서를 앞서가는 것 같다. 부디 용서해주길! 나는 데샤르트르 신부의 해부학과 관련해서 어떤 이야기 하나를 하고 싶었는데 말이다. 내가 연도를 좀 헷갈렸는지도 모르겠다. 하지만 추억들은 늘 그렇게 좀 혼란스럽게 기억되었다가 사라지곤 하니 내일 써야 할 것을 잊어버릴까 봐 겁이 난다.

공포정치 동안 아버지와 할머니를 열심히 돌봐야 했음에도 불구하고 그는 열심히 틈날 때마다 병원과 해부학 강의실을 들락거렸다. 당시에는 피비린내 나는 끔찍한 이야기들이 넘쳐났지만, 학문에 대한 사랑으로 이 의학도는 자신에게 전해진 해부학용 머리들에 대해 어떤 철학적인 생각도 하지 않았다.

그런데 어느 날 그는 너무나 당황스러운 경우를 만나게 되었다. 사람 머리 몇 개가 실험실의 책상 위로 왔는데 한 학생이 "금방 잘린 머리야!"라고 소리쳤다. 사람들은 이내 끔찍한 솥을 준비하고 거기서 이 머리들을 끓여 껍질을 벗긴 다음 해부를 시작해야 했다. 그래서 데샤르트르는 머리들을 하나씩 들어 솥에 빠뜨리기 시작했다. 그때 한 학생이 마지막 머리를 건네며 이렇게 말했다.

"가운데가 둥그렇게 깎인 걸 보니 이건 신부님 머리네."

데샤르트르는 그걸 바라보다 곧 그게 자신의 친구 중 한 명의 머리인 것을 알게 되었다. 그는 15일 전부터 그를 보지 못했고 그가 감옥에 있는 것도 몰랐었다. 선생님은 내게 이렇게 말했다.

"나는 한마디도 하지 않았지. 나는 하얀 머리의 이 불쌍한 얼굴을 바라보았어. 그것은 아주 온화했고 아름답기까지 했지. 꼭 내게 미소 짓는 것 같았어. 나는 학생이 등을 돌리길 기다려 그의 이마에 입을 맞췄지. 그리고 다른 것들처럼 그것도 솥에 집어넣었어. 그리고 내가 그것을 해부했지. 나는 얼마 동안 그걸 가지고 있었어. 그런데 어느 순간 이 성스러운 물건이 너무 위험해진 때가 온 거야. 나는 정원의 한편에 묻어주었지. 이 일은 내게 너무 큰 충격이어서 한동안 나는 공부를 할 수가 없었지."

이제 좀 유쾌한 이야기로 돌아가 보자.

나의 아버지는 그에게 배우는 걸 정말 싫어했다. 데샤르트르는 가죽 채찍이나 회초리 같은 예전 방식으로 아버지를 다룰 수도 있었을 것이다. 하지만 할머니의 끔찍한 사랑은 절대로 그런 방식들을 사용하지 못하게 했다. 그의 말에 의하면 학문의 지렛대인 이 회초리 대신 엄청난 인내와 열정을 가지고 교육하려고 노력했다고 한다. 그는 독일어, 음악뿐 아니라 그가 가르칠 수 없는 모든 것들을 배워 가면서 가르쳐서 선생이 없을 때는 자기 자신이 배운 것을 다시 복습하며 가르쳤다. 심지어 그는 무기를 다루는 기술까지 기를 쓰고 배워 아버지에게 전수했다. 아버지는 게으른 편이고 게다가 그 당시 건강도 좋지 않았는데 무기창고에서만큼은 그런 무기력한 상태에서 깨어났다고 한다. 하지만 아무리 재미있는 것이라도 지루하게 만드는 재주가 있는 데샤르트르가 가르치기 시작하면 아이는 하품을 하면서 그냥 서서 잠이 들었다.

어느 날 아이가 너무나 천진난만한 목소리로 "선생님, 그냥 전쟁놀이하면 더 재미있지 않을까요?"라고 물었을 때 데샤르트르 선생님은 "내 생각은 아닌데."라고 대답했다고 하는데, 그의 생각은 틀린 생각이었다. 나의 아버지는 일찍부터 전쟁과 전쟁터에 대한 애정과 열망을 가진 아이였기 때문이다. 아버지는 기병 놀이 할 때만큼은 마음이 편안하고 즐겁고 심리적으로 상기되었다. 하지만 이 미래의 장군은 너무나 허약하고 너무나 버르장머리 없게 자란 아이였다. 아버지는 문자 그대로 완전히 과잉보호 속에 자라났다. 게다가 발육이 좀 늦었기 때문에 너무나 게으르고 나태한 아이가 되어 어느 때는 옆에 있는 연필 하나를 집어 달라고 하기 위해 벨을 눌러 하인을 부르곤 했다. 참 감사하게도 아버지는 그것을 너무나 잘 기억하고 있었는데, 프랑스의 운명이 전선으로 달릴 때 그는 제일 먼저 달려갔고, 그의 완벽한 변신은 천분의 일의 기적을 이뤄냈다.

대혁명의 전조가 술렁거리기 시작했을 때 나의 할머니는 그 시대에 이미 깨어 있던 귀족으로 그것을 두려움 없이 바라보고 있었다. 할머니는 볼테르와 루소에 너무나 심취해 있어서 궁전의 낭비벽에 대해 그리고 왕비와 그 측근들에 대해서도 흥분하고 있었다. 나는 할머니 방에서 마리 앙투아네트와 그 측근들에 대한 무자비한 풍자시들과 독설들을 발견했다. 사람들은 이런 글들을 가져가 퍼뜨렸다. 당시 그런 류의 글들이 많았는데 할머니가 쓴 것들은 그중 가장 점잖은 편에 속했다.

당시는 소문난 스캔들에 대해 풍자시를 쓰는 것이 대유행이었고 그것은 프랑스적인 일종의 철학적 저항이었다. 그런데 이것은 참으로 뻔뻔하고 이상야릇한 바람이었다. 이런 시들은 서민들의 입을 통해 불렸는데, 마리 앙투아네트의 낭비벽과 바람기와 황태자의 출생에 대한 이야기들은 아주 상스러운 노래로 널리 퍼져나갔다. 사람들은 어미와 자식에게 태형을 내리거나 목을 매달라고 성화를 부렸다. 이런 노래들을 서민들이 만들었다고 생각하는 사람은 아무도 없었다. 그런 노래들은 귀족의 살롱에서 거리로 나왔다. 너무 끔찍스러워서 끝까지 읽을 수도 없는 시들이 정작 내가 어릴 적부터 잘 아는 신부님이 쓴 풍자시이거나 아주 높은 집안의 공작 부인의 머리에서 나온 것들이었다. 이것은 당시 귀족들의 증오와 분노가 얼마나 깊고 대단했는지를 보여주는 부분이다. 내 생각에 서민들은 여기에 얽히지 않을 수도 있었지만, 설사 그들이 얽히지 않았다고 해도 루이 16세 가족은 똑같은 운명을 맞이했을 것이다. 순교자의 반열에 오르지는 않았을 테니 말이다.

그리고 지금 후회스러운 것은 내 나이 20살 때 너무 어린 나머지 부끄러운 마음에 대부분의 글들을 태워 버린 것이다. 너무나 정숙하고 성스럽기까지 했던 할머니가 가지고 있던 글들을 보고 나는 눈이 뒤집힐 정도로 충격을 받았다. 하지만 그래도 나는 그때 이 글들이 가지고 있는 역사적 가치들을 생각했어야만 했다는 생각을 뒤늦게 한다. 그중 몇 개는 정말 독보적이고 아주 희귀한 글들이었다. 지금 내가 가지고 있는 것들은 이미 알려진 것들이고, 여러 글에서 인용되기도 한 글들이다.

할머니는 네케르와 미라보에 대해 대단한 찬사를 보내신 분이다. 하지만 나는 대혁명으로 너무나 힘들고 절망적인 세월을 보냈던 할머니가 정치적으로 어떤 견해를 견지해 오셨는지 알 길이 없다.

할머니와 같은 계급에 있는 사람 중 할머니만큼은 그런 큰 타격을 입어서는 안 되었다. 사실 할머니 양심에 비추어볼 때 사회로부터 그런 집단적인 벌을 받을 만한 말을 한 적이 어디 있었단 말인가? 할머니는 당시 가장 앞선 사상의 선구자로서 평등사상을 자기 선에서 받아들일 수 있는 한 받아들이고 있었다. 그녀는 루소의 '사회계약론'을 받아들이고 볼테르처럼 미신을 증오했다. 그녀는 유토피아를 믿었고, 공화국이란 단어에 분개하지도 않았다. 천성적으로 할머니는 사랑이 많고 남을 도와주고 상냥하고 또 볼품없고 가난한 사람들도 자신과 똑같은 사람으로 생각하는 사람이었다. 혁명이 폭력적으로 딴길로 빠지지 않았더라면 그녀는 아마도 끝까지 어떤 후회나 두려움 없이 그것을 따랐을 것이다. 왜냐하면 할머니는 정말 위대한 영혼의 소유자였고, 평생 진리만을 사랑하고 추구했기 때문이다.

하지만 엄청난 대혼란 이후 피할 수 없이 맞닥뜨려야 했던 격동의 세월을 감내하기 위해서는 정직이나 정의보다 더한 것이 필요했다. 설사 신의 지배라고 해도 거기에는 영웅적이고 광적인 열정과 모험심이 동반되어야 했다. 이 위기 속에서 그 세세한 광경들을 이해하기 위해선 "하나님 나라에 대한 열정이 우리를 집어삼켜야만" 했다. 우리는 모두 생명을 살리기 위해서라면 팔다리도 절단해야 한다는 것을 안다. 하지만 고문당하며 웃을 수 있는 사람은 아무도 없다.

내가 보기에 대혁명은 하나의 신앙적 행위였다. 격렬하고, 피비린내 나는 끔찍한 경련과 광기狂氣와 통곡이 가득했던 그런 시간이었다. 그것은 예수가 설파한 평등의 원칙을 향한 거친 투쟁이었다. 그것은 어느 때는 빛나는 빛으로 어느 때는 불타오르는 횃불로, 손에서 손으로 우리의 시대까지 왔다. 그것은 그리스도에 의해서도 다른 성인들에 의해서도 또 그 많은 화형식과 사형과 순교자들에도 불구하고 절대로 파괴되지 않았고 또 앞으로도 파괴되지 않을, 지난 세기의 불신앙에 대한 항거였다.

하지만 인간의 역사에는 참으로 의외의 사건이 이상하게 신비하고 복잡하게 얽혀 있다. 진리로 향하는 길들은 알 수 없는 절벽으로 이어지고 또 이 영원한 순례길에는 이해할 수 없는 짙은 어둠이 수도 없이 덮치고 폭풍우가 표지판들을 쓰러뜨려, 얼마나 많은 여행객이 겁에 질려 창백해져 길을 잃었는지 모른다. 그러니 오늘날 우리가 어떤 역사가 옳은 것인지를 몰라 미로 속에서 여전히 헤매며 실수를 거듭하고 있는 것도 당연한 일이다. 신화 속 서사시처럼 불투명했던 어제의 일들이 혼돈 속에서 한 줄기 빛으로 밝혀지게 된 것도 오늘날의 진지한 연구를 통해서일 뿐이다.

프랑스가 1793년에 성급하게 결정한 것과 같은, 도저히 풀 길 없는 혼돈의 시간에 모든 사람을 사로잡았던 그 광기는[36] 얼마나 놀라운 것인가? 모두가 복수를 위해 돌아가며 사형집행인이거나 사형수가 되고 억압자가 되건 억압을 받는 자가 되건 누구도 생각할 시간도 선택의 자유도 없을 때, 어떻게 열정 하나만으로 그 행동을 막을 수 있으며 정의라는 이름으로 조용히 그것을 멈추게 할 수 있었을 것인가? 뜨거운 영혼은 뜨거운 영혼에 의해서만 판단을 받을 수 있었고 인간

---

36 〔역주〕 1793년 루이 16세를 처형한 후 시작된 끔찍한 공포정치를 말하는 것 같다.

은 예전 후스파들이 그랬던 것처럼 이렇게 소리칠 뿐이었다.

"오늘 열정과 분노를 가지고 목숨을 버릴 때입니다."

그것이 맞건 틀리건 기쁜 마음으로 신념의 순교자가 되기 위해서는 대체 어떤 신앙이 필요했던 것일까? 삶이 너무 고통스러워 삶을 경멸하는 마음으로 어쩔 수 없이 그 길을 택한 것은 가장 최악의 경우다. 왜냐하면 그런 신앙은 은혜로 충만하지 않고 한 사람 한 사람이 은혜의 태양 빛을 받기에 세상이 너무 불안했기 때문이다. 반면에 혁명의 태양은 사회의 모든 계급을 비추었다. 1792년 반혁명의 기수였지만, 절대군주제와 개인적 자유 중 트리아농을 선택한 앙투아네트도 오늘날 스페인의 여왕 이사벨 2세와 영국의 빅토리아처럼 내적으로는 혁명가였다. 자유! 모든 사람이 그것을 열망하고 그것을 위해 뜨겁게 분노한다. 민중들뿐 아니라 왕들도 그들 자신을 위해 그것을 요구한다.

하지만 모두를 위해 자유를 원하는 자들이 왔지만, 각자의 정열이 너무나 대립하는 것을 보고 경악하여 결국 아무에게도 그것을 줄 수 없게 되었다.

하지만 그들은 밀고 나갔다. 오! 신이시여, 그들이 사용한 방법에 대해 그들을 용서하소서. 우리를 위한다며 일했던 그들을 심판할 수 있는 건 이 무기력한 시대에 사는 우리가 아닌 우리 위에 있는 누군가일 것이다.

모든 사람이 자기편을 순교자라 여기며 그에 합당한 명예와 대우를 달라고 아우성치던 그 끔찍한 시절에 사실 순교자는 양쪽 모두에 있었음을 우린 알아야 한다. 한쪽은 과거 때문에 순교했으며, 다른 한편은 미래를 위해 순교 당했을 뿐이다. 이 둘의 언저리에 있던 사람들은 뭐가 뭔지도 모르며 고통을 당해야 했다.

내가 말하려고 하는 숭고하고 정직한 여자는 바로 여기에 해당하는 사람이었다. 그녀는 조국을 떠날 생각은 추호도 하지 않았다. 그녀는 계속 아들을 키우고 그것을 신성한 의무로 여겼다.

심지어 그녀는 이 사회적 동요로 인해 그녀의 연금이 엄청나게 줄어든 것도 모두 견뎌냈다. 그녀는 재산 중 남아 있던 30만 리브르로 샤토루에서 가까운 노앙의 영지를 샀다. 아는 사람들도 모두 여기에 있어서 이곳은 그녀에게 아주 친숙한 곳이었기 때문에 그녀는 베리 지방을 떠날 수 없었다.

그녀는 당시 격동의 물결이 별로 미치지 않았던 이 시골에서 평화롭게 칩거하고 싶었다. 하지만 예기치 않았던 사건이 벌어지게 된다.

할머니는 당시 연금 집행인인 아모넹 씨 집에서 살고 있었다. 대부분 형편이 좋은 사람들의 집이 다 그런 것처럼 아파트에는 여러 개의 은신처가 있었다. 그는 할머니에게 은신처 중 한 곳에 보석들을 숨겨 놓자고 말했다. 빌리에 집안의 한 사람도 그곳에 귀족작위 문서를 숨겼다고 했다.

하지만 두꺼운 벽 사이에 은밀하게 만든 이 은신처들은[37] 그것을 만

37 이것에 대해 다음과 같은 법령이 공포되었다. 이것은 공포를 통해 신임을 얻고자 하는 거였다.

제1조 땅 속, 지하실, 벽 사이, 천장, 바닥, 굴뚝, 아궁이 혹은 다른 비밀장소에 숨긴 모든 금, 은, 다이아몬드, 보석, 금은 줄, 가구 혹은 눈에 띄는 귀중품들은 공화국의 이름으로 몰수한다.

든 사람들이 고발하여 발각되고 말았다. 1793년 11월 26일 숨겨 놓은 모든 금은보석을 찾아내도록 하는 법령이 포고되어 아모넹 씨 집도 수색을 받게 되었다. 한 노련한 세공장이가 벽들을 두들겨 모든 것이 발각되었고, 할머니도 곧 체포되어 예전에 수녀원이었으나 감옥으로 변해 버린 포세 생빅토르가에 있는 앙글레즈 수녀원에 투옥되었다.[38]

집은 압류되었고 재산도 몰수되었으며 르블랑 하사라는 사람이 관리하게 되었다. 어린 모리스(나의 아버지)는 집에 살 수는 있었는데 다른 열쇠를 사용하는 곳에서 데샤르트르와 함께 살았다.

겨우 15살이던 뒤팽은 이 갑작스러운 이별로 큰 충격을 받았다. 볼테르와 루소를 배우며 자란 이 소년은 이런 일을 당하리라곤 생각지도 않았다. 사람들은 사태의 심각성에 대해 알리지 않았고 데샤르트르도 불안한 마음을 내비친 적이 없었다. 하지만 데샤르트르는 즉시로 뭔가 행동을 취하지 않으면 뒤팽 부인이 죽게 될 거란 걸 직감했고 그것은 용기만큼이나 행운이 따라야 하는 일이었다.

그는 첫 번째 수색에서 가장 위험할 수 있는 것이 발각되지 않은 것을 알고 있었다. 그것은 서류들이나 귀족작위 문서 혹은 할머니가 샤

제 2조 이것을 고발한 자에게는 몰수품의 20분의 1을 준다.

제 6조 금, 은, 그릇, 보석과 그 외 모든 귀중품들은 물품 목록을 쓴 후 곧바로 시 감찰관위원회로 보낸다. 위원회는 지체 없이 그 상당 액수를 국가 재무부와 화폐 관리국으로 보낸다.

제 7조 보석, 가구, 귀중품들은 위원회의 요청에 따라 경매에서 팔릴 것이고, 위원회는 수익금은 재무부에 전달하고 그것을 전당대회에 보고한다.

38 할머니는 할아버지와 두 번째로 결혼하기 전 대부분의 시기를 자발적으로 이 수녀원에 칩거한 채 보내셨다.

를 10세 프랑스 왕 때부터 아르투아 백작을 도와주었다는 것이 발각될 수 있는 편지들이었다. 무슨 동기로 혹은 어떤 영향으로 할머니가 이런 일에 관여했는지 모르지만 아마도 할머니는 이런 행동으로 바스티유 함락 전까지 그렇게도 열정적으로 지지했던 혁명에 대해 저항을 시작했던 것 같다. 어쩌면 그것은 어떤 충고를 따랐거나 아니면 핏속에 흐르는 숨겨진 오만함 때문이었는지도 모른다. 어쨌든, 사생아이기는 하지만 할머니는 루이 16세와 그 형제들의 사촌이며 비록 그들이 황태자비가 죽은 후 그녀를 비참하게 내버려 뒀음에도 그들을 도와야 한다고 생각했던 모양이다. 당시 그녀의 상황에서 7만 5천 리브르는 희생하기에는 너무 큰돈이었지만 그것은 다른 것들과 마찬가지로 앞으로 다가올 미래를 위한 투자도 될 수 없다고 생각했던 것 같다.

반대로 이때부터 할머니는 왕자들에게 희망이 없다고 생각했고, 그녀는 교활한 루이 18세나 미래의 샤를 10세의 방탕하고 부끄러운 삶에 대해 어떤 동정도 인정도 하지 않았다. 여러 번 할머니는 나폴레옹이 몰락할 당시 이 가족의 슬픈 이야기들을 해주었다. 나는 그때 할머니가 해준 말들을 정확히 기억하고 있다. 하지만 너무 앞지르지는 말자. 그저 한 가지만 말하고 싶은 것은 할머니는 왕정복고를 이용해 어떤 이득을 보려는 생각도 없었고 어쩌면 그녀를 단두대로 보낼 수도 있었던 헌신적 봉사에 대해 어떤 보상도 바라지 않았다는 것이다.

어쨌든 이런 글들이 특별한 곳에 숨겨져 있었던 탓인지 아니면 빌리에 씨의 것들과 섞여 첫 번째 수색을 피할 수 있었던 것인지 모르지만 데샤르트르의 말에 의하면 첫 번째 심문에서 이것들에 대한 질문은 없었다고 하니 이제 이런 글들을 다음번 심문 전까지는 없애 버려야만 했다.

이 일은 데샤르트르의 자유와 목숨까지 걸어야 하는 위험한 일이었지만 데샤르트르는 망설이지 않았다.

하지만 이 상황에서 그가 결심한 일의 중대성을 알려면 여기서 당시 수상한 사람들에 대한 심문 서류를 살펴보는 것이 좋을 것 같다. 독특한 문체로 써 있는 것을 글자 그대로 옮겨보겠다.

봉콩세이유와 봉디에서 소집된 혁명재판위원회

오늘 유일무이하며 영원히 지속할 공화국 2년 프리메르[39] 5일, 혁명위원 장 프랑수아 포세와 프랑수아 메리는 봉디의 재판에 위촉되어 니콜라스가 12번지에 사는 연금집행인 시민 아모넹의 집을 수색하였음. 봉디의 위원인 크리스토프 제롬과 같은 곳의 필루아가 동행하였음. 우리는 2층에 있는 아파트의 화장실로 들어가 아모넹 씨가 부재중이므로 그 부인에게 감춘 것이 없냐고 물었고 그녀는 아무것도 모른다고 답하였음. 아모넹 부인은 상태가 좋지 않고 거의 이성을 잃고 있었음. 우리는 수색을 계속하였고 그 집에 있던 브루투스의 몽마르트르 21번지에 사는 빌리에 씨와 공도와 씨를 증인으로 했음. 이후 포부르 생마르탱 90번지에 사는 타르테이 씨와 그 집의 수위인 프록 씨의 도움으로 오른쪽 문 앞에 있는 벽 속의 은신처를 발견하게 되었음. 증인들 입회하에 그곳을 열어 은장식품들과 상자들, 문서들을 발견하였으며 현장에서 기록한 목록은 다음과 같음.

---

39 〔역주〕 프랑스 혁명력 제 3월로, 그레고리력으로 환산하면 11, 12월에 해당한다.

1. 강철 검 하나, 2. 나팔총 하나, 3. 문장이 새겨진 숟가락, 진홍색 설탕, 겨자 숟가락이 든 모로코 상자 … ."

문장이 새겨진 물건들과 보석들에 대한 자세한 설명과 함께 목록이 계속된다. 왜냐하면, 모두가 알고 있듯 그런 물건들이 재판에서 가장 중요한 증거이기 때문이다.

다음 아모넹 씨가 들어와 재판에 넘겨지기 위해 우리와 함께 있음. 다음 흰 천에 싸여 봉인된 서류뭉치들에 대해 아모넹 씨에게 설명을 요구함.
다음 국무위원이었던 빌리에 주소로 된 편지들 읽음. 그는 아모넹의 부재로 심문당했을 때 흰 천에 싸인 편지들과 모든 것이 아모넹의 것이라고 함. 아모넹은 그것에 대해 부인함. 다음 아모넹에게 언제부터 은장식품들과 보석을 숨겼냐고 묻자, 그는 왕이 바렌으로 도망갔을 때부터였다고 말함. 은장식품들과 보석들이 당신 것이냐고 묻자 일부는 자신 것이고 일부는 1층에 사는 뒤팽 부인 것이라고 함. 다음 뒤팽 부인을 불러 아모넹의 집에 숨긴 물건들의 목록을 제출하라고 하고 부인은 그 자리에서 실행함 … . 다음 빌리에 씨 앞에서 편지들을 조사함. 그중 귀족들 문장이 있는 편지들 발견하여 위원들의 검열 낙인을 찍어 밀봉하여 흰 봉투에 넣어 관련 부처로 보내 분류케 함. 다음 즉결심판으로 모든 은장식품들과 보석들을 처리하고 법대로 행하였으므로 프리메르 6일 새벽 2시 즉결심판을 마침.

그러니까 이런 수색은 특히 밤에 급작스럽게 행해졌음을 알 수 있다. 이 수색도 5일 시작해서 6일 새벽 2시에 마쳤으니 말이다. 다음 기록을 보면 위원들은 빌리에 씨를 연행해간 것으로 되어 있다. 그를 가장 위험한 인물로 생각했던 것 같다. 그리고 뒤팽 부인과 그녀의 공범자였던 아모넹 씨에 대해서는 언급이 없다. 단지 "하사 르블랑의 책임하에 처음 몰수된 그대로 완전하게 당일로 국민공회로 이송되기 위해" 가방들과 상자들과 보석함들이 봉인되었다는 기록밖에는.

이 일로 집안사람들이 크게 동요한 것 같지는 않았다. 아니면 위험이 사라졌다고 생각했을지도 모르겠다. 사실, 압류된 재산을 되돌려받을 희망도 있었고(압류된 물건 목록은 아주 자세히 기록되었고 대부분은 그대로 돌려받기도 했다. 이것은 데샤르트르가 목록 한구석에 적어놓은 메모를 보면 알 수 있다), 그리고 은닉죄는 뒤팽 부인과는 크게 관계가 없었다. 그녀는 그것을 아모넹 씨에게 맡긴 것에 불과하고 숨긴 것은 그 사람이었다. 할머니는 이렇게 우기기로 했고 어떤 변명도 할 수 없는 사태가 벌어질 거라고는 아무도 생각하지 못했다. 실은 너무나 부주의하게도 위에 말한 그 위험한 문서들을 층과 층 사이의 작은 비밀의 공간에 놓아두었는데 이것은 곧 큰 문제가 될 거였다.

프리메르 13일, 그러니까 아모넹 씨네 첫 번째 압수수색 7일 후, 체포 중인 할머니 집이 압수수색을 당했다. 첫 번째보다는 간결했지만, 분위기는 더 엄중했다.

> 프리메르 13일 유일무이의 프랑스 공화국 제 2년 봉디의 감독위원인 우리는 프리메르 11일 명령된 법에 따라 마리 오로르 뒤팽 미망인의

집에 압류 딱지를 붙이고 부인을 체포함. 이후 우리는 생니콜라스 12번지에 있는 건물 2층 오른쪽에 있는 그녀의 집에 들어감. 문과 십자창에 봉인을 붙이고 입구 문에도 붙이고 문지기인 샤를 프록을 교육시킨 후 그에게 지키도록 함. 다음 우리는 건너편 문으로 해서 미망인 뒤팽 부인의 아들인 모리스 프랑수아 뒤팽과 가정교사인 데샤르트르가 사는 곳으로 이동함. 서류들 검토하였으나 공화국 이익에 반하는 것은 전혀 발견하지 못함.

이렇게 해서 할머니는 잡혀가게 되고, 데샤르트르는 할머니를 구해야 할 처지가 되었다. 할머니는 앙글레즈 수녀원으로 잡혀 들어가기 전에 그에게 어디에 없애 버려야 할 위험한 문서들이 있는지 말해주었다. 게다가 할머니는 외국으로 도망간 친척들과 주고받은 편지뭉치가 있었는데 그것들은 순수한 편지들이었지만, 국가에 대한 죄가 될 수도 있고 공화국을 배신했다는 증거가 될 수도 있었다.

내가 위에 적은 마지막 즉결심판문의 엉터리 철자법에 대해 완벽주의자였던 데샤르트르는 얼마나 분개하고 경멸했는지 모른다! 철자법이 틀린 것을 볼 때마다 진저리를 치던 판결문에는 2층 위에 있는 층과 층 사이 작은 공간의 존재에 대해 적혀 있지 않았다. 그 공간은 할머니의 아파트와는 완전히 독립적인 공간이었다. 그곳은 화장실의 숨겨진 문을 통해 올라가야 하는 곳이었다.

이곳으로 갈 수 있는 모든 문과 창문은 모두 봉인되었다. 그러니까 여기에 가려면 봉인을 3개나 뜯어내야만 했다. 집의 계단 쪽을 향해 난 2층 문의 봉인, 비밀의 계단으로 통하는 화장실 문의 봉인, 같은 계단 위에 있는 비밀 공간의 문 봉인이 그것이다. 공화주의자이며 성질이 대단했던 문지기의 집은 할머니의 바로 아래였고, 3층의 봉인 관리를 맡은 완고한 르블랑 하사는 아모넹 씨 집 옆 테라스의 침대에서 잤는데 이 말은 바로 그 비밀 공간 위에서 잤다는 말이다. 거기서 그는 턱밑까지 완전 무장을 하고 누구라도 아파트에 침입하는 사람을 쏠 태세였다. 프록 씨는 문지기답게 아주 잠이 얕아서 하사의 창문에 종을 갖다 놓고 만일을 대비해 여차하면 줄을 당겨 종을 울릴 만반의 태세를 하고 있었다.

그러니 전문 도둑들이나 할 수 있는 특별한 잠입기술이나 문따기 기술도 모르는 문외한이 문서를 찾으러 그곳으로 들어간다는 것은 미친 짓이나 다름없었다. 하지만 지성이면 감천이라고 기적이 일어났다. 데샤르트르는 모든 준비를 마치고 모두가 잠들기를 기다렸다. 새벽 2시가 됐을 때 집안이 조용해졌다. 그는 일어나 조용히 옷을 입고 모든 장비를 챙겼다. 그는 첫 번째 봉인을 제거하고는 연달아 두 번째, 세 번째도 제거했다. 드디어 비밀 공간이 나타났고 이제 상감象嵌 세공된 금고를 열고 문서로 가득 찬 29개의 상자를 꺼내야 했다. 할머니는 그중 어디에 위험한 문서가 들었는지 말해주지 않았기 때문이다.

하지만 그는 낙담하지 않고 문서들을 뒤지고 분류하고 태웠다. 새벽 3시 종이 울렸고 여전히 모두가 조용했다. 그런데 이때 첫 번째 거실의 마룻바닥에서 작은 발걸음 소리가 들렸다. 그것은 아마 데샤르트르의 침대 옆에서 자던 할머니의 개 네리나일 거라고 생각했다. 만일을 대비해 들어오면서 문을 열어놓고 왔다. 열쇠를 가지고 있는 사람은 문지기였는데 데샤르트르는 마스터 열쇠를 가지고 들어온 거였다.

가슴은 쿵쾅대고 피가 거꾸로 솟아 귀밑까지 빨개진 데샤르트르는 아무 소리도 들리지 않았다. 그는 돌처럼 굳어 움직일 수도 없었다. 누군가 계단을 올라오는 소리가 들렸는데 마치 악몽을 꾸는 것 같았다. 소리는 네리나의 발소리가 아니라 사람이 올라오는 소리였다. 누군가 조심스럽게 다가오고 있었다. 데샤르트르는 가지고 있던 권총을 꼭 쥐고 작은 계단 문 쪽으로 갔다. … 그러나 그는 들었던 팔을 내려놓을 수밖에 없었다. 그는 바로 나의 아버지인 제자 모리스였다.

계획을 숨겼음에도 불구하고 아이는 이미 모든 것을 다 알고 그를 도우러 온 것이다. 데샤르트르는 너무나 끔찍한 이 위험한 일에 아이가 뛰어든 것을 보고 그를 돌려보낼 생각을 했다. 하지만 모리스는 그의 입을 손으로 막았다. 데샤르트르는 조금만 소리를 내도 둘 다 잡힐 것을 알았고 또 아이도 전혀 돌아갈 마음이 없다는 것을 알았다.

그래서 둘은 완전한 침묵 속에서 작업을 계속했다. 문서들을 계속 점검했고 진척도 빨라졌다. 문서들은 불태워졌다. 그런데 세상에 4시 종이 울렸다! 이제 한 시간 안에 문을 다시 닫고 봉인을 다시 제자리로 해놓아야만 했다. 일은 아직 반도 다 하지 못했다. 5시면 르블랑 씨가 일어나는 시간이었다.

이제 망설일 필요가 없었다. 모리스는 내일 밤 다시 와야 한다는 말을 데샤르트르에게 전했다. 게다가 그가 신중을 기하기 위해 방에 두고 온 네리나까지 혼자 있는 것이 싫었던지 울어대기 시작했다. 다시 문을 닫기로 했다. 안쪽 문의 봉인들은 놔두고 큰 계단으로 난 문의 제일 첫 번째 봉인만 제대로 해놓기로 했다. 아버지는 촛불을 들고 밀랍을 건넸다. 데샤르트르는 아주 신속하고 능숙하게 다시 봉인을 찍었다. 그리고 다시 잠자리로 돌아갔다. 하지만 제대로 잘 한 것인지는 알 수 없었다. 만약 갑자기 낮에 봉인한 것을 조사하러 들어간다면 안쪽은 완전히 엉망이었기 때문이다. 게다가 진짜 위험한 서류들은 아직 찾지도 못하고 처리하지도 못했기 때문이다.

다행히 맘을 졸이며 기다렸던 그날 낮은 아무 일 없이 흘러갔다. 아버지는 네리나를 친구 집에 맡겨놓고 데샤르트르는 아버지를 위해 소리 안 나는 슬리퍼를 사주고 아파트 문에 기름칠을 했다. 모든 도구를 제자리에 놓고 아이의 영웅적인 결심을 바꾸려고 노력하지도 않았다. 25년 후 데샤르트르는 여기에 대해 이런 말을 했다.

"나는 알았지. 만약 우리가 들키면 엄마는 결코 자기 아들을 위험하게 내버려 둔 것에 대해 나를 용서치 않을 거라고. 하지만 착한 아들이 자기 엄마를 구하기 위해 목숨을 바치겠다는 걸 난들 어떻게 막을 수 있겠어? 그것은 좋은 교육이라고 할 수 없지. 게다가 선생님인 내가 어떻게 그렇게 할 수 있겠어."

다음 날 밤은 조금 더 시간이 있었다. 관리인이 일찍 잠들었기 때문이다. 한 시간 더 전에 일을 시작할 수 있었다. 문서들은 다시 조사되고 불태워졌다. 그 재들은 상자에 담아 다음 날 없애 버릴 생각이었다. 모든 상자를 다 열어보고 정리했다. 문장이 새겨진 보석이나 도장들도 없앴다. 심지어는 책 표지에 있던 작은 방패꼴의 가문 문장도 떼어 버렸다. 마침내 임무를 끝내고 모든 봉인도 완벽하게 제자리로 돌려놨다. 문도 소리 없이 다시 닫아놓았다. 그리고 이 두 공범자는 함께 범죄를 저지른다는 이상야릇한 감정을 느끼며 이 기상천외한 임무를 완수하고 늦지 않게 돌아왔다. 그리고 둘은 서로 부둥켜안고 아무 말 없이 기쁨의 눈물을 흘렸다. 둘은 할머니의 목숨을 구했다고 생각했다. 하지만 그 이후로도 오랫동안 두려운 시간을 견뎌야만 했다. 왜냐하면 구금은 테르미도르 9일 이후까지 더 연장되었고 그때까지 혁명 법정은 하루하루 더 무섭고 끔찍했기 때문이다.

니보즈 16일, 그러니까 한 달쯤 뒤에 뒤팽 부인은 구금에서 풀려나 필리도르의 감시하에 집으로 돌아왔다. 그는 아주 인간적인 사람이었고 할머니에게도 호감을 느끼고 있었다. 그가 보는 앞에서 즉결재판은 봉인이 완벽함을 확인했고 그는 서명했다. 문지기는 할머니에게 잘해주려는 생각이 없는 사람이었으니 어떤 침입의 흔적도 발견하지 못한 것이 분명하다.

지나가는 이야기지만 이것만은 얘기하고 싶은데, 용감한 데샤르트르는 내가 질문을 해대지 않았다면 결코 이 이야기를 하지 않았을 것이다. 게다가 그는 어찌나 얘기를 못 하는지, 사건의 경위를 자세히 알게 된 것은 오직 할머니로부터였다. 나는 너무나 쓸데없는 것에 대해 그처럼 세세하고 꼼꼼하고 어려운 말로 설명하는 사람을 본 적이 없다. 그래서 막상 그의 역할에 대해서는 설명도 잘하지 못하고 얘기도 지루하기 짝이 없었다. 하지만 그는 거의 예외 없이 매일 저녁 지나온 이야기를 했는데 나는 그 이야기들을 너무나 잘 알고 있어서 어쩌다 한 단어라도 틀리게 말하면 내가 바로잡아주곤 했다. 그런데 그는 어떤 점에서 자신이 대단한지를 모르는 그런 종류의 사람이었다. 그래서 어느 때는 우스꽝스러울 만큼 유치하게 무게를 잡는 사람이 막상 자신의 영웅적인 면을 보여줘야 할 때가 오면 마치 어린아이처럼 순진하고 진짜 크리스천처럼 겸손해졌다.

할머니는 단지 봉인을 풀고 문서를 조사하기 위해 잠시 풀려난 거였다. 9시간 동안 샅샅이 조사했지만, 공화국의 이익과 반하는 어떤 증거도 나오지 않았다. 이날은 할머니와 아들에게는 행복한 날이었다. 그 시간 동안 함께 있을 수 있었기 때문이다. 모자간의 애틋한 사랑은 많은 위원회 사람들을 울컥하게 했고, 특히 내 기억으로 전직 가발업자였으며 사람 좋은 애국자였던 필리도르라는 사람의 마음을 울렸다. 그는 특히 아버지를 예뻐해서 할머니가 재판을 받고 빨리 풀려날 수 있도록 온갖 노력을 기울여주었다. 하지만 세상이 다시 바뀌기 전까지 이 노력은 늘 실패로 돌아갔다.

니보즈 16일 저녁, 그는 할머니를 다시 앙글레즈 수녀원으로 데려갔고 할머니는 그곳에서 프뤽티도르 4일(1794년 8월 22일)까지 있었다. 얼마 동안 아버지는 앙글레즈 수녀원 복도에서 매일 잠깐씩 할머니를 볼 수 있었다. 아버지는 매서운 추위 속에서 이 잠깐의 만남을 기다렸다. 이곳이 얼마나 추운 곳인지는 하나님도 아신다. 이곳에서 3년을 보낸 나도 이 끔찍한 추위에 대해선 익히 잘 알고 있다. 아버지는 종종 몇 시간씩 기다려야 할 때도 있었다. 문지기들의 변덕으로 면회 시간이 매번 바뀌었기 때문이다. 그것은 아마도 수감자와 면회자가 너무 자주 만나는 것을 막기 위한 혁명정부의 뜻이기도 했을 것이다. 약골에 늘 병치레를 하던 나의 아버지는 다른 때 같으면 그런 추위 속에서 중병을 앓았을 것이다. 하지만 감정이 극에 달하면 우리의 신체조건도 변하기 마련이다. 그는 감기 한 번 걸리지 않았다. 그리고 그는 더는 엄마에게 자기밖에 모르는 어린애처럼 어리광을 부려서는 안 된다는 것을 빨리 터득했다. 그래서 더는 작은 불편함이나 고통 따위로 엄마를 힘들게 하는 일은 하지 않았다. 마치 쭉 그래왔던 아이처럼 말이다.

이때부터 그는 갑자기 의젓한 아이가 되었고 더는 버르장머리 없는 아이가 아니었다. 창살 가까이 와서 아이가 그 추운 곳에서 몇 시간 동안 기다린 것을 보고 창백해진 엄마가 다시는 이곳에 와서 기다리지 말라며 그의 차가운 손을 잡고 눈물을 흘릴 때면 그는 온갖 어리광을 다 받아주며 자신을 너무 애지중지 키운 엄마를 원망했다. 그리고 사랑하는 사람을 위해 고통을 감수한다는 것이 뭔지를 깨닫고는 스스로 춥지 않다는 생각을 주입해 결국 그는 정말로 추위도 느끼지 않게 될 정도였다.

그의 교육은 물론 중단되었다. 음악이나 춤이나 검술 같은 것은 문제도 되지 않았다. 그렇게 가르치기를 좋아했던 데샤르트르도 아이를 가르칠 의욕이 전혀 나지 않았다. 오히려 이 살아 있는 교육은 또 다른 차원의 교육이었다. 이런 힘든 시간을 통해 아이는 남자로서 마음과 정신을 배워 나갔다.

4. 앙글레즈 수녀원에 감금된 할머니

여기서 잠시 아버지 쪽 가족 이야기는 접고 같은 시기 감옥에서 이상한 인연으로 가까이 있었던 사람 이야기를 하려고 한다.

폼 놀이 기구 장인이었고 새 조련사였던 앙투안 들라보르드에 대해선 이야기한 바 있다. 그러니까 게임장을 가지고 새를 팔던 외할아버지 말이다. 그 이후 말을 하지 못한 건 내가 그 이상은 아는 바가 없어서였다. 일찍 부모님을 여의어서 부모님에 대해 별로 아는 게 없었던 엄마는 그들에 대해 거의 말을 하지 않으셨다. 할아버지가 누군지는 더더욱 알 수 없으셨고 나 또한 그랬다. 할머니도 모르기는 마찬가지다. 이러니 별 볼일 없는 평범한 집안의 가계는 돈 많고 힘 있는 가문과 상대가 될 수 없는 것이다. 이 집안에서 아주 훌륭한 인물이 있었건 아주 망나니 같은 자손이 있었건 그것에 대해 어떤 벌을 받았는지 어떤 칭찬을 받았는지 알 수가 없다. 무슨 작위도 없고 가문의 문장도 없고 집안의 내력을 그린 그림 한 점 없어서 이런 초라한 집안들은 이 땅에 존재하다가 어떤 흔적도 없이 사라져간다. 부자들은 가난한 자들의 이 완전한 죽음을 경멸하며 자신들도 어차피 한 줌 흙인 것을 잊은 채 그들 무덤 위를 걸어간다.

나의 엄마와 이모는 그들을 길러준 신실하고 착한 할머니 이야기를 많이 했었다. 나는 대혁명으로 엄마 집안이 망했다고는 생각지 않는다. 그들은 잃을 재산도 별로 없었을 테니까. 하지만 대혁명 때 먹을 것이 너무 비싸고 귀해서 다른 사람들처럼 엄마 쪽 집안도 고통을 당해야 했다. 외할머니는 왕당파였다. 왜 그런지는 하나님만이 아실 일이다. 그녀는 대혁명의 공포정치 동안 두 손녀를 보살폈다. 정치에 대해서는 뭐 하나 아는 것도 없는 데 어느 날씨 좋은 날 아침 사람들이 와서 15살인가 16살인 큰손녀 소피 빅투아르(프랑스 왕비인 '앙투아네트'라고도 불린) 를[40] 데려가서는 하얀 드레스를 입히고 분을 바르고 장미 왕관을 씌워 시청으로 데려갔다. 그녀 자신도 이게 무슨 일인지 알 수 없었다. 단지 방금 바스티유와 베르사유에서 돌아온 거리의 시민들이 그녀에게 이렇게 말하는 것을 들었을 뿐이다.

"귀여운 아가씨, 이 동네에서 제일 예쁘니 용기를 갖고 들으세요. 테아트르 프랑세의 배우 콜로 데르부아가 당신에게 시 낭독을 가르쳐줄 거예요. 여기 화관이 있어요. 이제 시청으로 데려다줄 테니 이 화관을 바이유와 라파예트 씨에게 주고 그들을 찬미하는 시를 낭독해주세요. 조국이 당신께 감사할 거예요."

빅투아르는 다른 예쁜 소녀들이 합창하는 가운데 이 임무를 잘 마쳤다. 그날의 영웅에게 한마디 말도 못 하고 꽃도 주지 못한 소녀들보다 더 큰 찬사를 받았다. 그 소녀들은 단지 눈요깃감으로 그 자리에서 있었다.

클로카르(빅투아르의 할머니)는 너무나 즐겁고 자랑스러워하며 둘째 손녀인 뤼시와 함께 큰손녀를 좇아 거대한 군중 사이를 뚫고 시청으로 들어가는 데 성공해서는 앙증맞은 손녀가 얼마나 우아하게 시를 읊고 화관을 증정하는지를 보았다. 라파예트 씨는 너무나 감동해서

---

40 〔역주〕 상드의 엄마 이름이다.

받은 화관을 빅투아르의 머리에 얹으며 이렇게 말했다.

"사랑스러운 소녀야, 이 화관은 나보다 네 얼굴에 더 잘 어울리는구나!"

사람들은 환호하고 라파예트와 바이유 곁에 둘러앉았다. 테이블 주변에서는 춤을 추기 시작하고 도시의 아름다운 처녀들이 몰려들었다. 사람들이 점점 더 많아지고 시끄러워지자 클로카르 할머니와 손녀 뤼시는 빅투아르를 시야에서 놓쳐 버리고 더는 찾을 수가 없었고 몰려드는 사람들 사이에서 숨 막혀 죽을 것 같아 밖으로 나와 손녀를 기다리기로 했다. 하지만 군중들이 계속 밀려오고 그들의 환호성 소리는 그들을 두렵게 했다. 겁 많은 클로카르 할머니는 파리가 자기 위로 덮쳐올 것 같은 두려움에 뤼시와 울면서 빅투아르가 이 광란의 군중 속에서 숨 막혀 죽게 될 거라고 소리치며 그곳을 빠져나왔다.

빅투아르는 밤이 다 돼서야 그들이 있는 초라한 집으로 돌아왔다. 남자와 여자로 이루어진 수행원들을 대동하고 말이다. 그들이 어찌나 완벽하게 그녀를 보호했던지 하얀 드레스도 어디 한 군데 헤진 곳이 없었다.

시청에서 한 이 행사는 대체 어떤 정치적 행사에 속한 것인지는 모르겠다. 엄마도 이모도 거기에 대해서는 아무 말도 할 수 없었는데, 아마도 그런 역할을 맡으면서도 무슨 행사였는지조차 모르는 것 같았다. 내 생각에 이것은 아마도 라파예트가 코뮌에 와서 왕이 파리로 오기로 했다는 것을 알리는 행사였던 것 같다.

아마도 이 시기에 들라보르드 집안의 작은 소녀들에게 혁명은 아주 매력적인 것으로 보였을 것이 틀림없다. 하지만 얼마 안 가서 그녀들은

상드의 어머니 소피 빅투아르 들라보르드. 가난한 새 장수의 딸이었다. 상드는 두 집안의 계급 차이로 할머니를 비롯한 아빠 쪽 친척들과 어머니가 대립하는 상황을 여러 차례 겪었고, 이는 상드가 사회주의 운동에 관심을 갖는 계기가 되었다.

아름답게 장식된 금발 머리가 꼬챙이 끝에 달려 지나가는 것을 보게 된다. 바로 랑발 공주의 머리다. 이 광경은 그녀들에게 공포를 심어주었다. 이후 그녀들에게는 이 끔찍한 장면이 혁명의 모든 것을 의미했다.

너무나 가난해서 뤼시 이모는 바느질을 했고, 엄마는 작은 극장에서 엑스트라를 했다. 이모는 이 사실을 부정하지만, 그것은 본의 아닌 거짓말이었을 거라고 생각한다. 이모는 늘 정직한 사람이었으니 말이다. 어쩌면 이모는 그것을 잊어버린 건지도 모른다. 당시 두 소녀가 마치 마른 낙엽처럼 어디로 가는지도 모르고 이리저리 날려 다니던 그 폭풍 같던 시절에, 그 혼란스러운 불행의 한가운데서 두렵고 뭐가 뭔지도 모르는 황당함 속에서 때로는 엄청나게 끔찍한 광경들을 보며 그들은 아마도 어떤 시기에 대한 기억을 완전히 지웠을지도 모른다. 어쩌면 빅투아르는 경건한 할머니와 반듯했던 여동생한테 야단맞을 것이 두려워 그녀가 그 비참함 속에 어느 나락까지 떨어져 갔던지를 고백하지 않았는지도 모른다. 하지만 사실은 사실이다. 왜냐하면, 엄마가 내게 그렇게 말했기 때문이다. 그것도 결코 내가 잊을 수 없는 상황에서 말이다. 나는 이것에 대해 엄마 이야기를 할 때 다시 이야기할 것이다. 그러니 독자들이여 나의 마지막 말을 듣기 전까지 어떤 편견도 갖지 말길 바란다.

나는 도대체 어떤 연유로 엄마가 공포정치 아래에서 공화국에 적대적인 불온한 노래를 부르게 되었는지 알 수 없지만, 어쨌든 바로 다음날 엄마 집은 수색당하고 보렐이라는 어떤 신부가 써준 이 노래 가사가 발견되었다. 가사는 정말로 불온한 내용이었다. 하지만 엄마는 그중 아주 일부분만 불렀을 뿐이었다. 엄마는 이모와 함께 즉시 체포되어 (왜 그랬는지는 하나님만이 아실 일이다!) 처음에는 루브르 감옥에 그다음에는 다른 감옥에, 마지막에는 앙글레즈 수녀원 감옥으로 이송되었다. 아마 그 기간은 나의 할머니가 있었던 때와 같은 시기였을 것이다.

이렇게 가엾은 가난한 두 소녀는 왕족이나 귀족들 부인네들처럼 그곳에 있게 되었다. 콩타 양도 그때 함께 있었는데 당시 수녀원장인 캐닝 부인은 그녀와 아주 막역한 사이였다.

이 유명한 여배우는 뜨거운 신앙심을 가지고 있어서 원장 수녀님을 만날 때마다 무릎을 꿇고 축복을 구했다. 영성이 뛰어나고 삶의 지혜로 가득한 수녀님은 그녀가 아름답고 선한 영혼의 소유자임을 알아보고는 그녀를 위로하고 죽음의 공포로부터 그녀를 강하게 해주었으며, 방으로 데려가 아주 부드러운 말로 설교를 하곤 했다. 이것은 내가 그 수녀원에 있는 동안 그녀가 그 혼란스러웠던 시절을 회상하며 나의 할머니에게 하는 말을 직접 들은 것이다.

어떤 이들은 기요틴의 이슬로 사라지고, 어떤 이들은 체포되어 새로 들어오고 하는 와중에 마리 오로르 드삭스와 빅투아르 들라보르드가 서로 알지 못하고 지나쳤다고 해도 놀랄 일은 아니다. 실제로 그들은 둘 다 그때가 언제였는지 기억도 못 하고 있었다. 하지만 이런 소설을 상상해볼 수는 있을 것 같다. 그러니까 모리스가 꽁꽁 언 몸으로 엄마와 만날 시간만을 기다리며 수녀원 벽을 두드리며 안뜰을 서성일 때 빅투아르가 이 예쁜 아이를 볼 수도 있지 않았을까? 그녀는 그때 벌써 19살이었고 만약 누군가가 그녀에게 "저 아이가 삭스 장군의 손자랍니다."라고 말했다면, 그녀는 아마도 "삭스 장군이 누군지는 모르지만 귀여운 아이군요."라고 대답하지 않았을까? 그리고 누군가 모리스에게 "이 가엾은 예쁜 소녀를 보렴, 조상이 누군지 그런 것도 모르고 아버지는 새 장수지만 그녀가 미래의 네 아내란다 ⋯ ."라고 한다면 그는 뭐라고 했을지 모르지만 ⋯ . 아무튼 소설 같은 상상을 해 본다.

어쨌든 믿을 수는 없지만, 그들은 수녀원에서 한 번도 마주치지 않았을 수도 있고, 한 번이라도 서로를 보고 인사를 했을 수도 있다. 젊은 처녀는 어린 학생에게 큰 관심을 보이지는 않았을 것이다. 슬픔에 빠진 젊은 남학생도 그녀를 보았다 해도 금방 잊어버렸을 것이다. 실제로 몇 년 뒤 또 다른 폭풍의 시간 앞에서 그들이 이탈리아에서 처음 만났을 때 둘은 전에 만났던 기억 같은 것은 없었다.

여기에서의 기억은 엄마의 마음속에서 완전히 사라졌고 그녀는 단지 이유도 원인도 모르게 잡혀 간 것처럼 나올 때도 그렇게 나왔다는 것을 기억할 뿐이다. 외할머니는 1년도 넘게 손녀딸들의 소식을 듣지 못하자 그들이 죽었다고 생각하고 있었다. 두 사람이 나타났을 때 외

할머니는 몸져 누워 있었고 손녀들을 향해 달려가는 대신 그들을 귀신이라고 생각하고 두려워했다고 한다.

나는 이들의 이야기를 다른 기회에 다시 하도록 하겠다. 다시 아버지 쪽 얘기로 돌아오면 수많은 편지로 많은 것을 기억해낼 수 있다.

어머니와 아들을 위로해주었던 잠깐의 만남도 갑자기 중단되어 버렸다. 혁명 정부는 수감자 가족에 대해 엄격한 규율을 적용해서 그들을 파리로부터 멀리 쫓아 버렸다. 그리고 허락을 받을 때까지 그들이 파리로 들어오지 못하게 했다. 그래서 아버지는 데샤르트르와 파시Passy에서 몇 달간 살게 되었다.

이 두 번째의 이별은 첫 번보다 더 괴로웠고 고통스러워서 아주 작은 희망마저 부숴 버렸다. 할머니는 너무 슬펐지만, 매번 이것이 마지막이라고 생각하며 아들을 안을 때 그 고통을 숨길 수밖에 없었다.

아버지는 그 정도로 절망적이지는 않았지만 그래도 괴로워했다. 이 불쌍한 아이는 한 번도 엄마를 떠난 본 적도 없었고, 고통 같은 것은 알지도 느끼지도 못하며 살았다. 그는 꽃처럼 아름다웠고 소녀처럼 정결하고 사랑스러웠다. 그때 그는 16살이었고 육체적으로 병약했으며 정신적으로도 섬세한 아이였다. 그 나이에 다정스러운 엄마에 의해 길러진 남자아이란 아주 특별한 존재였다. 그는 여자도 남자도 아닌 존재였고 그의 생각은 천사처럼 순수했다. 그는 여자들이 성장 과정에서 거치게 되는 유치한 애교부리기도, 걱정스러운 호기심도, 그늘진 성품도 갖고 있지 않았다.

그는 딸들은 절대 할 수 없는 그런 방식으로 엄마를 사랑했다. 누구와도 나누지 않았던 폭포수 같은 사랑 속에서 칭찬만 받으며 살았던 그에게 엄마는 숭배의 대상이었다. 얼마 후 그가 다른 여자를 그토록 사랑할 수 있었던 것은 어떤 격정이나 실수가 아니라 바로 이 사랑 때문이었다. 그것은 남자의 인생에서 오직 한 번뿐인 그런 이상적 사랑이었다. 그 전날까지도 무감각했던 그런 부드러운 본능이 바로 다음 날 다른 감정들과 뒤섞여 혼란스러운 사랑의 감정이 되거나 사랑하는 여자의 거부할 수 없는 매력에 빠져들게 된 것이다.

새로운 감정의 세계가 열려 그의 눈을 부시게 하지만 그가 뜨겁게 또 품위 있게 이 새로운 우상을 사랑할 수 있었던 것은 이미 자신의 엄마와 그런 진실하고 성스러운 사랑을 연습했기 때문이다.

나는 시인들과 소설가들이 이런 시적 원천이 되는 감정들에 대해 잘 모르는 것 같다는 생각을 한다. 남자의 인생에서 아주 빨리 지나가 버리는 이 독특한 순간에 대해 말이다. 우리의 슬픈 세대에서는 사춘기 같은 것은 사라졌거나 아니면 아주 특별한 방식으로 키운 아이들에게서나 찾아볼 수 있는 것 같다. 우리가 늘 보는 아이들은 머리를 엉망으로 흐트러뜨리고 잘 배우지도 못해서는 이미 저속함에 물들어 생애 처음으로 배우게 되는 이상적인 성스러움은 이미 그들 안에서 파괴되어 버린 것 같다.

만약 요즘의 불쌍한 아이들이 학교에서의 이런 병적인 악습에서 기적적으로 벗어난다 해도 그 나이에 가질 수 있는 순전한 상상력과 성스러운 무지를 보존하는 것은 불가능하다. 게다가 그는 항상 그를 따돌리려는 친구들이나 그를 감시하는 문지기에 대한 증오심을 마음속에 키우며 산다. 그래서 그 아이는 비록 아름답게 태어났다고 해도 추한 남자가 된다. 그는 비열한 습성을 배우고 수치심에 가득한 몸짓으로 우리를 똑바로 응시하지도 못한다. 그는 숨어서 나쁜 책들을 읽지만 정작 여자들에게는 두려움을 갖는다. 엄마의 손짓에도 그는 얼굴을 붉히고 화를 내 사람들은 그가 참 못된 자식이라고 할 것이다. 세상에서 가장 아름다운 언어가 인간의 가장 위대한 시가 그에게는 권태롭고 반항하고 싶게 하고 구역질나게 만든다. 너무나 순수한 영양분을 너무나 거칠고 엉망진창으로 먹여서 그는 변태적인 식성을 갖게 되어 나쁜 것만을 찾게 되는 것이다. 이런 혐오스러운 교육으로 얻은 것들을 버리려면, 그러니까 잘 알지도 못하는 라틴어나 헬라어를 버리고 역사에 대해 자기만의 생각을 느낌대로 표현하기 위해 자기의 언어를 배우려면, 또 암울한 어린 시절과 노예로서의 우둔함이 그의 이마에 새겨놓은 추한 인장을 지워 버리고 고개를 꼿꼿이 들고 앞을 똑바로 바라볼 수 있으려면 대체 몇 년의 세월이 걸리는지 모를 일이다. 그저 엄마를 사랑하면 될 일인데 이미 그의 마음은 욕망으로 가득 차서 그는 내가 방금 말한 것 같은 그런 천사 같은 사랑, 남자의 어린 시절과 사춘기 사이에 마법 같은 오아시스처럼 존재하는 휴식 같은 그런 사랑을 결코 알 수가 없는 것이다.[41]

지금 나는 일반적 교육에 대해 비판하려는 것이 아니다. 원칙적으

---

41 〔역주〕 이 부분은 파리에서 공교육을 받고 자랐던, 방탕하고 도덕불감증이었던 뮈세를 생각하며 쓴 글 같다. 상드는 파리에 올라온 후 출판사에서 만난 뮈세와 잠시 연인관계였다.

로 나는 공교육의 이점에 대해 잘 알고 있다. 사실 오늘날 실행되고 있는 것에 대해 나는 망설임 없이 모든 것이 교육이라는 점에서는, 가정에서 버릇없이 자란 아이의 교육이라 할지라도 모두 가치가 있다고 말하고 싶다.

게다가 지금 여기서 나는 어떤 특수한 경우에 관해 얘기하려고 하는 것도 아니다. 아버지가 받은 것과 같은 교육은 딱히 어떤 거라고 말할 수 없는 것이었다. 그것은 한편으로 너무 아름답지만, 또 다른 한편으로는 너무나 결점투성이의 교육이었다. 처음에는 병으로 인해 두 번째는 혁명 후 공포정치에 대한 두려움 그리고 이후 계속된 불안정한 상황들로 인해 두 번이나 중단되었던 아버지의 교육은 결코 제대로 된 것이었다고 할 수 없었다. 하지만 그것만 가지고도 아버지가 받은 교육은 순수하고 용감하며 비할 바 없이 선한 인간을 만들어냈다. 이 남자의 삶은 전쟁과 사랑에 대한 한 편의 소설 같았지만 30살에 뜻하지 않은 사고로 생을 마감하고 말았다.

이 갑작스러운 죽음으로 아버지를 기억하는 사람들은 모두 그를 젊은이로 기억하고 있다. 영웅적인 시대를 살았던 한 영웅적인 젊은이에게는 관심과 애정이 끊이지 않았다. 이런 인물이 소설가인 내게 얼마나 흥미로운 인물인지 … . 만약 주인공이 나의 아버지나 나의 어머니나 나의 할머니만 아니라면 말이다! 하지만 아무리 내 이야기가 사랑과 신앙으로 쓰인 어떤 소설보다 더 절절한 내용이라 하더라도 소설 속에 자신이 사랑하는 사람이나 혹은 자신이 싫어하는 사람을 넣어서는 안 되는 법이다.

나는 여기에 대해 여러 번 강조하게 될 것이다. 그리고 내가 소설 속에서 자신들을 묘사했다고 나를 욕하는 사람들에게도 솔직하게 대답해주고 싶다. 하지만 지금은 아닌 것 같고 나는 단지 아버지를 가지고 소설을 쓸 생각은 감히 할 수 없다는 말을 하는 것으로 변명을 마치고 싶다. 언젠가 사람들은 그 이유를 알게 될 것이다.

게다가 나는 아버지의 삶이 문학적 표현으로 미화된다고 해서 더 흥미로워질 거라고는 생각지 않는다. 한 사람의 삶을 있는 그대로 이야기하면 그 이야기는 그가 몸담은 그 사회의 정신적 역사도 이야기하게 된다.[42]

쓸데없이 서론이 길었지만 이런 이야기를 하는 진짜 이유는 이제부터 내가 왜 일련의 편지들을 보여주려고 하는지 설명하기 위해서이다. 특별히 어떤 역사적 의미도 지니지 않은 이 편지들은 그런데도 어떤 현실을 생생하게 전해준다. 모든 것이 역사가 될 수 있다. 정치적인 것과 전혀 상관없는 소설이라고 해도 우리에게 역사를 보여준다. 그러니까 모든 인간의 개인적 삶의 모습은 사회라고 하는 집단적 삶이란 큰 화폭 위의 붓과 같다. 검열하다 우연히 보게 됐던 별 가치도 없는 편지라 해도 우리 중 과거 조상들의 편지를 보며 그 시대의 관습이나 풍속에 대해 알게 되고 생각하게 되지 않을 사람이 누가 있을까! 모든 세기가 나름의 사는 방식과 표현과 감정과 취향과 고정관념들을 가지고 있다. 교과서 속의 역사가 오래된 귀족 칭호들로 이야기된다

---

42 〔역주〕 상드가 자서전을 쓰는 목적이 바로 이것이다. 그래서 상드는 이 목적에 부합하는 기억들만을 기술하려고 한다.

면 인간 품성의 역사는 오래된 편지들로 말해진다.

나의 아들은 출판을 위해서가 아니라 그냥 재미로 풍자소설을 쓰곤 하는데, 여기에 대해 그가 덧붙이는 과학적 분석이 더 풍자적이다. 한 등장인물이 이야기 중 아주 의미심장하게 이렇게 말하는 장면이 있다.

"오 하늘이여! 제게 초록 벨벳 27온스를 보내주십시오."

우리는 난롯가에서 초록 벨벳이란 표현을 듣고 웃었는데, 작가는 여기에 아주 의미심장한 미스터리가 숨어 있다고 말했다. 우리는 더는 묻지 않았지만, 이때 나는 어떤 생각이 떠올랐다. 만약 이 편지가 루이 14세 때에 쓰인 진짜 편지였다면 우리는 이 부분을 읽으며 복잡한 생각을 하게 될 것이다. 벨벳 27온스를 가지고 무엇을 했을까? 옷, 가구, 휘장? 그때 그건 사치품이었을까? 아니면 그저 평범한 물건? 값은 얼마나 했을까? 그건 누가 만들었을까? 어떤 계층의 사람들이 사용했을까? 아마 우린 그런 세부사항들을 잘 알 수 없음에 아쉬워했을 것이다. 만약 그런 것들을 안다면 사람들은 물건의 상태에 대해, 그것들을 사고파는 상황에 대해, 노동 장인들의 운명에 대해, 당시의 사치스러운 풍속에 대해 그리고 그들과 다른 잘 사는 사람들에 대해 많은 생각을 했을 것이다. 그래서 사람들은 그것으로 경제적 문제의 가장 밑바닥과 가장 높은 곳을 이어주는 하나의 사다리를 만들어 과거와 현재를 비교하면서 사회적 문제에 대해 어떤 결론에 다다를 수 있을 것이다.

그러니까 모든 것이 역사라 할 수 있다. 상인의 작은 메모나 요리책이나 세탁소 여주인의 기억 하나조차도. 초록 벨벳 27온스라는 우스꽝스러운 표현도 인류의 역사와 관련될 수 있는 이유가 바로 여기에 있다.[43]

그래서 이제부터 나는 16살의 아버지가 공포정치 중 앙글레즈 수녀원에 감금되었던 어머니에게 쓴 일련의 편지들을 보여주려고 한다. 독자들에게 하고 싶은 얘기는 이 편지에 나오는 개인적 상황들은 그리 다채롭지도 그리 극적이지도 않다는 것이다. 이 편지들은 단지 고통으로 찢긴 두 사람의 암울한 상황들을 보여주고 있다. 하지만 1794년도에 쓰인 편지들은 그 자체로 역사적 가치가 있다. 그 편지들의 도덕적 가치에 대해서는 다 읽고 난 후 판단하길 바란다. 이것은 순수함과 모자간의 사랑을 보여주는 글이며, 그런 천사 같은 영혼의 상태가 진정한 사춘기의 모습을 보여주기도 한다.

1794년의 편지들

편지 1

(날짜 미상)

쫓겨났어요! 15살에 추방당한 거예요. 내가 무슨 죄를 지었다고? 체포된 사람들의 가족들에게 이렇게 하는 줄 알았더라면 차라리 난 엄마와 감옥에 있는 쪽을 택했을 거예요. 엄마랑 떨어져서 보지도 못하고! 그래요. 어디로 유배된 것이나 마찬가지지요! 사랑하는 어머니 제발 용기를 잃지 마세요. 저는 이제 지쳤어요. 너무 울어서 잘 보이지도 않아요. 파리에서 쫓겨날 때 나는 정신이 나가서 어디로 가는지

---

43 〔역주〕 당시 아직 역사를 미시적으로 연구하기 한참 전 이런 이야기를 한 것은 놀라운 일이다.

도 알 수 없었어요. 데샤르트르 선생님이 내 팔을 잡고 데려가지 않았다면 나는 포르트 마요를 나오며 땅바닥에 쓰러졌을 거예요.

이제 편지도 더는 못 쓰겠어요. 편지도 전달되지 않을까 봐 겁이 나네요. 대체 우리가 무슨 잘못을 저질렀기에 이런 불행을 겪어야 하지요? 엄마를 더는 볼 수 없다는 건 아무 죄도 없는 저에겐 너무나 끔찍한 형벌이에요. 하나님 저는 이런 형벌을 받을 만큼 지은 죄가 없습니다! 어머니, 어머니 … 제발 어머니를 돌려보내 주세요!

여기서부터 빠진 부분이 있다. 이 첫 번째 편지들은 분명 가장 고통스럽고 가장 흥분된 편지일 것이다. 그래서 아마도 이 편지들에는 정부에 대한 비난이 있고, 할머니는 그것이 두려워 읽은 후 바로 그 부분을 없애 버린 것 같다.

편지 2

파시, 혁명력 2년 플로레알 8일(1794년 4월)

어쩌면 어머니와 같이 팡테옹을 바라보고 있었을지도 모르겠어요. 왜냐하면, 그 꼭대기에서 제가 한참을 머물렀었거든요. 오 하나님, 사랑하는 어머니, 어째서 저는 이렇게 키가 작은지요! 만약 조금만 더 컸더라면 망원경으로 앙글레즈 수녀원을 볼 수 있을 텐데요.

오늘 밤, 잠깐 어머니를 본 후로 (너무나 멀리서!) 불로뉴 숲을 산책했는데 폭풍우를 만났어요. 저는 쏟아지는 비와 우박을 고스란히 다 맞았습니다. 하지만 걱정은 마세요. 건강에는 이상이 없으니까요. 비바람이 몰아치고 캄캄한 가운데 시청에 제가 도착했을 때 사람들은 아주 친절했어요. 그런데 어떤 사람이 어쩌면 우리를 더 멀리 보낼 것 같다고 하자 다른 경찰대원 한 명이 그렇지 않을 것 같다고 아주 공손하게 말하면서 자기네들도 화가 난다고 했지요. 나는 그런 공치사 같은 소리를 듣느니 차라리 욕을 먹더라도 파리에 갈 수 있으면 좋겠어요. 안녕히 계세요. 사랑하는 나의 어머니, 온 마음으로 포옹합니다. 어머니 품에 안겨 행복했던 것도 벌써 6일이 되었네요. 너무 긴 시간에 가슴이 찢어집니다.

편지 3

(두 번째 공백 이후)

어머니! 이 유배 생활로 어머니를 볼 수 없는 것이 제게는 너무나 큰 슬픔이지만 이 공허한 시간을 공부로 메울 수 있다는 것은 큰 이득 같기도 합니다. 파리에서는 온종일을 즐겁게 보냈었지요. 이리저리 뛰어다니면서 이 사람 저 사람을 만나며 시간을 낭비했었지요. 하지만 지금은 아는 사람도 한 사람 없는 이곳에 홀로 이렇게 떨어져서 외롭고 권태로운 시간을 달래기 위해 제가 할 수 있는 것이라곤 오로지 공부뿐이지요. 일어나서부터 3시까지 저는 공부만 해요. 아무도 없이 혼자 있으니 공부에 완전히 그리고 그 어느 때보다 더 진지하게 몰입하지요.

데샤르트르 선생님이 오셔서 어머니 편지를 주면 어머니가 제 편지를 읽으실 그 시간에 저도 어머니 편지를 읽지요. 오후에는 선생님과 함께 나가서 불로뉴 숲을 산책하면서 책을 읽어요. 이렇게 하루하루를 보내고 있어요. 오늘 저녁에는 증명서를 만들기 위해 시청에 갔는데 신원 증명을 하기가 너무 어려웠어요. 왜냐하면, 저의 세례 증명서가 합법적인 것이 아니어서요. 어쨌든 내일은 받을 수 있을 거예요. 그러면 저의 존재가 더 확실해지겠지요.

안녕! 사랑하는 어머니, 데샤르트르 선생님이 피곤해하시네요. 시청에서 늦게 돌아와 선생님은 빨리 주무시고 싶어 하시니 짧게 쓰는 것을 용서해주세요. 어머니께 사랑의 키스를 보냅니다.

편지 4

파시, 플로레알 20일

사랑하는 어머니! 난로 구석에 앉아 편지 씁니다. 제가 에올 씨와 보레 씨에게 무슨 행동을 한 것인지 잘 모르지만, 그들은 저를 계속 이곳으로 쫓아 보냅니다. 오늘 아침 우리의 '만남'44 후로 내가 좀 더 창백했더라면 그들은 나를 파리로 보냈을 것이고 나는 너무나 고마워했겠지요. 만약 그들이 어머니를 보러 가는 걸 허락했다면 아무리 빠른 바람도 제게는 거북이걸음처럼 느리게 느껴졌을 거예요.

오! 사랑하는 어머니, 어머니를 뵙고 가슴에 안아본 지가 얼마나 오래전인지요. 공부는 외로움과 권태로움을 잊게 하지만 그 어느 것도 어머니를 보지 못하는 이 슬픔을 위로할 수는 없어요. 이 괴로움은 모든 즐거움을, 햇살을 받아 빛나는 이끼로 뒤덮인 긴 숲길과, 푸른 잔디로 덮인 짙은 나무들이 있는 멋진 숲을 보는 즐거움조차도 다 우울하게 갉아먹어 버립니다. 저는 숲속을 산책하며 처음에는 기뻐

44 두 사람은 앞의 편지에서 보았듯이 같은 시간에 팡테옹의 돔을 바라보기로 약속했었다. 둘은 이것을 '우리들의 만남'이라고 불렀다.

하다가도 곧 어머니와 함께 걸었던 오솔길에 들어서면 전처럼 다시 우울해집니다. 추억거리 없는 아름다운 자연만 봐도 슬퍼져서 어머니 생각을 하게 됩니다.

두통은 사라졌어요. 시골 공기가 너무 좋아서 이곳에 온 이후로 두통 생각은 하지 않고 있습니다. 저는 너무 지쳤어요. 어젯밤처럼 어머니와 함께 있는 꿈을 꾸겠어요. 너무나 달콤한 꿈을…. 하지만 꿈이 깨면 행복도 사라지겠지요. 안녕, 소중한 나의 사랑하는 어머니. 온 영혼으로 어머니께 입 맞춥니다. 모리스

편지 5

파시, 혁명력 2년 플로레알 23일

… 저에 대한 사랑으로 제가 하는 모든 것에 대해 궁금해하시니 오늘 아침 제가 한 일을 말씀드려도 될까요? 오늘 아침 저는 산에서 만난 친구와[45] 라퐁텐에 대해 한참을 얘기한 후 그의 우화집을 다시 읽었습니다. 친구가 이 책에 대해 너무나 재미있고 웃기는 이야기들을 수천 가지나 해주었거든요. 만약 이 친구가 하는 행동을 본다면 사람들은 아마 그를 미쳤다고 할 거예요. 우화들은 예전에 슬쩍 한번 보기는 했지만 다시 보니 예전에는 보지 못했던 아름다움으로 가득 차 있습니다. 얼마나 아름다우면서도 순수한지요. 정말 보기 드문 글입니다!

그때 마르탱이 어머니가 주신 초콜릿을 가져왔습니다. 이런 생각을

45 이 친구는 헤켈 씨로, 외교와 법에 대한 철학서를 쓴 작가이다. 그는 자주 할머니 집에 놀러 왔고 아버지 젊은 시절 친한 친구였다.

하시다니 어머니는 얼마나 좋은 분인지! 하지만 저를 위해 드시지 않은 것을 생각하면 화가 납니다. 저는 안 먹어도 상관없어요! 다시 어머니께 돌려드리고 싶은 심정이었습니다. 저는 어머니와 떨어져 있는 것이 너무 힘듭니다. 어머니가 행복하게 지내고 계신다고 해도 말이지요!

… 어머니 소식이 기다려집니다. 매일 편지를 받지 못하니 어머니로부터 160킬로미터는 더 떨어져 있는 것 같아요. 어머니가 잘 계신다고 알고 있습니다. 하지만 직접 듣는 것과는 다르지요. 편지를 매일 쓰지 못하는 이유를 알고 있지만, 이유가 뭐건 불안하기는 마찬가지입니다. 어머니의 편지를 직접 보기 전에는 안심할 수가 없어요. 사막을 여행하던 자가 불타는 갈증으로 샘을 찾듯, 그렇게 어머니를 기다리고 있어요. 아마 글이라는 것, 그러니까 생각에 형태와 색깔을 입히는 것은 우리처럼 어쩔 수 없이 떨어진 사람들에 의해 만들어진 것은 아닌지 모르겠어요. 이 길고 힘든 부재 속에서 한 통의 편지는 얼마나 큰 위로가 되는지요! 서로 이야기를 나누고 서로 화답하고 함께 대화한다는 것이 얼마나 행복한 일인지요! 그것의 진정한 가치를 알려면 저처럼 그 위로를 한번 맛보고는 또 잃어버려 봐야 할 것입니다.

어머니가 이 편지를 받게 되어 글로 다시 대화할 수 있기를 바랍니다. 벌써 4일이 지났고 4일 내내 저는 갈피를 잡을 수가 없었습니다. 전에 데샤르트르 선생님이 편지를 가져올 때는 늘 1분 1분 초조하게 조바심을 치며 편지를 기다렸었지요. 하지만 지금은 더는 시간을 보지 않고 그냥 올 때만을 초연하게 기다립니다. 하지만 곧 조바심을 내며 다시 1분 1초를 세면서 편지를 기다릴 수 있기를 바랍니다. 제발 어떻게 지내시는지 알려주세요. 궁금해서 견딜 수가 없습니다. 사람들은 이제 공안이 끝나고 인민위원회가 시작된다고들 하는데 빨리 결정이 나면 좋겠습니다. 기다리는 시간이 제겐 너무 길고 슬퍼요. 너무 행복하게 함께 보냈던 지난여름의 추억들을 생각하면 더더욱 감정이 격해집니다. 하루하루가 얼마나 즐거웠었는지요! 그 즐거움을 기억하는 것이 마음을 더욱 쓰라리게 합니다! 우리 다시 그런 즐거운 날이 오면 함께 이 노래를 불러요.

모든 날이여 우리를 축복하소서!

함께 있는 이 행복한 순간들을.

안녕! 어머니, 모든 영혼과 마음과 사랑을 담아 온 힘으로 어머니를 포옹합니다.

모리스

편지 6

플로레알 24일

어머니의 편지를 받으면 좋겠습니다. 편지를 받지 못하니 갈망은 더 커집니다. 단지 편지를 받지 못하는 것뿐이면 좋겠습니다. 아니 이제 편지 말고 직접 얼굴을 보고 대화할 수 있으면 좋겠습니다. 참 인간은 이렇게 만족을 모르네요! 편지를 쓸 수 없을 때는 쓸 수 있을 날만 기다리더니 이제 그것이 가능해지니 어머니를 만날 날만 학수고대합니다.

사람들은 위원회를 열기 위해 이 모든 것을 하는 거라고 말하지만 이 모든 것들이 어떻게 마무리될는지 저는 모르겠습니다. 어쨌든 통합 판사들에 의해 행해진 구속은 정의롭게 행해져야 할 것입니다.

오늘 아침 산에서 만난 제 친구와 함께 보몽 삼촌을[46] 만났습니다. 우린 함께 오래 산책했지요. 그리고 누구에 관해 얘기했는지는 말하지 않아도 될 것 같습니다. 만약 그때 귀가 간지럽지 않으셨다면 속담이 틀린 거겠지요.

나를 보러 온 사람들을 파시 경계까지 데려다주었는데 예전처럼 그곳으로 다시 돌아갈 수 없다는 것이 제게는 너무 이상하게 생각되었습니다. 예전에는 이곳을 통해 어머니와 말을 타고 불로뉴 숲을 가곤 했었지요. 같은 장소를 지날 때마다 가슴이 아프고 특히 이 경계에 와서 어머니를 달려가 안지 못하는 것을 생각하면 가슴이 찢어질 것만 같습니다⋯. 하지만 어떤 생각을 하고 마음을 진정시키지요. 기요틴을 생각하다가도 안경을 쓰고 퐈양 테라스의 카페 테이블에서 신문을 읽는 상상을 하면 ⋯ 오! 하늘이 내 기도를 들으신다면 우리는 다시 만나 다시는 헤어지지 않을 텐데요. 그것은 제게 최고의 행복일 것입니다!

안녕, 사랑하는 어머니, 가슴으로 힘껏 안아봅니다.

모리스

편지 7

(날짜 미상)

어머니 편지는 늘 새벽 6시에 쓰신 것으로 되어 있습니다. 그 시간에 쓰신다는 것이 제게는 너무 놀랍습니다. 어머니는 늦게 주무시는데

---

46 보몽 사제. 아버지의 삼촌, 부용 공작과 베리에르 양 사이의 아들.

그렇다면 잠을 충분히 주무시지 않는 것 같습니다. 건강을 해치실까 두렵습니다. … 오늘 저녁, 우리가 베르사유 거리를 걸으면서 책을 읽고 있을 때 누가 부르는 소리를 들었지요. 혁명위원인 푀이에였어요. 우리를 다정하게 대하며 어머니의 안부를 물었어요. 그는 마차를 타고 있었기 때문에 긴 이야기는 하지 못했습니다.

사람들은 위원회가 한 달 안에 열리지 않으면 일반안전위원회가 구속자들의 운명을 결정하게 될 거라고 합니다. 각 부서의 규정에 따라 말이지요. 모든 사람이 뉴스를 말합니다. 사실이건 거짓이건.

… 어머니 저도 잠자리에 들면서 우리의 운명에 대해 생각합니다. 하지만 어머니와는 생각이 다르지요. 어머니는 시간을 끌수록 희망은 사라진다고 하시지만, 저는 모든 고통에는 끝이 있으니 시간이 갈수록 끝이 가깝다는 생각입니다. 우리가 행복했던 날들을 아쉬워한다면 지나간 불행한 날들도 즐길 수 있어야 하고 그날들을 마치 입에 쓴 약처럼 생각해야 합니다. … 아! 의사가 어머니를 파시로 보낸다면 두 가지가 치료될 텐데요! 먼저 지난 6개월 동안 있었던 우리의 깊은 상처들이 낫게 될 것입니다! … 오늘 저녁 뫼동을 향해 강을 따라 걸었는데 정말 좋았지요. 지평선에는 나무들과 시골집들이 있는 언덕이 있었고요. 어느 쪽을 보든 정말 멋진 광경을 보게 되지요. 파리 쪽에는 웅장한 건물들이 있지요. 다른 쪽은 아름다운 시골입니다. 어머니와 함께 산책할 수 있기를 얼마나 바라는지요! 어머니 없이는 이 모든 즐거움이 완전하지 않습니다.

저는 오퇴유를 지나 돌아왔지요. 그리고 부알로의 집이 어디 있는지 물어보았습니다. 모든 사람이 다 알고 있었지요. 가장 오래된 집이었어요. 그리고 지금 그 집은 부알로에 대한 존경심도 하나 없는 허풍선이 같은 사람이 소유하고 있었지요. 그는 그 집을 다시 칠하고 완전히 새롭게 고쳐 버렸어요. 회양목들도 앙투안이 잘 꾸며 놓았던 주목들도 다 훼손되었고요. 부알로가 글을 쓰던, 또 다그소, 라모아농, 라신, 몰리에르, 라퐁텐 같은 프랑스의 천재들이 모이곤 했던 오솔길들도 모두 영국식 정원으로 만들어 버렸지요.

그래도 저는 사람들이 건드리지 않은 채 내버려둔 당시의 오솔길 하나를 우연히 발견할 수 있었어요. 아마도 여기에서 부알로는 자기가 좋아하는 것들을 명상하고 바로 여기에서 인간의 사악함과 어리석음에 대해 글들을 썼겠지요.

만약 이 집이 제 것이라면 나는 모든 옛것을 다 그냥 두겠어요. 그저 잘 보존하기만 할 거예요. 정원도 예전 그대로 관리하게 할 것입니다. 정원사의 이름도 앙투안이라고 짓겠어요. 이곳은 온전히 위대한 시인을 추모하는 장소가 될 것입니다.

돌아오면서 우리는 어머니가 이제 곧 풀려나실 거라고 믿으며 어머니가 마음에 드실 만한 아파트를 둘러보았지요. 그리고 파리 전체를 다 볼 수 있는 곳을 발견하였습니다. 그런데 루소의 것과 같은 나무가 한 그루 있었어요. 그리고 그것은 생트주느비에브산과 어머니께 슬픈 기억만을 주는 저 저주스러운 광야를 온통 가려 버리고 있었지요. 아! 어머니가 직접 보고 오를 수 있다면! 얼마나 행복할까요? 좀 더 나은 날들이 오길 바랍니다.

온 마음과 사랑으로 어머니를 포옹합니다.

편지 8

파시, 플로레알 27일 저녁 8시

방금 들어왔는데 앙투안이 제 소식을 물어보러 왔네요. 그를 보니 조금 안심이 되었습니다. 저는 어머니께 편지도 쓸 수 없을 줄 알았거든요. 이 모든 소식들이 너무 슬픕니다. 어머니를 보지 못하든가 아니면 어머니께 편지를 쓸 수가 없거나 하네요. 언제면 이 괴로움이 끝이 날까요? 안녕! 사랑하는 어머니, 앙투안이 이제 간다고 합니다. 너무 늦었거든요. 저는 아직 시청에 등록되지 않았습니다.

편지 9

플로레알 28일

어머니 충고를 따라 오늘 오후 부알로의 집을 또 방문했습니다. 하지만 문이 잠겨 있어서 밖에서만 볼 수 있었습니다. 오래된 회양목들과 주목 나무들을 다시 심는 것에 대해 어머니는 찬성하지 않으실지도 모르겠어요. 어머니는 공중에 펄럭이는 기다란 잎이 달린 종려나무나 소사나무 아니면 짧게 반듯하게 깎인 나무들을 더 좋아하실지도 모르겠네요.

하지만 저의 생각은 정원을 로마풍으로 복원하려는 것이 아닙니다. 저의 뜻은 생각으로나마 부알로의 시대로 돌아가고 싶은 거예요. 그러니까 무대에서 의상이나 건물이나 가구들을 가지고 그리스나 로마를 표현하듯 말이지요. 저는 큰 가발을 쓰고 리본이 달린 소매를 하고 정원을 산책하고 싶습니다.

… 하지만 저는 '나의' 오퇴유 정원을 떠나 다시 현재로 돌아왔지요.

사람들이 말하기를 위원회가 플로레알 15일까지는 열려야 한다는 공지가 있었지만, 아직도 이곳 위원회가 지명되지 않았다고 합니다. 지금 28일이니 아마도 어딘가 다른 곳에서 하는 중이겠지요. 구속된 사람들을 위한 1심 재판이 있을 거라고 사람들이 말했을 때 저는 그때 어머니가 풀려나실 거라고 믿었었지요. 인민의 대표는 공정할 것이고 어머니는 죄가 없으니까요. 그런데 우리는 여전히 이렇게 두려움에 떨고 있습니다. 또 한편으로 사람들은 합동위원회가 와서 결정할 거라고 말하기도 합니다.

사랑하는 어머니! 안녕히 주무세요. 어머니와 함께 있을 때 저녁 인사를 했던 그 시간에 인사합니다. 그 시간이 얼마나 그리운지요! 그때 얼마나 행복했는지! 우리는 어쩜 이렇게 바람에 날리는 나뭇잎처럼 흩어져 버렸을까요! 이유도 모르는 채 말이에요!

편지 10

플로레알 29일

어머니를 뵙지 못한 지 오늘로 3주째입니다. 저는 어머니와 우리 집과 친구들에게서 멀리 떨어져 플레장스Plaisance에 있습니다. 몸과 마음은 모두 지쳤습니다. 몸이 피곤한 것은 산책을 오래 하기 때문이지요. 하지만 마음이 힘든 것은 하룻밤 잘 쉰다고 해서 해결될 문제가 아닙니다. 어머니가 계셔야 해요. 그러면 그 나머지는 아무것도 아닙니다. 어머니는 저를 장미에 비교하셨지요. 지난 6개월 동안 저는 생각도 얼굴빛도 누렇게 바래 버렸습니다. 조금 심하게 말한다면 오셀로와 견줄 만하다고 하겠습니다. 아폴론의 밝음을 회복해야겠지요. 하지만 지금 저와 같은 상황에서는 모든 것을 장밋빛으로 바라볼 수가 없네요.

노앙에 우박이 내리고 눈이 내리고 번개가 친다 해도 우린 별로 걱정하지 않을 거예요. 왜냐하면 그 영지의 수입에 대해 지금 우린 아무런 권리도 없으니까요. 요양원에 있는 것이 차라리 행복한지도 모르겠어요! 재산을 잃을까 노심초사하지 않아도 되니까요! 지금 저의 상실감을 생각하면 그깟 돈 걱정 같은 건 정말 아무것도 아닙니다! 저는 말하지요.

많은 재물로 내 눈을 현혹한다 해도
오 신들이여! 나는 오직 그녀만을 원합니다.

이것이 저의 마음입니다. 어머니만 계시면 저는 아무것도 원하지 않겠습니다. 안녕히 계세요. 언제나 이 말뿐입니다! 언제면 예전처럼 아침 인사를 나눌 때가 올까요? 모리스

편지 11

파시, 혁명력 2년 프레리알 1일

드디어 어떤 희망이 보입니다! 신문을 보셨다면 재판이 어떻게 이루어질지 아시겠지요. 세 등급이 있다고 합니다. 하나는 혁명 법정에 다시 돌려보내는 것이고, 그리 죄가 중하지 않은 사람은 합동위원회에 넘겨진다고 합니다. 그러면 추방하거나 아니면 얼마간 잡아두었다가 석방한다고 합니다. 하지만 상관없어요. 합동위원회에 보내진다면 어머니는 자유롭게 되는 거니까요! 이 기쁜 소식 때문에 오늘

하루는 완전히 다른 하루를 보냈습니다.

베즐레 씨 집에서 저녁을 먹고 세렌 씨 댁에 갔었지요. 크룸폴 씨의 제자인 한 젊은이가 하프를 완벽하게 연주했는데 너무 좋았어요. 음악을 듣지 않은 지 한참 됐거든요. 어머니 말씀이 맞았어요. 음악은 정신을 고양했습니다. 더욱이 이제 어머니를 다시 볼 수 있고 품에 안을 수 있고 함께 살 수 있다는 행복한 희망이 있어 더욱 그랬어요. 그것만 생각하면 행복해서 날아오를 것 같습니다.

이 길고 잔인한 이별 뒤에 만남은 얼마나 달콤한 행복인지요! 어머니와 함께라면 더는 아무것도 걱정하지도 원하지도 않을 거예요. 저의 모든 소원이 다 이루어진 것이니까요.

안녕히 주무세요. 어머니, 오늘 밤은 행복한 생각을 하며 자겠어요. 매일 밤 어머니가 석방되어 함께 있는 것을 꿈꿉니다. 어제도 꿈속에서 함께 있었어요. 어머니의 오래된 집이었지요. 빅토르와 모든 친구가 함께 있었어요. 모두 우리 집으로 돌아왔습니다. 기쁨이 넘치고 모든 것이 즐거웠어요. 하지만 무서운 악마가 나를 깨웠지요.

사랑하는 어머니! 또다시 작별인사를 합니다. 두 팔로 어머니를 힘껏 안아봅니다.

편지 12

프레리알 2일

벽난로 한구석에서 편지를 씁니다. 저는 완전히 얼어붙은 몸으로 기다림에 지쳐서 돌아왔습니다. 산에서 만난 친구가 저를 보러 왔지요. 그에게 푸른 들판을 자랑하고 싶었는데 북풍이 우리의 모든 기대를 저버렸어요. 마치 1월인 것 같았지요.

어머니를 보지 못해 얼마나 괴로운지 아마 모르실 거예요. 여기 삶이 단조롭고 슬프지만, 어머니가 지내시는 더 슬픈 삶을 생각하면 숨쉬는 공기까지 원망스러워요. 모든 것이 다 슬픔으로 변했습니다. 전에는 즐거웠던 것이 이제는 다 괴로움이 되었어요. 전에 〈콜론의 오이디푸스〉 서곡을 들었는데 얼마나 괴로웠는지 모릅니다. 바로 작년까지 어머니와 그 곡을 얼마나 많이 들었던지요! 우리는 함께 달콤한 자유를 만끽했었지요. 밤낮으로 어머니께 키스할 수 있었어요. 함께 있었으니까요.

아! 그때는 너무 행복했었는데 이제 저는 행복을 잊어버렸습니다! 모든 추억도 다 메말라 버렸어요. 저는 길가에서 노는 아이들이 부럽습니다. 걱정도 없이 저 아이들은 추방이 뭔지 감옥이 뭔지 또 부재의 고통이 뭔지도 모르니까요. 아이들은 사랑하는 사람들에 대한 걱정으로 떨지도 않고 어두운 생각으로 잠을 설치지도 않지요.

베즐레 씨 댁에서 저녁을 먹었어요. 사모님과 두 분 모두 제게 너무나 잘해주셨지요. 아마도 세상에서 가장 친절한 사람 같아요. 그런데 아들은 집에 거의 없는 것 같았어요. 그는 파시에서 아버지와 살지 않고 뇌이유에 살고 있었지요. 우리는 절대로 그렇게 살지 말기로 해요! 안녕히 주무세요. 사랑하는 어머니. 사랑하는 마음으로 천 번의 입맞춤을 합니다!

모리스

편지 13

프레리알 3일

사랑하는 어머니, 지난밤 그런 것처럼 꿈속에서 늘 어머니를 봅니다! 잠을 잘 때조차도 어머니 생각이 머리를 떠나지 않아요. 잠이 죽음과 같은 거라면 그래서 죽은 상태로 어머니를 꿈에서 계속 볼 수 있다면 저는 그 행복을 위해 아주 오래 잠들고 싶습니다… .

안 그래도 저는 할 수 있는 한 늘 고인들과 사는 셈입니다. 계속 책만을 읽고 있거든요. 좋지 않은 날씨 때문에 늘 갇혀서 온종일 그들과 지냅니다. 바이올린을 많이 연습하라고 하셨는데 오늘 아침에야 바이올린을 갖게 됐어요. 어머니 말씀대로 꼭 열심히 연습하겠습니다. 언젠가 어머니가 제 연주를 듣게 되는 날, 제 실력이 얼마나 늘었는지 보여드리겠어요. 늘 '언젠가'라는 소리만 하고 있자니 마음속에 분노만 치밀어 오릅니다! 지금도 마찬가지예요.

저는 늘 반과거형입니다. 늘 그랬지… . 그랬었지… . 라는 생각으로 잔인한 추억만 되새기고 있어요. 어머니와 함께했었던 그 순간들을! 이 모든 것이 다 변하면 좋겠습니다.

다음 편지들은 날짜 미상이다. 하지만 프레리알 월에 쓴 것들이다.

편지 14, 15, 16

(날짜 미상)

사랑하는 어머니, 체인 목걸이와 머리카락을 보내주셔서 얼마나 감사한지요! 제겐 너무나 소중한 것들입니다. 항상 지니고 있겠습니다. 머리카락을 만지면 마치 어머니가 곁에 계신 것 같아요! 파리에서의 행복했던 순간들을 추억합니다! 오늘 어머니 초상화를 갖게 될 거예요! 오늘부터 그 초상화는 내 목에서 결코 저를 떠나지 않을 거예요. 나는 어머니 초상화와 이야기하고 늘 바라볼 것입니다. 하지만 실제 모습을 보지 못하는 괴로움을 달래주진 못하겠지요…!

망원경으로라도 어머니께 더 가까이 가려고 해보겠어요. 여기서는 다 그렇게 하지요. 추방자들은 모두 망원경을 하나씩 가지고 파리 쪽을 바라보지요…. 어쩌면 이것은 금지된 것인지도 모르겠어요!

오 하나님! 이 괴로움이 언제면 끝이 날까요? 사랑하는 어머니 안녕. 어머니께 대한 저의 이 사랑을 다 표현할 길이 없습니다.

사랑하는 어머니, 이제 어머니 사진을 목에 걸고 다닙니다. 어머니는 이제 제 가슴속에 계실 뿐 아니라 가슴 위에도 걸려 계세요…. 오늘 저녁에는 아주 이상한 일이 있었어요. 데샤르트르 선생님과 저는 창가에서 〈콜론의 오이디푸스〉의 서곡을 연주하고 있었지요. 그런데 그것을 막 끝냈을 때 누군가 창문을 두드리는 소리가 들렸어요.[47] 돌아보니 옛날 옷을 입고 있는 한 남자가 있었지요. 그는 자신을 나쁜 사람으로 생각지 말아 달라면서 연주를 좀 더 들을 수 있게 해달라고 했지요. 정직한 사람 같아 보여서 몇 마디 말을 나눈 후 그를 들어오게 했어요. 그는 지체하지 않고 바로 들어왔습니다. 우린 그 앞에서 몇 소절을 연주했지요.

---

47 이 집은 1층이었는데 남자는 길 쪽에 있었다.

그러다 결국 그도 바이올린을 들고 우린 함께 아주 훌륭하게 오페라를 연주했지요. 그는 아주 대단한 연주가였고 바이올린도 훌륭한 것이었지요. 제 귀가 정화되는 것 같았어요. 저는 정말 좋은 연주를 들을 필요가 있었지요. 데샤르트르 선생님은 아무리 착하고 생각이 올바르다고 해도 연주만큼은 제대로 하지 못하는 분이에요. 함께 연주했던 사람은 자신이 수상한 사람이 아니라는 것을 말하려는 듯이, 자기 이름이 가비니에이고 이탈리아 오페라 코믹을 몇 곡 작곡했다고 했어요. 그는 오랫동안 파리 오페라의 수석 바이올리니스트였다고 했습니다. 그리고 특별히 아버지를 알고 있었지요. 그는 아버지를 계속 프랑쾨이유라고 불렀어요. 그는 "예언가"48 시절 아버지와 많은 연주를 했다는 말도 했어요. 그러니 저를 전혀 본 적도 없었지만 저를 알고 있었던 거지요.

연주를 몇 번 더 하고 떠날 때는 파리에 가 있는 날 말고는 자주 와서 절 지도해주겠다는 말도 했어요. 내 바이올린에 대해서도 이미 그 넘버까지 기억하고 있었어요. 보기도 전에 말이지요. 정말 세상에서 제일 기분 좋은 일이었어요!

이 일로 저는 더욱더 분발하게 되었어요. 제게는 음악에 대한 열정이 있는 것 같아요. 그래서 비록 스승이 없어도 저는 연주를 할 수 있었던 거지요. 오늘 저녁만 해도 본 적도 없는 바이올린 주자와 함께 연주하며 머뭇거림 없이 자연스럽게 그 속으로 빠져들어 갈 수 있었

48 장 자크 루소의 오페라 〈마을의 예언가〉를 말한다. 서창부를 나의 할아버지가 연주했다.

으니까요. 더 좋은 연주가가 된다는 것은 정말 신나는 일일 거예요!

어머니가 제 실력이 느는 것을 보고 즐거워하신다면 저는 얼마나 더 신이 나서 연습을 할까요! 아! 그래요. 저는 그런 행복을 만끽할 수가 없다는 것을 너무나 잘 알고 있습니다.

저는 이곳에 네리나의[49] 새끼를 데리고 있는데 저는 그놈을 너무 좋아하지요. 녀석이 산책하다 지치면 우린 그 녀석을 손수건 속에 넣어 데려오지요. 그러면 녀석은 수건 한 귀퉁이로 얼굴을 내밀어요. 녀석은 마치 가마를 탄 듯 몸을 둥글게 하고는 잠을 자지요. 파리에서 올 때도 그랬어요. 녀석은 아주 멋지고 애교가 많아요. 엄마가 하는 걸 다 따라 하지요. 자기 엄마처럼 녀석도 손 위로 뛰어 오르는데 정말 사랑스러운 놈이에요. 아직 이름이 없는데 어머니가 하나 지어주시면 제게 더 소중하겠어요. 제발 이름 하나만 지어주세요. 사람들의 충고들을 다 들으시길 바라요. 조사실에서 서로 다른 의견들을 잘 경청하세요. "서로 반대되는 의견들의 충돌 속에서 진리의 불꽃이 튀어 오르지요"[50]

영Young도 그랬는데
우리라고 못 할 것도 없지요.[51]

---

49 할머니가 사랑하는 개의 이름이다.

50 〔역주〕 콜라르도가 번역한 시 〈영의 밤들〉(Nuits d' Young)이다.

51 〔역주〕 라퐁텐의 〈거북이와 두 마리 오리〉 중 "율리시스도 그랬는데 우리라고 못 할 것도 없지요."라는 문장의 패러디이다.

어쨌든 저는 어머니의 훌륭한 결정을 기다리겠어요.

안녕, 사랑하는 어머니. 제 머릿속은 고물창고 같아요. 모든 걸 그냥 되는대로 내버려 둘래요. 오 하나님, 저는 주님과 함께 있는 것 같아요. 아! 나의 사랑하는 어머니, 온 마음을 모아 천 번의 입맞춤을 보냅니다!

편지 17

… 플로레알[52]

지금 5층으로 이사하려고 하고 있어요. 한 달에 4프랑만 더 내면 우리는 아주 멋진 전망을 볼 수 있거든요. 1층은 습기가 많아 견딜 수가 없어요. 데샤르트르 선생님의 방은 너무 비위생적이라 선생님은 제 방에서 주무세요. 의자들 위에 매트리스를 놓고 침대를 만드셨지요. 매일 저녁 선생님은 다스니에르의 연기를 하세요.

그리고 이제는 아주 높은 층에 살게 되었으니 우리는 베즐레 씨에게서 빌린 망원경으로 생트주느비에브 언덕을 관찰하겠지요. 아, 앙글레즈 수녀원을 볼 수만 있다면 얼마나 좋을까요! 조금이라도 가까이 갈 수 있다면! 어머니가 뫼동과 그 주위 풍경을 그려 보라고 말하시기 전에 이미 저는 그 일을 시작해서 어머니를 놀라게 하고 싶었어요. 지금 열심히 그림을 완성하려고 하고 있어요. 곧 어머니는 제가

---

52 〔역주〕 편지에서 두 편지의 날짜가 같거나 앞뒤가 안 맞는 경우가 종종 있는데 이것은 모두 상드의 기록에 충실한 것이라고 한다. 이것에 대해 원서의 편집자는 상드가 편지들을 추후에 다시 손봤다는 분명한 증거라고 설명하고 있다.

그리도 열심히 설명했던 광경을 보실 수 있게 될 거예요….

제 키는 그럭저럭 잘 크고 있습니다. 지금 제 키는 데샤르트르 선생님만 하지요. 아! 얼마나 어머니가 보고 싶은지요! 못 뵌 지가 벌써 1년도 넘은 것 같습니다! 사랑하는 어머니, 안녕. 제 사랑을 담아 입맞춤합니다.

편지 18

… 플로레알

줄이 짧아 두 번 감지 못할까 봐 걱정하셨지요. 그럴 만도 하지요. 하지만 저는 넉넉하게 목을 두 번 감았답니다. 어머니의 사진을 갖고 있다니 얼마나 기쁜지요! 이렇게 제 곁에 계셔주시니 뭐라 감사해야 할지 할 말을 찾지 못하겠습니다. 저는 매일 풍경을 스케치하고 있어요. 풍경 스케치는 너무 어려워요! 하지만 최선을 다해 꼭 해내고 말겠어요. 하지만 제가 실력이 월등히 좋아질 거라는 기대는 마세요. 하지만 최선을 다해 열심히 그려서 우리가 매일 저녁 강가를 산책할 때마다 보는 풍경을 어머니도 보고 느끼실 수 있도록 하겠어요.

제가 산책하는 시간에 이 그림을 보고 계시면 우리는 같은 시간에 같은 풍경을 동시에 보는 거지요. 상상 속에서라도 우리가 함께할 방법들을 찾아내야 할 거 같은데, 이 슬픈 방법도 그중 하나가 되겠지요! 어머니 말씀이 맞아요. 운명은 서로에게 무관심한 엄마와 아들들, 더욱이 마담 W… 와[53] 그 아들처럼 일부러 떨어져 사는 모자들은 갈라

53 〔역주〕 마담 Vézelay의 V를 잘못 쓴 것으로 보인다.

놓지 않으면서 서로가 없으면 살 수 없는 엄마와 저 같은 아들은 떼어 놓으려 하네요! 1년 전부터 이 불행이 끊임없이 계속되고 있습니다.

젖은 땅 위에 또 비가 온다는 속담은 맞는 말인 것 같아요…. 쉴 새 없이 머리 위로 뇌성벽력이 치고 맑은 하늘은 어디에서도 보이지 않습니다. 지평선은 늘 어두운 구름으로 가득합니다. 아! 나의 하나님! 이 어두운 나날들! 누구도 건너갈 수 없는 어두운 바다입니다! 운명은 우릴 악마에게 데려가는 것 같습니다. 아! 이런 고통 뒤에 평온함은 얼마나 달콤할까요? 저는 어머니 곁에서만 그 평안을 찾을 수 있을 것 같습니다. 곧 그렇게 되길 간절히 소망해봅니다….

네리나의 새끼에게 붙여주신 이름, 트리스탕! 생루이의 아들이며 아버지가 감옥에 있는 동안 팔레스타인에서 태어난 그 불행한 트리스탕 왕자를 생각나게 했지요.

이 작은 녀석은 너무 귀여워요. 오늘 저녁 제가 그림을 그리는 동안 이 녀석은 제 가방 밑에 있었지요. 그런데 저를 방해해서 데샤르트르 선생님이 불렀는데도 듣지도 않고 늘 제게만 와서 제게 몸을 비벼댔어요. 제가 이쪽으로 가고 데샤르트르 선생님이 저쪽으로 가면 꼭 제 쪽으로만 졸졸 따라다녔어요. 저를 절대로 떠나지 않아요. 밤색과 흰색 얼룩에 긴 귀와 각진 얼굴을 가지고 있어요. 아주 위엄 있어 보인답니다. 저는 정말 이 녀석이 너무 좋고 이 녀석은 산책 때도 늘 저를 즐겁게 하지요.

오늘 아침 라마들렌 씨가 우연히 저를 보러 왔지요. 그는 제가 여기에 있는 걸 몰랐는데 우연히 데샤르트르 선생님이 문 앞에서 그를 만났지요. 저는 너무 기뻤어요. 아는 사람도 없는 동네에서 예전에 알던 사람을 만난다는 것은 정말 즐거운 일이에요. 그는 먹고살기가 너무 힘들어 보드빌에서 연극 공연을 한다고 했어요. 만약 그가 멍청한 사람이었다면 도대체 어떻게 살았을까요? 불로뉴 숲에 자주 산책 오니까 우리를 또 보러 오겠다고 약속했어요.

추방당하는 것이 때로는 생각지도 못했던 즐거움을 알게 하네요! 지혜 있는 사람들은 자족할 줄 알아야 한다고 했지요! 어머니와 함께라면 그건 정말 쉬운 일이지요. 하지만 어머니 없이 자족한다는 것은 제겐 너무 힘든 일입니다!

편지 19

파시, 프레리알 1일(1794년 5월)

데샤르트르 선생님은 어제 파리에 가지 않으셔서 제 소식을 받지 못해 걱정하셨을 것 같아요. 저도 어머니 소식을 받지 못한 건 마찬가지지요. 그래서 어제 저는 최악으로 힘들고 지루한 하루를 보냈습니다. 어머니가 너무 많이 걱정하지 않으셨길 바라요! 오늘 아마도 편지 두 통을 받게 되겠지요. 어머니도 저처럼 대화를 주고받을 수 있는 이 큰 기쁨을 빼앗기고 싶지 않으시겠지요.

저는 아주 먼 곳을 관찰하려는 굉장한 계획을 세우고 있어요. 베즐레 씨가 망원경을 빌려주겠다고 약속했는데 그것을 가지고 5층에 올라가서 보면 28킬로미터나 떨어진 곳에 있는 시계를 볼 수 있지요. 산이 얼마나 가깝게 보이는지 상상도 못 하실 거예요! 저는 한 집도 놓치지 않고 샅샅이 살펴볼 테고 그러면 앙글레즈 수녀원도 보게 되겠지요. 지금 제가 얼마나 기쁜지 아시겠어요?

편지 20

프레리알 3일

제가 아픈 줄 아시고 걱정하셨지요. 어머니가 제 편지를 받지 못하신 그날 아침 우리는 필리도르와 르페브르와 함께 식사하고 있었어요. 그들은 베르사유에 가는 길이었는데 우리에게 '우정의 키스'를 하지 않고는 갈 수 없어서 들렀다고 했지요. 우린 위원회에 어머니가 농부였다고 말할 거라는 얘기를 해줬지요. 그들도 그것을 매우 좋게 생각하고는 우리에게 그것을 합동혁명위원회에 가서 말해야 한다고 했어요. 만약의 경우 청원서가 제대로 안 가고 여기저기 돌아다닐까 봐 필리도르가 직접 청원서를 전달하기로 했지요. 그들은 늘 어머니께 호의적이에요. 만약 그들이 결정할 수만 있다면 어머니는 바로 풀려나셨을 거예요.

그들은 어머니의 석방을 위해 사방으로 노력하고 있어요. 그들이 좋게 말하고 다녀서 관계된 부서의 모든 사람이 어머니를 좋게 생각하고 있지요. 정보국에 다시 간 것도 한 달이 안 되었다고 해요. 우리는 어머니가 어째서 귀족이 아닌지 열심히 설명해주었지요. 그들은 저의 추방에 대해 실소를 금치 못하는 것 같았어요. 어쨌든 이런 이유로 이제 재판을 받게 되면 어머니는 분명히 풀려나실 거예요. 그 문제에 대해서는 안심하고 계셔도 좋아요.

사랑하는 어머니! 안녕히 계세요. 이 불행이 그만 끝났으면 좋겠습니다. 저보다 어머니의 불행에 더 가슴 아픕니다. 사랑의 키스를 보냅니다.

편지 21

프레리알 7일

구내식당에 대한 어머니의 설명은 어머니에 대한 그들의 사랑을 느끼게 해주네요. 하루 일정도 견딜 만한 것 같습니다! 저의 가장 큰 슬픔은 어머니와 고통을 함께하지 못하는 거예요. 만약 이렇게 추방될 것을 미리 알았더라면 그래서 어머니를 위해 아무런 행동도 할 수 없을 거라는 것을 미리 알았더라면 저는 무슨 수를 써서라도 혁명위원회가 어머니를 생라자르나 다른 곳으로 보내게 하고 저도 함께 감옥에 갔을 거예요. 그러면 저는 세상에서 가장 행복한 사람이 되었을 것이고 어머니의 기나긴 감옥 생활도 좀 나았겠지요.

저는 제가 자유로우면 어머니를 도울 수 있을 거라 생각했었는데 이렇게 억압받을 줄은 꿈에도 몰랐습니다! 제가 사는 곳은 점점 더 우울한 곳이 되어 갑니다. 어머니가 없다면 천국도 감옥만큼이나 지루한 곳일 거예요. 지금 있는 곳은 너무나 형편없는 곳이에요. 사방에 석공들이 있어서 말할 수 없이 시끄럽고 또 오가는 사람들에게 매우 위험하기도 하지요. 그래서 저는 '아파트먼트'를 바꾸려고 해요. 저는 제 방을 좀 좋게 보이려고 이렇게 불러요. 전에는 아침에 눈을 뜨면 옷들은 솔질 되어 있고 식사도 준비되어 있었지요. 침대도 바로 정리되고 방 안도 바로 청소되었지요. 그런 것들이 너무나 당연해서 저는 그런 것이 좋은 건지도 몰랐어요 ….

모든 것이 완전히 달라졌습니다. 하지만 제게 그런 건 중요한 게 아니에요. 자기 일을 스스로 한다는 건 좋은 일이지요. 하지만 예전과 비교하면서 저는 어머니와 함께 살던 때를 기억하게 되고 아침마다 어머니께 아침 인사하던 때를 떠올리게 됩니다! 아! 그리고 이제야 그때가 얼마나 행복했던 때였는지를 깨닫게 됩니다!

사랑하는 어머니, 안녕히 계세요. 슬픔으로 너무 낙심하시면 안 됩니다. 제발 부탁드려요. 어머니를 가슴에 오래 안고 입맞춤합니다.

편지 22

프레리알 8일

한순간도 조용히 즐긴다는 것은 불가능한 일이 되었습니다! 그나마 편지로 위안을 삼았는데 이제 편지를 주고받는 것도 계속 위협을 받게 되네요! 이런 생활도 벌써 6개월이 넘어갑니다! 항상 희망을 품었다가는 좌절하고 하루쯤 평온했다가는 마치 그 대가라도 치르듯 다음 한 달간은 엉망이 되지요! 사람들은 힘을 길러야 한다고 하지요. 좋은 말이긴 하지만 실행하기는 얼마나 어려운지요. 어머니 허리 통증 때문에 걱정입니다! 육체적 고통까지 겪으시다니 정신적인 고통만으로는 충분하지 않은 모양입니다! 좋은 시절이 빨리 와서 운동도 하실 수 있으면 좋겠습니다.

저는 날씨가 좋건 비가 오건 날씨가 온화하건 폭풍이 치건 아무 상관없습니다. 어제는 종일 책 속에 파묻혀 지냈습니다. 그게 제게 마지막으로 남은 전부이지요. 어머니가 목욕하실 수 있는지 우리의 편지가 계속될 수 있는지 알려주세요. 너무 걱정됩니다! 제발 아프지 마시고 건강히 지내세요. 저를 위해 건강을 지키시기 바랍니다.

다시 만날 때 어머니를 안을 것처럼 그렇게 어머니를 꼭 안아봅니다. 그 순간이 빨리 올 수 있다면!

편지 23

프레리알 9일

나쁜 날씨가 원망스럽습니다! 어머니께 꼭 필요한 운동을 나가실 수 없으니까요. 오늘밖에는 시청에 갈 시간이 없고 또 다른 사람들도 다 마찬가지여서 적어도 100명은 넘는 사람들이 시청에 사인하러 모인 것 같아요. 덜 급한 사람들은 문 앞에 모여 있었지만, 평소 느긋한 저도 안쪽으로 파고들어 갔지요. 테이블 주위에 아주 많은 사람이 모여 있고 그들은 연신 안경을 꼈다 벗었다 했어요. 이건 정말 보통 일이 아니었지요.

마침내 제 차례가 왔는데 봉디가에 살던 이웃 한 사람이 심문관을 하고 있다는 소식을 들었지요. 그가 나를 보러 온다면 정말 기쁠 거예요. 파리를 떠난 후 한 번도 보지 못했거든요. 아! 파리에서의 그 슬픈 순간을 평생 잊지 못할 거예요. 저는 어머니와 그동안 제게 소중했던 모든 것에게 차례로 작별을 고했지요. 저는 그곳을 떠나면서 완전히 얼이 빠져 있었고 다리도 후들거렸어요. 제가 만나는 모든 사람이 다 저를 힘들게 했습니다. 저는 20번도 더 넘게 그곳에 가서 바리케이드 앞에 서 있었고 행여 어머니를 다시 볼 수 있을까 수도 없이 되돌아갔지요. 저는 계속 제게 말했어요. 아직 희망이 있고 나중에 이 순간을 후회할지 모른다고. 혼자였다면 아마도 저는 되돌아갔을 거예요. 하지만 그 슬픈 순간을 되돌아본들 무슨 소용이 있나요! 차라리 행복한 날을 꿈꿔 봐요. 그러면 이 고통을 견딜 용기를 얻을 것입니다!

안녕, 사랑하는 어머니, 천 번의 입맞춤을 보냅니다.

모리스

편지 24

(날짜 미상)

마침내 좀 더 행복한 날의 여명이 밝아오기 시작합니다. 드디어 위원회가 열리게 되었어요! 데샤르트르 선생님이 어머니께 들은 정보를 말씀드릴 거예요. 하루에 80명이 석방되었다는 소릴 듣고 저는 환호하며 껑충껑충 뛰었지요. 아직 누가 풀려났는지는 모르겠어요. 선생님이 알아서 알려드릴 거예요. 중요한 일이니까요.

생랑베르는 말했지요. 희망한다는 것은 즐기는 것이다. 하지만 아직 저는 그 말에 동의할 수 없습니다. 차라리 저는 〈염세주의자〉에[54] 나오는 "항상 희망을 가져야 한다는 건 정말 절망스러운 일"이라는 문구를 말하고 싶어요.

하지만 아니에요! 곧 어머니와 함께할 거란 희망은 너무 행복합니다! 그렇지만 이 행복도 어머니를 진짜로 되찾을 그 순간의 행복과는 비교할 수가 없겠지요. 제발 부탁이니 절망하지 마시고 어두운 생각도 버리세요. 악인을 벌하고 선한 자를 구하는 하늘의 섭리를 믿으세요. 어머니는 정말 죄가 없으시니 저는 완전히 희망적입니다. 지금은 또 모든 것이 희망적일 때이고요.

사랑하는 어머니! 저는 진지하게 공부를 시작하였어요. 저는 이곳에 왔을 때와는 전혀 다른 모습으로 여길 떠나고 싶어요. 이제 우리는 재산 따위는 중요하지 않은 그런 때에 살고 있어요. 비아스처럼 말할 수 있다면 행복하겠지요(*Omnia mecum* …). 배운 사람들은 이

54 〔역주〕 몰리에르의 희곡이다.

걸 이렇게 해석하지요. "내게 필요한 건 다 가지고 왔다"고.[55]

이제는 전에 그리도 힘들게 싸우던 좁은 길을 벗어나 새로운 길을 찾아 나설 때입니다. 저는 새로운 사람이 되고 싶어요. 뭔가 위대한, 할아버지에게 걸맞은 그런 인간이 되고 싶습니다. 저는 고독 속에서 이런 야심을 갖게 된 것 같아요. 전에는 결코 생각지 못했던 세계 안에서 말이지요. 부알로가 냉정한 사람들에게 한 말 "저 거대한 변화를 느끼셨나요? 신의 마음으로 움직이는 저 솟구치는 용기를?"은 옳은 말입니다.

쿠통이[56] 여기 왔었다는 말씀을 드렸던가요? 여기 의사 한 명이 그에게 수족을 자유롭게 쓸 수 있게 해주겠다고 했다고 해요. 세렌 씨 댁 옆에 머물렀어요.

안녕, 나의 사랑하는 어머니! 온 마음으로 포옹합니다. 곧 이렇게 글로 아니라 진짜로 어머니를 포옹할 수 있기를 바라요. 더는 편지만 쓰고 싶지 않습니다. 지쳤어요. 바람이 모든 걸 쓸어가고 제게 남은 건 아무것도 없습니다.

---

55 키루스가 이오니아를 정복하기 전날, 다른 사람들은 다 도망하기 위해 재산을 싸 들고 왔지만 그리스 7현인 중 한 명인 비아스는 아무 준비 없이 이런 유명한 말을 한다. 다시 말해 재산 같은 것은 아무 의미가 없다는 말이다. 그는 아주 부자였으니 이 말은 감동적이다.

56 〔역주〕 조르주 쿠통(Georges Couthon, 1755~1794). 유명한 법관으로, 다리를 절었다. 테르미도르 10일 로베스피에르와 생쥐스트와 함께 처형되었다.

편지 25

프레리알 10일

사랑하는 어머니 지금까지는 모든 것이 잘되어 가고 있는 것 같습니다. 어머니 사건이 혁명위원회로 넘어갔어요. 그들은 어머니의 수감기록을 부인하지 않는다고 해도 적어도 뭔가 모순이 있다고 느낄 것이 분명합니다. 왜냐하면 어머니의 수감기록은 조작된 것이니까요. 모든 증언이 전부 어머니가 아모넹 씨의 부탁을 들어준 것뿐이라고 하고 있습니다. 그들은 재판부와 상의하고 또 그와 다시 이야기하겠지요. 그 후 판결을 내릴 것이고 모두를 석방할 것이 분명합니다. 이 경우는 아주 특별한 경우여서 그들은 비공개로 진행하게 될 것입니다.

이제 드디어 예전의 그 가혹함에서 벗어나게 됐어요. 사람들은 이 사건을 특별하게 보게 될 것이고 다시 판결하게 될 것입니다. 이것은 마치 비공개로 유무죄를 선고하는 비밀재판 같아 보이기도 합니다. 하지만 지금처럼 모든 것이 어머니께 호의적이었던 적은 없었던 것 같아요. 처리하는 것을 보면 어머니 사건의 경우는 애국심의 증명 같습니다. 어쨌든 사랑하는 어머니, 우린 이제 자홍색과 장미의 색을 볼 수 있을 것 같아요. 다시 만날 수 있다니 얼마나 기쁜지요! 예전 것들을 다시 찾을 수 있다니! 행복을 만끽하기 위해서는 한 번 그것을 빼앗겨 보아야 하는 것 같아요. 혹시 제 편지가 뜯긴 채로 전달되는지 말해주세요. 저는 우리의 오랜 친구인 마롤에게 편지해서 그가 증명서들을 받은 것을 축하하려고 해요.

사랑하는 어머니 안녕! 부디 저처럼 희망을 품어주세요! 이렇게 매

일 글로 전하는 입맞춤이 아니라 진짜 어머니와 입맞춤할 수 있다면 얼마나 행복할까요! 모리스

편지 26

파시, 혁명력 2년 프레리알 14일(1794년 6월)

사랑하는 어머니 오늘 저녁은 너무나 힘이 드네요. 산책을 너무 멀리까지 했어요. 날씨는 결국 견딜 만하게 되었으니 어머니도 이 기회에 앙글레즈 수녀원 정원을 많이 산책하시면 좋겠어요. 시골에서 아름다운 산책길을 산책하는 저보다 어머니가 몇 배로 더 산책하셨으면 좋겠습니다. 차라리 어머니와 함께 갇힐 수 있다면 행복에 넘칠 것 같습니다. 가끔 스페인의 성을 생각해요. 친구들과 함께 우리가 모두 함께 갇혀 있는 것을 상상해 봅니다. 그런 상상은 저를 너무 행복하게 하네요. 그렇게 된다면 저는 저의 자유 같은 것은 생각도 하지 않을 것 같아요.

어머니가 너무나 보고 싶습니다! 우린 너무 오래 떨어져 있었어요! 하지만 앞으로는 그리 길지 않을 것 같습니다. 제 친구가 전하는 말에 따르면 어머니에 대한 조사가 다시 시작되었고 어머니를 아는 모든 사람의 호의적인 의견으로 일이 빨리 진척되고 있다고 합니다. 누가 어머니 같은 분을 사랑하지 않을 수가 있겠어요! 어머니는 꼭 자이르[57] 같으세요. "사람들이 당신을 알게 되는 순간부터 사람들은 당신을 사랑하게 될 거예요."

---

57 〔역주〕 볼테르의 소설 《자이르》의 주인공이다.

어머니가 앓고 계시는 잇병, 찬 거나 더운 걸 먹을 때 불편하신 것 때문에 고통받는 것을 생각하면 저도 너무 괴로워요. 제 이는 천성적으로 튼튼해서 아주 건강하지요. 다시 통증이 있게 되면 저는 그것을 빼 버리고 다른 것으로 교체하겠어요. 그러면 전보다 더 좋은 이를 가질 수 있고 이것은 분명한 이득이지요.

안녕, 사랑하는 어머니! 저녁 식사 후에는 너무 피곤하니 편지 쓰지 마세요. 머리가 아파서 얼굴까지 벌게진 어머니 모습을 보는 듯합니다. 지금 제가 어머니를 혼내고 있는 것 보이시지요!

편지 27

프레리알 15일

'최고의 존엄' 축제에 참여할 예정이에요. 아주 가까이 가지는 못하겠지만 베즐레 씨네 있는 샹드마르스 쪽 창을 통해 볼 거예요. 베즐레 씨는 큰 망원경 하나와 아홉 개의 발이 달린 작고 예쁜 망원경도 가져갈 거예요. 그러면 우린 같은 공간에 있게 되는 거지요.

저는 말할 것도 없이 팡테옹과 그 주변을 살필 거예요. 분명히 앙글레즈 수녀원에서 열 발자국 떨어진 곳에 있는 생테티엔의 시계를 볼 수 있겠지요. 오, 하늘이여! 어머니가 조금만 높은 곳에 올라와 계신다면 저는 어머니를 볼 수 있을 텐데요! 어머니도 망원경을 가지고 있다면 우린 서로 마주 보고 대화하듯 서로를 볼 수 있을 텐데요! 하지만 그래도 저는 그것으로 만족하지 못할 것 같아요. 저는 정말로 어머니와 마주 앉아 얘기하고 싶고 어머니를 품에 안고 싶고 절대로 헤어지지 않고 싶어요. 이 꿈이 이루어진다면 저는 더는 아무것도 바라지 않겠어요. 어머니와 함께 살 수만 있다면 다시는 헤어지지 않는다면! 이것이 죽을 때까지 제가 바라고 또 바라는 것이지요.

마롤의 친구가 아주 다정한 편지를 보내왔어요. 그에게도 역시 베리는 약속의 땅이지요.

편지 28

프레리알 23일

추방당해 살면서 그림 실력은 나날이 늘고 있습니다. 산에서 만난 친구를 위해서도 하나 그렸는데 그 친구도 아주 좋아했어요. 저는 계속 그림을 그릴 생각입니다. 제 앞에 펼쳐져 있는 자연은 최고의 모델이지요. 저는 또 늘 악보를 펼쳐놓고 있는데 지금 보고 있는 플라이엘의 사중주는 너무나 즐거워요. 제가 경험하지 못한 세계를 경험하게 되네요. 이런 자랑들을 다른 사람들에게는 하고 싶은 마음도 없지만, 사랑하는 어머니에게는 하고 싶어요.

또 이사해야 해요. 두 달 사이에 벌써 세 번째입니다. 어머니는 어쨌든 이런 고생은 안 하셔도 되니 얼마나 다행인지!

쿠통이 시청에 우리 소식을 물어봤는데 만족할 만한 대답을 들었다고 합니다. 그의 생각에 우리는 우리가 있는 지역을 벗어나서도 안 되고 불로뉴 숲에도 가서는 안 된다고 합니다. 모든 추방자는 그가 있는 지역을 벗어나서는 안 된다는 공고가 났다고 해요. 제게는 모든 게 다 마찬가지예요. 모든 것이 다 불행한데 좀 덜 불행하건 좀 더 불행하건 그게 무슨 상관인가요.

이 사이에 또 공백이 있다. 풀려날 거라는 기대는 실현되지 않았다. 그리고 수녀원에 감금된 사람들의 수칙은 더 엄격해졌다는 것이 당시 수감자들의 편지 속 증언이다.

편지 29

파시, 메시도르 9일(1794년 6월)

사랑하는 어머니 드디어 세 줄 이상 글을 쓸 수 있게 되었네요. 그렇게 짧게 쓰는 것에 저는 도저히 적응할 수가 없었어요. 금방 끝나 버리는 세 줄 편지를 쓰면서 저의 유일한 즐거움이었던 어머니와 대화하는 행복마저 빼앗겼었네요.

더위가 시작된 것 같아요. 더위를 힘들어하시는 어머니는 그 작은 방에서 어떻게 견디고 계세요? 아! 그곳에서 얼마나 고통스러울까요? 죄도 없다는 것을 모두가 아는데, 벌을 받는 것은 얼마나 고통스러운 일인지! 죄 없이 죽는 스승을 보고 괴로워하는 제자들에게 소크라테스는 이렇게 말했지요. "너희는 내가 죄인으로 죽었으면 더 좋겠냐?" 어쩌면 우리는 파비의 전투 다음 날처럼 이렇게 말할 수 있을지 모르겠네요. "우리는 명예를 위해 모든 것을 잃었노라."

더위가 이어지면 저는 강으로 뛰어들겠어요. 매일매일 그렇게 하루를 마감합니다. 하루가 얼마나 긴지! 불로뉴 숲도 이제 지겨워졌어요. 안 가본 곳 없이 모든 산책로가 눈에 선하지요. 어머니는 산책조차 할 수 없는데 말이에요!

편지 30

메시도르 10일(1794년 7월)

날씨는 좋지만 저는 아주 깊은 슬픔에 잠겨있습니다. 어머니 없이는 모든 게 지루해요. 아! 이 무미건조한 산책길도 어머니와 함께라면 얼마나 즐거울까요? 언제면 어머니와 함께할 수 있을까요? 그때가 오면 저는 하루도 아니 한 시간도 어머니와 떨어지지 않겠어요! 아! 모든 게 너무 권태로워요! 오직 공부만이 위로가 될 뿐입니다. 저는 저녁 7시까지 집에 있어요. 어머니 그림도 점점 완성되어 가고 있어요. 어머니를 위한 작은 환영 선물이지요. 작업은 정말 힘들어요. 하지만 어머니를 위해서 하는 일은 늘 즐겁습니다.

사랑하는 어머니 안녕. 부디 건강하세요. 온 마음으로 어머니를 포옹합니다.

편지 31

파시, 혁명력 2년 메시도르 11일(1794년 7월)

어머니, 오늘 선생님이 파리에 가지 못하셔서 어머니의 소식을 들을 수 없었습니다. 그래서 오늘은 더욱더 지루한 하루를 보냈어요. 하지만 많은 공부를 했습니다. 저는 이미 저세상 사람이 된 사람들 속에 살고 있어요. 지난 세기가 만들어낸 위대한 사람들이지요. 특히 저는 어머니의 아버지에 대한 위대한 글을 읽을 때 가슴이 뜨거워집니다. 곧 할아버지의 전쟁 지도를 갖게 될 거예요. 그것을 아주 자세히 연구해서 전문가가 되려고 해요. 언젠가는 어머니도 저의 전쟁 지도를 보시게 될지도 모르지요. 당시 지도가 있던 그 장소에서 직접 지도를 연구해볼 수 없는 것이 한입니다. 정말 노앙의 건초더미들과도 바꿀 수 있을 것 같아요!

저는 위대한 것에 대한 야망이 있어요. 어머니 제가 마치 렁피레 씨처럼[58] 얘기하는 것 같죠. 왜냐하면 저는 위대하고 아름다운 사람들을 좋아하니까요. 그들은 자유의 땅에서 그의 재능과 미덕으로 빛이 납니다. 우리의 혁명은 "거만한 부로부터 겸손한 미덕의 명예를 지켜주고 가마 탄 상놈의 발아래서 정직한 자의 명예를 지켜준다."[59]

예전에는 재능이 음모와 술책으로 짓눌렸었지만, 지금은 하나의 재능만 있는 자에게도 빛나는 경력이 보장되어 있습니다. 이제는 거만함을 자랑하는 화려한 귀족 칭호들은 더는 존재하지 않아요. 위대한 '시민'이라는 칭호만이 존재하지요. 이제 이것만을 널리 퍼뜨려 그 가치를 찾게 해야 합니다. 이것이 제가 하고 싶은 일이에요.

사랑하는 어머니 안녕히. 어머니 소식을 간절히 기다립니다. 마음을 다해 어머니께 천 번의 입맞춤을 보냅니다.[60]

---

58 〔역주〕 당시의 연극배우 중 하나로 추정된다.

59 〔역주〕 부알로(Boileau)의 《시학》(*L'Art poétique* II) v. 149~150.

60 혁명의 희생양이 된 어린아이의 입에서 나온 이런 감정은 아마도 편지를 검열하는 자를 의식했거나 아님 곧 있을 재판을 의식해서 한 말이라고 생각하기 쉽다. 하지만 그것은 전혀 사실이 아니다. 그의 감정은 순수하고 진실한 것이다. 나의 아버지는 평생 그런 신념을 가지고 있었다. 이후의 그의 편지들이 그것을 증명하고 있다. 게다가 18세기 철학 교육을 받은 아이가 혁명 중에 그런 생각을 품고 있다는 것은 놀라운 일이 아니다. 나의 할머니 생각도 그랬다. 이것에 대해서는 앞으로 보게 될 것이다.

편지 32

메시도르 12일

어제 좋은 소식을 들었어요. 혁명위원회가 추방당한 사람들이 파리에서 하루를 지내며 일을 볼 수 있게 한다는 거지요. 자지는 못하고요. 어머니께 가까이 갈 수 있다는 생각이 조금은 위로가 됩니다. 하지만 이것도 뜬소문에 불과한 건지도 몰라요!

어제는 수영을 너무 오래 해서 지금 좀 피곤해요. 우리가 물속으로 몸을 던졌을 때 큰바람이 불어 큰 물결이 일었는데 우린 그것을 뚫고 나가야 했어요. 아니면 코에 물이 들어와 아주 힘들었을 테니까요. 우리는 물 위보다는 물속에 더 많이 머물렀지요. 저는 이 위기의 순간에 제가 아는 모든 것을 다 동원해서 헤쳐 나왔어요. 하지만 무슨 큰 위험을 감수한 것은 아니니 너무 걱정은 마세요. 제가 좀 과장해서 말한 것뿐이니까요.

저는 늘 지루한 나날을 보내고 있어요. 어머니와 함께라면 모든 것이 재미있을 거예요. 하지만 지금 이렇게 떨어져 있으니 어떻게 즐거울 수가 있겠어요? 마음을 다해 어머니께 입맞춤합니다. 오 나의 사랑하는 어머니!

편지 33

메시도르 14일(1794년 7월)

수영 후에 어떻게 팔이 부러졌는지 말씀드릴게요. 제 팔이 약해서 그런 게 아니에요. 제가 너무 오래 수영을 해서도 아니고요. 제가 작년에 거의 수영을 못 해서 수영 실력이 많이 저하되었다고 생각하시면 돼요. 이제 곧 다시 예전 실력을 되찾게 될 것에요. 오늘 오후에도 갈 생각이에요. 내일 다시 말씀드릴게요. 데샤르트르 선생님은 예전처럼 뛰어들고 저는 등 위에서 수영을 가르쳐주려고 노력하지요. 하지만 너무 고집이 세서 제 말을 듣지 않으셔요.

저의 작은 강아지도 수영하려고 하지요. 하지만 몸만 구부리고 뒹굴 뿐이에요. 누군가 억지로 못 하게 하면 화가 날 것 같아요. 왜냐하면, 강아지를 너무 사랑하니까요. 물을 무서워하지 않고 안심하게 하려고 처음부터 물에 던지지는 않았어요. 저는 강아지와 함께 물에 들어갔다가 물에 적시지 않고 다시 땅에 놓았지요. 하지만 물에 닿지도 않았는데 녀석은 자기가 젖었다고 생각하고 난리를 치며 내 옷에 몸을 비벼댔어요. 지금 녀석은 내가 안 된다고 해도 나와 수영을 하려고 해요. 왜냐하면 아직 수영하기엔 너무 어리니까요. 녀석이 물에 빠지려고 하면 제가 잡아주지요. 어머니 강아지 이야기로 편지를 끝내야겠어요.

안녕, 사랑을 가득 담아 입맞춤합니다.

편지 34

메시도르 13일

사랑하는 어머니, 며칠 전부터 앵발리드의 옛 관리였던 에스파냑 씨가 쓴 할아버지 이야기를 읽고 있어요. 하지만 지도가 없었다면 저는 전장에 대해 모든 것이 혼란스러웠을 거예요. 최근 찾은 지도도 에스파냑 씨의 것이었던 것 같고 제가 지금 가지고 있는 두 권의 책과 같은 시기에 만들어진 것 같아요. 하지만 출판되지는 않은 거지요. 그러니까 저는 지금 완벽한 자료를 다 가지고 있는 셈이지요.

전쟁은 마치 저자가 그곳에 있었던 것처럼 묘사되어 있어요. 군대와 포대에 대해 아주 상세한 부분까지 놓치지 않았는데 아마도 저자는 빗발치는 총알도, 포탄도, 자욱한 연기도 아랑곳하지 않고 전쟁터를 누비고 다닌 것 같아요. 어쨌든 이 전쟁의 소음 속에서 어머니의 아버지는 대령임에도 불구하고 전쟁터 한가운데 자리한 거지요. 할아버지는 정확한 정보를 얻기 위해 가장 위험한 곳을 찾으셨어요. 제 방에서는 완전한 학습을 하기는 불가능하지만 저는 최선을 다해 얻을 수 있는 걸 얻으려고 해요.

날씨가 몹시 덥지만 아름다워요. 어머니는 힘드실 테니 저도 원망스럽습니다. 아! 우리가 함께 있을 수 있다면! 같은 얘기를 수천 번 반복하지만 저는 세상에서 가장 행복할 것 같아요.

사랑하는 어머니 안녕, 사랑하는 마음으로 어머니를 품에 꼭 안아봅니다.

뒤팽[61]

편지 35

메시도르 15일

네리나는 죽지도 않았고 잃어버리지도 않았으니 걱정하지 마세요. 전보다 더 극성스럽고 더 야단법석입니다. 어제는 파리에 있는 제 친구가 데려갔었고 오늘 아침 다시 돌아와서 저녁 내내 자기 새끼와 함

---

61 지금까지는 모리스라고 썼지만 여기서는 가족의 성을 쓰고 있다. 아마도 전쟁 이야기를 읽고 꿈을 꾸기 시작하니 자신을 문중의 한 남자로 생각한 것 같다.

께 뛰놀고 있습니다. 얼마나 난폭하게 노는지 상상도 못 하실 거예요. 불쌍한 트리스탕은 이리저리 부딪히고 채이고 난리인데 그걸 재미있어하는 것 같습니다. 네리나는 아무 생각이 없어서 자기 새끼가 좀 위험할 수 있다는 생각은 아예 염두에도 없는 것 같아요. 지난번에는 센강 변에서 아주 가파른 비탈길을 가고 있었는데 네리나가 자기 새끼를 계속 굴려 대서 만약 제가 끼어들어 불쌍한 새끼를 구하지 않았다면 녀석은 아주 더러운 흙탕물을 먹을 뻔했지요. 이쪽은 아주 더러웠어요.

오늘은 날이 더워 수영하기 좋았지요. 물에 들어갈 때 지난번처럼 폭풍이 치지 않아 편안하게 파도를 즐길 수 있길 바랐었지요. 우리 지역에 곧 캠핑장이 생기게 될 거예요. 아주 멋진 곳일 거라고들 말합니다.

사랑하는 어머니 안녕, 부디 건강하세요. 사랑하는 마음을 담아 어머니를 포옹합니다.

모리스 뒤팽

편지 36

메시도르 16일

고독한 날들이 계속되고 있어서 너무 힘들어요. 선생님은 매일 파리에 가서 온종일 계시니 저는 늘 혼자 지내고 있습니다. 공부라도 열심히 하지 않는다면 정말 미쳐 버릴 것 같아요. 늘 뭔가로 바쁘니 권태롭다고 할 수는 없겠지만 어쨌든 저는 권태롭습니다. 이 말은 어머니와 떨어져 있어서 어머니를 볼 수 없다는 것, 그리고 그것에 도저히 익숙해질 수 없다는 걸 의미하지요.

저를 슬프게 하는 건 할 일이 없어서가 아니에요. 저는 아침 8시부터 저녁 7시까지 점심, 저녁 식사 시간을 제외하고 나머지 시간에는 쉬지 않고 공부를 하니까요. 할아버지의 전투기를 다시 자세히 읽었고 말플라케의 전투기도 다시 읽었어요. 이것은 제가 처음으로 외운 것이기도 합니다. 저는 포대의 숫자며 대포들의 배치까지 다 알고 있어요. 전투에서 이기게 하는 데 결정적인 것들, 즉 기사들, 보병들, 캠프, 마을, 농가, 숲, 강, 협로, 벌목지대 등의 위치까지 다 외우고 있어요. 그래서 집 밖에 있는 것보다는 집 안에 있는 게 훨씬 나아요. 밖에서는 이런저런 상념들로 죽을 것 같으니까요.

오 하나님, 우리가 함께 있어서 어머니 앞에서 어머니의 격려를 받으며 공부할 수 있다면 얼마나 좋을까요? 언제면 그런 때가 올까요?

안녕, 사랑으로 포옹합니다. 뒤팽

편지 37

메시도르 17일

사랑하는 어머니, 어제 어머니의 짧은 편지 받았어요. 제 편지는 너무 긴 것은 아닌지 걱정되네요. 이 즐거움마저도 빼앗겨야 하는 걸까요? 시간이 갈수록 끝은 더 멀어지는 것 같습니다. 고통도 더 늘어나고요. 아! 죄도 없는데 죄인 취급을 받는 건 정말 견디기 힘든 괴로움이에요. 모든 오스트리아인과 영국인, 스페인 사람 또 우리와 전쟁을 하는 모든 민족을 다 없애 버린다면 어쩌면 우리는 평화를, 더 나아가 자유를 얻게 될지도 모르지요. 지금도 벌써 그런 식으로 하고 있는 것인지도 모르겠어요.

그런데 저는 지금 여기서 뭘 하는 거지요? 추방당해 있는 게 대체 무슨 소용인가요? 이 작은 방에서 전쟁사를 열심히 공부해 봤자 우리 일에는 하나도 진전이 없네요. 하지만 희망을 품어요!

온 힘을 다해 어머니를 포옹합니다. 뒤팽

편지 38

메시도르 18일

네리나는 오늘 선생님을 따라갈 거예요. 그러면 내일 보시게 될 거예요. 하지만 아주 조심하셔야 해요. 절대로 한군데 가만히 있지 않으니까요. 사실 이틀 전에 훈련을 시키려고 선생님이 파리로 데려갔었는데 이 녀석이 우릴 못 봐서 난리를 쳐 결국 어제 아침 8시 혼자 돌아왔어요. 그리고 제일 먼저 자기 새끼를 보러 가서 핥아주더니 그다음 우릴 보러 왔지요.

날씨가 너무 더워 저는 계속 지하에 있으면서 나갈 생각을 못 하고 있어요. 날이 좀 선선해지면 저는 5층으로 올라가겠어요. 그곳에서는 어머니가 계시는 산을 볼 수 있으니 훨씬 기분이 좋을 거예요.

아! 하나님, 사랑하는 어머니와 이렇게 떨어져 있어야 한다니! 얼마나 슬프고 시간이 길게만 느껴지는지! 어머니를 못 본 지도 벌써 세 달이나 되었다는 걸 생각하니 기가 막힙니다! 이런 일은 겪어본 적도 없고 겪을 거라고 생각조차 해본 적이 없지요! 저는 어떻게 해서든 견뎌보려고 해요.

어제도 아침 8시부터 저녁 7시까지 책을 읽었지요. 산책하러 아주 늦게 갔어요. 온종일 책과 씨름하느라 머리가 아파 신선한 공기를 마시는 것이 필요했지요. 지금 저는 벨그라드 격전지 이야기를 읽고 있어요. 지난번 공격에서는 우리가 기병과 보병대를 완전히 섬멸했었지요. 왜냐하면 튀르키예군들이 우리를 참호와 방어진지 속에 가두려고 했기 때문이지요. 이제 곧 그들이 항복할 것으로 생각됩니다.

사랑하는 어머니 안녕. 상상 속에서 영웅 놀이를 하고 있어요. 온 마음으로 천 번의 입맞춤을 보냅니다.

모리스 뒤팽

편지 39

메시도르 20일

어제 어머니의 짧은 편지를 받았어요. 오늘은 조금이라도 더 긴 편지를 받았으면 좋겠습니다. 어머니의 편지로 하루를 지내는데 얼마나 큰 위로가 되는지 몰라요. 어제 편지는 정말 저를 너무 슬프고 지치게 했습니다. 늘 같은 시간에 기대한 것보다 너무 짧은 편지를 받으니 살아갈 용기가 반으로 줄어든 것 같았어요. 오늘도 그렇다면 저의 하루는 온통 암흑처럼 될 것입니다. 우리는 고통의 동굴 속에 갇혀있어요.

보통 잘못을 한 사람들이 당하는 것이 고통이건만 대체 우린 무슨 잘못을 한 걸까요? 더 기가 막힌 것은 죄를 지은 자가 자유롭게 활보하며 죄도 없이 잡혀 있는 사람들에 대해 불평을 늘어놓는다는 것입니다. 양심이란 값을 매길 수 없는 재산이지요. 저는 그것을 가지고 있고 결코 그것까지 포기하지는 않을 테니 안심하세요. 그것 덕분에 저는 이 고통 중에서도 힘을 잃지 않고 있습니다…. 하지만 어머니와 헤어져 있는 것에 대해서는 기운을 차릴 수가 없네요. 정신력도 어떤 논리도 속수무책입니다. 도대체 이성을 찾을 수가 없어요.

어머니의 편지를 받았는데 겨우 세 줄입니다! 대체 어떻게 된 일이지요? 저는 슬픔으로 무너져 내리고 매일매일 그 슬픔은 커져만 갑니다! 아! 어머니 곁에만 있게 된다면 이 모든 슬픔을 다 잊을 수 있을 텐데요. 어머니를 볼 수만 있어도! 하지만 할 수 있는 건 아무것도 없습니다.

편지 40

메시도르 22일

제 편지가 더는 어머니께 가지 못할까 봐 겁이 납니다. 날은 너무 덥지만, 이제는 느낄 수도 없어요. 슬픔이 너무 커서 바보가 된 것 같습니다. 사랑하는 어머니 안녕. 제 사랑만큼 어머니를 힘껏 안아봅니다.

다음 편지는 할머니의 편지다. 불행히도 할머니의 편지는 이것이 유일하다. 메시도르 22일로 추정된다.

나의 아들에게

방금 사람들이 어제 빌리에 마을 사람들을 모두 체포했다고 하는구나. 그리고 오늘 밤에는 뇌이Neuilly로 간다고 한다. 세상에! 파시가 바로 근처 아니니. 너는 잡혀서는 안 된다. 조심해서 절대 잡히지 않도록 해라. 빌리에 집안은 9살짜리 아이까지 잡혀가서 지금 아무도 없다고 한다. 내 아들아 이 엄마를 살리려면 절대로 잡혀서는 안 된다. 모든 귀족을 다 잡아갈 모양이다. 전쟁이 시작된 것 같아.

파시를 떠나라. 선생님이 제발 너를 지켜주길! 너무 두려워서 죽을 것만 같구나! 몸이 떨리고 식은땀이 난다! 삶이 왜 이렇게 고통스러운지! 안녕, 안녕, 이 불쌍한 엄마가 너를 힘껏 안아주마.

답장은 데샤르트르의 것이다. 이날 아마도 아버지와 함께 있기 위해 앙글레즈 수녀원을 가지 않은 것 같다.

메시도르 23일

얼마나 절망적인 기분이실지 알 것 같습니다. 무엇 때문에 불안해하시는지, 저희도 충분히 그 마음에 공감하고 있습니다. 우리도 부인처럼 불행에 짓눌려 있지요. 하지만 마음속의 희망마저 다 저버려야 할까요? 그렇다면 그것은 가장 끔찍한 불행일 것입니다. 조금만 더 노력해서 제발 용기를 가져보세요. 가장 큰 절망은 아마도 우리의 젊은 친구에 대한 두려움 때문이겠지요. 제가 완전히 안심시켜 드릴게요.

우리 구역에서 추방자들에 대해 부당하게 대우한 것이 없는지 감찰을 했는데 전혀 없었다고 합니다. 우리는 아주 잘 지내고 있으니 걱정하지 마세요. 저는 그 말을 우리의 친구에게서[62] 들었는데 그 친구

---

62 전에 말했던 이 친구는 헤켈 씨이다. 글을 쓰는 사람으로 정직하고 품격 있는 사람이다. 그런데 아버지 편인 그를 아버지가 "산 친구"라고 부른다고 그가 산악당 쪽을 따르는 과격 공화주의자라는 뜻은 아니다. 그 반대로 헤켈 씨는 충실한 왕당파였다. 그로부터 온 몇 통의 편지를 가지고 있는데 그는 아주 박식한 사람이고 글도 아주 명료하고 아름답게 쓰는 사람이다. 또 말도 아주 재치 있게 하고 열정도 뜨겁다. 아버지는 그의 성격을 좋아했을 뿐 아니라 자신과 아주 다르게 생각하고 행동하는 그의 주변 사람들도 좋아했다.

의 말이라면 믿을 만하지요. 그리고 우리 젊은 친구가 할 일을 신청해 보려고 한다는 걸 말씀드려야 할 것 같네요. 만약 안 된다고 해도 헛수고는 아닐 거예요. 위원회에 어떤 증거서류로 사용할 수 있을 테니까요. 만약 채택되어서 우리의 젊은 친구가 바로 일을 하게 된다면 제가 그 일을 대신에 해줄 생각이에요. 그러면 그 친구는 계속 평소처럼 공부할 수 있습니다.

우린 서로 떨어지는 일은 절대로 없을 거예요. 자꾸 반복해서 말씀드릴 필요는 없겠지만 제가 이렇게 도울 수 있다는 것이 제겐 너무 소중한 임무처럼 생각됩니다. 단지 이것으로 아무런 위안도 받지 못하실까 봐 그것이 두려울 따름이지요.

저도 모르게 흐르는 저의 눈물을 거둬주세요. 불행으로 강요된 우정의 눈물입니다. 하지만 우리 절망은 하지 말아요. 얼마나 더 오래 기다려야 할지 모르지만 언젠가 꼭 마를 날이 올 테니까요.

이 사이에 또 공백이 있고 영원히 기억될 날인 테르미도르 9일 편지는 다시 이어진다. 다음 글은 작은 메모지에 작고 빽빽하게 쓰여 있는데 아마도 데샤르트르는 이 글을 앙글레즈에 들여보내기 위해 무진 애를 쓴 것 같다.

편지 41

파시, 테르미도르 9일

어제는 수영을 했습니다. 세상에서 가장 아름다운 날씨였어요. 오늘은 비가 옵니다. 마치 제 마음처럼 하늘은 온통 먹구름이고요. 어머니와 멀리 떨어져서 저는 결코 평안할 수 없습니다. 더는 어떤 행복도 없어요!

모리스

편지 42

혁명력 2년 테르미도르 10일(1794년 7월)

의심사범 법에 걸리지 않는 사람들은 모두 석방한다는 어제의 공고는 읽으셨겠지요. 우린 그 사본을 입수하였어요. 어머니는 전혀 거기에 속하지 않지요. 더욱이 혁명위원회가 어머니의 애국심에 대해 주장하고 있으니까요. 그러니 우리가 희망해야 할 때가 지금 바로 이 순간이지요. 그래요, 사랑하는 어머니 우리는 다시 만나게 될 거예요. 저는 의심하지 않습니다.

많은 사람이 벌써 풀려났어요. 화가 로베르도 자유의 몸이 되었지요. 사람들은 다비드가 질투로 그를 잡아넣은 거라고 합니다. 끔찍한 일이지요! 우리의 안전은 오로지 법에 달려 있어요. 법이 없다면 애국자들은 모두 로베스피에르의 공포정치의 희생자가 될 거라고 사람들은 말합니다.[63] 오늘 수감된 애국자들에 대한 검열이 있을 거예요.

---

63 이게 바로 반대 진영의 중상모략이 가져 온 효과이다! 로베스피에르는 테러리스트 중 가장 인간적인 사람이고 공포와 사형제도에 대해 성격적으로나 신념적으로 반대했던 사람이다. 오늘날 이 생각은 더 확실해졌고 이것에 대해 라마르틴 씨의 증언을 부정할 수는 없을 것이다. 테르미도리엔(쿠데타를 일으킨 열렬파들)이 보이는 중상모략은 역사적으로 볼 때 가장 비열한 짓이다. 우리는 그것도 충분히 알게 되었다. 아주 예외적인 경우를 제외하고 테르미도리엔들은 로베스피에를 무너뜨리며 어떤 것에도 무릎을 꿇지 않을 것이며 그 어떤 양심의 소리에도 귀 기울이지 않을 것이다. 그들 대부분은 그가 죽기 전에는 그가 너무 약하고 온정적이었다고

아! 저의 관심사는 온통 그것뿐입니다! 선생님이 거기 가실 것이고 사람들이 어머니의 이름을 부르자마자 그가 일어나 어머니에 대해 증언할 거예요. 이제 더는 두려워할 것은 없어요.

오, 하나님! 머리카락을 보내주셔서 얼마나 기쁜지요! 곧 저는 어머니를 온전히 볼 수 있을 거라고 생각합니다. 안녕 나의 사랑하는 어머니 이제 우리에게 필요한 것은 용기뿐입니다. 제 사랑만큼 어머니를 힘껏 포옹합니다.

D.

P.S. 어머니 편지를 받았어요. 마음을 편히 가지세요. 저희는 이 시련을 벗어나기 위해 발버둥 치고 있어요. 할 수 있는 건 다 할 생각이에요.

하더니, 그가 죽은 후에는 유명해지기 위해 그를 이용할 뿐이다. 그러니 이제 정의롭게 용기를 가지고 말하자. 로베스피에르는 가장 위대한 혁명가이며 가장 위대한 역사적 인물이라고. 그렇다고 그가 실수도 실책도, 그러니까 손가락질 받을 죄가 없다는 것이 아니다. 너무 가파른 경사로 미끄러져 내려가면서 누구보다 훌륭했던 그는 순간적으로 불행한 논리에 끌려갈 수밖에 없었던 것이다. 하지만 폭풍 같은 정치판에서 역사는 인류에게 치명적인 죄를 짓지 않은 순수한 인물을 한 명이라도 보여줄 수 있을까? 리슐리외, 세자르, 마호메트, 앙리 4세, 삭스 대장군, 피에르 르그랑… 도대체 이 많은 정치인, 왕자, 대장, 입법자들 중 자연을 거슬러 떨게 하고 양심을 거슬리게 하는 그런 행동을 하지 않은 자가 어디 있는가? 그러니까 우리 이 불행한 세대가 죽을힘을 다해 투쟁하는 그 모든 것에 왜 로베스피에르가 희생양이 되어야만 하는 것인가 말이다.

편지 43

(날짜 미상)

걱정하지 마세요. 어제 공고에 대해 걱정하실 필요 없어요. 죄 없이 잡힌 사람들은 풀어줄 거예요. 어머니 서류들은 합동위원회로 보내졌어요. 선생님이 오늘 아침 위임자로 그곳에 가셨지요. 탈리앙이란 사람은 말하길 만약 로베스피에르와 같은 정부를 다시 세우려 한다면 곧 망하게 될 거라고 했어요. 조금만 참으세요. 곧 석방되실 거예요.

사랑하는 어머니 안녕. 더는 드릴 말씀이 없네요. 앙투안은 떠났어요. 사랑으로 포옹합니다.

편지 44

테르미도르 16일

진정하세요. 사랑하는 어머니, 곧 풀려나실 것이 분명합니다. 혁명위원회가 4, 5명의 애국자 명단을 발표했고 어머니도 그중 하나예요. 어머니 서류가 위원회의 손에 전해졌고 이제 위원회는 서류 검토를 한 후 석방을 지시하게 될 거예요. 어쩌면 우리도 모르게 부지불식간에 어머니가 석방되실지도 모르겠어요. 어쩌면 내일, 아니면 오늘, 아니면 오늘 저녁에 될지도요! 아! 생각만 해도 숨이 막힐 것 같아요! 지나간 고통은 이제 아무것도 아니에요!

데샤르트르 선생님과 관련 부서 사람들과 그간의 자잘한 서류들을 모두 없애 버렸어요. 희망과 두려움과 조급함과 허탈함이 마음속에서 왔다 갔다 합니다.

편지 45

파시, 테르미도르 22일(1794년 8월)

어머니 말씀이 맞아요. 죄 없는 사람들은 모두 석방되었고 이제 곧 어머니 차례가 올 거예요. 그곳에서 8달을 고생하셨는데 이제 겨우 며칠만 더 계시면 될 거예요. 우리가 다시 만나게 될 거라는 사실은 의심의 여지가 없고요. 저는 벌써 통제구역에서 어머니를 기다리고 있어요. 어머니를 다시 보는 순간 정말 어떤 기분일까요! 저는 정말 미친 듯이 한곳에 가만히 있을 수가 없네요. 하나님 우리는 정말 행복할 거예요!

편지 46

테르미도르 24일

어머니 일을 처리하고 있어요. 조금만 기다리세요. 저도 노력하고 있어요. 선생님은 계속 파리에 계세요. 하나님, 어머니 생신날 석방되실 수 있다면 얼마나 좋을까요? 그 행복을 생각하면 정말 꿈만 같습니다!

편지 47

테르미도르 28일

예전에는 어머니를 꼭 안고 축하드리며 마냥 행복해했던 날이었던 오늘이 이제는 어머니와 멀리 떨어져 너무 슬픈 날이 되었습니다! 하지만 이제는 과거를 돌아보고 싶지는 않아요. 저의 그림을 보냅니다. 사랑하는 어머니. 붓질 하나하나를 할 때마다 한순간도 어머니를 생각하지 않은 적은 없어요. 아! 언제면 어머니가 오셔서 그림과 어머니의 모습을 비교해볼 수 있을까요? 언제면 매일 가는 센강 산책로를 함께 산책할 수 있을까요! 이 모든 것이 언제면 다시 예전처럼 아름다워질 수 있을까요!

어머니 다시 힘을 내봐요. 어머니 생신날 뭔가 좋은 징조를 예견해 주는 것 같습니다. 이제 다시는 눈물을 흘리지 않을 거예요. 온 마음으로 포옹합니다.

모리스

5. 파리에서

결국, 프뤽티도르 4일(1794년 8월) 뒤팽 부인은 아들과 만나게 된다. 혁명으로 인한 끔찍했던 비극이 단숨에 눈앞에서 사라져 버린 것이다. 서로 다시 만났다는 기쁨으로 이 사랑이 넘치는 엄마와 훌륭한 아이는 그동안 겪었던 모든 고통과 그들이 잃어버린 모든 것과 그들이 보았던 모든 것, 또 앞으로 닥칠 모든 것을 다 잊고 단지 이날을 그들의 일생 중 가장 아름다운 날로 여겼다.

뒤팽 부인은 당장이라도 파시로 달려가 아들을 품에 안고 싶었지만, 아직 파리 출입검문소를 넘을 통행증도 없고 또 포르트 마요에서 눈에 띌까 싶어 농부의 아내처럼 변장하고는 앵발리드 쪽으로 배를 타고 가서 센강을 넘어 파시로 걸어 들어갔다. 이것은 정말 굉장한 여정이었는데 평생 그녀는 이렇게 걸어본 적이 없었기 때문이다.

움직이길 싫어하는 습성 때문인지 아니면 원래부터 다리가 약해서인지 할머니는 정원의 작은 길 끝까지만 걸어도 피곤해하곤 했다. 하지만 이때 할머니는 너무나 잘 걸어 나갔고 건강 상태도 최고였으며 신선하고 평온한 아름다움으로 빛나고 강인했다. 오히려 전과 다르게 너무 빨리 걸어서 곁에서 변장하고 따라가던 데샤르트르도 쫓아가기 힘들 정도였다. 하지만 배를 타고 오는 동안 또 다른 시련이 그들을 기다리고 있었다. 배에는 일반 서민들로 가득 차 있었는데 그들은 할머니의 하얀 손과 뽀얀 얼굴을 알아보았다. 한 혁명 가담자가 그녀를 지목하며 말했다.

"여기 아주 인물이 훤하신 부인이 한 분 계시네. 별로 일을 많이 하신 것 같지는 않구먼."

고지식하고 융통성 없는 데샤르트르는 "그래서 어쨌다는 거요?"라고 대꾸하며 상대를 자극했다. 이때 마침 또 다른 여자가 데샤르트르의 주머니 밖으로 나온 파란 상자를 공중에 들어 보이며 말했다.

"자! 이 사람들 도망가는 귀족들이네. 우리 같은 사람들이면 양초 같은데 불붙일 일은 없지!"

또 다른 여자가 불쌍한 학자 양반의 주머니를 뒤져 향수 심지 같은 것을 발견하자 사람들은 이 두 도망자를 향해 의미심장한 야유를 보내기 시작했다.

사람 좋은 데샤르트르는 무뚝뚝한 성품에도 불구하고 당시처럼 험한 시절에 하기에는 너무나 세심하게 할머니를 배려한답시고 할머니도 모르게 파시에서는 구하기 어려운, 또 구하면 주변 사람들의 의심을 받게 될 몇몇 구하기 힘든 물품들을 구매했던 거였다.

그는 자기 딴에는 할머니를 위한다고 산 것들이 오히려 위험한 물건이 된 것을 보고 자기 생각을 저주했다. 하지만 이제는 어쩔 수가 없어 그는 배 한가운데에서 주먹을 불끈 쥐고 일어나 누구든 이 부인을 모욕하는 사람은 강에 던져 버리겠다고 큰소리로 위협했다. 그의 행동을 보고 남자들은 단지 비웃을 뿐이었고, 선장은 낮은 목소리로 "배에서 내려 다 밝혀 봅시다."라고 말했다. 여자들은 브라보를 외치며 변장한 귀족이라며 계속 위협했다.

이미 혁명정부는 감시체제를 푸는 공고를 냈지만, 일반 사람들은 아직 그런 법을 몰라 여전히 스스로 인민재판을 하고 있었다.

하지만 그때 할머니는 여자들에게만 있는 강인함으로 제일 길길이 날뛰는 두 사람에게 가까이 다가가 두 손을 잡고 이렇게 말했다.

"귀족이든 아니든 저는 지난 6개월 동안 자기 아들을 평생 보지 못할 거라는 절망 속에 지내온 한 어미입니다. 그리고 지금 저는 목숨 걸고 제 아들을 보러 가고 있어요. 저를 어떻게 하시겠다면 좋아요, 저를 고발하세요. 돌아오면 저를 죽이세요. 하지만 오늘 저는 제 아들을 꼭 보러 가야겠습니다. 그다음 제 목숨을 처분에 맡기겠어요."

그 말을 듣자마자 두 여자는 이렇게 말했다.

"어서 가시오. 어서. 그런 당신께 무슨 말을 하겠소. 우리도 자식 키우는 사람들이라 그 마음을 다 아는데, 어떻게 당신을 막을 수 있겠소…."

배가 도착했을 때 선장과 남자들은 데샤르트르의 괘씸한 행동에 화가 나 그를 보내지 않으려고 했지만, 여자들은 할머니를 보호하면서 남자들을 향해 이렇게 말했다

"그러지들 마세요. 어미의 마음을 모르시겠어요! 이 여자분은 걱정할 게 없고 저 하인(여자들은 불쌍한 데샤르트르를 이렇게 불렀다) 도 따라가게 해주세요. 그도 그저 당신들한테만 좀 심하게 한 것뿐이니."

뒤팽 부인은 이 선한 아줌마들을 울면서 껴안았고 데샤르트르도 이 일을 그냥 웃음으로 넘기기로 하였다. 그리고 그들은 별 탈 없이 파시의 집에 도착했고, 그곳에서 아직 그들이 오는 줄 모르고 있던 모리스는 어머니를 껴안으며 기쁨으로 거의 기절할 지경이었다.

추방자 해방 공고는 언제 났는지 모르지만 아마도 바로 직후에 난 것 같다. 나는 아직도 그때 할머니가 만들었던 거주 증명서들과 시민

증들을 가지고 있다. 이것들은 주로 하녀들과 특히 하녀 앙투안이 바스티유의 폭풍 속에서도 용감하게 증언한 덕분이다. 이런 것들은 '앞서 말했던' 자존심이 주는 교훈이었다.

하지만 나의 할머니는 자신의 철학적 신념이 낳은 사회적 결과를 온전히 받아들이지는 않았지만, 그렇다고 하녀들의 선한 행동 덕분으로 자신이 시민 자격을 얻게 되었다는 것을 부끄럽게 생각하는 그런 편견도 갖고 있지 않았다.

할머니는 혁명력 3년 초에 노앙으로 떠났다. 아들과 데샤르트르 씨와 앙투안, 그리고 우리 아버지를 키웠으며 늘 주인과 함께 식사했던 나이 많은 루미에 할머니와 함께. 네리나와 트리스탕도 잊지 않은 건 물론이다.

지난번 여기서 네리나 이야기를 쓸 때 내 아들 모리스가 우리 집 다락방에서 이 재미있는 녀석의 목걸이를 발견했는데 거기에는 이런 것이 쓰여 있었다.

"제 이름은 네리나입니다. 저는 라샤트르 근처 노앙에 사는 뒤팽 부인의 개입니다."

우리는 이것을 마치 성물 보듯 하였다. 나는 1796년 아버지의 편지에서 네리나가 추방 중에 낳았던 트리스탕 말고 스피네트와 벨이라는 새끼를 더 낳았다는 것을 읽었다. 네리나는 주인의 무릎에서 죽었다. 그리고 우리 집 장미나무 아래 묻혔다. 아니, 우리 집 오래된 정원사의 말대로라면 '장례' 되었다. 순수 베리 사람인 그는 세례받은 크리스천이 아닌 어떤 존재에게도 '묻혔다'라는 표현을 절대로 사용하지 않았다.

네리나는 천성이 너무 극성스러워 일찍 죽었다. 트리스탕은 특이하게도 오래 살았다. 우연히도 그의 부드럽고 조용한 성격은 이름과도 잘 맞았는데, 그의 어미가 극성스럽고 불안정할 때도 녀석은 너무나 평온하고 사려 깊었다. 할머니는 다른 새끼들보다 그놈을 제일 사랑했다. 엄청난 시련을 겪고 난 후에는 사람이든 짐승이든 그 순간을 함께 겪은 존재가 더 애틋한 법이다. 그래서 트리스탕은 특별히 귀여움을 독차지했고 아버지의 마지막 생을 거의 함께했다. 내가 아주 어릴 적에도 함께했으니 말이다. 나도 그와 놀았던 기억이 난다. 비록 그가 기꺼이 놀아주지도 않았고 마치 과거를 그리워하는 듯한 태도를 보이곤 했지만 말이다.

날짜들이 정확하게 기억나지는 않지만 혁명력 3년 브뤼메르 1일(1794년 10월) 할머니는 라샤트르 도청으로부터 다음과 같은 문구가 새겨진 편지를 받았다.

"단결, 하나의 공화국, 자유, 평등, 박애 아니면 죽음!"

공화국은 정신적으로 죽었지만, 여전히 문구는 그대로였다.

뒤팽 시민에게

지난 8월 3일 페아롱 씨가 동의하신 매매 계약서 사본과 필요하신 기명 기록을 보냅니다. (3명의 부르주아가 서명)

이 3명의 부르주아들, 과거로부터 해방된 이 대단한 젊은이들은 노앙의 성주에게 스스럼없이 친구처럼[64] 말하고, 예전에는 깍듯이 세렌 백작님이라 부르던 페아롱 백작을 그저 페아롱 씨라 부르면서 얼마나 좋아했을지! 할머니는 그런 것을 웃음으로 넘기고 화내지 않았다. 하지만 할머니는 농부들이 주인에게는 절대로 함부로 얘기하지 않는 것을 눈여겨보았다. 그리고 목수가 허물없이 그저 편하게 말하는 것에는 감사했다. 그것은 일종의 특별한 우정의 표현처럼 보여서 할머니는 그런 걸 즐기셨다.

목수는 세무 관리인이고 열렬한 공화주의자이며 똑똑한 사람이었다. 그는 평생 우리의 헌신적인 친구여서 내가 그의 죽음까지 거두어 주었던 친구였다. 하루는 이 사람 집에 할머니가 아버지와 함께 계실 때였는데, 라샤트르에서 온 두 명의 만취한 부르주아가 문 앞을 지나며 마치 로베스피에르가 된 듯이 할머니와 아들을 욕하며 기요틴에 보낸다고 위협했다. 그들로 말하자면 정신적으로 이미 로베스피에르와 혁명을 죽인 그런 종족들이었다.

16살밖에 되지 않은 나의 아버지는 그들에게 달려가 말의 고삐를 잡고 말에서 내려 싸우자고 덤볐다. 목수-세리인 고다르는 그를 도와 큰 연장을 들고 가 그들을 손보려고 했다. 그들은 이 돌발적인 행동에 아무 말도 하지 못하고 말을 달려 도망갔다. 하지만 취했다는 이유로 이 일은 그냥 넘어갔다. 그들은 오늘날에는 아주 열성적인 왕당파들이다. 하지만 이제는 늙었으니 그냥 넘길 수밖에.

그들이 분노한 이유는 다른 데 있었다. 노앙의 수입징수관에 임명

---

64 〔역주〕 원어로는 tutoyer라고 되어 있는데, 이것은 가까운 친구끼리 편하게 말하는 것을 말한다.

된 그중 한 명은 반동분자에 대한 법 집행 기간에 자신들에게는 유리하게 그리고 정부와 우리 할머니에게는 불리하게 일 처리를 했었는데, 할머니는 이것을 바로잡기 위해 소송을 했다. 이 소송은 2년이 걸렸는데 이 기간에 할머니는 4천 프랑밖에 되지 않는 노앙의 수입으로만 살았다. 게다가 이른바 애국 기금으로 자발적으로 내라는 기부금을 내기 위해 1793년에 빌린 돈을 갚고 난 후에는 극심한 가난 속에 살고 있었다. 1년도 넘게 할머니는 정원에서 나오는 수입만 가지고 살았는데 한 주에 12프랑 혹은 15프랑 되는 야채가 전부였다. 차차 상황이 나아졌지만, 혁명 초기에 할머니 수입은 1년에 1만 5천 리브르를 넘기지 못했다.

다행히 경탄할 정도로 절제된 생활에 어쩔 수 없이 적응해 몸에 익은 소박한 습관 덕분으로 할머니는 모든 걸 다 감내하셨고, 가끔 웃으면서 "가난했던 그 이후로는 돈이 조금만 생겨도 너무나 부자 같았지."라고 말씀하시곤 했다.

이제 내가 자란 이 노앙 주변에 대해 말하려고 한다. 이곳은 내 인생의 대부분을 보낸 곳이고, 앞으로 내가 죽어 묻히기를 바라는 곳이기도 하다.

이곳의 수입은 보잘것없고 주민들도 별로 없다. 넓고 멋진 누아르 계곡의 중심에 있지만 그리 아름다운 곳은 아니다. 하지만 밀밭이 펼쳐지고 주변 어느 곳보다 더 평평하고 너른 이곳에서는 별로 특이한 지형 변화도 없고, 높은 언덕에서 아래를 굽어볼 수 있는 멋진 경관도 없다. 하지만 우리는 넓고 푸른 지평선과 능선의 흐름을 바라볼 수 있어서 보스 지역이나 브리 지역과 비교하면 풍경이 멋진 편이다. 하지만 우리 현관에서 얼마 떨어지지 않은 강 하류까지 내려올 때 보이는 세세한 광경들이나 우리 집을 굽어보는 언덕 위에서 바라보는 다채로운 광경들과 비교하면 마을 주변은 헐벗고 초라한 풍경에 불과하다.

어쨌든 우리는 이곳을 좋아했고 사랑했다. 나의 할머니도 이곳을 사랑했다. 나의 아버지는 격정적인 그의 삶 속에서 때때로 휴식을 찾기 위해 이곳을 찾았다. 갈색의 기름진 땅 이랑들, 크고 둥근 호두나무들, 그늘진 오솔길들, 어지러운 풀숲들, 풀이 잔뜩 자란 묘지들, 타일로 덮인 작은 종탑, 거친 나무로 된 현관 입구, 황폐해진 커다란 칠보 장식들, 예쁜 울타리로 둘러싸인 농가들, 그들의 포도밭과 푸른 대마밭들, 이 모든 것이 너무나 평온해서 이 평화롭고 소박하고 조용한 곳에 오래 산 사람들에게는 너무나 정겨운 풍경이 아닐 수 없다.

이 성은, 만약 성이라고 할 수 있다면(왜냐하면 이것은 루이 16세 때 지어진 평범한 집에 불과하므로), 작은 마을의 끝에 농가가 하나뿐인 들판의 끝자락에 있었다. 200~300명쯤 되는 마을 주민들의 집은 들판에 드문드문 떨어져 있었지만, 우리 집 근처로 20채 정도가 문과 문이 맞닿을 정도로 오밀조밀 모여 있었다. 그래서 농부들과는 잘 지낼 수밖에 없었다. 그들은 온순하면서도 독립심이 강했는데 남의 집을 마치 자기들 집처럼 드나들었으며 우리 집도 예외는 아니었다. 그리고 비록 잘사는 집주인들이 가까이 사는 떠돌이 노동자들에 대해 불평을 늘어놓거나 혹은 주민들 간에 이웃집 아이들이나 닭이나 염소에 대해 불평을 늘어놓기도 하지만, 그래도 착하고 선량한 그들은 칭찬할 거리를 더 많이 가지고 있었다.

모두가 농부인 노앙 사람들은 작은 집들을 하나씩 소유하고 있었는데(나는 여기서 그들의 선량함에 대해 말하고 싶다. 왜냐하면 어떤 경우에 농부들은 정말 좋은 이웃, 좋은 친구가 될 수 있기 때문이다) 그들은 겉으로 근엄해 보이지만 유머가 넘치는 사람들이다. 그들은 미풍양속을 지키고, 광적이지 않은 신앙생활을 하고 복장이나 행동거지에서도 매우 절제된 사람들이다. 서두르는 법이 없지만, 질서 있고 한결같으며 엄청나게 청결하고 또 솔직하고 자연스러운 심성의 소유자들이었다. 한두 사람을 제외하고 나는 이 정직한 사람들과 좋은 관계를 맺고 있었다. 하지만 나는 그들에게 잘 보이려고 한 적도 없고 그들이 말하는 이른바 너 좋고 나 좋고 하는 그런 두루뭉술한 태도에 대해서도 애초에 자질이 없는 사람이었다. 나는 단지 그들이 한 일에 대해 정당한 보답을 해주었을 뿐이다. 그들은 나에게 그들 나름의 방식으로 진심을 담아 능수능란하게 일들을 처리해주었다.

결론적으로 말해 그들이 내게 빚진 것은 아무것도 없다. 왜냐하면 그들의 아주 작은 도움들, 기분 좋은 말들, 진심으로 헌신하려는 마음은 내가 베푼 모든 것의 보답으로 충분했다. 그들은 아첨꾼도 아니고 비굴하지도 않았다. 그들은 사귀면 사귈수록 진정한 자신감에 차 있고 결단력 있었으며 결코 그들에 대한 신의를 이용하지 않았고 상스럽지도 않았다. 그들은 재치 있으면서 속 깊고 예의 바른 사람들이었는데 나는 가정교육을 잘 받았다고 하는 사람들 사이에서도 그런 모습은 잘 보지 못했다.

이것이 노앙의 농부들에 대한 할머니의 생각이다. 할머니는 그들과 28년을 함께 살았으며 항상 그들을 칭찬했다. 성미가 급하고 자기

애가 강한 데샤르트르 씨는 그들과 그렇게까지 좋은 관계를 맺지는 못했다. 나는 그가 항상 그들의 약삭빠름과 거짓말과 어리석음에 대해 불평하는 것을 들었다. 할머니는 그의 잘못된 생각을 고쳐주었다. 그러면 그는 자기의 심성 속에 존재하는 인류애적 사랑으로 곧 자신의 잘못된 판단들과 공평하지 못했던 못된 성격에 대해 사과했다.

농부들은 자신을 스스로 '전원 사람들'이라고 부르는데, 나는 종종 이들에 대해 이야기하게 될 것이다. 왜냐하면 대혁명 이후로 농부의 위상에 그들은 상처받았는데 농부는 상스럽고 무식한 사람의 대명사가 되었기 때문이다.

할머니가 데샤르트르 씨와 함께 아들을 교육하며 노앙에 몇 년을 살면서 경제적인 상황도 자리를 잡아갔다. 할머니의 정신 상태에 대해서는, 내가 찾은, 당시 할머니의 기록들을 통해 추측해볼 수 있다. 그 글들이 전적으로 할머니의 글인지는 장담할 수 없긴 하다. 왜냐하면 할머니는 글을 읽다가 문장을 베끼거나 글을 발췌하거나 한 적이 많았기 때문이다. 어쨌든 이제 내가 옮기는 글들은 공포정치 이후 사회 각계각층의 생각을 그대로 보여준다.

> 유럽은 프랑스를 무대로 벌어지는 온갖 공포스러운 일들이 대다수 프랑스인들이 가지고 있는 매우 특이하고 변태적인 성질 때문이라는 가혹한 결론을 내렸습니다. 이 말에 우린 동조할 수 없습니다. 오, 하나님, 우리 행동에 한계가 사라지고 사회의 톱니바퀴가 심하게 어긋나 아무도 지금 자기들이 어디에서 어디로 가는지조차 알지 못하고 지금까지의 신념을 모두 버릴 때 어느 나라의 누구라도 다 당할 수 있

는 이 공포의 경험을 다른 나라들은 답습하지 않게 하여주소서! 만약 좋은 정부가 들어서서 인간의 약점을 이용하려는 생각을 버린다면 모든 것은 달라질 것입니다.

오! 희망을 잃지 맙시다! 과거의 기억이 우릴 숨 막히게 하니 미래를 향해 달려갑시다. 현재에는 어떤 위로도 없습니다. 그리고 후손들을 이끌어 가야 할 당신, 그것을 글로 남겨야 할 역사가인 당신은 잠시 이야기를 멈추고 회한과 함께 새로 태어나는 마음으로 이 이야기를 다시 차근히 써나가 봅시다. 이 끔찍한 어둠으로부터 저 멀리 떨어져, 밝아오는 여명의 첫 번째 빛을 보기 전에는 모든 이야기를 끝내지 말아주세요. 프랑스인들의 용기에 대해 말하고 그들의 용맹함에 대해 말해주세요. 그리고 할 수만 있다면 그들의 영광을 더럽히고 승리의 광채를 흐릿하게 한 행동을 잊어주세요!

프랑스 사람들은 모두 이제 불행에는 진력났습니다. 그들은 자기들도 알 수 없는 어쩔 수 없는 힘에 이끌려 벌인 사건들로 부서지고 뒤틀렸습니다. 너무 무겁고 가혹한 힘에 짓눌려 이제 그들은 감히 뭔가가 변하길 기대하지도 않습니다. 그들의 소원은, 그들의 욕망은 그저 이 불안이 끝났다는 것을 믿고 싶을 뿐입니다. 끔찍한 폭정은 그들에게 오로지 생명을 부지하는 것만을 유일한 행복으로 만들었습니다.

민중은 나약해졌고 이루 말할 수 없는 파국과 한 번도 겪어보지 못한 박해가 가져온 끔찍한 결과로 오래도록 고통스러워할 것입니다. 그 고통이 너무 극에 달해 민중은 모두를 위해 연합하는 습관마저 잃어버렸습니다. 개개인의 위험은 한계에 달해 모든 관계를 파괴했고, 희망을 잃어버린 우리의 본성마저 변질시켰습니다. 공동체를 사랑하기 위해서 우리는 조금은 행복해야 합니다. 다른 사람에게 뭔가를 나눠주기 위해서는 내게도 뭔가가 좀 남아 있어야 합니다. …

이 글을 쓴 사람이 누구건 이 글은 아주 아름답다고 하지 않을 수 없다. 할머니가 쓴 글일 가능성도 매우 크다. 또 설사 베낀 것이라 해도 할머니와 같은 생각인 것은 분명하다. 이 글이 그리고 있는 시대상은 진실하고 이유도 모른 채 고통받은 사람에 대한 울분은 정의롭다. 혁명 정부를 향해 육신의 죽음보다 영혼의 죽음을 더 나무라는 저자는 위대하기조차 하다.

하지만 사람들은 늘 자기 이해와 관련된 판단을 하므로 여기에는 모순된 점도 없지 않다. 이 글에서는 프랑스 사람들을 위대한 용기와 승리의 민족이라고 하며 애국심을 고취한다. 반면에 필자는 또 다른 프랑스 사람들의 품성에 대해 설명한다. 즉, 고통받기 싫어서 다른 사람들의 고통에 무관심하다는 것이다. 이것은 같은 프랑스 사람들이라고 할 수 없다. 오랫동안 남의 행복이 나의 행복이었던 예전의 사람들은 이제 불안한 운명에 적응하기 위해 안간힘을 쓰고 있다.

예를 들어 나의 할머니 같은 많은 사람은 더는 아무것도 줄 수 없고 또 더는 위로할 수 없는 고통을 보며 신음한다. 가난한 사람들을 돕는 역할을 빼앗기면서 그들은 깊이 슬퍼했고, 새로운 사회에서의 자선 행위는 아직 마음에 와닿지 않았다. 더 그랬던 이유는 그러한 새로운 사회는 태어나면서 이미 유산되었고 부르주아들이 이미 그들 위에 서 있어서 법과 민중의 희망이 죽어가고 있었는데 할머니는 그것을 모르고 있었기 때문이다.

프랑스 군인들에 대해서 말하자면 그들은 필연적으로 프랑스에 남아 있는 모든 사람의 친구였다. 그들은 민중과 부르주아와 귀족 애국자들을 보호했다. 자유에 대한 영웅적 순교자들로 그들은 어떤 순간, 어떤 논리에 따르더라도 의심의 여지없이 영예로운 소명의 수호자들, 곧 나라의 땅을 지키는 자들이었다. 물론 신성한 불은 프랑스 땅에서 절대 사라지지 않았고 프랑스는 눈짓 한 번으로 그런 군대를 만들어낼 수 있었다.

방금 내가 전한 애통한 웅변과는 대조적인 아버지의 다른 편지를 실으려고 한다. 시기는 아마도 국민의회 체제 다음인 것 같다. 편지의 전체 분위기는 예전의 슬픈 글들과는 사뭇 다르다. 글들은 매우 가볍게 젊음의 불안스러운 두려움들로 점철되어 있다. 또 오랫동안 즐겨왔던 삶의 즐거움을 다시 회복하고 싶은 마음도 적혀 있다. 귀족들은 반쯤은 죽어서 거의 파산한 상태로 파리로 돌아와 호화로운 성에서의 삶보다는 승리에 찬 부르주아들의 화려한 삶을 원했다. 새로운 권력으로 그들에게 대항하기 위해 만들어진 사치스러운 삶의 모습이었다. 민중들마저 정신을 잃고 과거의 삶으로 다시 돌아갔다.

프랑스는 이 순간 이상한 사회 모습을 보여주었는데 그 사회는 무정부 상태는 벗어나고 싶지만, 아직 과거로 돌아가야 할지 아니면 개인적인 질서와 안전을 보장하는 새로운 미래에 기대를 걸어야 할지 알지 못했다. 연대의식 같은 건 사라졌다. 그런 것은 군대 같은 집단 속에서나 살아 있었다. 과도한 자코뱅보다[65] 더 잔인하고 피비린내 나는 왕당파의 반격은 진정되기 시작했다. 방데에서 일어난 봉기처럼66 베리에서도 팔루아 폭동이 일어났지만 이것으로 공화정부에 대한 투쟁은 마지막 숨을 거두었다(1796년 5월). 뒤팽이란 이름의 왕당파 수장은, 우리 친척은 아닌데, 아마도 이 마지막 충돌을 총지휘했던 것 같다. 아버지는 당시 그 일에 참여할 수 있는 나이였고 그런 절망적인 노력을 할 용기도 있었지만, 왕당파가 아니었기 때문에 동참했을 리가 없다. 미래가 어떠하든 간에 (당시 보나파르트가 이탈리아에서 승리하고 있었지만, 전제정치가 다시 시작될 거라고 예견한 사람은 아무도 없었다) 이 어린 소년은 아무 생각 없이, 어떤 미련도 없이 과거를 저주하고 있었다.

엄마와 소년은 귀족들 간의 모든 비밀스러운 연대로부터 또 분노로 인한 정신적 공범 관계로부터 또 개인적 복수 같은 것으로부터도 동떨어져 마지막으로 흔들거리는 민중의 물결에 몸을 맡기고 있었다. 그들은 모두 어떤 일이 벌어지길 기다렸는데 할머니는 평소 철학대로 편견 없이, 아버지는 조국의 독립과 18세기 철학자들이 주장했던 불완전하지만 일반적인 이론의 실현을 열망하면서 말이다. 아버지는 곧 이 공화주의자의 마지막 숨결을 찾아 군대에까지 입대할 요량이었는데 할머니는 아들의 그런 열망에 두려움을 느껴 예술이나 다른 오락거리들에 그의 관심을 돌리려 애를 쓰고 있었다.

---

65 〔역주〕 공포정치를 주도한 과격 공화당원들을 말한다.

66 〔역주〕 공화국에 반대해서 방데의 농민들이 봉기를 일으킨 사건으로 후에 귀족과 왕당파 군인들도 합세했다.

1796년 아버지의 글을 보기 전에 한마디 더하자면 1794년부터 아버지는 데샤르트르와 많은 공부를 하였지만, 고전 학문에서는 큰 진전이 없었다. 아버지는 천성적으로 예술가였는데 이 방면으로 그가 배운 것은 어머니로부터의 교육뿐이었다. 아버지는 음악, 외국어, 웅변, 그림, 문학 등에 열정을 가지고 있었다. 아버지는 결코 수학이나 그리스어나 라틴어 같은 것에는 흥미가 없었다. 무엇보다 음악을 좋아했다. 바이올린은 평생 아버지의 벗이었다. 또 아버지는 멋진 목소리를 가지고 있어 노래 솜씨가 좋았다.

아버지는 본능적으로 온 마음으로 용기와 신념을 가지고 모든 아름다운 것을 사랑했고 원인이나 결과 같은 것은 따지지도 않고 그것에 완전히 뛰어들었다. 논리적으로가 아니라 천성적으로 할머니보다 더 공화주의자였던 아버지는 제국의 기사도적인 첫 번째 전쟁에 멋지게 가담하였다. 하지만 1796년 그는 아직 한 명의 예술가일 뿐이었고, 다음 편지는 호프만이[67] 글을 통해 보여주었던 것과 같은 음악적 열정을 우리에게 보여준다.

1796년 7월 24일

사랑하는 어머니! 지금 저는 아르장통에 있습니다. 어머니께 편지를 써야 할 시간에 온종일 잠만 잤어요. 어머니 제 말을 좀 들어보세요. 도착하던 날 저는 샤토루의 세볼 씨 댁에서 많은 음악가를 만났어요. 바리톤 가수이며 성격 좋은 상톰 위원장도 계셨는데 저녁 후 우리 여

67 〔역주〕 음악에 대한 많은 글을 써서 상드에게 많은 영향을 준 사람이다.

덟 명은 정원 끝에 있는 정자에서 새벽 3시까지 플라이엘의 교향곡을 연주했어요. 완벽한 오케스트라였지요. 멋진 바리톤, 좋은 관악기들, 좋은 음악…. 모든 것이 너무 매력적이었어요.

다음 날은 리공데 부인 집에 모였지요. 6시에 콘서트가 심포니 연주로 시작됐는데 그 지역에서 유명한 티보 씨가 아직 오지 않았기 때문에 제가 바이올린 제 1주자로 실수 없이 연주를 마쳤지요. 그리고 그가 왔을 때 기꺼이 그의 자리를 되돌려주었어요. 왜냐하면 연주가 점점 더 어려워져서 계속 더 했다가는 제가 망신을 당할 것 같았어요. 그다음 저는 플라이엘의 사중주를 연주했어요. 내 평생 그렇게 연주를 잘 해본 것은 처음이었어요. 악장마다 박수갈채를 받았고 완벽하게 성공적이었지요. 저는 50명 앞에 당당하고 거만하게 서 있었어요! 떨지도 않고 마치 콘트라베이스처럼 당당하게 말이지요.

10시에 콘서트는 끝나고 모든 연주자는 세볼 씨 댁에서 저녁을 먹었어요. 디저트 시간에 마신 최고의 샴페인으로 모두 상기되어 위원장은 자신의 첼로를 테이블에 놓고는 우리에게 아침이 올 때까지 떠나지 않겠다는 맹세를 시켰지요. 우리는 연미복을 내려놓고 미친 듯이 정자로 달려갔어요! 그리고 날이 밝을 때까지 연주했지요. 위원장은 샤토루의 어떤 사람과 자리를 교대하고 세볼 씨는 이웃과 알토 자리를 교대했지만, 나는 밤새도록 제 자리를 떠난 적이 없었지요. 정말 미친 듯이 연주했고 그 무엇도 저를 멈추게 할 수는 없었어요. 좀 우울했던 저는 한 음도 놓치지 않고 황홀한 구름 속을 떠다니고 싶었지요. 우리는 새벽 5시에 헤어져서 밤참을 먹었어요. 얼마나 시끄럽게 떠들어대고 웃음소리가 끊이지 않았는지! … 저는 다음 날 12시까지

잤고 다시 원기를 회복했지요. 사랑하는 어머니 안녕. 다시 시작하자고 사람들이 또 부르네요. 사랑합니다. 온 마음으로 포옹합니다.

모리스

같은 해 가을, 할머니는 사랑하는 아들 모리스를 파리로 보냈다. 그것은 오랜 칩거 생활 후 즐거운 시간을 갖게 하기 위한 것일 수도 있고 혹은 더 심각한 이유가 있어서일 수도 있지만, 나는 알 수가 없는 일이다. 그런데 중요한 것은 그런 것이 아니고 다음 편지 내용이 공화정 아래 파리의 모습을 보여준다는 것이다.

파리에 도착하기 전까지의 여정을 잠깐 살펴보면, 오늘날 노앙에서 파리에 가자면 10시간이 걸리지만 그때는 8~10일이 걸렸다. 샤토루에서 오를레앙으로 가는 마차는 정말 서비스가 끔찍해서 가장 빠른 길은 말을 타고 가는 거였다. 이수됭에서 비에르종까지의 길이 지름길이어서 아버지와 데샤르트르는 그 길을 택했다. 하지만 그 길은 온통 계곡과 절벽과 건널 수 없는 강들과 많은 웅덩이들로 된 길이었다. 아버지의 편지 중에는(나는 그중 몇 개만 인용할 것인데) 아버지가 할머니에게 조금 더 쉽고 가장 먼 길로 말들을 보내 달라고 부탁한 글도 있기는 하다. 오를레앙에서 파리까지 마차는 일주일에 두 번밖에 없었다. 그리고 세상에! 아버지는 "적어도 이 길은 걸을 수는 있었어요! 오를레앙에서 파리까지는 18시간이면 됐습니다!"라고 쓰고 있다(이것은 틀린 말이다. 사실은 24시간이 걸렸다). 좀 더 들어보기로 하자.

드디어 오를레앙에 도착했습니다. 어머니, 벌써 어머니를 본 지가 너무 오래된 것 같습니다. 데샤르트르 선생님은 마차 자리를 구하러 가셨고 저는 어머니께 편지를 쓰고 있어요. 조금 피곤하기도 합니다. 페르테 생쇼몽과 페르테 로웬달 사이에서 하마터면 어머니한테로 돌아갈 뻔했어요. 길에는 풍차들이 늘어서 있었는데 제 말이 그것들을 보더니 뒷발을 들고 바로 베리 쪽으로 돌아가려고 하는 거예요. 마음 같아서는 그대로 내버려 두고 싶었지요. 데샤르트르 선생님 말도 마찬가지여서 선생님이 아주 애를 먹었어요. 말들 눈을 가릴까도 생각했지만 그건 더 말이 안 되는 거였고 우린 할 수 없이 들판 쪽으로 가야 했지요. 그리고 조금씩 사람들이 보이기 시작했어요. 여기 오면서 우린 이륜마차를 탄 멋쟁이 신사 한 분도 만났어요! 저는 그런 사람들을 좀 더 많이 만났으면 좋겠어요.

오를레앙은 너무 좋아요, 다리도 집들도 지나가는 사람들까지도! 여기서부터 저는 벌써 촌놈 같은데 파리에서는 어떨까요?

아래의 편지들은 파리에서 보낸 것이다.

데샤르트르 선생님이 마차 자리를 구하지 못해서 우리는 저녁 내내 오를레앙에 있었어요. 여기 다리와 행인들이 멋지다고 말씀드렸지요. 그런데 루아얄 거리로 들어서자 거기는 또 딴 세상이었어요. 완전 황홀경이었지요! 정신을 좀 차린 다음에는 친구 오르잔을 보러 갔어요. 서로 다시 만나 너무 기뻐했지요. 그 아이는 저를 데리고 산책로와 부두와 다리에 데려갔고 극장에도 데리고 갔지요. 그곳에서는

〈베이야르의 연인들〉과 〈가짜 마술〉을 공연하고 있었어요. 저는 이렇게 웃기는 극은 처음이에요. 팔리스는 가스콩 사람이었고, 베이야르는 두 손으로 모자를 놓는 뚱뚱한 익살꾼이었어요. 소토마조르는 오래된 꼭두각시 인형처럼 금빛 칠을 하고 누더기를 걸치고 있었지요. 저는 허리가 끊어지게 웃었고 제일 슬픈 장면에서 웃음을 터뜨리는 바람에 이웃 사람들이 절 아주 이상하게 생각했지요. 그들은 최고의 연극이라고 생각하고 있었거든요.

마침내 우리는 빨리 걸을 수 있는 말을 타고 24시간 만에 무사히 이곳에 도착했어요. 제가 아홉 번째였지요. 말들은 정말 사나웠어요. 말들보다 더 사나운 마부는 에탕프산을 내려오며 말들을 마구 달리게 했지요. 마차는 그들에게 딸려갔는데 아마 말들이 없었어도 빨리 굴러 내려갔을 거예요. 금발 가발을 쓴 한 우아한 부인이 무섭다고 소리 질렀고 나도 가만히 있을 수 없어 한마디 했지요.

"마부 양반, 채찍질만 하고 소리는 지르지 마세요! 다 죽을 지경이에요." 그랬더니 그가 "무슨 그런 소리를, 이렇게 해야 빨리 가지요. 이런 게 진짜 여행 아니겠소."라고 대꾸했지요.

그리고 마차는 계속 미친 듯이 달려 나가고 우리는 서로서로 꼭 부둥켜안고 어쩔 줄 몰라 했지요. 결국, 제가 승객들 돈을 모아 마부에게 팁을 주자 미친 듯이 달리던 마차는 속력을 줄이고 마침내 우리는 여관에 도착해서 저녁을 먹게 되었지요. 식사하면서는 모두 무서워 죽을 뻔했다는 얘기만 했어요.

파리에 도착해 얼마나 재미있었는지 궁금하시지요. 저는 당장 자쏘 부인 댁으로 갔어요. 오랜만에 만나 둘 다 너무 기뻐했지요. 그리고 저는 라레장스 카페에 가서 헤켈 씨를 찾았지요. 콧노래를 부르며 뛰어 들어갔는데 이 포커 카페에 있는 사람들은 모두 게임 때문에 심각한 표정을 하고 있었어요. 그들은 나를 째려보며 "저 촌놈이 여기서 뭐 하는 거지?"라고 말하는 것 같았어요. 결국, 친구를 한 명도 발견하지 못하고 저는 바로 이 우울한 곳을 뛰쳐나왔지요.

또 친구들을 만날 수 있을까 하고 발루아 카페도 갔는데 거기서 프레빌 씨를 처음으로 만났어요. 그는 제게 라로쉬드라공 부부가 이틀 전부터 파리에 있다고 말해주었지요. 우리가 찾는 친구는 더는 찾을 수가 없어서 그가 잘 다니는 식당에도 가보았지만, 거기에도 없었어요! 그런데 결국 프티-샹 거리에서 그를 마주치게 되었지요. 우리는 너무 기뻐서 팔레 루아얄에도 가고 퐁텐의 정원도 걸었지요. 우린 얼싸안고 계속 웃고 떠들며 걸었는데 나중에는 우리가 어디에 있는지도 알 수 없었어요. 마침내 헤켈 씨가 걸음을 멈추고 우리가 어디로 가는지 물었지요. "저도 모르지요."라고 제가 말하자 그는 심각한 목소리로 "우리 완전히 미쳤네요. 저녁 먹으러 가야지요."라는 당연한 말을 했어요.

저녁 후에 우리는 〈아뷰파르와 르데비〉를 보러 갔어요. 마차에서 거의 잠을 자지 못했기 때문에 마지막 막에서는 아주 깊이 잠들어 버렸지요. 돌아왔더니 관리인이 편지 하나를 전해주었어요.

"우리는 저녁에 도착했는데 아침에 오셨더군요. 드디어 만나게 되었네요! 우리는 늘 앙굴렘가에 있어요. 내일 봐요"

들라블로테 씨와 그의 아들이었어요. 얼마나 놀랐는지! 아침 7시에 그곳으로 달려갔는데 그는 이미 외출 중이었어요. 하지만 아망드 씨를 만났지요. 나중에 그가 한 이야기들을 모두 들려드릴게요. 그다음 아메데를 만났어요. 그리고 헤켈 씨 집에서 점심을 먹었지요. 저녁에는 연극 〈디동〉을 보러 가고 발레 〈프쉬케〉를 보았지요. 저는 음정 하나 발걸음 하나 놓치지 않았어요.

사랑하는 어머니, 얼마나 어머니 생각이 나던지요. 얼마나 어머니가 그립던지요! 굉장한 공연장이며, 많은 사람 그리고 굉장한 공연! 레네는[68] 평상시보다 더 많은 실력발휘를 했지요. 약간 떨리는 하지만 너무나 청아한 그 목소리! 그 혼신의 연기! 그란 사람은 정말… 정말이지 … ! 저는 있는 힘껏 손뼉을 쳤어요. 디동은 신참내기가 연기했는데 아주 재능 있고 노래도 잘했지요. 발레 〈프쉬케〉는 놀랍도록 아름다웠어요. 3막의 배경은 완전히 변해 있었지요. 촌스러운 붉은 성이 아니라 멋진 회랑에 넓게 펼쳐진 풍경을 배경으로 했어요. 모든 게 아름다웠지요. 아무르는 더는 문으로 들어오지 않고 구름을 타고 들어왔어요. 제피르 역은 한 젊고 매력적인 무용수가 맡았는데 그의 턴은 베스트리와 맞먹을 정도였어요. 정말 이렇게 완벽한 공연은 없을 거예요.

오늘 아침은 페리에르 부인 댁에 갔었어요. 그다음 페르농 씨와 함께 자쏘 부인 댁에 갔지요. 우리는 굴과 함께 샴페인을 마셨지요. 우리는 많이 웃었고 오직 어머니를 생각할 때만 웃음을 그쳤어요. 우리는 어머니의 건강을 위해 마셨고 어머니 이야기를 나누었어요. 아! … 저는 베랑제 부인 댁에서 돌아왔는데 그녀는 잠깐 동안 저를 알아

68 〔역주〕 테너 가수의 이름이다.

보지 못했지요. 제가 머리끝부터 발끝까지 다 변했다고 하셨어요. 저는 베즐레 부인 댁도 들렀다가 지금 집에 와 편지 쓰고 있지요. 자세한 것은 직접 만나서 말씀드릴게요.

하지만 다들 어머니를 너무 사랑해서 서로 만나게 된 걸 얼마나 즐거워했던지요! 꼭 꿈만 같았어요! 파리에 보내주셔서 얼마나 감사한지! 얼마나 노앙의 어머니 곁에 있고 싶은지! 얼마나 즐겁고! 얼마나 그리운지! 온 마음으로 어머니를 천 번도 더 포옹합니다.

모리스

데샤르트르가 뒤팽 부인에게 보낸 편지

혁명력 5년 방데미에르 3일

"드디어 소식이 왔군!"이라고 하는 말씀이 들리는 듯합니다. 어떻게 이렇게 오랫동안 소식을 전하지 않을 수가 있는지! 뭣들을 하는 건지! 어떻게 지내는지! 당연하신 생각입니다. 더 야단치셔도 할 말이 없지요.

어머니 아들은 바보같이 마지막 우편 시간을 놓쳐 버렸습니다. 그것 말고 어머니 아들은 아주 현명하게 처신하고 있지요. 모두들 그를 칭찬하는 말을 전할 거라고 확신합니다. 많은 사람이 처음 그를 보고는 잘 알아보지 못했지만, 곧 모두 그를 매력적이라고 생각하고 있어요. 정말로 그렇게 되어야 하는데 사실 기대하는 모습과는 좀 거리가 있습니다. 새로운 소식은 없어요. 신문에 나는 소식이 전부입니다.

그러니까 주르당이69 네 번째로 패했다는 소식 외에는 말이지요. 암담한 소식이지만 여기 사람들은 별로 개의치 않는 것 같습니다. 아무도 그런 것에 신경 쓰지 않아요. 프랑스의 운명에 파리가 이렇게 무관심한 것은 처음 봅니다.

모든 것이 다 엄청나게 귀합니다. 오를레앙에서 파리까지 가는 데 드는 비용을 말씀드리면 믿지 않으실 거예요. 생장이 우리에게 탈 것을 가지고 와야 합니다. 왜냐하면 마차 자리를 구할 수 없기 때문이지요. 자리를 얻으려면 한 달 전에 미리 말해야 해서 모든 것의 중심이며 향락의 도시인 파리에 바로 가려면 걸어서 아니면 말을 타고 갈 수밖에 없습니다. 안녕히 계세요. 아드님이 없다고 건강을 해치지 않으시기를! 특히 건강에 유념하세요.

모리스가 그의 어머니에게 보낸 편지

1796년 10월 2일

어제는 루부아 극장에서 연주되는 너무 아름다운 콘서트에 갔었어요. 게넹과 우리의 오랜 친구인 가비니에가 지휘하는 오케스트라 콘서트였어요. 가비니에를 잘 아시지요? 우리 아버지와 친하고 루소가 〈마을의 예언가Devin de village〉를 쓸 당시 그와도 친했던 사람이고, 또 제가 파시에 쫓겨나 있을 때 아주 우연히 만나 알게 된 사람이지요. 사람들은 그에게 로망스를 계속 연주하게 했고 훌륭한 연주에 박수갈채를 보냈지요. 75세의 연주가로서는 나쁘지 않은 연주였어요! 저도

---

69 주르당은 상브르와 뫼즈(Sambre-et-Meuse) 부대를 이끌었고 모로는 랭과 모젤(Rhin-et-Moselle) 부대를 이끌었다. 이들은 라인강에서 찰스 대공과 싸웠다. 주르당이 4번 패하면서 이 전투는 끝나게 되는데 이 전투는 우리 부대에게는 명예로운 전투였다.

정말 행복했습니다!

제가 또 누구를 만나고 또 콘서트에서 누구를 발견했는지 아마 짐작도 못 하실 거예요. 아주 편한 신발과 강아지 귀를 하고 최신 유행하는 옷을 차려입은 상퀼로트sans-culottes[70] 수비엘을 만났지요. 얼마나 대단하게 차리고 있던지! 정말 배꼽을 잡고 웃을 일이었어요. 제게 어머니 소식을 많이 물었지요. 혁명력 2년 때는 그리 다정스럽지도 않던 사람이!

안녕, 어머니. 이제 오페라를 보러 가야 해서 시간이 없네요. 매 순간 어머니가 그립습니다. 모든 즐거운 것들이 어머니 없이는 완벽하지 못해요. 천만 번 어머니를 포옹합니다.

그리고 나의 천진난만한 하녀 아가씨에게도 깊은 우정을 전합니다.

방데미에르 8일

어머니 걱정하지 마세요. 우체국 서비스에 대해서는 아무것도 이해할 수가 없어요. 편지가 320킬로미터를 가는 데 어느 때는 6일이 걸리고 어느 때는 15일 혹은 그보다 더 걸릴 때도 있어요. 왜냐하면, 들라도미니에르 씨는 어머니가 한 달 전에 보내신 편지를 그제야 받았으니까요. 진짜 이해할 수가 없어요.

그저께는 연극 〈오이디푸스〉와 발레 〈프쉬케〉를 보았어요. 완전히 무대 앞에서 10걸음 떨어진 곳에서 보았지요. 저는 바닥에 앉았는데 지금 공연장은 멋진 대형 강당처럼 되어 있어서 오케스트라에서부

70 〔역주〕 과격 공화당원을 말한다.

터 출발해서 첫 번째 열까지 올라가지요. 그곳에서는 마치 집 소파에 앉아서 보는 것처럼 관람할 수 있어요. 훨씬 잘 보이고 잘 들을 수 있지요. 제가 앉은 곳은 그러니까 관객석 중에 제일 좋은 곳이었어요. 얼마나 어머니 생각이 나던지요! 오페라를 들으면서도 어머니가 안 계신 것이 얼마나 아쉽던지요! 저는 오케스트라 연주의 어느 한 부분도 놓치지 않았어요.

어제는 헤켈 씨와 헤제 씨와 함께 〈혁명위원회의 뒤안길〉이란 공연을 보았어요. 자코뱅들에 대해 아주 잘 그렸더군요.

만나는 모든 사람이 이번 겨울에도 어머니가 시골에 계실 건지 물어왔어요. 그리고 제가 그렇다고 말하면 모두가 실망을 금치 못했지요. 그들은 우리의 사는 방식을 이해하지 못해요. 저로서는 너무나 잘 이해되는데 말이지요.

10월 3일

지난번에는 오페라를 보러 간다는 것까지 쓰다 말았지요. 〈코리상드르Corisandre〉를 공연하기로 되어 있었는데 〈르노〉를 공연했어요. 하지만 시골 촌놈에게는 다 좋았지요. 저는 오케스트라석에서 처음부터 끝까지 너무 행복하게 보았습니다. 헤켈 씨가 감독 겸 작가인 지그네 씨를 잘 알아서 그의 공연 때는 매번 오케스트라석 표를 두 장씩 주지요. 그래서 지금 단짝이 된 우리 두 사람은 매번 그곳에 가서 관람하고 있습니다. 그곳에는 너무나 우아하고 매력적인 여자들이 가득해요. 하지만 말을 시작하는 순간 모든 것은 사라지지요. 그들은 "춤을 끝내주게 추네!" 혹은 "젠장 더럽게 덥네!" 같은 질이 낮은 말을 하지요. 밖으로 나가면 번쩍번쩍 빛나는 멋진 차들이 이들을 태우지요. 그리고 소신대로 사는 정직한 사람들은 걸어가면서 냉소적인 태도로 그들을 경멸하지요. 마차를 탄 사람들이 "교도관님께 자리를 비키시오!", "검열관님께 자리를 비키시오!"라고 소리치면 그들은 다 들으면서도 계속 꿈쩍도 하지 않고 가던 길을 그냥 가지요. 속으로 그들을 경멸하면서 말이에요. 모든 게 다 뒤집혀도 옛말이 틀린 게 없어요. "정직한 사람은 걷고, 사기꾼은 가마를 탄다." 그들은 신종 상놈들이에요. 이게 다입니다.

사랑하는 어머니 안녕히. 오늘 밤에도 오페라를 보러 갈 거예요. 오늘 아침 헤켈 씨가 백작님과 제가 저녁을 먹도록 주선해주었어요. 사랑으로 포옹합니다.

10월 5일

백작님과 저녁을 먹었어요. 너무나 친절히 대해주셨지요. 내일 제 친구와 또 그의 친구와 함께 야외로 피크닉을 갈 거예요. 이런 친분은 제게 아주 좋은 거지요. 저녁에는 또 〈오이디푸스〉 오페라를 보았어요. 가슴을 다친 세롱은 더는 노래하지 않았지요. 대단찮은 사람들이 그 자리를 대신했어요. 레네는 항상 저를 만족시켰지요. 어제는 이탈리앵Italiens에 가서 〈장미와 콜라스〉와 〈아르닐〉을 보았어요.

제 하녀에게 그녀가 없어서 제 땋은 머리가 엉망이라고 전해주세요. 그리고 그녀에게 온 마음으로 안부를 전한다고도요.

10월 8일

어머니가 걱정하실 걸 생각하면 얼마나 속상한지요! 편지를 보낼 수 있는 날은 하루도 빼놓지 않고 편지를 쓰고 있어요. 어머니께 편지로 이야기하는 것이 제게는 너무나 즐거운 시간이라 한순간도 놓칠 수가 없지요. 그런데 우체국의 처리가 얼마나 제멋대로인지! 그러니 사랑하는 어머니 안심하세요. 저는 정말 잘 지내고 있어요. 저는 마른 고양이처럼 뛰어다닙니다.

그제는 백작님 댁에서 저녁을 함께했고, 들라지 부인 댁에 머물렀지요. 부인 댁은 쉬렌에서 제일 아름다운 집이에요. 오늘은 플르롱 대법관 댁에 갈 거예요. 주요 인사들이 모이는 자리이지요.

9일

망할 놈의 우체국! 오늘쯤 어머니 편지를 받을 줄 알았어요. 어제 3시쯤 들어와 어머니 편지가 있을 줄 알았는데 받지 못해서 종일 우울했거든요. 오늘 아침에는 살롱전에 갔었어요. 스웨바흐Swebach의 그림 세 점과 비도Bidault의 그림이 둘, 그리고 반스파엔동Spaendonck의 그림 몇 개와 몇몇 다른 그림들이 있었지요. 오페라는 하루도 빠지지 않았어요. 저는 〈올리드의 이피제니〉도 보았지요. 레네의 노래는 굉장했어요. 정말 완벽했지요. 이탈리앵에서는 〈필리도르의 벨리세르〉를 보았는데 아름다운 장면이 많았어요.

어제는 기병대 부츠를 샀는데 지금 이게 대유행이에요. 부츠도 제게 아주 잘 맞고 바지도 그렇고 제 양복 윗도리도 최신 유행이지요. 지금 사람들은 꼭 가방 모양으로 옷을 입어요. 한쪽에 붙인 작은 깃들, 크게 접은 옷깃, 통짜로 된 허리, 그리고 양쪽 주머니에 손을 찔러 넣고 다니지요. 지금 이런 게 대유행이에요. 이제 어머니도 제가 멋쟁이 신사들만 다는 꽃을 단 것을 보시게 될 거예요. 진짜로 진짜로 보시게 될 거예요! 저도 우스워 죽겠어요.

안녕 사랑하는 어머니, 이제 새 옷을 입고 외출할 거예요. 온 마음으로 어머니를 포옹합니다. 특히 무엇보다 건강에 유의하세요!

제 하녀의 머리에는 꿀밤을 먹이고 그녀의 얼굴을 분첩으로 희게 해주겠어요. 트리스탕, 벨, 스피네드 이 세 녀석은 어떻게 지내고 있나요? 아직도 소파에서 뒹굴고 있는지요?

11일

마침내 〈코리상드르〉를 관람했어요. 2막의 5중주가 아주 완벽했어요. 친구와 함께 갔는데 늘 주머니에 표가 가득한 친구지요. 저는 오케스트라석에 앉았고 제 자리에서 저는 게냉의 악보를 읽을 수가 있었지요. 제가 꼭 제 1바이올린 주자가 된 것 같은 느낌도 들었어요.

어제는 낭퇴이유 부인 댁에 갔는데 어찌나 잘해주시던지. 한 5분쯤 머물 생각이었는데 부인의 큰딸이 피아노를 치고 있었고 게다가 바이올린까지 있는 바람에 저는 12시부터 3시까지 함께 연주하게 되었어요. 그녀는 제가 세볼 씨와 함께 연주했던 플라이엘의 소나타를 아주 잘 쳤지요. 저는 그것을 다 외우고 있어서 단숨에 연주해 나갔지요! 아주 멋진 연주였어요!

게다가 영광스럽게도 그 자리에 있던 아주 많은 사람이 들어주었지요. 굉장한 시간이었어요. 그래서 오늘은 저를 초대하는 곳이 너무 많아 어디를 향해야 할지 모를 지경이에요.

13일

어머니 편지 2통을 한꺼번에 받았어요. 아마도 우체국에서 혼자는 외로우니 같이 여행을 하게 한 모양이에요. 너무 많은 질문을 하셔서 편지로는 다 말하지 못하겠어요. 이제 어머니와 저녁 식사 후 할 얘기들이 너무 많아요. 이제 만날 사람들도 다 만나고 어머니 심부름도 다 한 것 같아요. 어제는 페리에르 부인 댁에서 저녁을 먹었고, 밤에는 부인께서 저와 그녀의 자매인 외제와 또 다른 두 젊은이를 바르 부인 댁으로 데리고 갔지요. 그곳은 너무 지루한 곳이었고 아마도 지난 6개월 동안 들었던 허풍스러운 이야기보다 더 많은 이야기를 들은 것 같아요. 집 안에 계신 기요토 선생님도 보았는데 혈색도 좋고 살도 찌셨고 방금 먹은 약 때문에 입술이 붉으셨지요.

미용실도 갔었는데 머리를 자르기는커녕 사람들은 제 머리가 너무 짧다고 했지요. 그래서 귀만 좀 내놓고 뒷머리는 목까지 늘어뜨렸어요. 완벽한 강아지 귀 스타일은 머리가 아주 길 때는 그냥 말지 않은 종이를 끝에 붙여서 만들고, 땋은 머리나 꽁지머리 같은 경우도 여전히 하고 있었어요.

집에 제 하녀를 볼 때는 머리가 귀를 덮어서 위로가 되었으면 좋겠네요. 어쨌든, 그녀에게 저의 우정 어린 마음을 보냅니다. 사랑하는 어머니 안녕, 온 마음으로 사랑을 전합니다.

5일

걸어 다니건 아니건 제대로 즐기는 사람들은 파리의 나쁜 날씨 따위는 상관 안 해요! 할 것도 볼 것도 너무나 많으니까요! 아침에는 살롱전에 가요. 3시에서 6시까지는 느긋하게 좋은 친구들과 점심을 먹고 저녁에는 공연을 보러 가요. 밤에는 페리에르 부인 댁에서 그녀의 친구들과 저녁을 먹는데 모두 저를 환영하지요! 얼마나 어머니 얘기를 많이 하는지요! 저녁도 아주 맛있고요. 아름다운 은 식기에 나오는데 공화국이 다 가져가지는 않았지요. 포도주도 아주 완벽하고 젊은이들도 많아서 모두 웃고 떠들어요. 심지어 도미니에 씨까지 웃음을 터뜨리게 했다니까요!

밤에는 페이도가에 가서 〈아버지 학교〉와 〈잘못된 고백〉 공연도 봤어요. 이 마지막 연극은 완전히 1793년 전과 똑같이 공연하고 있었어요. 프뢰리도 같은 의상을 입고 다젱쿠르도 마찬가지였지요.

17일

제가 파리에 며칠 더 머무를 동안 기꺼이 지루하고 고독한 시간을 며칠 더 참으시겠다는 좋은 나의 어머니! 얼마나 좋은 어머니이신지요! 어머니가 함께 계셨다면 아마 더 즐거웠을 거예요.

오늘은 즐겁고도 유익한 날이었는데 아마도 저의 한계를 뛰어넘은 날인 것 같아요. 제 친구 헤켈이 책을 두 권 읽어주었지요. 하나는 영혼의 불멸에 대한 것이고, 다른 건 진정한 행복에 대한 책이었어요. 둘 다 아주 깊이 있고 명쾌하고 설득력 있었지요. 그가 그것을 쓴 것은 지난겨울인데 저의 도덕심을 고취할 목적으로 읽어준 거라고 했어요.

어제 저는 '오이디푸스'를 샤베르 부인 댁에서 노래했는데 아주 대성공이었지요. 하지만 이 성공이 누구 때문이겠어요? 사랑하는 어머니 덕분이지요. 저를 가르치시기 위해 지루한 시간을 참으시고, 이 세상 그 누구보다 저를 더 잘 아시는 어머니 덕분이지요! 곡 연주 다음에는 춤을 추었어요. 우리는 모두 부츠를 신었는데 하나도 이상하지 않았어요. 지금 그게 대유행이거든요. 하지만 부츠를 신고 춤추기가 얼마나 어렵던지요! 게다가 또 차를 마실 생각까지 했는데 저녁은 정말 맛없고 아주 싸구려였어요.

안녕, 사랑하는 어머니! 온 마음으로 포옹합니다. 제 하녀에게 서른세 번의 인사를 보내요.

19일

들라블로테 씨가 어머니 편지를 받았냐고 물으셨지요. 저도 모르겠어요. 그는 시골에 있고 이곳은 잠깐씩 몰래 올 뿐이에요. 왜냐하면 그는 이주병[71] 명단에 이름이 올라가 있기 때문이지요. 백작님은 제게 아주 잘해주셔서 자주 식사를 같이 해요. 만약 스페인에 가신다면 노앙을 경유해서 가실 거예요. 저희가 오시라고 하는 것이 단지 받은 걸 보답하기 위한 것만이 아님을 누누이 말씀드렸어요.

이곳에서 저는 꼭 파뉘르즈Panurge[72] 같아요. 모두가 저를 초대하는데 저는 모두에게 갈 수가 없지요. 생장에게 저의 암말을 꺼내서 귀

---

71 〔역주〕 공화국에 반대해서 모인 군인집단을 말한다.

72 〔역주〕 라블레의 소설 《가르강튀아와 팡타그뤼엘 이야기》의 등장인물이다.

리를 좀 주라고 하세요. 언제든 여행을 떠날 수 있게 말이지요. 그게 제일 빠르고 좋은 방법인 것 같아요.

오늘 아침 백작님과 친구 헤켈과 또 식사를 했는데 우리는 미친 듯이 먹으며 깔깔거렸지요…. 그리고 우리 셋이 퐁네프 다리를 건널 때 나이든 부인네들이 우리를 둘러싸고는 백작님을 무슨 왕자인 양 껴안았어요! 사람들의 생각이 달라진 걸 아시겠지요! 하지만 이 모든 걸 직접 말로 설명해 드릴게요. 브리두아송의 말처럼 말이에요.

작별인사를 하러 다녔지요. 파리를 떠나는 게 전혀 아쉽지 않아요. 곧 어머니를 볼 수 있으니까요. 제 하녀에게 너무 가슴 아픈 이야기를 해야겠어요. 곧 저를 면도할 준비를 하라고 해주세요. 왜냐하면 여기서 면도를 했는데 무슨 코끼리 상아 뿔같이 해놔서 사람들을 다 무섭게 하고 있어요. 게다가 쑥쑥 잘 자라고 있지요.

데샤르트르는 샹데르 부인의 아들을 위해 가정교사를 찾았지만 소용없었어요. 이런 시기에는 불가능하다고 생각하는 것 같아요. 이제 그런 건 자취를 감춰 버린 것 같아요. 교육을 담당해야 할 젊은이들이 모두 의사나 변호사가 되려고 하고 있어요. 제일 똑똑한 자들은 모두 공화국을 위해 일하고 있고요. 6년 전부터 공부하는 사람은 아무도 없고 책은 다 틀린 게 되어 버렸다는 걸 말하지 않을 수 없네요. 사람들은 온통 자기 아이들을 가르칠 선생님을 찾고 있지만 찾지 못하지요. 그러니 이제 몇 년 후에는 멍청이들만 남을 것이고 저도 데샤르트르 선생님이 없었다면 그중 한 명이었겠지요. 아니, 항상 저의 정신과 가슴에 가르침을 주시는 데 여념이 없으신 사랑하는 어머니가 안 계신다면 말이지요.

13일

내일 우리는 떠납니다. 데샤르트르 선생님은 드디어 소중한 다리를 부츠 속에 구겨 넣기로 하셨어요. 개천을 건너려면 다른 방법이 없지요! 말을 탈 때도 편리하지만 춤을 출 때는 아니지요. 카드리유 춤을 출 때는 걷기만 할 수밖에 없었어요. 제 하녀에게 대신 그녀를 들어 올려 빙빙 돌리겠다고 말해주세요. 그녀가 싫어하건 말건 간에 말이에요. 이제 파리는 안녕 … . 그리고 사랑하는 어머니 곧 만나요! 여기에 처음 왔을 때도 정신없었지만 지금 더 정신없이 떠나는 것 같아요. 모든 사람이 조금씩은 다 미친 것 같아요. 행복하다고 믿기 위해서는 어깨 위에 머리가 있는 것만으로 충분하지요. 벼락부자들은 그걸 보고 맘속으로 즐기고 서민들은 모든 것에 아무 관심도 없는 것 같아요. 지금처럼 사치스러웠던 때도 없었던 것 같아요….

아! 아! 모든 허영들아 안녕, 사랑하는 어머니가 외로워 날 기다리신다. 나의 외로웠던 암말, 드디어 널 안아보겠구나! 아마도 제가 이 편지보다 일찍 도착할 거예요!

모리스

6. 삭스 장군

나의 친구들은 이 글을 읽으며 이런 의문을 가지고 살펴볼 것이다. 그래서 더 나가기 전에 잠시 여기서 멈춰야 할 것 같다.

사람들은 왜 삭스 장군에 대해 그렇게 조금밖에 말을 하지 않느냐고 묻는다. 그 이야기가 당신의 과거 이야기 중 가장 운명적이고 충격적인 사실이 아니냐고 하면서. 이 영웅에 대해 뭔가 특별한 이야기는 아는 게 없느냐고 묻는다. 아직 알려진 게 별로 없는 이 신비스럽고 낯선 존재의 일상에 대해 할머니는 뭔가 말씀하신 것이 없느냐고 묻는다.

없다, 사실 할머니는 자기의 아버지에 대해 말하고 싶은 것도, 아니 말할 수 있는 것도 별로 없었다. 그녀가 2살일 때 아버지가 돌아가셨는데, 할머니의 희미한 기억에 의하면, 아니면 할머니 엄마의 이야기에 따르면 그녀는 식사 중 아버지가 껴안으면 뒷걸음질 쳤다고 한다. 왜냐하면 아버지에게서 썩은 버터 냄새가 났는데 너무나 역겨워 참을 수가 없어서. 할머니의 어머니 말에 의하면 이 영웅은 아주 강한 맛의 버터를 너무 좋아해서 그를 위해 늘 더 강한 맛의 버터를 구해야 했다고. 그래서 부엌에는 온통 그 냄새가 배어 있었다고 한다. 그는 딱딱한 빵과 생야채를 좋아했다고 하는데 평생의 4분의 3을 전쟁터에서 보낸 사람에게는 참으로 다행한 일이다.

나의 할머니는 아버지가 금실로 된 큰 양을 준 것도 기억하고 계셨는데, 얼마 후 그 양을 보고 사람들은 그것이 그 유명한 로웬달 백작의 선물을 아버지가 가져온 거라고 했다고 한다. 금실 수를 만드는 사람[73] 말이 5, 6백 프랑이면 살 것을 2, 3천 프랑을 주고 샀다고. 세상에 어떻게 이런 황당한 낭비를 할 수 있는지. 아내나 아이들을 기쁘게 하기 위해서는 서너 배나 되는 돈을 다 버려도 된다는 듯이 말이다.

이게 할머니가 알고 있는 아버지에 대한 기억의 전부인데 그리 재미있는 기억도 아니다.

모리스 드삭스는 역사 속의 인물이다. 그는 살아 있는 동안에는 너무나 많은 칭송을 받았지만, 지금은 좀 객관적으로 판단될 수도 있겠다. 하지만 그런 객관적 판단이 내게서 나온다는 게 가능할까? 그분이 돌아가신 지 100년도 넘은 지금 내가 그분을 정말 아무 사심 없이 자유롭게 판단할 자격이 있을까? 나는 그분에 대한 맹목적인 숭배 속에서 자랐다. 하지만 그 위대한 인물에 대해 읽고 공부할 때부터 이러한 존경심에 대해 두려움을 갖게 되었고, 내 양심은 그 시기를 변명하는 것을 완전히 거부하고 있었다.

나는 삭스 장군에게서 인간적으로 위대한 점들을 본다. 하지만 어두운 점을 내버려 둔 채 그런 점만을 부각한다면 내가 늘 질책하던 혈통에 대한 편파적인 미화를 하게 되는 꼴이 아닐까? 이런 편견들은, 내가 전에 말한 것처럼, 거만한 귀족 혈통이나 세상에 성공한 사람들의 부귀영화에 대한 맹목적인 숭배가 아닐까? 진정으로 존경받아야 할 것들은 이런 것이 아니라 겸손한 미덕이나 세상이 알지 못하고 또

---

73 그러니까 에필로쉐(effiloché) 작업을 말하는데 여자들이 하는 이 작업은 실크에서 금을 분리해 파는 것이다.

이해할 수도 없는 그런 선행들이 아닐까?

사람들은 나의 이런 조심성이 법적으로 합법적인 후손이 아니기 때문이라고 생각할 것이다. 하지만 결코 그것은 사실이 아니다. 물론 공증이 있건 없건 간에 입양을 진실로 믿게 할 확실한 증거가 없는 것은 사실이지만.

하지만 삭스 장군에 대해 특별한 것 말고 모두가 아는 일반적인 이야기를 하자면 그의 이름은 고슬라르 출신의 아르미니우스-모리스로 1696년 태어났다.[74] 그는 나중에 폴란드의 왕 오귀스트 3세가 되는 황태자인 형과 함께 자라났는데 12살에 엄마 집을 도망쳐 나와 걸어서 독일을 지나 군대에 합류했다. 그 군대는 외젠 드사부아와 말브루의 지휘하에 릴에 진을 치고 있었다. 아마도 이 깜찍한 아이는 걸으면서 '말브루가 전쟁터로 갔다네'라는 노래를 부르며 갔을 것이다.

아마도 그는 참호를 향해 용감히 돌진하고 싸우던 프랑스 군대로부터 큰 상처도 입었을 것이다. 13살에 투르네 전투에서는 타고 가던 말이 죽고 그의 모자에 총알이 관통하는 사건을 겪게 되고 다음 해 몽스 전투에서는 제일 먼저 강에 뛰어들어 그를 쉽게 포로로 잡을 거라

---

74 고슬라르(Goslar)의 생콤 에 다미앵(Saints-Côme et Damien) 성당의 출생, 세례 증명서에서 발췌.

1696년 10월 28일 특별한 칭호를 붙일 수 없는 여자가 R. 앙리 크리스토프 집에서 아들을 낳았으며 아이는 같은 달 30일 저녁 마그 부주교에 의해 세례받았다. J. S. 알뷔르그는 모리티우스라는 세례명을 받아 예수님에게 속하게 되었다. 그의 대부는 트럼프 R. N. 뒤생과 R. 헨리 윙켈이다.

생각했던 적군 한 명을 한 방의 총격으로 죽인다. 그리고 너무나 큰 위험에 무모하게 뛰어들었기 때문에 외젠 왕자에게 직접 불려가 무모함에 대해 주의도 듣는다.

1711년에 그가 칼 12세에게 대항한 것은 모두 알고 있다. 1712년 16살 때 그는 기병대 대장이 되는데, 이때 또 타고 가던 말이 죽게 되지만 거의 패한 기병대를 세 번이나 다시 살려내게 된다.

17살에 로에벤 백작 부인과 결혼해서 20살에 아들을 낳게 되지만 아이는 곧 죽는다. 전쟁에 대한 열정으로, 때로는 너무나 동경했던 칼 12세와 싸우며 그를 가까이서 보기 위해 10번도 넘게 죽거나 잡힐 위험에 처하기도 하고 때로는 예술을 너무 사랑해서 자진해서 튀르키예군과 싸우러 가고 하는 통에 부인 곁으로는 그저 남편으로서 욕을 먹지 않을 만큼만 왔다. 그는 결혼에 대한 혐오감을 드러냈지만, 그의 어머니는 그런 건 무시하고 그가 아이에서 벗어나자마자 바로 결혼시켜 버릴 생각을 했다. 그때 그는 여전히 어린아이여서 처음에 엄마에게 심하게 저항했지만, 곧 젊은 로에벤의 이름이 '승리'라는 것을 알고는 승낙해 버린다.

1720년 그는 그녀를 떠나 프랑스로 온다. 그곳에서 그는 군대의 장군이 되고 1년 뒤 혼인을 깨버린다. 그의 부인은 많이 울었지만, 곧 다른 남자와 재혼한다. 이 젊은 남자를 둘러싸고 있는 모든 것, 군대의 관습들, 믿음도 사랑도 없이 관계를 쉽게 끊어 버리는 것, 사생아라는 신분, 그의 아버지와 그가 교육받은 궁전에 만연했던 방탕한 삶의 모습들, 이 모든 것들이 그가 무질서하고 부도덕한 삶을 살게 된 원인이었다.

쿠르랑드 주민들로부터 쿠르랑드와 세미갈의 백작으로 선출된 데다가 후에 러시아의 황후가 되는 안나 이바노브나 백작 부인의 사랑과 전격적인 후원으로 그는 주변 사람들의 방해에도 불구하고 적극적으로 자신의 대공 지위를 지키기 위해 노력하였다. 그의 야망과 의지도 대단했지만, 무엇보다 백작 부인의 후원이 매우 중요했다. 하지만 이 마지막 기회는 그의 실수로 물거품이 되고 말았다. 그의 멈출 수 없는 바람기 때문에 어느 날 밤 그는 백작 부인의 성의 정원을 어떤 여자를 어깨에 태우고 가로질러 갔는데 그때 등불을 관리하던 늙은 시녀를 만났고 그녀는 무서워서 소리를 질렀다. 그러자 그는 등불을 발로 차 버리고 그 늙은 시녀와 젊은 여자를 데리고 눈 속으로 들어갔다. 그런데 그때 보초병까지 달려와 이 일이 소문이 나 버렸다. 미래의 황후는 이것을 용서하지 않았고 얼마 후 그에 대해 이렇게 말하면서 복수하였다. "그는 러시아의 황제도 될 수 있었을 텐데 …. 여자 하나 때문에 큰 대가를 치렀군!"

하지만 나는 내 책을 이런 쓸데없는 이야기로 채우고 싶지는 않다. 프랑스에서 모리스 드삭스의 전투 이야기는 너무 유명해서 굳이 내가 이야기하지 않아도 될 거 같다. 하지만 진정으로 그의 성품과 그의 공적을 이 책에서 읽고 싶은 사람이 있다면 나는 앙리 마르탱의 《프랑스의 역사》 일부분을 인용하지 않을 수 없다. 이 책은 지금까지 쓰인 책 중에서 가장 아름다운 책이며 가장 완벽한 프랑스 역사서이다.

(1741년) 사람들은 어떻게 프라그를 공략해야 할지 모르고 있었다. 바비에르 선제후는 성을 타고 올라가 공격하자는 무모한 제안을 받아들였다. 이 생각은 전투에서 이름을 날린 한 일반 장교의 생각이었다. 그는 아직 지휘관도 아니었는데 그의 이름은 모리스 드삭스 백작이었다. 그는 오귀스트 2세의 사생아로 전투에 대한 야망과 열정을 지닌 뛰어난 전략가였다. 1726년 쿠르랑드 백작으로 선출된 후 자신의 러시아와 폴란드 공작 지위를 목숨 걸고 영웅적으로 지킨 후에 그는 프랑스로 와 1733년 전투에서 두각을 나타내고 다뉴브 군대의 한 사단을 지휘하기도 했다.

선제후는 모리스의 말을 잘 들어주었다. 제안을 한 그가 곧 돌격대장을 맡았다. 모리스는 함께 공격할 자로 용기 있기로는 둘째가라면 서러운 사람, 슈베르 대령을 선택했다. 그는 평민인데 당시 부패한 세상에서 모리스처럼 못 말리는 열정을 가지고 있는 자였다. 도시는 보루가 있는 성벽 하나와 마른 참호로 둘러싸여 있었다. 12월 25일 저녁 슈베르는 조용히 몇몇 척탄병들과 함께 보루로 기어 올라가 보초병의 소리를 듣고 달려온 적들을 밀치고 가까이 있는 문을 장악하고는 모리스 프랑스 기병장교에게 문을 열어주었다 …. 장교들은 도시를 약탈하지 못하도록 했는데 이것은 전쟁에서의 예의가 주목할 만하게 발전한 것이었다.

(1744년) 8만 명의 프랑스 주력군이 5월 중순 플랑드르로 진격해 갔다. 왕이 직접 노아유 장군과 모리스 드삭스 백작과 함께 군대를 지휘했는데, 삭스 백작은 위그노임에도75 불구하고 이제 막 지휘관으로

임명되었다. 신교도에 대한 불관용의 시기에, 게다가 프랑스에서는 신교도에 대한 박해가 배로 늘어났음에도 불구하고 이런 이상스러운 현상이 벌어진 것은 노아유 장군의 적극적인 설득 때문이었다. 여기에 대해서는 왕도 수많은 편견과 사람들의 미신 같은 생각들을 진정시켜야만 했다.

노아유는 왕에게 이 이방인이 가지고 있는 군인으로서의 탁월함을 이해시켰으며 그를 지휘관이 부족한 프랑스군에 합류시켜야 할 필요성을 역설하였다.

(1745년) 삭스 장군, 1744년에 대장이 되었으며, 적은 군대로 적이 릴을 탈취하는 것을 막았으며 다른 공격들도 막아냈다. 1745년 전투에서 대장 지휘권을 받았다. 하지만 이때 그는 영웅의 죽음이 아닌 다른 죽음으로 위협받고 있었다. 그는 수종水腫 때문에 고통스러운 치료를 견뎌야 했는데 그것은 그의 엄청난 용맹스러움으로도 견디기 힘든 고통이었다. 사람들은 그가 군대로 돌아갈 수 있을지도 걱정했다. 볼테르는 어느 날 참지 못하고 그에게 물었다. 몸이 이런 데 뭘 할 수 있겠냐고. 그러자 장군은 대답했다. "지금 더 중요한 건 사는 게 아니라 출발하는 거야!" 이 말은 대단한 말이다. 대부분 사람은 용기의 크기를 타고난 성향, 내재되어 있는 선함이라고 착각하지만 실제 행동으로 옮기게 만드는 힘의 차이는 동기가 무엇이냐에 달려 있다.

---

75 〔역주〕 프랑스 프로테스탄트 칼뱅파 교도에 대한 호칭이다.

(퐁트네이 전투) 그날의 전시 상황은 매우 위태로웠다. 삭스 대장은 말을 타고 혹은 버드나무 마차를 타고 여기저기 다니며 점검하고 있었는데 마지막 공격이 실패할 경우를 대비해 후퇴를 명령하려 하고 있었다. 함께 있는 왕과 왕자의 안위가 무엇보다 큰 문제여서 소극적으로 대항할 수밖에 없었다. 게다가 이 두 명을 제일 앞에 내세워야 했다.

퐁트네이의 승리는 온 국민의 환호를 받았다. … 진정한 영예는 죽음의 문턱에서 전쟁을 승리로 이끈 장군에게 돌아갔다. …

(1746년) 병에서 회복된 장군은 한겨울에 갑자기 브뤼셀을 포위했다. 그리고 이 오스트리아령 보급 장교의 수도는 3주 후에 점령되었다.

5월 초에 왕의 존재가 필요 없을 정도가 아니라 오히려 방해가 되었다. 왕실 근위대는 모리스가 자기 방식대로 적을 무찌르는 데 큰 방해가 되었다.

이제 역사가의 설명 말고 모리스의 말을 직접 들어보자. 전쟁에 관심이 없는 사람들이 그의 문체를 볼 수 있는 것은 노아유 장군에게 보낸 그의 유명한 편지뿐이다. 그는 장군의 아카데미 프랑세즈 추천에 대해 그에게 편지를 보냈었다(1746년경). 그 편지는 그가 얼마나 철자법을 모르는지 잘 보여준다. "나는 그거시 고냥이 방울치럼 내게 만는다고 대답핶다." 하지만 이 환상적인 맞춤법에도 불구하고 그는 작가로서의 역량을 가지고 있었고, 그의 어떤 글들은 18세기의 문학적이고 사상적인 면모를 여지없이 보여주고 있다. 그의 구체적이고 분명하고 짧은 편지들은 물론 제한적이긴 하지만 역사적인 면모를 가지고 있고 문체는 위대하고 솔직담백하다. 번역된 것 같은 부분도 있지만 고치거나 수정된 부분은 없다는 걸 알 수 있다. 다음은 폴라르 경기병에게 보낸 편지이다.

부슈 캠프, 1746년 5월 5일

장군님, 영광스럽게도 보내주신 편지 잘 받았습니다. 그리고 적군이 네트 후방에서 그곳을 포기한 후 어떻게 해야 할지에 대해 우리 생각이 같은 것을 알고 기쁘게 생각하고 있습니다. 만약 혼자였다면 저는 그렇게 했을 것입니다. 하지만 다른 상황들 때문에 적들을 쫓아가 바닷속에 처넣지 못했습니다. 저들이 오합지졸들이며 병력도 우리보다 못한 것을 볼 때 분명 해낼 수 있었을 텐데 말이지요. 혹시 왕실 근위대들과 그들의 적절치 못한 행태에 대해 아시는지 모르겠습니다.

저는 몽스를 공격하기 위해 근위대에서 보병 40명과 기갑병 50명을 차출했습니다. 전투는 콩티 왕자가 지휘하기로 되어 있었지요. 그리고 신이 작전을 축복해주길 빌었습니다 … !

정치에 대해서는 말하지 않겠습니다. 저보다 잘난 사람들이 하라고 하세요!

며칠 뒤 그는 프리드리히 2세에게 편지를 쓴다.

폐하께서는 군사적인 일도 늘 정치와 연관되어 있다는 것을 아시지요. 그래서 저는 폐하께서 이번 전투 중 있었던 실수를 저의 탓으로 돌리지 않을 거라 생각했습니다. 제가 있었던 그 순간을 생각하시면 폐하께서는 진실을 알 수 있으실 것입니다. 저는 오른편으로 진군하는 것이 연합군을 큰 위험에 빠뜨리게 될 거라고 생각했습니다.

같은 해 7월 6일 그는 아르장송 백작에게 편지를 쓴다.

황송하게도 폐하께서는 제가 완전히 절망적인 상황이 되기 전에는 절대 후퇴하지 않을 거라고 믿으셨다고 제게 쓰셨네요. 사람들은, 아주 엄청나게 위험한 순간이 아니면 진짜 마지막이 왔을 때라야 후퇴하지요. 하지만 결코 후퇴는 하지 않는다는 듯한 태도를 보이는 것도 필요합니다.

그냥 되는대로 후퇴한 것은 아닙니다. 군사 재판 시에 저는 백작님께 저의 충성스러움에 대한 증거들 아니 그 이상을 충분히 보여드렸다고 믿고 있었습니다. 그런데 저의 행동을 다르게 해석하는 정치적 논리만 있을 뿐이었습니다. 저는 여기서 어느 것을 중요하게 생각해야 하는가를 토론하고 싶지는 않습니다. 하지만 제 생각에 첫 번째 것, 그러니까 정치는 제대로 된 전쟁을 하는 데 있어 아무 의미가 없었습니다.

모리스의 모든 편지는 사람들이 그에게 하는 원망들, 사람들이 지적하는 그의 실수들, 그리고 사람들이 그에게 돌리는 끔찍스러운 책임들로 점철되어 있다. 그런 중대한 상황에서 그에게 주어졌어야 할 절대적 통솔력은 주지 않고서 말이다. 말을 탄 왕을 보고 싶어 하는 백성들의 만족을 위해 왕은 냉혹한 적군 앞에서 행진을 하고 대장은 명예를 걸고 적을 쉽게 물리칠 만반의 준비가 돼 있다고 장담하는 그 순간에, 왕이 그에게 "나의 사촌이여, 테데움 전투에 나의 장교들과 함께 나서주길 바라네." 같은 편지를 쓰는 그 순간에, 이 위그노 장군은 사람들이 쉽게 실수하는 것을 미리 보고 어떻게 그것들을 고칠 수 있을까 하는 생각에만 골몰하고 있었다.

그리고 그가 자신을 표현하는 방식을 보면 진짜 전쟁을 아는 남자의 안목과, 아첨과 나약함만이 판을 치던 세상에서 그가 보여주는 어떤 솔직함, 즉 모든 것을 걸고서라도 자신의 의무를 다하려는 한 남자의 진정성을 볼 수 있다. 콩티 왕자로부터 내려진 기막힌 명령을 불평하며 그는 아르장송에게 다음과 같은 편지를 쓴다.

> 이제 앞으로 더 보시게 될 것입니다. 저의 병력을 늘릴 생각을 하실 것이 아니라 에스트레 백작을 저도 어딘지 알 수 없지만 좌우간 적이 없는 어떤 숲으로 보내겠다고 하셔야 합니다.
>
> 콩티 왕자님이 제게 한 것을 되돌려드리는 저는 참으로 좋은 왕의 신하입니다. 하지만 저는 그를 좀 두렵게 하고 싶었습니다. 저를 루뱅 전투로 되돌아가게 해 달라고 위협하면서 말이지요.

1747년 그는 천재적인 솔직함과 예술가의 내면적 고뇌를 보여주는 생각과 함께 전투 상황에 대해 너무나 멋진 기록을 남긴다.

> 모든 현명한 사람들은 일반적으로 자기 생각이 받아들여지지 않으면 놀라게 된다. 만약 결정 장애나 변덕스러움이 개인적인 삶에서 그저

나쁜 결점에 불과한 것이라면, 전쟁 중에 그런 것들은 치명적 불행이 된다. 경솔하게 자기 생각대로[76] 아무렇게나 위치를[77] 바꾸는 사람들은 누구나 군대의 모든 부분을 무질서와 혼돈 속으로 던지게 된다. 왜냐하면 작전을 변경한다는 것은 계획에 대한 하나의 사고로[78] 간주하기 때문이다. 그렇게 장난처럼 만들어진 작전은 관계된 모든 부처에 다 영향을 미치게 된다. 그래서 명석한 사람이나 말 잘하는 사람들은 군대에서 위험한 사람들이다. 그들의 생각은 너무나 열정적이어서 만약 지휘관이 고집스럽고 고지식한 사람이[79] 아니라면 그는 확신도 없으면서 지휘관에게 너무나 큰 실수를 하게 할 수 있기 때문이다. 내가 겪은 것이 그런 경우였다.

나의 행동은 너무나 일관성 있게 보였다. 우리는 작전을 수행하기로 결정했다…. 베르고줌은 이제 인간의 한계를 넘어서 버렸다. 다시 말해 그런 전쟁터는 어디에서도 볼 수 없었다. 정치가, 우리의 상실이 그리고 아마도 우리의 자존심이 이 작전에 대해 우리의 열의를 불태우게 한 것 같다. 우리는 군대와 군의 명예와 왕의 명예를 위해 희생할 준비가 되어 있었다. 사기는 불타오르고 우리는 지휘관의 명령만 기다리고 있었다. 하지만 그는 앞으로 닥칠 미로 같은 운명 앞에서 서두르고 싶어 하지 않는다. 사람들과 의논하고 전투 일지를 쓰면서 지휘를 맡아야 할 사람이 아무 책임도 없다는 듯 말이다. 마침내

---

76 자신만의 생각.

77 장군의 지위.

78 장군들의 잘못으로 인한 사고.

79 그러니까, 궁정에서 싫어하는 사람.

사람들은 그가 움직이기를 원하고 그를 부추기기 위해 술책을 쓴다.

이제 사람들은 내게 의사처럼 하라고 한다. 모든 비난을 피하려고 모든 의견을 따르는 의사처럼 말이다. 전쟁에서는 자주 영감에 따라 행동해야 할 때가 있다. 왜 저쪽이 아니라 이쪽을 선택해야 하느냐에 대해 깊이 생각을 하게 되면 늘 반대의견에 부딪히게 된다. 생각보다는 상황이 더 잘 느끼게 해준다. 만약 전쟁을 영감에 따라 한다면 예측 같은 것에 대해 고민할 필요가 없다.

이 편지들을 통해 우리는 모리스가 얼마나 왕실의 속박을 참지 못했으며 자격 없고 경박한 왕궁의 정치를 얼마나 경멸했는지 알 수 있다. 왕궁은 전쟁을 무슨 장난처럼 생각하며, 병사들의 피나 나라의 명예 같은 것보다는 자신들을 빛낼 기회로만 생각하는 것이다. 모든 젊은 장교들은 오로지 자신의 개인적 영예만을 생각한다. 만약 그 영예라는 것이, 도움을 주기는커녕 오히려 전장을 위험에 빠뜨릴 뿐 아니라 아군을 둘러치는 악의 휘장이 될지라도 말이다.

모리스는 이런 미친 짓을 15살에 했다. 그는 외젠에게 이런 말을 들었다.

"무모함과 가치 있는 것을 혼동하지 않는 것을 배워야 한다."

그리고 아직 어린애였던 그는 이 말을 깊이 묵상하고는 어린 나이에 일찍 철이 들었다. 그리고 그때부터 그는 지휘하는 부대의 피를 쉽게 흘리게 하지 않았다. 그는 아주 인간적일 뿐 아니라 자신의 명성과 판단력을 가지고 전쟁의 패악을 알리고 귀족들이 갈망하는 것들이 헛된 일이라는 것을 알리는 데 주력했다. 귀족들은 빨리 즐기러 가고 싶어서 영예를 높일 만한 일을 빨리 끝내고 사라져 버리고 싶어 했다. 위대한 프리드리히는 모리스에게 1746년 다음과 같은 편지를 쓴다.

> 당신의 편지는 군대의 모든 지휘관에게 매우 유익하고 교훈적이었습니다. 생생한 예시를 통해 그들을 교육했습니다. 젊고 혈기왕성할 때 경험 부족으로 상상의 나래만을 펼칠 때, 사람들은 멋진 행위를 위해, 빛나는 영예를 얻을 만한 일을 위해 모든 것을 희생하려 하지요.
>
> 20살에는 부알로도 볼테르를 인정했습니다. 30살에는 그보다는 호메로스를 더 낫다고 했지요. 처음 내가 내 군대를 이끌었던 초기에는 나도 그랬지요. 하지만 많은 일을 겪은 후에 나는 그런 생각들을 버리게 됐어요. 1744년의 전투에 지게 된 것은 바로 그때였어요.
>
> 전쟁의 최고 기술은 모든 것을 다 미리 예견하는 것입니다…. 무수하게 많은 일이 벌어지지만, 미리 예견할 수 있는 측이 있다면 운명도 비껴갈 수 있습니다.

다른 설명은 말고 인용만 하기로 했으니 삭스 장군이 프리드리히에게 쓴 편지 일부를 다시 써보도록 하겠다. 재미있는 것은 이 편지가 프랑스 군대의 용기와 지략에 대해 존경을 표하고 있다는 것이다.

> 프랑스인들은 카이사르 시대에 그가 묘사했던 그대로의 군대입니다. 너무나 용감하지만, 때와 장소에 따라 다르지요. 잠깐이라도 그들 마음에 드는 그런 위치라면 그들은 흥분해서 처음에는 좀 어리둥절하다가는 이내 목숨 걸고 끝까지 싸우지요. 그래서인지 평지전투에서는

아주 무능하지요. 그래서 모든 것이 그들을 어디에 배치하느냐에 달려 있고 이 문제는 너무나 중요한 문제지요. 하급병사라도 마찬가지여서 만약 마음에 드는 곳에 배치된 병사라면 그들의 쾌활한 말과 행동으로 금방 알 수 있지요.

삭스 장군은 절대로 궁정의 아첨꾼이 아니라고 말했었다. 왕의 아들로, 그 자신이 끊임없이 왕이 되길 원했던 그는 강한 자존심의 소유자였다. 반면에 그는 용감한 모험가이기도 했다. '대장군'이라는 칭호에는 분명 만족했겠지만, 독불장군 같은 성격은 좋은 성품은 아니었다. 다음 편지를 보면 그가 어떻게 1734년 프랑스의 왕에게 자신의 미래를 맡겼는지 알 수 있다. 이것은 그라방 전투에서 노아유 백작에게 쓴 편지이다.

용맹스러운 전력을 보셔도 다 아시겠지만 지금 저는 제 자랑을 하지 않을 수 없습니다. 저는 왕궁에 친척도 친구도 하나 없습니다. 그러니 겸손은 결코 미덕이 아닐 것입니다. 14년 동안 영광스럽게도 전장의 대장으로 왕에게 봉사했습니다. 이제 거의 마흔이 되어 저는 이제 어떤 규율에 매이거나 무슨 지위에 오르기 위해 날들을 보내는 그런 사람은 못됩니다. 더욱이 저는 제 가문이나 제 이익을 위한 것을 생각하는 것이 아니라 오직 왕에게 영예롭게 충성하기만을 염두에 둘 뿐입니다. 만약 거기에 외국인이라는 것을 더한다면 당신께서는 왕께서 제게 아그레망을 주시도록 추천할 충분한 이유를 갖고 계신다고 생각합니다.

자신의 처지에 대한 이러한 자랑에 앙리 마르탱의 설명을 덧붙여 보자.

자신의 성공을, 한 외국인의 덕으로 돌리는 것은 국가적 자존심을 상하게 하는 일일 것이다. 게다가 그 외국인이 바로 사생아 삭스이며 그의 주무관 또한 또 다른 외국인인 덴마크의 사생아 로웬달 백작이라면 말이다. 그로 말할 것 같으면 대단히 능력 있는 자로 뮤니쉬 장군 아래서 러시아군을 지휘하며 잔뼈가 굵은 사람이다. 프랑스에서는 그런 장군을 길러낼 수가 없다. 가장 큰 이유는 귀족들에 대한 그런 강한 교육과 신념이 사라져 버렸기 때문이다.

삭스 장군의 전투에 대해 너무나 자세한 설명들이 이어지는데 그 이야기들은 너무 장황해서 넘어가기로 하고, 이번에는 그가 설명하는 모리스 드삭스의 성품에 대해 읽어보자. 마르탱은 《루이 14세 죽음 이후 18세기 중반까지 프랑스의 습성과 사상》이란 책에서 그에 대해 이렇게 쓴다.

… 리처드슨은 실제 일어난 (…) 너무나 대단하고 충격적인 사건들로부터 영감 받아 쓴 그의 유명한 소설에서 (…) 여자 마음속에 있는 진실한 감정과 순수함을 냉소적으로 이용하고 버리는 계산된 유혹, 그런 비극적인 악덕이 점점 더 증가하는 것을 보여준다. 유혹자는 악마적인 영광으로 치장되어 마치 영웅처럼 숭배된다. 로브라스는 사랑의 적赤그리스도이다. 이 이상한 인물에 모델이 없는 것은 아니다. 로

브라스는 과장된, 더 악한 리슐리외이다. 모리스 드삭스는 아주 특별한 인간이다. 그는 뱀과 같은 냉혹함은 없지만, 전쟁이나 악에 대해서는 격렬함을 보인다. 그는 정신적 의미에서 고삐 풀린 호메로스의 아이아스라고80 할 수 있다. 그는 문명사회에 던져져서는 자기 혈기대로 미친 짓을 하기도 하고 너그럽게 행동하기도 한다. 하지만 로브라스가 실제 세상에서 리슐리외로 불리건 모리스 드삭스로 불리건 결과는 마찬가지다. 성격과 방식이 다를 뿐이지 … .

볼테르는 몽테스키외나 다른 많은 사람이 말하는 것처럼 인구의 숫자가 줄어든다는 것을 절대 인정하지 않았다. 그는 인구가 지구상에서 늘지도 줄지도 않는다고 말했다. 이 문제에 대해서 삭스 대장은 《몽상Rêverie》 책에서 재미있는 이야기를 하고 있다. 그는 인구 감소를 막기 위해 인류가 5년 이상 결혼생활을 해서는 안 된다고 말한다. 그리고 5년이 지나도록 아기가 없으면 같은 여자와 다시 결혼하게 해서는 안 된다고 말한다. 이것이 모리스 드삭스의 괴상한 철학이다. 몽테스키외도 그의 《법의 정신》에서 인구 증가를 위해 이상한 법을 얘기하기도 했다. 하지만 그는 유럽 인구가 1세기 전보다 2배, 어떤 나라에서는 3배로 늘었다는 것을 알게 된다면 놀랄 것이다. 전쟁과 대혁명에도 불구하고 말이다.

《루이 15세 치하에서의 파리》, 4권에서 앙리 마르탱은 삭스 장군을 이렇게 묘사한다.

---

80 〔역주〕 그리스신화에 나오는 영웅으로 힘과 용맹의 상징이다.

삭스 대장이 얼마 전 서거하셨다(1750년 11월 30일). 머릿속에는 개혁에 대한 계획들로 가득 차서, 대전투에 대해 우리에게 남아 있던 과학적 지식을 모두 가지고 가셨다. 우리는 모리스가 국방장관에게 보낸 편지를 통해 미래의 군대는 규율도 땅에 떨어지고 과학적 지식도 부족하게 될 거라는 것을 정확히 예견하고 있었다는 것을 알 수 있다.

아마도 그는 치유방법을, 그러니까 프리드리히 2세의 비밀을 알아냈을 것이다. 만약 젊은 날의 만용 후에 일찍 철이 들어 프랑스로 가지 않았다면 말이다.

아르장송 백작에게 쓴 그의 편지에서 모리스는 프랑스군은 평야에서 하는 전투나 합동작전 같은 거 말고 육탄전이나 초소 근무를 시켜야 한다고 했다. 그의 예견은 정말 정확했다. 1757년에 출간된 그의 군사서적인 《몽상》이나 《기록》 같은 책들은 매우 흥미로운 책이다. 그는 군대를 보다 위생적이고 편리하게 만들고 싶어 했다. 기병대에게 방어용 갑옷과 창을 주고 보병들은 프로이센 군대처럼 박자를 맞춰 행진하도록 했다. 전투에서 총보다는 검을 사용하도록 하고, 군사학교를 세우고, 나이에 따라 계급을 주는 게 아니라 공적에 따라 주고, 성문을 지키기 위해 항상 기계를 상비해두고 만약의 경우 몇 분 내로 문 입구의 물 아래 해자를 파서 군함들을 막도록 했으며, 뱅센의 사냥꾼들과 아주 흡사한 날렵한 보병대를 만들었다. 군인들의 생명과 건강을 지키기 위해 너무 고심한 나머지 그는 예전의 방어무기들을 그리워했다.

감정적으로 그는 비록 타락했지만, 인류애적인 동정심은 가지고 있었다. 그는 공격하려는 마을을 불태우는 그런 잔인한 방법도 없애려고 노력했다. 그는 스파이를 목매다는 대신에 사슬로 묶도록 했다. 그의 철학은 아까 우리가 읽은 "인구에 대한 단상"에서보다 더 진지하다.

"국가는 오늘날 우리에게 무엇을 보여주는가? 우리는 돈 많고 한가하고 타락한 몇몇 남자들이 많은 이들의 희생을 통해 행복을 누리는 것을 본다. 그런 행복은 계속 새로운 쾌락을 통해서만 지속할 수 있다. 억압하거나 억압을 받는 자들, 이런 인간 군상들이 모인 곳을 우린 사회라고 부른다. 그리고 이런 사회는 그들 중 가장 비열하고 가장 경멸받을 만한 사람 중에서 군인을 모은다. 로마가 세계를 지배할 때는 결코 이런 모습의 남자들과 함께하지 않았다."

이 말을 한 것은 몽테스키외도 루소도 아니다. 바로 모리스 드삭스가 《몽상》에서 한 말이다. 모리스는 모든 프랑스인이 예외 없이 5년간 군대에 가기를 원했다. 훌륭한 장군들은 모리스 드삭스와 로웬달을 끝으로 모두 사라졌다. 로웬달은 모리스가 죽은 뒤 바로 얼마 후 전사한다. 퐁파두르의 손 아래에서 정부는 점점 더 몰락해 간다.

이 대단한 역사가는 삭스 장군을 정확하게 묘사하면서도 그에 대해 매우 비판적인 것을 알 수 있다. 재판관에게라면 그런 엄중함이 존경할 만할 것이겠지만 나는, 설사 할머니가 지금 내게 명령한다고 해도, 너무나 아름답고 정직하며 애국적이고 양심적이며 도덕적인 그의 비판들을 깎아내릴 수 없을 것 같다.

내가 말할 수 있는 것은 그 영웅의 방황이 그의 시대와 그 시대의 교육 탓이라는 것이다. 요컨대 영혼은 아름답고 위대했고 성품은 착하고 너그러웠다. 다른 환경에서 다른 교육을 받고 다른 규율 속에서 다른 인간들을 보고 자랐다면 이 '호메로스의 아이아스'는 개인 삶과 상관없이 순수하게 군사적인 영예를 쟁취했을 것이다. 동시대의 다른 역사가는 기록한다.

"그는 타락한 사람이었지만 적극적으로 최선을 다해 그런 그를 도운 건 여자들이었다."

그랬을 수도 있다. 하지만 이 말을 한 그림 씨가 그의 서간집에서 언급한 파바르 부인이야말로 그가 무슨 말로 설명한다고 해도, 오직 신만이 용서할 수 있는 정말 타락한 여자였다. 희생자들의 희생은 얼버무리며 이 타락한 여자의 명예를 되살리려는 이 작가의 노력은 타락한 사람보다 더 나쁜 행위였다.

모리스가 진짜 자신의 부하들을 사랑했고 궁전 속 군인 같은 그런 군인이 아니었다는 것은 한 부관에게 그가 했던 대답에서도 알 수 있다. 그 부관은 어떤 곳을 공격하자고 하면서 "아마도 기껏해야 사병을 12명 정도 잃을 수도 있습니다."라고 말했다고 한다. 그러자 장군은 "그냥 지나쳐."라고 말한 후, "그 12명이 왕의 장군들이라면 또 몰라도 ⋯."라며 등을 돌렸다고 한다. 그는 죽음도 두려움 없이 받아들이며 의사에게 이렇게 말했다고 한다.

"삶은 꿈이에요. 내 삶은 짧았지만 아름다웠지요."

이 말은 한 인간과 한 세기를 한마디로 표현하는 말이다.

한마디로 그는 너무나 열정적인 사람이었는데 그 열정이 때로는 그의 결점이 되기도 하였다. 그의 운명은 그의 공적들을 따라가지 못했다. 그는 최고의 영도자가 되어야만 하는 사람이었다. 하지만 당시 그는 그럴만한 권력이 없었기에 사람들이 그를 미쳤다고 비난할 때 그의 친구들은 그의 편을 들어주었다. 만약 그가 50년만 늦게 나왔더라면 아마도 그는 그런 왕의 꿈을 이루었을지도 모른다. 만약 프랑스가 그의 야망을 교수형에 처해 버리지 않는다면 말이다.

나폴레옹의 운명 같은 것이 모리스의 간절한 열망이었다. 열정적인 삭스 집안의 이 남자가 타바고의 왕족, 코르스의 왕족 그리고 유대인들의 왕족을 꿈꿨다는 것을 모두 알고 있다. 그는 충분히 계몽되지 못한 혁명가였다. 만약 그가 썩어 가는 프랑스에 미래도 없는 일순간의 영광을 주는 게 아니라 보다 더 큰 일을 맡았더라면, 그의 육체적이고 정신적인 광기狂氣에도 불구하고 그의 행동이 보여주는 대단한 예지력은 그가 고독감 속에 저질렀던 그 많은 실수를 막아주었을지도 모른다. 만약 그가 충고를 받아들여 공부했다면 아드리엔 르쿠브뢰르가 무지하고 난폭했던 그에게 아름다운 예술 세계를 알게 했듯이 지혜롭고 진지한 사람으로부터 학문의 세계를 알게 됐을지도 모른다.

사람들은 모른다. 위대한 천재들은 억압당하게 되면 설사 길을 안다 해도 제대로 찾아갈 수 없다는 것을. 취해서 방황하는 것은 신으로부터 특별한 천재성을 부여받은 사람들의 궁극적인 삶의 모습이 아니다. 그런 모습은 그들의 소명이 잘못된 환경으로 인해 실패했을 때 나타나는 암초일 뿐이다. 그런 것들은 자신들도 알 수 없는 절망과 권태로부터 오는 병이다. 하지만 이 병은, 만약 타락한 궁정으로부터 나쁜 영향을 받지 않고 순수하고 자유로운 대기로 그의 힘찬 가슴이 다시 살아날 수 있었다면 치유될 수 있는 병이었다.

7. 징집령

일러두기: 과거 이야기를 쓰다 보면 문득 어떤 생각이 떠오르기 마련이다. 그리고 그것을 현재와 비교하게 된다. 그런데 글을 쓰고 있는 지금 이 현재라는 것도 몇 년 뒤 이 글을 읽는 사람들에게는 다시 과거가 된다. 작가들은 종종 미래를 예견할 때가 있다. 하지만 책이 나왔을 때는 이런 예견들이 이미 실현되었거나 아니면 실현되지 않았을 수도 있다. 나는 과거에 내가 생각한 것들이나 예상했던 것들을 바꿀 생각은 없다. 그것들은 벌써 나의, 또 모든 사람 이야기의 한 부분이 되어 버렸으니까. 나는 단지 쓰인 날짜를 적기로 하겠다.

아버지 이야기를 계속하려고 한다. 왜냐하면 그는, 말장난이 아니라, 진짜 내 생애 이야기의 실제 저자이기 때문이다. 내가 거의 알지도 못하는 이 아버지, 내 기억 속에 빛나는 존재로 남아 있는 이 예술가이며 용맹한 전사인 아버지는 비상하는 내 영혼 속에 온전히 살아 있으며 내 운명 속에 그리고 내 모습 속에 살아 있다. 나의 존재는 물론 훨씬 약하기는 하겠지만 온전히 그의 그림자 그 자체이다. 단지 내가 살아온 환경이 날 변형시켰을 뿐이다.

나의 실수들은 물론 결단코 그의 탓이 아니다. 하지만 나의 장점들은 모두 근본적으로 아버지에게서 온 것이다. 나의 삶은 물론, 내가 살았던 시대도 아버지의 시대와는 달랐다. 하지만 내가 남자였고 25년만 일찍 태어났다면 나는 아버지처럼 행동하고 느꼈을 것이다.

1797년과 1798년 할머니는 아들의 미래에 대해 어떤 계획들이 있었을까? 아마도 할머니는 항상 그 생각에 사로잡혀 있었을 것이고 당시 괜찮은 집안의 아들들은 모두가 그러했다. 루이 16세 치하에서 모두가 쌓을 수 있었던 사회적 경력들이 바라Barras의[81] 치하에서는 오리무중이었다. 이것은 사람만 바뀔 뿐 변하지 않았다. 아버지는 현실적으로 전투장 아니면 집 안에 처박혀 있어야 했다. 그는 선택의 여지가 없었다. 하지만 1793년 이후 아버지는 할머니 집에서 대혁명에 관여한 사람들과 그들의 행위에 대항하는 행동을 취해 왔다. 하지만 참으로 대단한 것은 대혁명을 가능케 한 철학에 대한 그의 신념은 전혀 흔들리지 않았다는 것이다. 1797년 할머니는 헤켈 씨에게 다음과 같이 대단한 편지를 쓴다.

뒤팽 부인으로부터 헤켈 씨에게

당신은 볼테르와 철학자들을 싫어하지요. 당신은 우리를 괴롭히는 불행의 원인이 그들이라고 생각하지요. 하지만 혁명이란 모두 그런 과격한 생각들로 인해 일어나는 것이 아닌가요? 야망, 복수, 정복욕, 무관용의 도그마가 왕국을 흔들었지요. 자유에 대한 사랑이나 이성에 대한 숭배가 아니고요. 하지만 루이 14세 같은 왕 치하에서는 어떤 생각들도 모든 것을 전복하지는 못했지요. 앙리 4세 같은 왕 치하에서라면 대혁명 같은 생각을 품었다 해도 우리가 본 것 같은 그런 끔찍하고 미친 짓은 일어나지 않았을 거예요.

---

81 〔역주〕 혁명기 프랑스 정치인의 이름이다(1755~1829).

나는 모든 것이 루이 16세의 나약함과 무능력 그리고 정의감 없음 때문이라고 하고 싶어요. 이 신앙심 깊은 왕은 신께 자신의 고통을 맡기고 이런 그의 무책임한 행동은 신하도, 프랑스도, 자기 자신도 구하지 못했지요. 프리드리히와 예카테리나는[82] 여전히 그들의 권리를 유지하고 있고 당신은 그들을 칭송하지요. 하지만 그들의 종교에 대해서는 어떻게 생각하세요? 종교를 갖고 있던 그들 또한 철학의 보호자이며 설교자였지만 그 땅에서 혁명은 일어나지 않았지요.

그러니 혁명적인 사상 때문에 우리 시대의 불행이 일어났고 프랑스 왕국이 망했다고 하지 말아주세요. 차라리 이렇게 말해야 할 거예요. "그 사상들을 거부했던 왕은 몰락했고 그것들을 믿었던 자들은 살아남았다."

불신앙과 철학을 혼동하시면 안 됩니다. 사람들은 또 무신론 때문에 사람들이 흥분하고 미쳐 날뛰는 거라고 합니다. 마치 '연맹'La Ligue[83] 시대에 사람들이 자신들의 도그마를 보호하기 위해 끔찍한 짓을 했던 것처럼 말이지요. 모든 것이 이 미쳐 날뛰는 광기에 대한 이유가 됩니다. 생바르텔레미 사건은 9월의 학살과 너무나 흡사하지요. 하지만 이 두 반인륜적인 범죄에서 철학자들은 아무 죄도 없습니다.

나의 아버지는 항상 군인이 되고 싶어 했다. 추방당했을 때 파시의 작은 방에서 그가 말플라케 전투에 대해 공부하곤 했던 것을 우리 알

---

82 〔역주〕 당시 프러시아의 왕과 러시아의 여황제를 말한다.

83 〔역주〕 종교전쟁 시 가톨릭 쪽 연대를 칭하는 말.

고 있다. 16살 어린애에게는 너무나도 길고 힘들었을 그 외로운 나날들 동안 말이다. 하지만 할머니는 그런 아버지를 지원해주려면 군주제가 부활하거나 아주 온건한 공화제가 시행되어야 한다고 생각했을 것이었다. 그래서 어머니가 자신이 마음속에 품고 있는 생각을 반대할 거라는 생각이 들자 아버지는 예술가가 되거나 음악가가 되거나 오페라 공연을 하거나 교향곡을 연주하겠다고 말했다. 어머니의 전폭적인 지지 없이는 어떤 행동도 하고 싶지 않았기 때문이다. 하지만 우리는 곧 이 욕망들 가운데 군인에 대한 열망을 발견하게 된다. 마치 바이올린을 들 것인가 칼을 들 것인가를 고민하듯 말이다.

1798년 아버지의 이야기 중에는 별것 아닌 것처럼 보이지만 실제로는 매우 중요한 사실이 적혀 있다. 그것은 우리 인생 전체에 영향을 주게 되는 또 우리도 모르게 우리를 조종하게 되는 젊은 날의 생생한 기억들이다.

이것은 이웃 마을의 사교 모임과도 관련된 것인데, 우선 나는 이 말을 해야 할 것 같다. 라샤트르의 이 작은 마을은 모든 시골 마을처럼 나쁜 점도 있지만 똑똑한 지식인들이 많은 것으로 유명한 마을이었다. 이들은 프롤레타리아이기도 하고 부르주아이기도 했다. 전체적으로 사람들은 고지식하고 고약했는데 모두 어떤 편견이나 이익 또 당시 어디에나 있었던 허영심에 경도되어 있었다. 하지만 이런 생각들은 대도시보다는 작은 마을에서 더 노골적이고 공개적이었다. 부르주아들은 호화스럽지는 않지만 편안한 생활을 했고, 그들은 오만한 귀족이나 혹은 아주 드물기는 하지만 프롤레타리아와 대립할 일은 없었다. 그래서 그들은 매우 지적인 환경 속에서 발전할 수 있었는데 그런 환경은 가슴이 뛰기에는 너무 평온하고 상상을 펼치기에는 너무 냉정했다.

오래된 도시이며 오래전에 해방된 도시로 라샤트르는 아주 비옥하고 아름다운 작은 골짜기에 있다. 그리고 근방의 언덕에 오르면 시야가 확 트인 곳이었다. 샤토루 쪽에서 오다 보면 "악마의 집"이라는 아주 낭만적인 이름의 초가집이 있고 그곳을 지나자마자 미루나무가 늘어선 길을 쭉 내려오면 이 마을이 있다. 오른쪽은 포도 골짜기이고 왼편은 들판이다. 그리고 그곳에서부터 한눈에 푸른 초목 사이에서 작고 어두운 마을이 눈에 들어온다. 한쪽에는 오래된 탑이 있는데 그것은 전에는 롱보 가문의 성이었지만 지금은 감옥으로 사용되는 곳이다. 반대쪽에는 무거운 시계가 빛나고 그 아래 너무나 고풍스럽고 육중한 고대 건축물인 성당이 있다.

앵드르강의 오래된 다리를 건너 마을로 들어가면 오래된 집과 오래된 버드나무들이 아주 아름답게 옹기종기 모여 있다.

하지만 이 마을을 묘사하기 전에 나는 잠시 쉬어 가는 의미로 짧은 이야기를 하나 하려고 한다.

오 나의 사랑하는 고향 사람들이여! 어째서 당신들은 그렇게 비위생적인가요? 저는 정말 심각하게 얘기하고 싶습니다. 혹시나 그것을 고칠 수 있을까 희망하면서 말이지요. 여러분들은 정말 건강한 환경에서 그리고 너무나 깨끗한 누아르 계곡의 전원 속에서 살고 있지만, 여러분들은 이 마을을 더러운 시궁창으로 만들려고 작정한 것 같습니다. 어디에 발을 디뎌야 할지도 모르겠고 여러분들은 더러운 악취를 들이마시며 삽니다. 집 담장 밖 들판은 꽃향기가 진동하고 낮은 지붕 위로는 신선한 바람이 불고 있는데 말이지요. 당신들은 마치 그런 것들을 두려워하는 듯합니다. 리옹이나 마르세유 같은 도시에서는 청결을 유지하기 힘듭니다. 하지만 라샤트르는 달라요!

향기로운 들판과 꽃이 만발한 과수원의 오아시스 한가운데 집들이 옹기종기 모여 있지요! 향기로운 냄새도 맡을 수 없고 보이는 것도 다 황폐한 그런 안쪽 마을의 더러움은 변명할 것도 없이 비참한 가난 때문이지요. 하지만 이곳은 가난으로도 설명이 안 됩니다. 왜냐하면 이곳 주민들은 여유롭고 게다가 제일 부자인 부르주아들은 손님을 제대로 대접하지 못할까 봐 노심초사하는 하인들을 데리고 있기 때문이지요. 가장 단순한 정책에 대한 감시도 시 공무원들의 관심사가 아닌 것 같습니다. 정절에 목숨 거는 만큼 위생도 지켰으면 좋겠습니다. 비위생적인 것은 정숙하지 못한 것입니다. 그것은 자기 자신에 대한 존중이 없다는 것이지요. 정신적으로는 수치스러운 둔감함입니다. 여기에 대해 라샤트르는 정말 부끄럽게 생각해야 합니다.

누아르 계곡의 후미진 곳에서 덤불 사이로 마른 진흙으로 지은, 벌레 먹은 널빤지로 겨우 지탱하는 초라한 집을 발견할 수 있습니다. 만약에 여주인이 바람난 여자라면 안이나 밖이나 매한가지겠지만 그런 경우는 드물지요. 12채 중 10채꼴로 작은 집 안은 깨끗이 비질이 되어 있고 그릇들도 반짝반짝 닦여 있고 침대도 청결하며 아궁이도 오점 하나 없고 연기로 그을린 작은 들보에도 먼지 하나 없지요. 보기에도 민망한 비참한 가난이지만 보기 역겨운 게 아니라 오히려 존경스러운 광경이에요. 네, 청결은 가난의 위엄이지요. 그것으로 그들은 자신이 운명보다 우월하다는 것을 증명해 보입니다. 그리고 성에 사는 쓸모없는 인간들보다 더 존귀하다는 것을 증명합니다.

나는 앞으로 이 말을 자주 할 것입니다. 지치지 않고 반복할 거예요. 게으르고, 자포자기하면서 사는 빈곤은 동정받아 마땅합니다. 하지만 자신의 가난에 대항하는 자, 누더기라도 깨끗이 세탁하는 자, 초라한 곳을 깨끗하게 하는 자는 우리의 존경과 우정을 받을 자격 있습니다. 하지만 아무 이유도 없이 의도적으로 더럽게 사는 것은 정말 역겨운 것입니다. 그것은 타락이며 치욕스러운 불명예입니다.

이렇게 끔찍하게 비위생적인 것을 제외한다면 라샤트르는 머무르기에 아주 좋은 곳이다. 가장 아름다운 길이라는 루아얄 도로는 사실 가장 보기 흉한 도로이고 개성 없는 길이다. 하지만 오래된 지역은 너무 아름답고 르네상스 시대의 나무 주택 중 몇 개를 보존하고 있는데 우아하고 아름다운 색이다. 비탈에 세워진 도시는 어디서나 감옥을 향하고 있는데 이끼와 비둘기들이 잔뜩 있는, 크고 작은 잣나무들 사이로 구불구불 이어지는 좁은 골목길들을 가다 보면 오래된 도시는 갑자기 협곡을 만나게 되고 그 아래는 앵드르강이 흐른다. 강은 좁지만 기막힌 풍경 속을 굽이치며 흘러간다. 이쪽이야말로 장관이다.

만약 수도원 쪽으로 해서 마을을 벗어나 좁은 모랫길인 르나르디에르 길을 따라오게 되면 쿠프리에 도착하게 되는데 이곳이야말로 이 지방에서 가장 사랑스러운 곳이다. 강물로 깎이고 매혹적인 협곡으로 부서져 내린 그 땅은 놀라운 풍경들을 펼쳐 보이며 우리의 정신을 혼미하게 한다.

지금까지 라샤트르를 그려 보았다. 아니 거의 그곳에 대한 찬양을 한 것 같은데 마음속으로 그곳을 너무나 사랑하기 때문이다. 그곳은 아버지의 친구들이 사는 곳이고, 또 그들의 아이들과 내가 친구이기에 더 사랑스럽다.

1798년 아버지는 아주 친한 친구 몇 명 외에 30명쯤 되는 젊은 남녀와 어울려 연극공연을 했다. 이런 취미생활은 아주 훌륭한 공부였다. 나는 젊은이들의 지적 발전을 위해 연극이 얼마나 유용하고 좋은지를 다른 곳에서도 설명하려고 한다. 사실 연극계가 전문 직업 극단 같은 사람들에 의해 말도 안 되는 이유와 치사한 경쟁심으로 나뉘어 싸우는 것도 사실이다. 그것은 사람 탓이지 예술 탓은 아니다. 내 생각에 연극은 모든 것의 종합예술이다. 친구들과 시간을 보내기에 이보다 더 흥미로운 것은 없는데, 이상적으로 두 가지가 필요하다. 첫째, 질투심을 잠재워야 하고, 둘째, 진정한 예술관을 가지고 이 작업을 행복하고 유용하게 해야 한다.

이 두 조건이 당시 라샤트르에서 가능했던 것 같다. 왜냐하면, 아버지 극단이 매우 성공했으니 말이다. 즉흥적으로 만난 배우들은 계속 친구로 남았다. 가장 성공적이었으며, 아버지가 가지고 있던 배우로서의 재능을 빛나게 한 작품은 한 역겨운 작품이었다. 그런 종류의 연극이 유행이긴 했지만 나는 그 작품을 읽고 무척 충격받았다. 그것은 〈로베르, 강도들의 두목〉이라는 역사물 같은 냄새를 풍기는 사이비 극이었다.

이 연극은 독일 연극인 실러의 〈강도들〉을 어설프게 흉내 낸 것이었다. 어쨌든 이 극을 모방했다는 것은 흥미롭기도 하고 뭔가 심오한 의미를 내포하기도 했다. 어떤 교리를 암시하고 있었기 때문이다. 그것은 1792년 파리에서 초연되었는데 근본적으로 자코뱅에 대한 이야기였다. 로베르는 이상적인 산악당[84] 두목이었다. 나는 독자들이 시대정신을 기념하는 작품으로 그것을 읽어주길 바란다.

실러의 〈강도들〉은 완전히 다른 작품이다. 그것은 위대하고 고귀한 작품이다. 젊은 날의 풍부한 실수들로 가득해(왜냐하면 이것은 모두가 다 알 듯이 21살 청년의 작품이기 때문이다) 혼란스럽고 어지럽기는 하지만, 이것은 아주 높은 차원의 심오한 작품이다. 잠시 이 작품에 대해 해설하는 것을 허락해주기 바란다.

기운이 쇠하고 마음씨 고운 한 노인에게 두 아들이 있었는데 그들은 천성적으로 힘이 넘치고 강퍅했다. 어떻게 이렇게 온화하고 신실한 사람에게서 저런 아들들을 나오게 했는지는 모르겠다. 엄마를 등장시키거나 아니면 엄마로부터 이 두 끔찍한 아들들의 거친 성격을 설명해줄 어떤 단서라도 있었으면 좋았을 테지만 실러는 그런 생각은 애초에 하지 않는 것 같았다. 그냥 우리가 원하는 것은 상상만 하기로 하자. 이렇게 관객에 대한 배려가 없는 것은 너무 많은 재능을 가진 자의 결점이다. 그들은 보여줄 게 너무 많아 작품이 보여주는 것보다 너무 많은 것을 상상하게 하고 지어내게 하는데, 그런 작품은 그 자체가 벌써 열의와 생명력으로 가득하다.

---

84 〔역주〕 프랑스 혁명기 과격했던 조직의 일파를 칭하는 말이다.

무어 백작의 두 아들 중 큰아들인 카를은 너그럽고 용맹스러운 한 마리의 사자였다. 동생인 프란츠는 비겁하고 신의 없는 늑대였다. 첫째는 선한 힘을, 동생은 악한 힘을 가지고 있었다. 명석한 둘은 늘 아버지의 너그러움에 대해 논쟁을 벌였다. 그러니 이 아버지는 이 악독한 싸움에서 희생자가 될 것이 뻔했다.

카를은 젊은 시절 방황으로 또 동생의 음모로 황폐하고 절망적인 삶을 영위하고 살았지만, 자신을 방탕으로 내몬 친구들을 떠나 자신을 진심으로 깊이 사랑하고 존중해주는 아버지께로 돌아가고 싶었다. 그는 아버지께 편지를 써서 자신의 실수에 대한 용서를 구하고 진심으로 사죄했다. 그리고 아버지의 답장을 초조하게 기다렸다. 그는 그가 무관심했던 진실한 사랑과 젊은 날의 아름다운 추억들을 생각하면서 너무나 가슴 아파했다.

드라마의 시작은 바로 여기부터이다. 카를은 선한 생활로 돌아오고 싶었다. 그런데 그럴 수 있을까? 악이 이 고양된 영혼을 스치고 지나가지 않았나? 뜨거운 정열로 나쁜 열정의 소용돌이 속으로 빠져든 것에 대해 과연 아무런 벌도 받지 않을 수 있을까? 맞는 말이다. 우리가 어쩔 수 없는 운명이라 여기며 그냥 살아온 삶에 대한 벌로 숙명은 그의 회심을 용납하지 않고 사랑과 경건 쪽으로 비상하려는 그의 마음을 분노로 바꾸어 버리게 된다.

늙은 아버지에게서 답장이 오고 프란츠가 전해주었는데 그것은 아버지의 거절과 저주였다. 프란츠가 카를의 편지를 가로챈 거였다. 그리고 그는 분노로 치를 떠는 아버지가 아들을 치유 불능의 파렴치한이며 아버지 목숨까지 위협하는 패륜아로 여긴다는 거짓말을 적었다.

흥분한 카를은 광기에 사로잡혔다. 가슴속 사랑은 증오로, 절망으로, 신성모독으로 바뀌어 욕으로 터져 나왔다. 그는 신과 인간을 저주했다. 그는 모든 주인과 압제자들에게 버림받은 자의 수치심을 피로 복수하고 싶었다. 그는 자신을 거부하고 단죄하는 사회에 대해 누구도 본 적이 없는 사나운 적이 되었다. 빚에 쫓겨 세상으로부터 버림받은 그의 친구들도 그 주위에 모여들어 무서운 맹세를 했다.

하지만 그들은 그들의 이 분노를, 이 복수하려는 마음을 가지고 무엇을 할까? 그중 비겁하고 약삭빠르고 냉소적인 한 사람이 강도질을 제안했다. 그러자 탐욕스럽고 경멸스러운 생각에 젖어 있던 이 왕국은 이 계획을 품었다. 모든 사람은 이 방법만이 사회에게서 떨어져 나온 자신들이 돈을 뜯어내고 복수하는 방법이라 생각했다. 카를 무어도 열렬히 이 생각에 동의했다. 그 순간에는 그것이 더 위대하고 더 논리적으로 보였기 때문이다.

그는 끔찍한 힘을 발휘하여 나쁜 놈들을 벌주고 희생자들 대신 복수를 했다. 그는 신성한 정의의 오른팔이 되어 오래된 게르마니아의 비밀스러운 재판을 하면서 유혈이 낭자하는 교회령을 부활시키려 했다. 그는 지휘관으로 앞장서서 자신의 과거와 미래의 모든 죄를 사하는 사면을 행사했다. 그는 자신의 동료들을 숲과 산으로 데리고 들어갔다.

너무나 낭만적이고 충동적인 주인공의 결단은 실러가 꾸며낸 이야기로 보이지 않는다. 격한 상황 설정은 많은 교육을 받았지만 너무나 무지한 젊은이들의 여러 모습을 보여준다. 그들은 진실하고 성숙하며 쓰디쓴 회의주의와 무서운 정신적 무질서를 보여준다. 그들의 과장되었지만 생생한 대화는 고상한 마음으로부터 나오는 악한 마음을 보여주는데 이것은 18세기 말 변화되는 인간의 모습이다. 과거의 신앙 같은 건 죽었고 새로운 신앙을 지탱해줄 어떤 것도 준비되어 있지 않다. 관습과 미신 속에서 인간을 지배했던 악은 그 추악함을 드러냈다. 너무 지나친 젊은 혈기는 자유와 개혁에 대한 꿈에 사로잡혀 선함을 잊어버리고 충분한 믿음도 진정한 힘도 없었다. 그들이 아무리 저항하고 소리쳐도 그들을 삼켜 버릴 옛 세상의 몰락에 대해 저항할 힘 말이다.

이런 점에서 볼 때 1781년 독일의 젊은이들은 프랑스의 젊은이들보다 더 병적이었다. 볼테르와 장 자크 루소의 영향으로 우리의 아이들뿐 아니라 우리의 아버지들은, 그들이 꿈꾸던 혁명을 창조했고, 그 과정이라든가 결과에 대해서는 생각하지 않았다. 단지 국가적으로 숙명적이라는 생각에만 급급했다. 그런데 볼테르나 루소를 독일에서는 아직 이해하지 못했다. 그러니 오늘날 그 이론이 자신들에게 잘 맞는다고 말해 봐야 아무 소용없는 일이다. 진보의 관점에서 볼 때 다시 그들을 언급하는 것은 시대착오적인 생각일 뿐 아니라 볼테르의 실증적 사고 그리고 루소의 열정적이고 고뇌에 찬 영혼은 독일 사람들이 가지고 있는 성향, 즉 프랑스 사람보다 더 뜨겁거나 더 차가운 그들의 성향을 만족시킬 수 없다.[85]

---

85 독일 사람들의 생각은 우리보다 늘 앞선다. 하지만 행위는 늘 뒷전이다. 내 생각에 그들의 정신은 더 높지만 그들의 성격은 덜 위대한 것 같다.

젊은 실러는 자신들의 악과 자기 민족의 위대함과 약함을 고발했다. 그의 민족은 작품 〈강도들〉에서 아주 힘 있고 순진하게 묘사된다. 그런 묘사들은 그에게는 너무나 자연스러운 것이었기 때문에 그는 그것을 의식하지도 못하고 있었으니 결국 그는 그의 작품을 전혀 이해하지 못했다고 할 수 있다. 그가 쓴 1781년의 서문이 그것을 증명해준다. 하지만 그것은 선의의 거짓말일 뿐이다.

이 서문에서 그는 자신의 작품이 매우 도덕적이며 사회는 그것을 모범적인 교훈으로 받아들여야 한다고 했다. 물론 그의 희곡은 도덕적이다. 심금을 울리는 모든 작품처럼 말이다. 그런 작품들은 한마디로 비탄이건 은혜건, 비난이건 축복이건, 신성모독이건 기도건 간에 영혼을 울린다. 통탄스러운 감정이건 사랑의 감정이건 간에 영혼이 울리고 정신이 흔들릴 정도가 되면 시인은 선지자처럼 되어 마치 오래된 경전의 이야기처럼 실수는 상대적 진실이 되고 계시는 상대적 허구가 된다. 하지만 실제 사회에서 젊은 실러의 지나친 솔직함은 부도덕하고 역겹다. 그 책이 만들어낸 효과가 그것을 증명해준다. 왜냐하면 작품이 엄청나게 성공한 후 학생들이 무어의 야망을 실현하기 위해 실제로 독일 사회를 개혁할 의혈義血 강도단이 되길 원했기 때문이다. 이것이 실러 연극의 결과이다. 모든 장면은 다 이것을 발전시키기 위한 것이다.

카를 무어는 병든 사회를 단죄하고 싶었다. 하지만 그 사회 밖에 있으면서 그는 인류로부터 멀리 떨어져 있었고 그가 정의를 위해 한 행위란 살인과 폭력뿐이었다. 결과가 수단을 정당화한다는 예수회 수도사들의, 또 공포시대의 모럴이 너무나 순진하게도 1792년 〈로베르, 강도들의 두목〉에 그려져 있다. 이 작품은 실러의 〈강도들〉을 그대로 베꼈지만 자기들 마음대로 바꿨는데 작품 속에서 수정된 것은 모두 의미를 담고 있다. 이제 이 작품에 대해 이야기해 보겠다.

폭력적 보복을 하면서 카를 무어는 순간마다 자신의 숙명적인 실수를 깨닫게 된다. 스스로 철학자인 양 구는 자신의 강도들을 도덕군자로 만드는 것도, 원인에 걸맞은 수단들을 제시하는 것도 불가능한 일이었다. 죄인 한 사람을 벌주기 위해 그들은 100명의 무고한 사람들을 죽였다. 불순한 한 명의 심장에 칼을 꽂기 위해 수많은 여자와 어린아이들의 시체를 밟고 올라야 했다. 이 사람들은 그들 자신을 위해 어떤 특별한 윤리의식을 가지고 있었다. 즉, 영웅적 대담함, 서로 서로에 대한 한없는 헌신, 주인에 대한 기사도적인 충성심이 그것이다. 하지만 그들의 맹목적인 광폭함은 살인과 약탈로 인해서만 만족감을 얻을 수 있었다. 그들의 생각은 피비린내 나는 악몽과 같았다. 그들의 대화는 절망적인 욕설로 점철됐다. 그들 중 한 사람, 바로 이런 이상한 저항을 시작하게 만든 장본인은 아주 흉악한 비겁자인데 그의 등장으로 이 불경하고 구제 불능인 작품은 오염되기 시작한다. 그리고 그는 카를 무어가 너무 마음이 약한 것을 보고 그를 죽이겠다고 협박하면서 카리에나 푸케, 탱빌 같은 사람들을 연상시킨다. 혁명의 난국 중에 피할 수 없었던 괴물들 말이다.

현실 사회는 파렴치함과 죄악들로 카를의 분노를 극에 달하게 한다. 그의 동생인 프란츠 무어는 이 썩고 불경한 사회를 좀먹고 파괴하는 악을 형상화하는 인물이다. 프란츠는 아무것도 믿지 않는다. 그리고 무無에 대한 꿈을 꾸고 있다는 점에서 그는 숙명에 대한 꿈을 꾸고 있는 불쌍한 카를보다 100배는 더 괴상한 인물이다.

카를은 선善을 믿었다. 만약 신의 공의公儀가 이 땅에서 다스려지는 것을 본다면 그는 더욱더 신을 믿었을 것이다. 그는 사탄의 힘에 대적하지만, 신의 섭리가 이 땅의 악에 너무 무관심하다고 감히 신을 원망한다. 그래서 그는 너무나도 느리게 멀리 돌아가는 이 행위를 자신이 대신하겠다고 나선 것이다. 프란츠는 사탄도 신도 믿지 않는다. 그의 생각에는 선한 것도 악한 것도 없다. 그는 양심의 약한 외침에 귀를 막는다. 그는 신도라는 인간들을 경멸한다. 카를이 너무 방황한다면, 그는 너무 퇴폐적이다. 그는 아버지를 암살하고 그 신하들을 고문한다. 아버지의 유산을 도둑질하고 어떤 배신도 서슴지 않고 어떤 잔인한 일도 마다하지 않는다. 죽음이 가까이 왔을 때 그는 미신적인 환영幻影들과 비겁한 두려움에 사로잡힌다. 하지만 그렇다고 생각을 전향하지는 않는다.

그는 결국 자살로 적들을 피한다. 몰락을 자초한 것은 타락하고 저주받은 사회 그 자신이다. 사회는 스스로의 손으로 죽음을 맞는다. 복수가 감히 그를 치기도 전에 말이다.

수많은 죄악 앞에서 카를 무어의 악에 대한 분노는 점점 더 활활 타오른다. 이제 적보다는 친구들이 그에게 더 혐오스럽다. 그는 결국 미쳐 버린다. 그는 자신의 정부情婦를 죽이고 동지를 버리고 자신을 사형집행인 손에 넘긴다. 그는 자신이 한 일을 저주하고 부인한다. 그는 끝내 절망에 빠져 미치게 된다.

이 모든 것들은 논리적으로 하나의 가르침을 준다. 사회는 사라졌으며 사회를 다시 살려내는 것은 '절망'이 아니라는 것이다. 다시 말해 사회를 정화하기 위해서는 칼과 불이 아닌 다른 것이 필요하다는 것이다. 한마디로 결과는 수단을 정당화하지 않는다는 것이다. 생명을 살리는 것은 결코 사형집행인의 손으로부터 나오지 않는다는 것이다. 그 도끼가 설사 종교재판이나, 칼뱅이나 리슐리외나 혹은 마라 혹은 믿음 없는 권력이나 군중들의 냉엄한 폭동, 아니면 어느 누구의 축복을 받은 것이건 간에 말이다.

실러의 드라마가 독일을 흔들어 이제 예전 사회는 심각하게 몰락하리라는 것을 예감하게 한 지 10년이 지난 후 실패한 프랑스 정부는 왕들을 기요틴으로 보내게 되고, 루이 16세와 그의 독일인 아내는 탕플 감옥에서 재판 결과를 기다리게 된다. 이 광경들은 모두 공개되었다. 민중들의 감정은 너무나 사실적인 이 현실 속 드라마로 만족하기는커녕 분노에 대한 먹잇감을 극작품에서 찾게 된다. 그들은 자신들을 흥분시킨, 열에 들뜬 이 삶을 두 배로 더 느낄 수 있는 작품을 찾는다. 라마르트틀리에르 씨 같은 한 사람이 열에 들뜬 민중들에게 실러의 〈강도들〉을 보여줄 상상을 했다. 하지만 이 작품을 요약하고 프랑스에 맞게 고치면서, 어쩌면 너무 순진하게도, 그는 결론이 주는 교훈을 고치게 된다. 다시 말해, 결말의 회의주의와 고통이 신념과 승리로 변한 것이다. 그의 작품은 더는 죽어가는 독일이 처한 임종의 고통이 아니고 새로운 프랑스의 승전가였다. 독일의 성찰자였던 흥분한 학생들은 파리 클럽의 철학자로 변화되었지만 이름은 독일 이름을 그대로 가지고 있었다. 18세기가 아닌 15세기 독일제국에서의 일이었는데 작가는 그들을 통해 이상적인 자코뱅들을 보여주었다. 박애주의자인 9월의 학살자들 말이다. 이렇게 이야기를 뒤섞으면서 아주 이상하면서도 숭고하고 또 우스꽝스럽기도 한 이야기가 만들어졌지만, 절대 가증스럽지는 않았다. 이것이 이 사건의 재미있는 측면이다.

사실 '로베르'의 자코뱅 강도들은 무대에서 그들의 이야기가 가져올 혼란스러움이나 범죄에 대해 전혀 짐작할 수 없게 한다. 로베르는 장미꽃 이슬 같은 카를 무어일 뿐이다. 그는 모든 범죄에 대해 결백하다. 폭력으로 지배하지만 그것은 그가 자신을 두려운 존재로 만드는 것을 좋아하고 또 큰 러시아 수염을 가지고 싶어 하기 때문이다. 게다가 이 인물은 한 마리 양이다. 비록 조금만 잘못해도 목을 자르겠다고 동료들을 위협하지만, 그는 그들을 너무나 잘 교육시켜 그들은 모두 몽티용상을[86] 10개도 더 받을 만한 사람들이었다.

실러의 작품에서 강도들은 추위에 떠는 불쌍한 어린아이를 불 속으로 던져 버리지만, 로베르의 강도들은 이 어린아이를 불타는 폐허에서 구하기 위해 자신들의 수염을 태운다. 또 그들에게 튼튼하고 정결한 유모를 구해주기까지 한다. 그들은 노인들에게 연금을 주고 부인들이 마차에서 내릴 때 손을 내밀어 잡아주기도 한다. 그들의 남편과 아버지에게는 정의의 칼을 휘두르지만 말이다. 한마디로 범죄자와 흉악범만을 친다는 것이다. 세상이 교수대로 보내는 것을 잊은 범죄

86 〔역주〕 장 바티스트 몽티용과 아카데미 프랑세즈가 주는 상으로 미덕상, 문학상, 과학상들이 있다.

자들 말이다. 과부와 고아들은 보호한다. 절대왕정의 수호자들과는 전쟁을 하지만 경탄할 만한 정직성을 가지고 한다. 결코 죄가 없는 자가 죄인을 위해 대가를 지불하게 하지는 않는다. 순진한 관객들이 옥신각신할 일은 결코 없다. 모든 총알은 자신의 과녁으로 간다. 고리대금업자나 공금횡령자의 주머니를 터는 것은 가난한 사람들을 돕기 위한 것이다. 이런 모든 것은 있음직한 일들이 아니다. 하지만 그런 식으로 이 형편없는 작품을 비판하는 것은 무익한 일이다. 중요한 것은 그 작품이 가지고 있는 가치관이니까.

이 작품의 가치관은 산악당들의 것과 그리 다르지 않다. 순수하고 너그러운 마음으로 사람들을 품으며 자신들의 시스템이 결국 공포스럽고 적대적인 시스템으로 변하게 될 거라는 생각은 하지 못한 것이다. 로베르가 자신의 선량한 동지들에게 그들의 행위에 대해 물어보는 장면이 있다. 그들은 방금 완전히 악에 사로잡힌 한 권세가를 아무런 저항 없이 죽이고 돌아오는 길이었다. 대장은 묻는다. "뭐라고? 대항하는 자가 아무도 없었다고? 친구들도?" 그러자 강도들은 답한다. "폭군에겐 친구가 없어요." "그럼 신하들은?" "신하들은 모두 겁쟁이들이지요." … 모든 게 다 이런 식이다. 관객들은 당신이 생각하듯 환호한다. 불행히도 폭군 주위에 덕이 있는 신하들이나 진정한 친구들이 있어서 그들이 함께 싸워 피를 흘릴 필요는 없었다. 또 내 생각에 다른 사람들의 피가 서로에게 꼭 불순할 필요도 없다. 하지만 대혁명은 이런 파국을 생각지 못했었다. 혁명이 테러리즘을 조직할 때 그런 것을 미리 생각하고 싶어 하지 않았다.

지금 여기서 내가 이 조직을 판단할 때는 아닌 것 같다. 우리가 그것을 제대로 판단할 수 있을지도 잘 모르겠다. 지금까지 역사가들도 그들이 제기한 이 문제를 풀지 못했다.[87] 우리가 하나의 '인류'라는 신념을 가진 자들이 이 산악당들 방식에 대해 판단할 때는 아직 오지 않은 것 같다. 왜냐하면 지금은 그것이 적들 손에 있으니 말이다. 그 적들은 잘못된 열정들을 더 잘못된 열정의 이름으로 정죄淨罪하고 있으니 말이다.[88]

지난 30년간 우린 이런 질문을 받았다.

"당신은 왕당파인가요? 지롱댕인가요? 자코뱅인가요?"

나는 바로 대답할 수 있다. 전에는 자코뱅이었다. 왜냐하면 나의 지성이 아직 현실을 겪어보지 못했으니까. 만약 그때 사건들을 겪었더라면 나는 자코뱅이 아니었을 것이다. 하지만 지롱댕이나 왕당파도 아닐 것이다. 그런 것은 과거의 그때가 아니라면 대답할 수 없는 문제이다. 우리가 산악당들보다 더 똑똑하고 인간적이라면 우리는 산악당들을 비난할 것이다. 사실 우리는 기요틴이나 추방을 거부할 만큼은 충분히 인간적이기는 하다. 하지만 우리였다면 혁명을 한 뒤 그런 똑같은 결과와 문제점들을 피할 수 있었을까? 나는 잘 모르겠다. 미래에 대해 드는 확실한 생각은 혁명은 절대로 똑같을 수 없다는 것이다. 인류는 결코 똑같은 길을 가지 않는다. 그것을 원해 봤자 헛일이다. 삶의 법칙은 그와 다르니까.

---

87 이 글은 1848년이 시작되자마자 쓴 것이다.

88 라마르틴 씨는 순수한 의지와 놀라운 재능으로도 아무것도 해결하지 못했다. 그는 모든 당들의 충실하고 관대한 변호사였다. 그는 이 문제에 대해서는 어떤 결론도 내릴 수도 없었고 내려서도 안 되었다.

그러니 절대 일어나지도 않을 가정假定에 대해 답하는 수고는 다른 사람들에게나 줘 버리자. 우리의 역사적 사건에 대해 지금까지 우리가 말하고 관찰하고 이야기하고 분석한 것은 언젠가 자신이 이미 저지른 실수나 잘한 것에 대해 말하고 싶은 사람들에게나 유용한 것일 것이다.

지금 드는 생각은 이런 나의 문학적 분석이 독자들에게는 도움이 될 것도 같다. 실러의 작품을 변질시킨 〈로베르, 강도들의 두목〉의 결론을 좀 생각해보고, 모르면 좀 배워보기 바란다. 역사적 창작물로 14세기를 시대적 배경으로 한다는 점에서 이 작품의 결론은 정말 코미디다. 하지만 혁명을 예견하고 있다는 점에서는 매우 흥미롭기도 하다. 카를 무어, 다시 말해 강도들의 두목인 로베르는 각종 명예와 아름다운 미담으로 미화되어 사회는 그와 화해하게 된다. 게르만의 왕은 그에게 손을 내밀고 그의 여자도 연인으로 또 배우자로 충실하다. 그의 아버지는 그를 축복하고 민중은 그를 승리로 이끈다. 그래서 새롭게 태어난 독일은 로베르의 강도들의 규율을 따르고 그의 부하들을 군대와 정부의 수장으로 삼는다. 다시 말해 산악당들이 그를 데려갔다는 것은 이제 로베스피에르가 지배하게 된다는 걸 말한다. 세상은 실수를 만회하게 되는 것이다. 공포정치는 뿌연 장밋빛 환상처럼 여겨지고 기요틴의 날은 인류 정화의 상징이 된다. 예전에 강도, 살인자로 매도했던 사람들은 이제 다가올 대혁명의 수호천사가 될 것이었다. 그들은 악마를 짓밟고, 화해한 민중들에게 천국 가는 길을 열었고, 헤라클레스는 "결과가 수단을 정당화했다."며 그들이 한 일을 축복했다. **89**

이것이 바로 테러리스트들의 논리이다. 나는 그렇게 생각하지 않는다. 그런데 절대왕정에 헌신했던 당신들은 뭐가 억울한 것일까? 당신들 방식도 이와 같지 않았었나?

우리 아버지들의 착각이 정말 한탄스럽지만 욕하지는 않겠다! 그런데 더 신기한 것이 있다. 우리의 아버지들은 〈로베르, 강도들의 두목〉을 1798년에 공연했다! 그때 공포정치는 끝나고 희뿌연 환상도 박살이 났던 때였다. 그들은 끔찍한 광경에 구역질하고 사람들은 결코 결과가 수단을 정당화할 수 없다는 것을 알게 된 후였다. 그리고 세상에나! 로베르의 산악당들은 헛되게도 다시 민중을 정화하려고 한 것이다. 황량한 폐허에서 다시 일어나 자신이 흘리게 한 피를 서둘러 닦으려고 하는 것이다. 인류애의 이름으로 로베르와 그 일당들을 죽이고 증오와 오명의 카니발을 벌였던 것이다.

'최고회의'는 '공공안전위원회'가 저지른 죄보다 더 많은 죄를 저지른 무정부집단이었다. 세상은 하나도 변한 게 없었다. 왜냐하면 우리 문 앞에 우리를 구원할 자로 또 다른 폭군을 불러왔기 때문이다. 로베스피에르의 법과 의심을 피할 수 있었던 사람들은 로베스피에르를 죽이고 국가로부터 인정받으려고 했지만 헛수고였다. 국가는 그들을 경멸하고 무시했다. 우리의 아버지들은 실러가 했던 대로 "아니요, 결과는 결코 수단을 정당화하지 못합니다."라고 그들에게 소리쳤다. 하지만 그때 보나파르트가 이 원칙을 가지고 권력에 다가섰다. 이제 그들

---

89 왜 망할 놈의 헤라클레스인가? 시대정신에 물어보시라. 로베르의 강도들에게 적합한 신은 이 신뿐이다.

은 다시 한 번 그것을 감내하게 된다. 그들은 그것에 대해 아무 걱정도 하지 않았다. 우리의 젊은 부모들은 웃고, 즐거워하고, 서둘러 인생의 즐거움을 다시 찾으면서 고통을 잊어 갔다. 그들은 이 끔찍한 생각의 파편을 가지고 게임을 했다. 그들은 강도처럼 옷을 입고 개혁가들의 역할에 열광했다. 그들은 다시 한 번 열정적으로 소리쳤다.

"폭군들은 친구가 아니다. 그들의 죽음은 신하들에게 좋은 일이다. 귀족들은 모두 비겁자다 … ."

그리고 천재의 폭정이 시작됐다. 나폴레옹의 신하들은 그의 영예를 위해 수천이 죽어 나갔다. 귀족들의 권세는 예전 왕정 시대보다 더 화려하고 더 무례했다. 산악당들의 두목 로베스피에르는 그럼 실패한 건가? 그렇다! 실제로 그는 카를 무어처럼 자기가 했던 일들을 후회하고 적에게 자신을 내주며 삶을 끝내지 않았나?

하지만 그를 고양시켰던 환상과 그를 강하게 했던 사상들은 계속 살아남았다. 왜냐하면, 그를 저주하고 희생시키면서도 사람들은 다른 모양으로 또다시 세상을 구하려고 했기 때문이다! 그러니까 신념은 죽지 않는다. 공화국은 이런 명목으로 치장되었지만 오래가지는 못했다. 하지만 진실과 정의라는 본질은 이런저런 정치제도를 통해 계속되었다. 이런 제도들은 오래된 연극 의상과 같이 다른 역할이나 다른 작품을 위해 조금씩 고쳐진다. 나의 아버지는 강도 두목의, 피스톨이 채워진 허리띠를 차는 걸 좋아했다. 아버지의 젊은 친구들도 (그들 중 몇 명은 벌써 공화국에 자원하여 봉사했는데) 극단에서 역할을 맡았고 모두는, 자코뱅의 작품을 한다는 사실 같은 것을 잊어버리고, 전쟁과 빛나는 영예를 꿈꿨다. 이 산악당들은 더는 미래의 상퀼로트들이 아니었다. 이들은 아직 성숙되지 않은 프랑스의 장군들이었다. 로베르는 이제 보나파르트가 된다.

이 연극공연은 몇 달 동안 라샤트르 사회의 무료함을 달래주었다. 그리고 아버지의 공상은 할머니가 생각한 이상으로 더 뜨거워져서 결국 연극 무대로는 만족하지 못하게 되었다. 그래서 아버지는 금빛 도금을 한 나무 검 대신 경비병의 진짜 검을 들기 위해 떠나게 된다.

나는 얼마 전 연극 〈로베르, 강도들의 두목〉에 대해 분석한 것을 어릴 적 친구에게 읽어주었다. 그는 아버지의 친구 아들이었다. 내 친구 샤를 뒤베르네의 엄마는 연극의 여주인공인 소피 역을 맡았는데 연기를 아주 많이 잘했다고 한다. 비록(아니 어쩌면 '왜냐하면'이라고 하는 게 더 맞을지도) 전통적인 연기에 대해서는 아는 게 없었다고 해도 말이다. 그녀는 얼마 전 결혼한, 그리고 이 마을을 떠나본 적도 없는 아이에 불과했다. 그러니 연극은 해본 적도 없고 본 적도 없었다. 그녀가 참여한 첫 번째 연극공연이 바로 이 작품이었는데 여기서 그녀는 눈물겹고 어려운 이 역할을 결연하게 잘 해주었다. 그녀는 그냥 나오는 대로 연기했는데 천부적 자질이 있었다. 이 명석한 부인은 이때 일을 기억하고 있었는데 그의 아들이 내게 흥미 있는 글을 전해주었다. 아버지의 친구인 뒤베르네 씨와 아버지의 또 다른 친구이며 《프라고레타》의 작가인 애국자 들라투슈 씨도[90] 이 연극에서 중요한 역할을 했다.

---

90 들라투슈 씨에 대해서는 언젠가 다시 말하기로 하겠다. 그는 내가 처음 글을 쓰기 시작했을 때 많은 조언과 격려를 아끼지 않았다.

다음은 내가 전해 받은 글인데 당시의 특별했던 분위기를 잘 전해 주고 있다. 역사 속에서 아주 독특한 시기가 아닐 수 없다.

라샤트르의 카르메스 성당(지금 시청극장) 옆에 카르메스 정원 한가운데 수도사들의 크고 웅장한 숙소건물이 있었다(1816년에 완전히 파괴되었다). 성당이 문을 닫고 한참 뒤 대혁명 기간 동안 자코뱅 협회와 같은 '민중 협회'는 그들의 회합을 위해 카르메스의 구내식당을 사용하기도 했었다. 이곳은 넓고 네모나고 들보들이 있고 창문들이 정원으로 나 있고 아치형의 큰 입구가 있는 곳이었다. 사람들은 이곳에 계단식 좌석을 만들었는데 그것은 앉는 곳이기도 하고 또 산악당들의 아지트이기도 했다. 하지만 이 계단식 좌석은 방의 3분의 1을 넘지 않았다. 그래서 사람들은 카르메스 성당의 의자를 가져와 협회가 지루한 연설을 하는 자리에 놓았다. 나머지 공간에는 사람들이 가득 서 있었고 축제 때는 춤을 추기도 했다.

그러다 테르미도르의 반동 사건이[91] 일어났고 그 후에는 '총재정부' 시대가 왔다. 사람들은 숨을 쉴 수 있게 되었고 결혼도 하며 웃고 즐겼다. 극단이 생기고 수도승들의 구내식당은, 그러니까 계단식 좌석이 있던 클럽은 극장이 되었다. 사람들은 설교단을 없애 버리고 무대는 광장 쪽으로 넓혔다. 반대편 계단식 좌석이 기대 있던 벽 뒤로는 거대한 계단이 공동침실로 향해 있었다. 이곳은 여러 사무실로 사용되고 있었다. 이 계단의 첫 번째 층계에 사람들은 문을 만들어 계단

---

91 〔역주〕 로베스피에르의 공포정치를 끝낸 사건이다.

식 좌석의 제일 위층으로 곧장 들어가는 문을 만들었다. 이 문이 1층의 입구가 되었다. 입석과 오케스트라가 자연히 계단좌석과 무대 사이를 차지했다.

구내식당 옆에는 카르메스의 거대한 부엌이 있었다. 이곳은 부엌이기도 하고 배우들의 대기실이기도 했는데, 두꺼운 천으로 남녀 방을 나누고 있었다.

공연하는 동안 데샤르트르 씨가 와서 제자인 18~19살쯤 되는 모리스 뒤팽 씨와 오케스트라를 참여시켜 달라고 부탁했다. 다음 해에 뒤팽 씨는 오케스트라를 떠나 극단에 합류하고 싶어 했다. 그러자 큰 분란이 일었다. 놀라운 것은, 반대하는 사람들이 여자들이었다. 뒤베르네 씨는 친구로서 모리스 편이었고 대부분 남자들도 그의 편을 들었다. 과격하게 반대하는 여자들은 그가 귀족이라는 이유로 크게 반대했다. 하지만 막상 투표했을 때는 그런 분노는 별로 영향을 미치지 못한 것을 알게 됐다. 투표는 흰색과 붉은색 콩을 가지고 했다.

이렇게 해서 입단한 뒤팽 씨는 젊은 열정이 넘쳐서 들라투슈 감독의 전통적 연기 방식을 거부한 적이 몇 번 있었다. 마침내 작품 하나가 채택되었는데 그 작품은 주연의 역할이 너무 어렵고 또 무대에 올리기도 어려워서 안 하려고 했던 것이었다. 바로 〈로베르, 강도들의 두목〉이었다. 뒤팽 씨가 로베르 역과 연출을 맡았다. 우리는 새로운 무대 장치를 하고 엑스트라들을 등장시켰다. 로베르의 군인들은 프랑스에 전쟁 포로로 잡혀 와 라샤트르에 있었던 헝가리-크로아티아 병사들이었다. 우리는 그들에게 전투장면을 흉내 내게 했고 전투가 끝난 다음에는 모두 부상당한 것처럼 해야 한다고 했다. 그들은 너무나 말을 잘 들은 나머지 실제 공연에서 그들은 전투가 끝난 후 모두 같은 쪽 발을 절며 나왔다.

로베르의 의상은 털로 안을 대고, 다이아 고리로 목을 채우는 장교복, 붉은색의 딱 붙는 바지, 총과 검 무늬가 위협적으로 새겨진 모직 허리띠, 루이 13세의 부츠, 가장자리를 담비로 두른 붉은 모직 망토, 모피로 된 모자였다. 모리스 드몰다(실러의 작품에서 프란츠 무어)는 아버지 들라투슈가 맡았는데, 그의 의상도 더없이 흥미로웠다. 루이 14세 의상으로 가장자리를 은으로 두른 흰 실크 망토, 짧은 반바지, 실크 스타킹, 앙리 4세의 스카프와 모자 등이었다. 뒤베르네 부인(소피 역)은 끝이 길게 늘어진 드레스를 입고 보석이 촘촘히 박힌 화려한 허리띠 그리고 땅까지 끌리는 흰색 베일을 썼다.

이렇게 수도승들이 맛있는 식사를 하던 곳, 산악당들이 협의를 하던 그 무대 위에서 강도들의 두목이었던 나의 아버지는 헝가리와 크로아티아 죄수들에게 끌려갔다. 그런데 2년 후 실제로 아버지는 크로아티아와 헝가리 군인들의 포로가 되는데 그때는 연극이 아니라 진짜여서 아버지는 죽을 고생을 하게 된다. 인생은 모든 사람의 과거와 미래 속에 숨어 있는 한 편의 소설 같다.

하지만 아들의 미래에 대해 할머니가 갈팡질팡하는 중에 혁명력 7년 방데미에르 2일(1798년 9월 23일) 그 유명한 법령이 공포되었다. 주르당이 제안한 법으로 모든 프랑스 남자가 일정 기간 의무적으로 혹은 권리행사로 군 복무를 해야 한다는 것이다.

잠시 쉬고 있었지만, 전쟁은 어디서든 터지기 일보 직전이었고, 프로이센은 중립국이 되는 걸 망설이고 있었다. 러시아와 오스트리아는 열심히 병력을 증강하고 있었다. 나폴리는 모든 남자가 다 징집대상이었다. 프랑스 군대는 전투로 혹은 병이 나거나 탈영 등으로 점점 숫자가 줄어들고 있었다. 법으로 통과된 징병제는 총재정부에 의해 즉각 실행되었고 신병을 20만 명이나 증병했다. 이때 아버지는 20살이었다.

오래전부터 아버지의 가슴은 뛰고 있었다. 이 젊은 청년은 무기력하게 있는 것이 힘들었고 어머니가 항상 말하는 것처럼 '안정적인' 정부가 그에게 뭔가 봉사를 요구하게 될 날을 손꼽아 기도하고 있었다. 그런데 안정 같은 것은 그에게 별로 대수로운 일도 아니었다. 징집관이 그에게 와서 하나밖에 없는 말을 징집해 갔을 때 그는 발을 동동 구르며 "내가 군인이라면 기병騎兵이 됐을 텐데. 적군의 말을 빼앗아 프랑스로 가져왔을 텐데, 그랬다면 이렇게 쓸모없고 약해빠진 모습으로 걸어가는 꼴은 보지 않아도 됐을 텐데."라고 말했었다. 모험을 좋아하는 기병 같은 천성의 소유자여서인지, 새로운 사상에 이끌려서인지, 기질적으로 느긋해서인지, 아니면 편지에서 본 것처럼 명석한 이성에 따른 양심 때문인지, 아버지는 결코 예전 왕정체제나 어린 시절의 호화로운 생활을 아쉬워하지 않았다. 영예란 그에게 모호하고 신비스럽고 그를 잠 못 들게 하는 단어였다. 그래서 할머니가 나라가 잘못되었을 때 봉사하는 것은 진정한 명예가 아니라고 설득하려 했을 때 아버지는 감히 논쟁하지는 못했지만 깊이 탄식하면서 속으로 이렇게 생각했다. '지켜야 할 나라가 있거나 물리쳐야 할 외세가 있는 경우는 다 좋은 경우이다.'

아마도 할머니 또한 그렇게 느꼈을 것이다. 왜냐하면 할머니는 공화국 군대의 큰 승리들을 많이 칭송했기 때문이다. 그녀는 저마프와 발미도 너무 잘 알고 퐁트네이와 오래전의 플레뤼스도 잘 알고 있었다. 하지만 머릿속으로 생각하는 이론과는 다르게 하나뿐인 아들을 잃어버릴 수도 있는 고통에 대해서는 아무 생각도 할 수 없었다. 그녀가 바라기는 절대로 전쟁이 일어나지 않는다는 조건에서 아들이 연대 하나쯤 통솔하기를 바랐다. 아들이 군대 밥을 먹고 들판에서 잠을 잔다는 생각은 머리카락을 위로 솟게 할 만큼 끔찍했다. 전투는 생각만 해도 죽을 것만 같았다.

나는 자기 자신을 위해서는 너무나 용감하지만, 타인을 위해서는 너무나 맘이 약한 이런 인간을 본 적이 없다. 자기 자신이 위험한 상황에서는 너무나 침착하지만, 사랑하는 사람들이 위험에 처했을 때는 소심하기 이를 데 없다. 내가 어린아이였을 때 할머니는 내게 스토이시즘 교육을[92] 너무 잘 시켜서 나는 힘든 일을 당해도 그녀 앞에서 소리치는 것은 정말 수치스러운 일이라고 생각했다. 하지만 간혹 그런 것을 직접 보게 되는 경우 마구 소리를 질러대는 사람은 바로 사랑스러운 할머니였다. 그녀는 살면서 내내 이런 모순된, 한편으로는 따뜻한 감정을 가지고 살았다. 그래서 모든 좋은 것은 좋은 결과를 낳듯이 또 가슴에서 온 것은 가슴을 울리듯이, 그녀의 이 부드러운 약점은 결과적으로 그녀가 가르치고 싶었던 것을 아이들이 배우게 하는 효과를 가져왔다. 우리는 할머니가 고통스러워하거나 두려워할까 봐 작

---

92 〔역주〕 자신의 감정을 이성적인 힘으로 참고 누르도록 하는 교육이다.

은 고통 같은 것은 숨기기 위해 온 힘을 다했다. 그녀가 아무 상관도 하지 않았다면 우린 그런 노력을 하지 않았을 것이다.

나의 어머니는 정반대되는 사람이었다. 자기 자신에게나 남에게나 엄격하고 놀랍도록 냉정하고 정신력과 신념이 대단했다. 이렇게 서로 다른 두 행동은 절대적으로 상반된 것이지만 둘 다 좋은 것이다. 사람들은 이 둘 중 하나를 선택할 수가 있을 것이다. 하지만 나로 말할 것 같으면 내 아이들 교육에 적용할 수 있는 방식을 찾지 못했다. 아이들은 너무나 변화무쌍해서 교육이 아이들처럼 변화무쌍하지 않으면(할 수만 있다면 말이다) 아이들은 자라나면서 매번 우리를 벗어나게 될 것이다.

아버지는 혁명력 6년 마지막 며칠 동안 몇 가지 일 처리를 위해 파리에 갔다. 그런데 다음해 초, 위에서 말한 끔찍한 징집령이 떨어져 그를 충격에 빠뜨리고 그의 인생을 결정해 버리게 된다. 할머니의 노심초사와 아들의 숨겨진 욕망에 대해서는 충분히 얘기한 것 같다. 이제 그들의 이야기를 직접 들어보자.

편지 1

파리, 혁명력 6년 말(1798년 9월)

노앙의 시민 뒤팽 부인에게

어머니! 드디어 어머니 편지를 받았습니다. 오는 데 8일이 걸렸으니 속달우편이라고는 할 수 없겠지요. 사랑하는 어머니는 제가 너무 그리우시다고요! 그리고 제가 성공했을지 하지 못했을지 둘 다가 걱정스럽다고요? 이상한 딜레마에 빠진 것 같네요. 저로서는 지금 당면한 우리 집 문제에 대해 편하게 생각하고 있습니다. 이 일에 대해서는 보몽 삼촌과 상의하고 있으니 너무 걱정하지 마세요. 우리가 알아서 하겠습니다. 하지만 이번 일에서 어머니의 근심이 더 걱정입니다.

나의 가엾은 어머니! 제발 용기를 가지세요. 어떤 핑계로도 이번 징집령에서 벗어날 수는 없습니다. 전적으로 제 일이지요. 장교들이 캠프의 도움을 받는 것은 간부일 경우에 한해서라고 합니다. 에콜 폴리테크니크나 뮤직 콘세르바투아르 같은 공립학교에서는 1학년에 들어갈 어떤 학생들도 받지 말라는 명령이 떨어졌다고 합니다. 그러니 어머니, 이제 의무적으로 군인이 되어야 하고 이 외에 다른 방법은 없습니다. 보몽 삼촌은 모든 문을 다 두드려 보았으나 어디나 대답은 같았습니다. 이제 더는 장교부터 시작할 수는 없고, 장교는 할 수 있다면 제일 마지막에 되는 것입니다. 보몽 삼촌은 파리에 모르는 사람이 없고 특이 바라 씨와 류벨 씨와도 연결되어 있지요. 그는 나를 들라투르 도베르뉴 씨에게 소개했는데 그는 용감하고 재능 있고 겸손한 사람으로 이 시대의 튀렌이라 불려도 손색없는 사람이에요. 저를 찬찬히 보시더니 이렇게 말했지요.

"삭스 장군의 손자가 전투를 두려워하는 건가요?"

이 말에 저는 창백해지지도 얼굴을 붉히지도 않았어요. 저는 이렇게 대답했지요. "절대로 아닙니다." 그를 똑바로 바라보면서 말이에요. 그리고 또 말했지요.

"하지만 저는 공부를 해서 몇 가지 재능을 보유하고 있으니 그냥 일선의 보통 병사보다는 좀 더 높은 계급에서 봉사하는 것이 나라를 위해 더 좋은 것 같습니다."

그러자 그는 대충 이렇게 말했어요.

"맞는 소리요. 그래서 영광스러운 자리로 올라가야지요. 하지만 시작은 일반 병사부터 해야지요. 내 생각에 당신은 아주 빨리 그 자리를 벗어날 것 같네요. 제 10기병대에 아주 친한 친구인 대령이 하나 있는데 그 사람 휘하로 들어가지요. 아마도 당신을 만나면 기뻐할 것 같네요. 그는 태생이 아주 대단한 사람이지요. 당신을 따뜻하게 만나 줄 겁니다. 당신은 승마를 완벽하게 할 때까지 당분간은 기수 초병으로 있도록 하세요. 그 대령은 장군 리스트에 올라 있는데 만약 그가 장군이 되면 나의 추천으로 당신을 개인적으로 만나라 하겠어요. 만약 장교가 안 되면 당신을 공병대원으로 근무하도록 해보지요. 하지만 일이 어떻게 되건 당신은 일정 기간을 채우기 전에는 올라갈 수 없어요. 그것이 규칙이니까요. 우리는 명예와 의무 그리고 영예롭게 조국을 지키는 기쁨과 공평함의 원칙들을 구분 지을 줄 알아야 합니다."

어머니! 어떻게 생각하세요. 꼭 대답하실 필요는 없어요! 들라투르 도베르뉴 같은 용감한 남자가 될 수 있다는 것은 정말 멋진 일 아닌가요? 어떤 희생을 치르더라도 이런 명예는 꼭 얻어야 하는 것 아닌가요? 그리고 할머니의 아버지인 모리스 드삭스의 손자가 전투를 두려워한다고 사람들이 말하는 걸 듣고 싶으세요? 이제 제 길은 정해졌어요. 의무적으로 해야 하는 좁고 힘든 길 대신 영원히 수치스러운 휴식을 선택해야 할까요?

그리고 이것뿐이 아녜요. 생각해보세요. 어머니, 저는 이제 20살이고 우리 집은 망했는데 이제 제 앞으로 길이 열린 거지요. 하나님 감사합니다! 저도 이제 뭔가가 되어서 어머니의 잃어버린 삶을 되찾아드리고 싶어요. 이것이 저의 의무이며 야망이지요. 보몽 삼촌도 저의 생각에 공감하고 있어요. 자기도 함께하고 싶다고 합니다. 장부에 배달된 상품처럼 기록되고 싶지는 않아요. 나라를 지키기 위해 기꺼이 달려갈 준비가 된 남자가 억지로 끌려온 남자보다 당연히 더 큰 인정을 받고 더 빨리 진급하지 않을까요? 우리 같은 가문의 사람들은 이런 행동을 인정하지 않을 거라고요? 그렇다면 그들은 아주 잘못 생각하는 것이고 나는 그들의 비난을 인정하지 않을 거예요. 그들이 뭐라 하건 내버려 두세요. 그들도 저처럼 하는 것이 좋을 테니까. 그들과 같은 사람 중에 저보다 더 애국적이고 멋진 '티투스'[93] 같은 사람들을 보았는데 그들은 어떤 당파에 들어가 진급하는 것에 연연하지 않았어요.

여기에서는 평화에 대한 기대는 별로 하지 않고 있어요. 보몽 삼촌도 그런 생각은 하지 말라고 합니다. 들라투르 도베르뉴 씨는 이미 친구가 되었어요. 그는 보몽 삼촌에게 저의 침착한 태도가 마음에 들고 내가 그에게 대답하는 태도에서 남자다움을 느꼈다고 말했다고 해요. 어머니는 아마도 저를 아주 잘 봐준 거라고 하시겠지요! 하지만 때가 되면 다 그렇게 되는 거지요. 단지 그동안은 때가 되지 않았을 뿐이고요. 우리가 몰락했으니 이제 맞서 싸워야 하는 거 아닌가요? 그냥 우연에 모든 것을 맡기다가 높은 데서 떨어지는 것보다 자기 스스로 일어서는 것이 더 아름다운 것 아닌가요? 이렇게 경력을 시작하

93 〔역주〕 공포정치 당시 긴 머리 가발을 금할 때 연극에서 티투스 역을 맡은 사람이 짧은 머리를 하고 나와 이후 유행이 되었다.

는 것이 저속한 영혼의 소유자들에게나 두려움을 주겠지요. 하지만 어머니는 이런 용감한 병사의 어머니인 걸 부끄러워하지 마세요. 군대는 지금 아주 잘 정비되어 있어요. 장교들도 아주 능력 있는 사람들입니다. 그러니 너무 걱정하지 마세요. 당장 전투하러 가는 것도 아니지요. 우선 얼마 동안 훈련을 받아야 합니다. 아마도 거기서 배우는 것보다 어머니가 더 가르쳐주셨기 때문에 훈련도 그리 힘들지는 않을 거예요. 잘난 척하면 안 되겠지만 훈련하면서 너무 힘들어하거나 혹은 훈련관을 웃게 하거나 할 정도는 아닐 거예요. 그러니 거기에 대해서는 안심하세요.

안녕, 어머니! 제 생각에 대한 어머니 의견을 듣고 싶어요. 이별은 슬프지만 나중에 좋은 추억으로 기억될 거예요. 어머니, 안녕, 온 마음으로 포옹합니다.

아! 햄이 아주 잘 도착했어요. 저녁때 먹을 거예요. 아주 완벽합니다. 어제 이탈리앵 극장에 갔었던 얘기를 안 했네요. 〈조라임과 귈나르〉를[94] 공연하고 있었어요. 〈코르두의 공잘브〉를[95] 흉내 낸 거지요. 음악이 아주 새로웠어요. 플로리앙 씨의 아랍풍 곡이었지요. 전체적으로 아름다웠어요. 마르탱과 엘비유가 정말 노래를 잘했어요. 슈나르는 흑인 간수를 했는데 진짜 무서웠지요. 그리고 항상 그랬던 것처럼 우리를 진짜 웃겼어요. 진짜 웃기는 코미디였지요. 무대 장치도 알람브라의 꿈과 안달루시아의 아름다운 전원을 잘 묘사하고 있었

---

94 〔역주〕 Zoraime et Gulnare.

95 〔역주〕 Gonzalve de Cordoue.

어요. 저는 바닥에 앉아서 보았는데 중간 휴식 시간에 로디에와 그의 가족이 갤러리에 도착하는 걸 보았지요. 그래서 눈치채지 못하게 그들 뒤에 살짝 가서 그들이 이야기하는 중에 불쑥 끼어들었지요. 그들은 깜짝 놀라 저를 돌아보았어요. 그다음에는 웃음꽃을 피우며 저녁 내내 즐거운 시간을 보냈어요. 나올 때 입구에서 어떤 사람이 제 어깨 위로 뛰어들었는데 오베르종이었지요. "야! 안녕! 야! 안녕! 야! 친구야! 야! 내 친구!" 하고 막 소리 지르는 우릴 사람들이 쳐다보았지요. 우리는 바바루아즈를 함께 먹었어요.

존경하는 부인들에게 안부를 전해주세요. 마를리에르 부인을 생각하며 제가 계속 편지를 쓰겠다고 제가 얼마나 부인을… 아니 됐어요! 그녀가 저의 스타일을 알겠지요. 파니 양이 저보다 르베르시 카드놀이를 훨씬 잘하게 됐길 바라요. 저의 하녀에게는 왈츠를 추겠다고 하세요. 데샤르트르 씨에게도 안부 전해주시고 그의 바이올린 활에 송진을 더 발라서 불협화음이나 쇳소리는 내지 말라고 해주세요.

자 그럼 사랑하는 어머니는 많이 웃으시길 바라요!

겸손하고 위대한 사람의 삶은 많은 부분을 모르고 지나가는 경우가 많다. 얼마나 많은 훌륭한 행동들이 오직 신과 그 자신만이 알고 지나가는지! 방금 읽은 편지에 내 마음을 깊이 감동시킨 어떤 사람 이야기가 있었는데 바로 앞서 말한 들라투르 도베르뉴 씨이다. 그는 프랑스 최초의 정예병이었는데 용맹하고 겸손한 이 영웅은 얼마 후에 스스로 일반병으로 다시 입대하게 된다. 비록 흰머리의 그가 징집명령에 적용되지는 않았지만 말이다. 아마도 대다수 사람이 잊었을 이 이야기를 다시 상기시켜 보려고 한다.

그에게는 80대의 오랜 친구가 있었는데 그 친구는 오로지 손자를 위해서만 살고 있었다. 그런데 징집령이 이 손자에게 떨어진 것이다. 그 젊은이는 이것을 피할 도리가 없었다. 들라투르 도베르뉴 씨는 그의 영광스러운 삶에 대한 보상으로 친구의 손자 대신 일반병으로 입대할 수 있는 호의를 국가로부터 얻어내게 되었다. 그는 떠났고 새로운 명예를 얻게 되었다. 그리고 전쟁터에서 명예롭게 전사하였다. 어떤 보상도 명예도 원치 않은 채 말이다! … 그런데! 이 사람이 이제 곧 그 일을 하려고 하던 참에 전쟁을 피하고 싶은 또 다른 불쌍한 젊은이를 마주한 것이다. 그는 한 어머니가 전쟁의 위험과 훈련의 가혹함으로부터 빼내고 싶어 하는 이 응석받이를 찬찬히 훑어보았다. 그의 눈빛을 보고 그의 태도를 살펴보았다. 만약 그에게서 비겁한 마음을 보았다면 그는 관심도 두지 않고 위대한 군인의 손자인 것을 부끄럽게 만들었을 것이다. 하지만 한마디로 이 소년의 눈빛에서 그는 남자를 보았고 그래서 친구가 된 것이다. 그래서 그는 부드럽게 말했고, 어머니의 염려에 대해서도 너그러운 약속으로 응해준 것이다. 그는 모든 어머니가 소설 속 주인공은 아니라는 것을 알았다. 그는 젊은이의 어머니는 분명 공화국을 좋아할 리 없고 이 젊은이를 응석받이로 키웠으며 또 그에게 야망을 걸었을 것이지만 예전의 들라투르 도베르뉴의 헌신 같은 것을 모델로 삼지는 않았을 거라고 생각했다. 그러나 정작 이 들라투르 도베르뉴는 자기의 역할이 얼마나 위대한지를 알지 못했다.

그는 자만심 같은 것은 애초에 없어서 다른 사람에게도 요구하지 않았다. 그는 다른 사람들에게 자기와 같은 도덕심을 강요하지 않았다. 그는 자신이 경멸하는 안락함이나 명예를 추구하는 사람들도 사랑하고 인정할 수 있었다. 그는 그들의 계획을 함께하고 그들의 희망을 들어주고 그것을 함께 실현하도록 노력했다. 평범한 사람들이 삶의 안락함과 부를 추구하듯이 말이다. 그래서 마치 자기 자신에게도 자만하지 않고 겸손해지려는 듯 그는 이렇게 말한다.

"할 도리를 위해 명예와 타협할 수도 있겠지요. 이성적이고 정의로운 인간으로서 당연히 해야 할 도리를 위해 명예롭게 조국에 봉사하려는 기쁨을 저버릴 수도 있겠지요."

내가 보기에 한 영웅의 입에서 나온 이 말은 몇 배나 더 위대하고 성스러워 보인다. 위대한 삶 뒤에는 항상 은밀하고 교묘한 오만함이 있다는 걸 우린 알고 있다. 그런데 인간 안의 숨겨진 진실은 아주 작은 일을 통해 드러나게 되는 법이다.

영웅주의에 대한 순진한 동경에 대해 의심하게 된 것은 바로 이 프랑스 최초 정예요원의 따뜻한 마음씨를 보고 난 후부터이다. 다른 사람이라면 아마도 아버지에게 이렇게 말했을 것이다.

"이보게, 자네는 모리스 드삭스의 후손이고, 나는 튀렌의 핏줄이지. 자네는 자애로운 어머니의 부드러운 품에서 자라나고 나는 전쟁터에서 머리가 희어지고 30년도 더 넘게 군인으로 봉사했지. 그러니 나의 존재가 자네만큼이나 소중하다고 생각하네. 그런데 자네는 군인이 되는 걸 두려워하고, 나는 스스로 군인이 되려 하는군. 어머니께 이 말을 전하고 다시 한 번 곰곰이 생각해보게나."

이렇게 말하는 것이 너무나 당연하고 합리적이고 반박의 여지가 없는 말일 것이다. 그런데 들라투르 도베르뉴의 머릿속에는 자신이 롤 모델이 되려는 생각 자체가 아예 없었다. 또 자신과 비교해서 젊은이를 창피하게 하고 싶은 생각도 없었다. 섬세하고 너그러운 성품의 그는 이 가엾은 아이가 마음속으로 무슨 생각을 하는지 알고 있었다. 그는 아이의 젊은 열정이 어머니에 대한 사랑과 갈등을 일으키는 것을 보았다. 사랑하는 엄마의 마음을 아프게 할까 봐 두려워하는 마음 말이다. 이 늙은 병사는 한순간 자신 스스로 엄마의 마음으로, 어쩌면 자신의 말 한마디로 문제를 제거해줄 수도 있었을 이 아이를 오히려 위로하고 격려했다.

아버지는 이런 감동적인 행동에 대해서는 한마디도 말하지 않았다. 어쨌든 엄마에게 이야기할 때는 그랬다. 그러나 분명한 것은 무시무시한 부대의 지휘관이었지만 한없이 넘치는 사랑으로 따뜻하게 대해준 이 사람과의 만남이 아버지에게 깊은 인상을 주었을 거라는 것이다. 이때부터 아버지의 마음은 정해졌다. 그리고 앞으로 새로운 환경 속에서 자신에게 닥칠 위험에 대해 그 자신 스스로 어머니를 교묘하게 속일 생각을 했던 것 같다. 어머니에게 훈련에 대해 이야기하면서 벌써 그는 전쟁터에서 일어날 일들에 대한 그녀의 관심을 다른 곳으로 돌리고 있다. 그래서 그는 더욱더 능란하게 어머니의 걱정을 덜어주는데, 어느 때는 자기 자신조차도 위험에 대한 두려움이 마비되어서 어머니까지도 전쟁이 기회가 될 거라는 생각을 할 거라는 생각도 하고 있었다. 하지만 그녀는 그런 생각을 한 번도 한 적이 없다. 세월이 한참 흐른 후에 그녀는 형제인 보몽 사제에게 이렇게 쓴다.

"나는 명예 같은 건 싫어요. 아들의 피로 만들어질 월계관 같은 건

태워 버리고 싶어요. 그 애는 제게 고통을 주게 될 일을 하고 싶어 하고 있어요. 나는 알아요. 그 애가 몸을 사리기는커녕 항상 가장 위험한 곳에 무모하게 갈 거라는 걸. 그 애는 들라투르 도베르뉴 씨를 처음 본 날 그 순간부터 그 황홀한 잔에 취한 거예요. 그 망할 영웅이 그 애의 머리를 돌게 한 거라고요!"

나는 이 소중한 편지를 더 전하려고 한다. 독자들이 이 편지들이 너무 길다거나 혹은 너무 많이 인용된다고 생각할지 모르겠다. 하지만 나로서는 가끔 한 인간을 명예롭게 하는 아주 사소한 사실들을 망각으로부터 끄집어냈다는 것에서 이 일의 의미를 찾게 된다. 나는 마치 소설을 쓰는 것 같은 재미를 느낄 때도 있다.

— 2권에서 계속

옮긴이 해제

제 언

처음 자서전을 시작하기 전 상드는 다음과 같은 제언으로 글을 연다.

타인에게는 따뜻하게
나에게는 엄격하게
신 앞에서는 진실하게
이것이 이 책을 쓰기에 앞서 내가 하고 싶은 제언이다.

Charité envers les autres
Dignité envers soi-même
Sincérité devant Dieu
Telle est l'epigraphe du livre que j'entreprends.

번역을 시작하기 전 이 문장 앞에서, 그 간결함 속에 담긴 함축적 의미를 생각하며 문장을 오래 곱씹었다. '따뜻하게'로 번역한 *Charité*는 '자비롭게'의 의미이고 두 번째 '엄격하게'로 번역한 *Dignité*의 사전적 의미는 '품위', '존엄', '품격'이라는 뜻이다. 스스로 품격을 지키는 기품 있는 삶을 살아야 한다는 의미로 다가와 '엄격하게'라는 말로 풀었다. 그리고 마지막으로 '신 앞에서는 진실하게'란 부분을 읽었을 때는 숙연해지기도 했다. 그것은 한순간 내 안에 작은 울림을 주었는데 작은 단어 하나가 때로는 태풍처럼 사람의 영혼을 뒤흔들 수도 있다는 것을 경험하게 되는 순간이었다.

상드에 대한 연구를 시작한 것이 1981년 석사학위를 쓸 때부터였으니 거의 40년간 상드를 연구하며 박사학위 논문까지 썼지만 《내 생애 이야기》 모두에 나오는 이 글을 읽으며 나는 처음으로 우리 두 사람의 영혼이 닮았다는 생각이 들었으며 비로소 상드의 영혼과 접속한 것 같은 느낌을 받았다. 그리고 자서전을 통해 그녀의 영혼을 더 깊이 만날 수 있을 거란 생각에 조금은 설렜던 것 같다.

먼저 이 글은 자서전인 만큼 어디에서도 알 수 없었던 그녀의 속내 이야기들을 그녀 특유의 문체로, 그러니까 깊이 있는 내용을 아주 쉽게 풀어내는 그런 문장들로 표현하고 있다. 그녀는 프랑스에서 이혼이 합법화되기도 전 재판을 통해 이혼을 쟁취한 여자였는데 그녀는 당시 자신의 상황을 다음과 같이 설명하고 있다.

> 나의 삶은 너무 어지러웠다. 나는 쉴 새 없이 글을 써야만 했다. 어떤 철학적이고 역사적인 생각 없이 내게서 쉴 새 없이 글을 뽑아내야만

했다. 모두 딸의 교육비를 마련하고 또 내가 도와야 할 다른 사람들 그리고 나 자신이 살기 위해서였다. 나는 내가 책임져야 할 이 모든 것에 공포감을 느끼고 있었다.

—《내 생애 이야기 7》, 194쪽

당시 상드는 미셸 드부르주, 르루, 라므네 같은 사상가들을 만나 한참 사회주의 사상에 눈뜰 때였다. 가난한 혁명가 르루 등 도와줄 사람들도 너무 많았다. 또 살기 위해서도 돈이 필요할 때였다. 그녀는 귀족이었던 할머니로부터 노앙성城과 영지領地를 물려받았지만 결혼 후 모든 것은 남편 소유가 되었다. 그런데 상드는 오직 사냥과 술과 여자에만 정신이 팔려 있는 남편과 살 수 없어 자신의 모든 재산을 포기하고 파리로 간다. 그리고 파리에서 글을 쓰며 먹고살아야 했는데 어느 날 그녀는 자기 스스로 추방시켜 버린 노앙, 자신을 너무나 사랑했던 할머니가 유일한 외손녀에게 물려준 고향 땅 노앙이 너무 그리워 그 근처에라도 살고 싶다는 생각을 한다.

그래서 나는 노앙을 그리워하게 되었다. 나의 약함으로 인해 내가 나 자신을 추방시키고 나의 잘못으로 내 스스로에게 문을 닫아 버린 그곳을 말이다. 왜 수입의 반을 확보할 수 있는 계약을 내가 찢어 버렸던가? 그것으로 적어도 나는 내 집에서 멀지 않은 곳에 작은 집을 얻어 모리스 방학 때 1년의 반은 내 딸과 함께 지낼 수 있었을 텐데 말이다. 그곳에서 어린 시절 바라보던 그 지평선을 바라보며 어린 시절 친구들과 함께 쉴 수 있었을 텐데 말이다. 멀리서 할머니가 심은 나무들 아래 일어나는 집안사들을 방해하지 않고 그 나무들 위로 노앙의 굴뚝에서 연기가 나는 것을 볼 수 있을 것이고 여전히 그곳에 가서 책을 읽으며 자유롭게 꿈꿀 수 있다는 생각을 할 수 있을 만큼 그곳에 가깝게 있을 수 있었을 텐데 말이다.

―《내 생애 이야기 7》, 195쪽

이런 생각으로 재판이 시작되고 결국 이혼을 통해 자신이 물려받은 정당한 재산을 되찾게 된다. 사람들은 몇 번의 연애사건으로 그녀의 삶을 쉽게 폄훼貶毁하지만 자세히 들여다보면 삶의 굽이굽이마다 일일이 다 설명하지 못한 까닭들이 눈물겹게 숨겨져 있다.

이렇게 이 자서전에는 왕족 핏줄의 아버지와 천한 계급의 어머니 사이에서 태어나 사랑하는 어머니를 경멸하는 사람들 틈바구니에서 영혼이 찢길 대로 찢긴 한 어린 소녀의 고백들, 수녀원에서 통곡하며 하나님을 만나 오직 사랑만 하고 살기로 결심하는 그 신앙의 여정旅程, 여자였지만 엄청난 독서를 통해 누구보다 깊이 있는 지성의 소유자가 된 사람이 전혀 소통할 수 없는 남편을 만나 스스로 작가로 독립하는 이야기, 어린 시절 온 마음으로 겪었던 계급투쟁으로 결국 사회주의 혁명의 투사가 되어 바라본 19세기 혁명의 뒤안길, 그리고 끝까지 수녀가 되고자 했던 여자가 세상 속에서 사랑했던 사람들 이야기와 자기 인생의 마지막 결론으로 우리를 향해 던지는 "하나 되자", "사랑하자"는 외침들이 원고지 8천 매 넘는 분량 속에 담겨져 있다.

이제 이 방대한 분량의 글에서 몇 가지 중심 주제를 중심으로 마음에 울림을 주었던 문장들을 다시 정리해 보려고 한다.

1. 상드의 출신 성분과 계급갈등

상드의 자서전은 프랑스 갈리마르 출판사의《라플레이아드》전집에 포함된 책으로 1,600쪽에 달하는 대작이다. 굳이 원본의 출처를 언급하는 것은《라플레이아드》전집의 책들은 종이가 사전처럼 얇고 글씨가 깨알같이 작기로 유명한 책이기 때문에 이 판본의 1,600쪽은 어마어마한 분량임을 말하고 싶어서이다.

그런데 이 1,600쪽 중 374쪽에 가서야 드디어 주인공인 상드가 태어난다. 그러니까 그전까지는 상드의 조상들 이야기라는 말이다. 비록 사생아였지만 폴란드 왕 오귀스트 2세의 손녀였던 할머니의 이야기가 주로 나온다.

하지만 조상들 이야기에 앞서, 자서전 시작 부분에서 상드는 뜬금없이 새에 관한 이야기와 자신이 가지고 있는 새와의 천부적인 교감능력에 대해 아주 길고 장황하게 설명한다. 그런데 이 새 이야기는 뜬금없는 것이 아니다. 상드는 자서전 제일 처음에 새 장수의 딸로 당시로서는 아주 천한 계급이었던 엄마에 대한 존경을 표하고 있는 것이다. 그러니까 상드는 폴란드 왕의 증손자인 아버지와 새 장수의 딸 사이에서, 그러니까 왕족과 천한 계층 사이에서 출생했는데 이러한 특이한 출생은 상드 인생에 아주 큰 영향을 미치게 된다. 상드의 자서전은 이로부터 비롯된 자신의 계급투쟁에 관한 고백서이기도 한데, 그녀는 자신 안에 흐르는 민중의 피를 결코 부끄러워하지도 않았고 또 왕족의 피를 자랑스러워하지도 않았다. 아니 오히려 자서전에서는 어머니 쪽 집안에 관한 것을 하나도 숨기지 않고 밝히면서, 가난한 집에 태어나 살기 위해 어쩔 수 없이 무슨 일이든 해야 했던 엄마의 젊은 시절을 열심히 변호하고 있다(상드의 아버지는 군대에서 한 나이든 남자의 정부였던 여자를 사랑해 정식 결혼까지 하고 상드를 낳는다).

그리고 상드는 자신의 엄마를, 그러니까 자신의 뿌리를 경멸하는 귀족들에 대한 분노를 가지고 자라나게 된다. 자신들만이 역사 속 주인공인 것처럼 행세했던 귀족들에게 반감을 보이고 농부들에게도 조상을 기억하고 가문의 문장을 만들라며 "흙손이든 곡괭이든 낫이든 뿔피리든 간에 그 모든 것이 탑이나 종만큼 아름다운 상징물이 될 것이다."(《내 생애 이야기 1》, 67쪽)라고 말하는 상드의 말에서 우리는 민중에 대한 그녀의 애정을 엿볼 수 있다.

이와 같은 귀족에 대한 거부감은 어린 시절 일찍 아버지를 잃고 노앙의 할머니와 살게 되면서 어쩔 수 없이 엄마와 헤어져 살아야 했던 아픈 기억 때문이기도 하다. 시어머니와 도저히 함께 살 수 없었던 상드의 엄마는 딸을 두고 파리로 가는데 그것은 딸의 미래를 위한 가슴아픈 결정이기도 했다. 이 이별은 상드의 가슴에 아주 큰 상처를 남기게 된다.

평생 그녀가 가지고 있던 애정 결핍증, 누군가를 죽도록 사랑하고, 또 사랑받고자 하는 갈망은 이때부터 기인한 것인지도 모른다. 자서전에는 어린 시절 엄마에 대한 그리움과 할머니와 그 주변 귀족 친구들에 대한 반감이 단골 메뉴로 등장한다. 시골에서 할머니와 함께 작은 성에서 살던 상드는 끊임없이 할머니의 성과 파리의 엄마 집을 비교하는데 그녀에게는 파리의 집이 유일한 진짜 집이었으며 그녀는

"나는 엄마가 곁에 있을 때만 웃었고 살아났다."(《내 생애 이야기 4》, 16쪽) 고 고백하면서 "할머니의 그 솜이불 같은 방들에 비해 너무나 초라하고 가난한 이 아파트는 잠시 동안만이라도 꿈속에 그리던 약속의 땅이 되었다."(《내 생애 이야기 4》, 33쪽) 고 토로한다. 그러니까 상드에게 '가난' 그리고 '민중' 같은 어휘들은 엄마를 상징하는 매우 특별한 의미를 갖고 있었다.

반면에 할머니는 상드에게 "공부와 예술과 재산" 그리고 귀족들과 어울릴 수 있는 권리, 또 귀족과 결혼할 수 있는 기회를 약속했고, 할머니 쪽 친척들도 좋은 신랑감과 좋은 미래를 위해 엄마를 버려야 한다고 설득했다. 하지만 상드는 분명하게 그 모든 것을 거부하고 가난을 택했으며 공부나 재산 따위는 경멸하는 습성을 어린 시절부터 갖게 된다. 그녀는 엄마와 운명을 함께하기 위해서라면 무식한 노동자가 되어 가난하게 살고 싶다고까지 말하기도 한다.

이렇듯 민중의 삶에 대한 상드의 감정은 거의 동경憧憬에 가깝다. 그것은 어린 시절 상드에게는 거의 이상향이기도 했다. 그래서 상드는 소설 속에서 민중의 삶을 가장 이상적인 것으로 묘사하고 미화하고 있는데 이것은 상드가 소설을 쓰는 목적 중 하나이기도 하다. 상드의 대표적 소설의 주인공들이 대부분 시골의 순박한 사람들인 이유도 바로 여기에 있다.

당시 이런 소설들은 러시아 혁명에도 지대한 영향을 주게 된다. 러시아는 사회주의 이론서는 금서로 철저히 막았지만 상드의 전원소설들은 아무 제제 없이 그대로 통과시켰던 것이다. 그래서 상드의 작품이 가장 많이 출판되고 가장 널리 알려진 나라가 바로 러시아이다. 러시아 사람들은 상드의 소설에서 농민이 귀족만큼이나 위대하고 성스러울 수 있다는 것을 배웠다. 상드가 소설 속에서 농촌생활을 이상화하고 미화하는 데는 어렸을 적 엄마와의 가난했던 삶에 대한 동경이 오버랩되어 있다. 다음은 언젠가 여행 중 농부 집에서 식사를 했을 때의 기억이다.

> 그렇게 시끄러운데도 깨지 않는 아이들이 코를 골고 자는 집에서 먹고 자는 것은 정말 축제와 같았다. 하얗고 두꺼운 시트들, 노란 서지천으로 된 가리개, 닭 소리, 마른 장작들 타는 소리, 특히 농부들의 친절에 우리는 반해 버렸다. —《내 생애 이야기 4》, 69~70쪽

이런 장면이 주는 그 부산스러움, 그 정겨움은 너무나 고요하고 차가운 할머니집의 귀족적 분위기와 극한 대조를 이룬다. 반면에 귀족들 특히 신흥 졸부들에 대한 경멸은 야멸차다. 할머니 친구들 그러니까 진짜 귀족들에 대한 초상肖像에는 상드 특유의 유머와 해학이 가득하다. 평소 우아했던 할머니 귀족 친구가 가발을 벗고 검은 머리 싸개만 하고 있는 추한 모습, 갑자기 누가 오면 가발을 찾다가 앞뒤를 거꾸로 쓰는 코믹한 모습 등을 묘사하는 부분, 또 어떤 노신사가 얼굴에 경련을 일으키며 5분마다 한 번씩 떨어지는 가발을 접시에 떨어지기 일보직전에 다시 들어 올리는 장면(《내 생애 이야기 4》, 48~51쪽) 등에서는 상드의 유머가 빛을 발한다. 상드는 이렇게 작은 펜 끝으로 귀족들이 그렇게 중요하게 여기는 귀족적 습성들의 이면을 적나라하게

희화시키고 있다.

이렇게 상드는 어릴 때부터 귀족들의 허풍스러움에 유독 민감하게 반응했는데 이것은 엄마에 대한 핏빛 사랑의 반증이라고 할 수 있다. 상드는 귀족들의 '가짜 기품'에 대해 다음과 같이 말한다.

> 게다가 이런 가짜 기품이야말로 겉보기에 아름답고 매력적일지 몰라도 신체적 미숙함과 우둔함의 증표라는 생각이 든다. 모든 아름다운 귀부인들과 멋진 신사분들은 카펫 위에서는 너무나 잘 걸으며 인사를 나누지만, 하나님이 만드신 땅 위에서는 세 발자국만 걸어도 곧 피곤해하며 걷지 못한다. 그들은 문조차 제대로 여닫을 줄 모른다. 그들은 벽난로에 넣을 나무조차 들어 올릴 힘이 없다. 의자를 앞으로 당기려고 해도 하인들의 도움이 필요하다. 그들은 혼자서는 들어오고 나가지도 못한다.
>
> —《내 생애 이야기 4》, 60쪽

하지만 뼛속까지 앙시앵 레짐 시대 사람이었던 친할머니에 대한 상드의 평가는 예외였다. 아마도 할머니는 허풍이 아닌 진정한 기품을 지닌 사람이었던 것 같다. 할머니는 상드에게 걷는 방식, 앉는 방식, 인사하는 방식, 장갑을 집는 방식, 포크를 드는 방식, 물건을 보여주는 방식 등 구시대적 우아함을 가르치려고 애썼지만 상드는 이와 같은 "학습된 우아함"을 온몸으로 거부했다.

상드는 할머니가 돌아가신 후에는 아버지 쪽 귀족 친척들과 결별하고 소설가의 길을 걷게 된다.

그런데 흥미로운 것은, 이렇게 귀족들이나 그들이 하는 가식적 행동에는 거부감을 가지고 있었지만 예술품이나 장식품, 또 귀족적인 실내장식들이 보여주는 아름다움에는 어쩔 수 없이 끌릴 수밖에 없었던 상드의 타고난 미적 감식안鑑識眼이다. 어린 시절부터 할머니로부터 음악, 미술 등 다방면의 교육을 받은 상드는 시각적인 것뿐 아니라 음악적인 것에도 상당한 수준의 안목을 가지고 있었다. 아직 유명하지 않았던 쇼팽의 천재성을 알아보고 그의 창작을 위해 헌신한 것도 음악에 대한 그녀의 심미안을 보여주는 부분이다.

예를 들어 그녀는 루이 14세풍으로 꾸며진 보몽 할아버지의 거실에서 벽에 가득 걸린 초상화와 이탈리아 화가들의 그림, 그리고 반짝거리는 금장식과 주름진 커튼을 보며 그 귀족적인 침묵과 고독을 즐겼다고 고백한다. 이것은 귀족의 피를 이어받았으며 귀족 교육을 받은 상드가 어쩔 수 없이 갖게 된 예술에 대한 감식안을 보여주는 부분이다. 하지만 상드는 계속 자신은 그런 예술품이나 장식품을 그저 눈으로 감상하는 것을 좋아할 뿐이지 그런 것을 소유하고 사용하고 싶은 것은 아니라고 강변하는데 이것은 사회주의자로서 상드가 자신의 귀족적 취향에 대해 어떤 양심의 가책을 가지고 있다는 것을 보여주는 부분이기도 하다.

이런 솔직한 고백은 당시 한 사람의 사회주의 사상가로서는 하기 어려운 고백이었을 것이다. 진보주의자들은 귀족적 취향을 구시대의 유물로 적대시했을 테니까. 그렇지만 이 같은 허심탄회한 대목들은 그녀의 인간적인 면모를 더욱 매력적으로 보이게 한다.

자서전의 다른 한 대목에서도 이 같은 상드의 면모를 볼 수 있는 장면이 있다. 상드는 어느 날 사회주의 이론가였던 미셸 드부르주와 열심히 사회주의 사상에 대해 토론하며 센강 다리를 건너고 있었는데, 갑자기 그녀는 센강 다리 위에서 왕궁에서 흘러나오는 무도회 음악과 아른거리는 불빛에 취해, 하던 대화를 몽땅 잊어버리고 자신만의 몽상 속으로 빠져든다. 그러면서 그녀는 "그때 나는 사회주의인지 뭔지 하던 대화를 멈추고 어릴 적 몽상夢想 속으로 빠져들었다."고 고백한다. 이 부분 또한 그녀의 인간적 매력을 엿볼 수 있는 부분이다.

상드와 사회주의

특이한 이중적 출신으로 어쩔 수 없이 품게 된 계급에 대한 반감으로 그녀는 자연스럽게 사회주의에 빠져들게 된다. 그녀 자신도 자서전에서 "나는 엄마로 인해 내 몸속에 흐르는 서민의 피 때문만이 아니라 이 서민의 피가 내 가슴과 내 존재 속에서 분연히 일으키는 분노로 민주투사가 되었다."(《내 생애 이야기 3》, 286쪽) 고 고백하고 있다.

또 그녀의 기독교 신앙은 자연스럽게 그녀를 르루, 라므네 같은 기독교적 사회주의자들에게 이끌었고 그녀는 기독교를 바탕으로 하는 그들의 사회주의 이론에 열광하게 된다. 그래서 그들을 도와 사회주의 이론을 전파하는 데 앞장서면서 잡지도 창간하게 된다. 또 그녀의 수많은 정치 팸플릿들은 사람들의 폐부를 찌르는 명문장들이었다. 그녀 스스로도 자신의 진보적 성향은 "기독교적으로 고양된 나의 정신"이 그 결정적 이유라고 고백한다.

상드의 진보사상은 당시로서는 아직 그 명칭조차 정립되지 않았던 코뮈니즘으로까지 발전하는데, 상드는 이것이 어릴 적 귀족의 특권을 주장하는 가정교사에 대한 맹목적인 반감 때문이라고 설명하기도 한다. 상드는 12살 때 이미 "평등은 하나님의 법이며 한 사람에게 주어진 재산의 혜택은 다른 사람에게서 빼앗은 거라고 생각"했으며 그녀의 "이상향은 천국에서와 같은 형제애에 대한 꿈이었는데 나중에 가톨릭 신자가 된 후 이 꿈은 성경적 논리를 바탕으로 하게 되었다." (《내 생애 이야기 4》, 248쪽) 고 고백한다.

또한 자서전 중간중간에 상드는 여러 번 자신이 찾은 종교적 진리와 사회적 진리는 같은 것이며 자신의 모든 투쟁은 이 하나의 진리를 향한 것이라고 강변한다.

그런데 당시 사회주의 이론에서 논란의 중심이 됐던 사유재산 문제에 대한 상드의 생각은 매우 흥미롭다. 상드는 이론을 위한 이론이 아니라, 보다 현실적이고 인간적인 해법을 제시하고 있다. 그녀는 집단이 아닌 인간 개개인이 정말 행복할 수 있는 코뮈니즘을 지향하면서 인간에게는 "본능적으로 나만의 것을 소유하려는 욕구"가 있으며 "아이에게는 자기가 직접 경작하고 사랑할 수 있는 땅으로 4제곱피트 정도의 땅이 필요"하다는 흥미로운 논리를 펼치기도 한다. 그러면서 그녀는 "아무리 코뮈니스트라고 해도 개인 재산은 인정해야 한다." (《내 생애 이야기 4》, 72쪽) 며 사유재산에 대한 자신의 생각을 분명하게 피력한다.

상드는 당시 코뮈니스트들이 주장하던 땅의 균등분배에 대해서도 언급한다. 그녀는 "땅의 분배"라는 말을 "인간이 함께 행복을 공유하는 정도"로 오해했다고 하면서 "그런 방식으로 인간을 행복하게 하는 것은 오직 폭력적 방식으로만 가능"(《내 생애 이야기 7》, 149~150쪽)하다고 말한다. 당시 이 같은 용기 있는 발언은 상드의 깊은 혜안을 보여주는 부분이 아닐 수 없다.

이런 이유로 상드 시대에 이미 코뮈니즘 사상은 "저속해지고 지나쳐서 하나의 공상 아니면 하나의 불의"가 되어 버린 것 같다. 코뮈니즘에 대해서는 상드와 동시대를 살았던 빅토르 위고도 자신의 소설 《레미제라블》에서 여러 페이지에 걸쳐 그 문제점을 제시한 바 있다. 그러니 이 사상은 이미 19세기부터 그 한계가 드러났던 것을 짐작할 수 있다. 상드는 코뮈니즘의 패인으로 "집단을 위한 것과 완전한 개인으로 존재하는 데 필요한 것" 이 두 가지를 구분하지 못했던 것을 들며 다음과 같이 말한다.

> 코뮈니즘 사상, 너무나 옳아서 더 위대한 이 사상에 대해 말하자면 먼저 우리는 자유나 노동에 있어 집단을 위한 것과 완전한 개인으로 존재하는 데 필요한 것 두 가지로 그 의미를 구분할 필요가 있다. 완전한 평등을 기본개념으로 했던 완벽한 코뮈니즘이 결국 저속해지고 지나쳐서 하나의 공상 아니면 하나의 불의가 되어 버린 이유가 여기에 있다.
>
> —《내 생애 이야기 4》, 73~74쪽

어쨌든 상드에게 대혁명은 "하나의 신앙적 행위"였으며 "불신앙에 대한 항거"였으며 "예수가 설파한 평등의 원칙을 향한 거친 투쟁"(《내 생애 이야기 1》, 108~109쪽) 이었다.

1804년에 태어나 1876년에 죽음으로 19세기의 그 엄청난 정치적 변혁기를 온몸으로 살아낸 한 사람으로서 그녀는 우리에게 아주 생생한 역사의 단면들을 보여준다. 그것은 거대담론의 역사책에서는 볼 수 없는 이야기들로 역사가 정의 내리지 않았던 혁명의 어지러운 민낯들이다. 하나의 계급혁명이었던 프랑스 혁명을 우리는 귀족과 평민이라는 이항대립으로만 생각하기 쉽지만 황제의 직계 손녀였던 할머니에 대한 상드의 회상은 당시 귀족들과 귀족 사회의 보다 정확한 속내를 짐작케 한다. 그러니까 모든 귀족들이 혁명의 반대편에 섰다기보다는 그중 많은 사람들이 루소의 《사회계약론》 등으로 깨어 있었으며 그들 또한 앙시앵 레짐에 신물을 느끼면서 또 다른 유토피아를 꿈꾸고 있었다는 것이다. 상드의 고백을 보면 그녀의 할머니도 당시 누구보다 깨인 선구자로서 평등사상을 받아들이고 있었으며 루소의 《사회계약론》을 읽고 볼테르처럼 미신을 증오하고 있었다. 또 할머니는 유토피아를 믿었고, 공화국이란 단어에도 분개하지도 않았다고 상드는 말한다.

이렇게 공화주의자들이 일으킨 혁명에 처음에는 분개하지 않는 귀족들도 많았지만 문제는 그다음이었다. 혁명이 너무나 비인간적으로 폭력적이 된 것이다. 그래서 이들은 잔인한 폭력성 앞에 공화주의라는 이상향마저 포기하게 된 것이다.

또한 천신만고 끝에 목숨 걸고 혁명을 성공시켰지만 결국 유토피아를 실현시키지 못하고 실패한 이유에 대해 상드는 "각자의 정열이 너무 대립해서" 그러니까 차지한 권력을 두고 피 터지는 각축전을 벌이는 바람에 그렇게 된 거라고 설명하고 있는데 이것은 너무나 가슴에 와닿는 표현이 아닐 수 없다.

이렇게 혁명은 이해할 수 없는 짙은 어둠 속으로 곤두박질쳐 버렸다. 그리고 단두대에서 루이 16세의 목을 친 1793년 이후 승리한 자코뱅당의 리더 로베스피에르의 끔찍한 공포정치로 모두는 "겁에 질려 창백해져" 길을 잃고 공포스런 집단의 광기 속으로 빠져 버리고 말았다. 상드의 표현에 의하면 "진리로 향하는 길들은 알 수 없는 절벽으로 이어지고 또 이 영원한 순례길에는 이해할 수 없는 짙은 어둠이 수도 없이 덮치고 폭풍우가 표지판들을 쓰러뜨려, 얼마나 많은 여행객이 겁에 질려 창백해져 길을 잃었는지 모른다." 그리고 그 시기 "모두가 복수를 위해 돌아가며 사형집행인이거나 사형수가 되고 억압자가 되건 억압을 받는 자가 되건 누구도 생각할 시간도 선택의 자유도 없을 때, 어떻게 열정 하나만으로 그 행동을 막을 수 있으며 정의라는 이름으로 조용히 그것을 멈추게 할 수 있었을 것인가?"(《내 생애 이야기 1》, 109쪽) 라고 상드는 절규하고 있다.

이것은 스스로 공화주의 신봉자였던 상드가 혁명 이후 암울했던 시기를 겪어 나오면서, 지성인으로 아무것도 할 수 없었던 그 무력감에 대한 사죄의 변辯 같기도 하다. 상드는 이 시기를 가리켜 "모든 사람이 자기편을 순교자라 여기며 그에 합당한 명예와 대우를 달라고 아우성치던 그 끔찍한 시절"이라고 표현한다. 그러면서 양쪽 모두가 한쪽은 과거 때문에 순교했고 다른 쪽은 미래 때문에 순교당했을 뿐인데 "이 둘의 언저리에 있던 사람들은 뭐가 뭔지도 모르며 고통을 당해야 했다."(《내 생애 이야기 1》, 110~111쪽) 고 꼬집어 말한다. 서로가 순교자라며 싸우는 역사의 한가운데서 정작 처절한 대가를 치러야 했던 것은 이름도 없이 잊힌 민중들이었고, 상드는 누구보다 그것을 잘 알고 있었다.

하지만 상드는 이들에 대한 심판을 신과 역사에 맡긴다. 그녀는 신에게 그들에 대한 용서를 빌며 "그들을 심판할 수 있는 건 이 무기력한 시대에 사는 우리가 아닌 우리 위에 있는 누군가일 것이다."(《내 생애 이야기 1》, 110쪽) 라고 말한다. 모두가 침 튀기며 자기 논리를 떠벌릴 때 신과 역사 앞에서 조용히 고개를 숙이는 상드의 겸손이 빛나는 부분이다.

이 같은 혁명의 후유증 외에도, 공포정치 이후 시작된 나폴레옹의 제1제정, 나폴레옹을 몰아낸 왕정복고, 또 다시 전제군주를 몰아내고 시민왕을 세운 입헌군주제, 시민왕조차 쫓아내고 꿈에 그리던 공화주의를 다시 실현한 제2공화국, 이후 또 다시 쿠데타로 황제를 등극시킨 제2제정 등이 단 한 세기 동안 계속되면서 19세기 프랑스는 서로를 죽고 죽이는 피비린내 나는 정치 실험장이 되었다.

그 끔찍한 혼란기의 한가운데 있던 상드가 자서전 안에서 다음과 같은 글을 인용했는데 그 글 중 역사가들에게 "여명의 첫 번째 빛을 보기 전에는 모든 이야기를 끝내지 말아주세요!"라고 부르짖는 절규에서는 절망스럽고 뭐가 뭔지 알 수 없는 혼란스런 정치 상황 속에서도 조국에 대한 희망을 버리지 않으려는 상드의 간절함이 느껴져 마음이 숙연해진다.

> 오! 희망을 잃지 맙시다! 과거의 기억이 우릴 숨 막히게 하니 미래를 향해 달려갑시다. 현재에는 어떤 위로도 없습니다. [⋯] 이 끔찍한

어둠으로부터 저 멀리 떨어져, 밝아오는 여명의 첫 번째 빛을 보기 전에는 모든 이야기를 끝내지 말아주세요. 프랑스인들의 용기에 대해 말하고 그들의 용맹함에 대해 말해주세요. 그리고 할 수만 있다면 그들의 영광을 더럽히고 승리의 광채를 흐릿하게 한 행동을 잊어주세요!

—《내 생애 이야기 1》, 197쪽

이 글은 당시 혼란스럽고 암울한 역사의 한 장을 살아야 했던 프랑스인들에게 또 이후 그 역사를 다시 되짚어 가야 했던 미래의 프랑스인들에게 큰 마음의 울림을 주었을 것이다.

2. 인물 초상들

이번에는 자신의 자서전 속에서 상드가 그려낸 인물들의 초상을 살펴보려고 한다. 이 부분은 상드의 자서전에서만 볼 수 있는 매우 독창적인 부분이 아닐 수 없다. 그녀는 역사가 말해주는 공식적인 평가 외에 그 시대를 직접 겪었던 사람의 생생한 증언을 전해주기 때문이다. 먼저 그 시대의 영웅 나폴레옹의 이야기들을 살펴보자.

나폴레옹 이야기

상드의 자서전을 읽으며 역사적 인물들을 바라보는 그녀의 시선이 예사롭지 않다는 느낌을 종종 받는다. 먼저 프랑스의 영웅으로 추앙받는 나폴레옹에 대한 그녀의 신랄한 평가는 매우 신선하기까지 하다. 그녀는 나폴레옹을 "신념 없이 오직 잇속을 위해 전쟁을 벌인 영웅"이라고 평가절하한다. 또 유럽의 주변국들을 침략했던 나폴레옹이, 어쩌면 프랑스처럼 앙시앵 레짐을 무너뜨리고 공화국을 실현했을 수도 있었던 그 나라들로 하여금, 프랑스를 형제처럼 생각하고 나폴레옹을 자신들을 구해줄 구원자로 생각했던 그 나라들로 하여금 오히려 프랑스에 적의敵意를 품게 하고 공화주의에 대한 꿈도 버리게 했다고 말한다(실제로 나폴레옹을 공화주의의 수호신처럼 존경했던 빈의 베토벤도, 스페인 화가 고야도 나폴레옹의 잔인한 침략 전쟁 후 그에게 등을 돌리게 된다).

그가 천재였다는 것은 상드도 분명히 인정하지만, 상드는 그를 공화주의라는 대의를 위해 일어선 사람이 아니라 오로지 영토를 넓히고 사사로운 권력을 쟁취하는 데 혈안이 된 사람이라고 보았다. 그러니까 그는 프랑스인들의 가슴속에서 강렬하게 솟구치는 생각을 도와주기는커녕 오히려 미래에 대한 그런 희망을 짓밟아 버렸다는 것이다. 나폴레옹은 프랑스를 미래로 나아가게 하는 것이 아니라 오히려 과거로 돌려 버렸다고 상드는 고백한다.

또 나폴레옹 실각 후 나폴레옹 군대가 강제로 해산당할 당시에 관한 흥미로운 기록도 있다. 나폴레옹 군대의 장교들이 퇴각하며 상드의 노앙 집에 머물게 되었는데, 그중 한 명이 상드의 할머니에게 내전內戰이라도 벌여 다시 나폴레옹의 영광을 찾겠다고 말한다. 그러자 할머니는 그에게 "나폴레옹을 좋아하지는 않았지만 한 가지 인정하는 점은 내전을 일으키느니 차라리 황제 자리를 내려놓았던 것"이라고 이야기한다.

상드의 할머니는 전쟁에 승승장구했던 나폴레옹이 아니라 조국을 내전으로 몰아넣느니 차라리 자신의 황제 자리를 내려놓았던 나폴레옹을 위대하다고 말한 것이다. 이렇게 말하며 통곡하는 장군을 위로하는 할머니의 모습은 자서전에서 오랜 여운을 남기는 부분이며, 상드가, 뼛속까지 철저히 귀족이었던 할머니를 왜 존경하고 사랑했는지 그 이유를 알 수 있는 부분이기도 하다. 이런 할머니의 위대한 정신이 상드에게로 이어져 그녀로 하여금 그 어지러운 시대에 하나의 작은 횃불이 되게 했던 것 같다.

루소 이야기

자서전에 등장하는 인물 중 두 번째로 언급할 인물은 바로 루소이다. 프랑스 혁명에 있어 그 이론적 바탕을 제시했던 혁명의 아버지 루소에 대한 그녀의 평가 또한 너무나 뜻밖이며 솔직하다. 루소가 상드의 할아버지와 매우 가까운 사이였다는 것도 자서전을 통해 알 수 있는 흥미로운 대목이다. 상드의 할아버지가 상드의 할머니를 만나기 전인 아주 젊은 시절 데피네 부인과 연애한 것은 아주 유명한 사건이었다고 한다. 그들이 주고받은 낯뜨거운 편지들도 책으로도 출간되었다고 한다. 그들 사이의 외아들은 상드의 자서전에도 등장하는데 상드는 대주교가 된 이 아들의 모습을 아주 코믹하게 각인시켜주고 있다.

그런데 이 데피네 부인이라는 여자는 당시 큰 살롱을 열고 있었는데, 여기에는 볼테르, 디드로 등 18세기의 대표적인 지성들이 모여들었다고 한다. 볼테르는 그녀에게 "새장 속의 독수리"라는 별명을 붙여주었다. 이 데피네 부인에게 루소를 소개해준 사람이 바로 상드의 할아버지였다. 루소가 말년을 보낸 몽모랑시의 은둔처를 제공한 것도 데피네 부인이라고 한다. 그러니까 상드의 할아버지는 문학사적으로 대단한 여성과 뜨겁게 사랑을 나눈 인물이다.

그런데 그 손녀인 상드 또한 예술사적으로 낭만주의 시대 최고의 시인이었던 뮈세, 또 최고의 낭만주의 음악작곡가였던 쇼팽과 떠들썩한 사랑을 했으니 연애는 이 집안 내력인가 싶다. 하지만 상드의 몇 번의 연애사건은 가볍게 지나가는 바람이 아니라 모성애적이고 헌신적 사랑이었음을 밝히고 싶다. 이런 몇 번의 연애사건을 가지고 흔히들 상드를 '팜파탈'처럼 여기는 사람들이 많다. 19세기 너무나 병적으로 방탕했던 시대, 바이런과 보들레르가 방탕을 부추기던 시대에 남자들의 방탕은 예술적 승화라는 말로 미화하면서 한 여자의 진실한 사랑에는 왜 그렇게 가혹한 잣대를 들이대는지 모를 일이다.

다시 루소로 돌아오면, 상드는 루소에 대해 다음과 같이 평한다.

> 때로는 너무 가식적이어서 거부감을 불러일으키고 때로는 너무 솔직해서 우리의 가슴을 때리기도 한다. 그의 유려한 글은 때로 너무나 결함이 많고 온당치 못해서 그것 자체로 어떤 교훈을 주기도 한다.
>
> —《내 생애 이야기 1》, 42쪽

이것은 루소의 인간적 약점에 대한 묘사다. 하지만 뼛속까지 민중편이던 그녀는, 사회 계급을 비판하며 민중의 인권에 대해 처음으로 말문을 연 루소의 사상에 대해서는 진심에서 우러나는 경의를 표했다.

그녀는 솔직히 그를 "비난을 한다고 해도 당신의 작품들에 대한 경의와 열의는 여전함을 알아주길 바란다."(《내 생애 이야기 1》, 45쪽)라고 말한다. 이것은 비록 인격적인 면에서는 많이 실망했지만 프랑스 혁명에 지대한 영향을 준 철학자, 민중의 인권과 사회 계급에 대해 처음 말문을 연 철학자를 향한 경외심의 표현일 것이다.

쇼팽 이야기

자서전에 나오는 인물 초상의 마지막으로 유명한 음악가 쇼팽의 이야기를 해보려고 한다. 상드는 몰라도 쇼팽을 모르는 사람은 없을 것이다. 그런데 상드의 자서전에는 쇼팽에 대한 적나라한 초상들이 많이 나와 있다. 이런 부분들은 아마도 쇼팽 애호가들은 절대로 알 수도 없고 또 인정하고 싶지도 않은 부분이며 오직 상드의 자서전에서만 볼 수 있는 진기한 증언들일 것이다.

우리는 상드의 언어를 통해 어디에서도 볼 수 없었던 쇼팽의 모습을 상상해볼 수 있다. 상드는 쇼팽과 8년간 함께 지냈는데, 상드의 자서전을 통해 그간 전해오던 많은 이야기들이 사실과 다르다는 것도 알 수 있다. 예를 들어 쇼팽과의 관계가 처음 시작될 무렵 상드가 아이들을 데리고 쇼팽과 함께 스페인 마요르카섬으로 여행을 갔는데, 이전까지 이것은 쇼팽의 건강을 위한 것이라고 알려져 있었지만 실제로는 아들 모리스의 건강을 위한 여행이었다. 또 지금까지 이 여행은 상드가 쇼팽의 환심을 사기 위해 가자고 한 것처럼 알려졌지만, 실제로 함께 가고 싶다고 조르는 쇼팽 앞에서 망설였던 것은 상드였다. 결국 함께 여행을 가지만 마요르카섬으로의 여행은 그들에게 악몽과 같은 기억으로 남고 상드는 쇼팽과의 동행을 후회했다고 고백하기도 한다. 해를 찾아 따뜻한 곳을 갔지만 1백 년 만에 한파가 몰아치는 바람에 쇼팽은 병이 악화되어 심하게 피를 토하고 그를 돌보느라 상드는 정작 아들을 돌볼 수도 없었던 것이다.

이때의 기억을 상드는 《마요르카에서 보낸 겨울》이란 책으로 출판했다. 또 사람들은 언제나 이 관계에서 상드가 늘 적극적이었다고 말하지만, 상드는 마요르카섬 여행 후 쇼팽과 본격적으로 가족이 되는 것에 대한 두려움을 다음과 같이 고백한다.

> 내 인생에서 이 새로운 친구와 함께 가족으로 얽힌다는 것은 깊이 생각해 봐야 할 문제였다. 나는 내가 해야 할 의무들이 두려웠고 또 스페인 여행에서 느꼈던 것처럼 내 삶에 지워야 할 어떤 한계들이 두려웠다. 만약 모리스가 다시 안 좋아져 내가 정신을 못 차리고 공부고 글쓰기고 다 포기해야 할 때 내 삶에 남은 약간의 평온하고 생기 있는 시간을 나는 또 다른 환자, 어쩌면 모리스보다 더 간호하기 힘들고 달래기 힘든 다른 환자에게 써야만 하는 걸까?
>
> 그런 새로운 의무 앞에서 어떤 공포감이 내 마음을 사로잡았다.
>
> —《내 생애 이야기 7》, 293~294쪽

하지만 천재 피아니스트 쇼팽에 대한 상드의 사랑을 부정할 수는 없다. 상드는 쇼팽의 천재성에 반했고 그의 약함은 상드에게 보호본능을 자극했을 것이다. 하지만 처음부터 상드가 무작정으로 이 열정에 빠져들어 간 것이 아니라는 것을 다음 글은 말해준다. 상드는 사랑하면 자신의 모든 것을 바쳐야 하는 자신의 뜨거운 정열 때문에 아이들에게 소홀해질까 하는 두려움을 갖고 있었다. 그러니까 상드는 쇼팽과의 사랑을 시작하기 전 매우 신중했던 것을 알 수 있다.

> 나는 사랑에, 그러니까 정확히 말하자면 열정에 대항하기에는 아직 여전히 젊었다. 젊은 나이와 나의 상황과 여성 예술가, 특히 잠깐의 기분 전환 같은 것은 끔찍하게 생각하는 여성 예술가의 운명을 타고난 사람의 충동은 나를 매우 두렵게 했다. 내가 아이들에게 소홀해지는 것은 결코 용인하지 말자는 결심을 하니 나는 쇼팽에게 느끼는 따뜻한 우정조차도 작지만 매우 위험한 것으로 여겨졌다.
>
> —《내 생애 이야기 7》, 294쪽

둘 사이의 감정이 깊어지는 것에 대한 조심스러움은 쇼팽에게도 마찬가지였던 것 같다. 그러니까 세간에 알려진 것처럼 상드가 쇼팽을 보자마자 유혹한 것이 아니라는 말이다. 상드는 자신이 1년 동안 노앙에만 칩거한다면 쇼팽이 "너무 절대적으로 내게 집착하는 위험에서"(《내 생애 이야기 7》, 294쪽) 그를 구해낼지도 모른다고 자서전에 쓰고 있다.

하지만 이런저런 조심스러움에도 어쩔 수 없이 둘은 운명적으로 오랜 인연을 맺게 되는데, 상드의 사랑은 전적으로 헌신적이고 모성애적이었으며 쇼팽은 온전히 상드에게 의존적이었다. 쇼팽이 춥고 습한 집에서 다시 심하게 기침하기 시작하자 상드는 "다시 또 내 인생을 그 정신없는 삶 속으로 밀어 넣어야 했다."고 쓴다(《내 생애 이야기 7》, 295쪽). 어느 편지에선가 상드는 쇼팽과 살았던 8년을 회상하며 거의 수녀와 같이 지냈다고 말한다. 이것을 보면 둘의 관계는 사람들이 쉽게 생각하듯 연인관계라기보다는 보호자와 환자의 관계였던 것을 알 수 있다.

자서전에서도 상드는 두 사람의 관계에 대해 "우리 둘 사이는 그렇게 뜨겁지도 않았고 그렇게 고통스럽지도 않았다. 〔…〕 우리 관계는 그렇게 서로가 싸우기에는 너무나 밋밋하고 너무나 진지했다."고 고백한다. 둘은 완전히 서로의 개성을 인정하는 그런 관계였다고도 말한다. 상드는 "그와 취향, 예술관, 정치 성향, 좋아하는 것도 다른 나는 그의 어떤 것도 바꾸려고 하지 않았다. 〔…〕 이렇게 해서 우리는 오랜 시간 동안 조화로운 관계를 유지할 수 있었다."(《내 생애 이야기 7》, 310쪽) 고 쓴다.

또 자서전에는 둘의 인간적 관계 외에 천재 작곡가 쇼팽이 즉흥적으로 곡을 만들어내는 과정과 그것을 악보로 옮기는 지난한 고통의 여정旅程을 너무나 세밀하고 자세히 묘사해주고 있는데 이것은 그 어디에서도 볼 수 없는 쇼팽의 창작과정을 보여주는 귀한 대목이 아닐 수 없다. 다음은 자서전에서 상드가 이에 대해 기술한 부분이다.

> 그는 즉흥적으로 기적 같은 곡들을 만들어 냈다. 그는 힘들이지 않고 많이 생각하지도 않고 곡들을 만들어 냈다. 곡들은 피아노 위에

서 갑자기 완벽하고 고귀하게 연주되거나 아니면 산책 중에 그의 머릿속에서 노래되었다. 그러면 그는 서둘러 피아노를 찾아 그것을 연주했다.

그런데 그 과정은 정말이지 고역苦役이었다. 그는 자기가 들은 음절을 정확히 찾지 못해 너무 힘들어하고 망설이면서 애를 태웠다. 머릿속에 떠오른 곡을 악보로 옮길 때는 너무 깊이 이것저것 생각을 많이 하면서 생각났던 곡을 정확히 다시 옮길 수 없다는 것에 절망했다. 그는 자기 방에 며칠씩 들어앉아 울다가 걷다가 펜을 부러뜨리며 한 곡을 노래하고 또 노래하면서 썼다가 지우기를 수없이 반복하다가 다음 날이면 또다시 인내심을 갖고 그 일을 반복하고 절망하는 것이었다. 그는 6주 동안 악보 한 장에 매달리다가 결국, 처음에 썼던 곡으로 돌아오기도 했다.

—《내 생애 이야기 7》, 312쪽

그러나 상드는 이와 같은 한 천재가 가진 인간적 약점을 여지없이 그려낸다. 그가 작곡한 감미로운 음악과 대조적인 괴팍한 그의 성격에 대한 기술들은 상드 자서전이 아니면 그 어디에서도 찾아보기 힘든 모습들일 것이다. 상드는 쇼팽의 독특한 성격을 객관적으로 묘사하기 위해 안간힘을 쓴 듯이 보이는데 참고로 이 책은 쇼팽이 죽은 후 출판되었다.

먼저 그는 따분한 현실이 아닌 예술 세계를, 그러니까 자신이 꿈꾸는 허상의 세계 속에서 사는 사람이었다. "공주들의 무릎에서 애지중지하며 자라난 쇼팽"은 뭔가 열심히 일을 해야 하는 현실 세계를 살 수는 없는 사람이어서 "어떤 꾸며진 삶"을 살고 있었다. 그는 파리에서 "스무 개나 서른 개의 살롱을 다니며 사람들이 자신에게 취하고 매혹되게 했다."(《내 생애 이야기 7》, 306~307쪽) 고 상드는 쓴다.

또 상드의 표현에 따르면 "모든 아름다움과 고상함과 미소에 감동하는 그의 영혼은 너무 쉽고 즉각적으로 사람들에게 열릴 수 있었다. 또 마찬가지로 잘못된 말 한마디나 애매한 미소 등에는 너무 지나치게 상처받았다"고 쓴다. 또 "그는 같은 파티에서 세 명의 여자들을 열정적으로 좋아하다가는 그 여자들 중 누구도 생각하지 않으며 혼자 떠나 버리면서 남겨진 세 명의 여자들에게 모두가 자기가 쇼팽을 매혹시켰다고 믿게 했다."(《내 생애 이야기 7》, 307쪽) 이 같은 작은 에피소드들은 쇼팽이 어떤 사람이었는가를 그 어떤 표현보다 정확하게 우리에게 전달해주고 있다. 또 어떤 유명한 대가의 딸과 폴란드의 다른 여자 둘 사이에서 누구와 결혼할까 망설이고 있던 쇼팽이 어느 날 대가의 딸이 자기보다 다른 남자에게 먼저 의자를 권했다는 이유로 즉시 그녀를 떠나 다시는 보지 않았다는 에피소드(《내 생애 이야기 7》, 307~308쪽) 도 쇼팽의 인간 됨됨이를 적나라하게 보여준다. 19세기 위대한 작곡가 쇼팽에 대한 이런 기록들은 오직 이 자서전에서만 발견할 수 있는 희귀한 면모가 아닐 수 없다.

그런데 이런 극단적 성품, 기막히게 일관성 없는 성품, 오직 그 자신의 법칙대로 움직이는 마음, "원초적인 감각에 있어 양보를 모르고 자기 자신도 모르는 교만"으로 가득 찬 쇼팽의 감정을 상드는 "천재인 그에게는 너무나 정당한"(《내 생애 이야기 7》, 309쪽) 감정이라고 결론 내린다.

하지만 천재의 신경증神經症은 점점 도를 넘게 되고 쇼팽은 결국 발작을 일으키는 지경에 이른다. 허약한 신경 줄의 소유자였던 쇼팽은 밤낮으로 악령에 시달리기도 했던 것 같다. 그는 죽음의 유령을 밀쳐내기 위해 안간힘을 쓰고 있었다. 자서전의 다음 문장을 보자.

> 나는 그의 방 옆에서 며칠 밤을 새우며 그가 자면서, 아니면 잠이 깨서도 보는 그 악령들을 쫓기 위해 글을 쓰다 백 번도 더 일어나야 했다.
>
> 자기의 죽음에 대한 공포가 슬라브 민요에 나오는 미신적인 환영幻影들과 함께 그를 괴롭혔다. 폴란드 사람들처럼 그는 전설 속에 나오는 악몽들 속에 살고 있었다. 환영들이 그를 부르고 그를 묶고 그의 아버지와 친구가 믿음의 환한 빛 속에서 웃고 있다고 생각하는 대신 그는 그들의 메마른 얼굴을 밀쳐내고 그들의 차가운 손을 벗어나려 발버둥질했다.
>
> —《내 생애 이야기 7》, 311~312쪽

결국 상드는 쇼팽과 결별하게 된다. 사람들은 종종 둘이 헤어지게 된 이유를 묻는데 여러 이유가 있겠지만 솔직히 상드의 모성애가 결국 지쳐 버린 것은 아닌가 하는 생각이 든다. 자서전에서는 자세히 언급하고 있지 않지만 상드는 딸 솔랑주와 아주 사이가 나빴는데 특히 솔랑주가 조각가 클레젱제와 결혼한 후에는 둘의 관계가 급속도로 악화된다. 상드가 돈을 달라며 덤벼드는 사위와 거의 몸싸움을 했다는 기록도 있다. 결국 상드는 딸 부부와 인연을 끊게 되는데 이때 쇼팽은 딸 솔랑주 편에 섰고 이것이 그들이 헤어지게 된 결정적 이유라는 것이 정설이다.

그런데 자서전에 따르면 헤어진 후에 쇼팽은 상드를 마지막까지 그리워했고 상드 또한 그에게 언제라도 달려갈 준비가 되어 있었다는 것을 알 수 있다. 하지만 주변 사람들의 방해로 둘은 결국 마음을 전하지 못했고 쇼팽은 상드와 헤어진 얼마 후 생을 마감하게 된다.

그리고 자서전 마지막 부분에서 우리는 상드가 "1847년과 1855년에 너무나 깊이 상처받고 괴로웠던 나는 그래도 죽음의 유혹을 견뎌내고 살아남았다."(《내 생애 이야기 7》, 330쪽) 라고 쓴 부분을 읽게 된다. 여기에서 1847년은 딸 솔랑주와 의절하고 쇼팽과 결별한 해이고, 1855년은 너무나 사랑했던 손녀 잔 클레젱제가 어린 나이에 죽은 해를 말한다. 이 부분은 쇼팽과의 결별이 상드 인생에 있어 얼마나 힘든 순간이었는지, 또 그에 대한 사랑이 어느 정도였는지 짐작케 하는 대목이 아닐 수 없다.

3. 하나님과의 만남

이제 마지막으로 자서전의 큰 주제 중 하나인 상드의 신앙에 대해 이야기할 때인 것 같다. 14살이 된 해의 어느 날, 자신과 엄마 사이를 떼어놓는 할머니를 너무나 원망하는 상드에게 할머니는 결코 해서는 안 될 말을 하게 된다. 엄마에 대한 불미스런 과거를 그 딸에게 이야기해준 것이다. 이후 상드는 크게 방황하게 되고 할머니는 상드를 파리의 수녀원에서 교육시키기로 결심한다.

처음에는 짓궂은 말썽쟁이였던 상드는 어느 날 문득 하나님을 만나는 경험을 하게 된다. 상드는 자서전의 많은 부분을 할애하여 이 순간을 기록하고 있다. 마치 파스칼이 《팡세》에서 몇 날 몇 시에 자신이 하나님을 만났는지 그 순간을 자세히 기록하는 것처럼. 이 전격적인 하나님과의 만남의 순간, 영혼이 거듭나는 순간에 대한 구체적인 기록은 매우 흥미로운 부분이 아닐 수 없다.

> 갑자기 내 온 존재에 알 수 없는 떨림이 일어났다. 〔…〕 나는 누군가 내 귀에 "*Tolle, lege!*"라고 하는 소리를 들었다. 〔…〕 나는 내 마음이 그동안 원했던 것처럼 내 영혼이 믿음으로 가득 차는 것을 느낄 수 있었다. 그것이 너무나 감사하고 황홀해서 나는 폭포수 같은 눈물을 흘렸다. 〔…〕 나는 내 앞에 넓고 거대한 길이 끝없이 펼쳐진 것을 보았다. 그리고 나는 그곳에 나를 던지고 싶은 욕망에 불타올랐다. 이제 더는 어떤 의심도 어떤 냉담함도 없었다. 〔…〕 그리고 폭풍 같은 눈물이 흐르고 통곡으로 가슴이 미어졌다.
>
> —《내 생애 이야기 5》, 120~121쪽

이후 상드는 오직 사랑만 하며 살기로 결심하며 인간에게 필요한 것은 오직 사랑하는 능력뿐이라는 결론을 내린다. 그리고 상드는 "착하고 선하기는 하지만 무능력하고 아무것도 하지 못하는" 사람들을 성자라 생각하며 그들에게서 신의 존재를 봐야 한다고 말한다. 상드는 "인류는 오직 사랑밖에 할 수 없는 것이 정말 위대한 것이며 바보같이 사랑만 하는 것이 보물이라는 것을 언제고 이해하게 될까?"(《내 생애 이야기 5》, 74쪽)라고 말한다. 개인적으로 크게 공감하는 부분이다.

수녀원에서 뜨거운 신앙적 열정에 불타올라 수녀가 되고 싶었던 상드는 다시 노앙으로 돌아오고 이제 그녀는 세상 학문을 자유롭게 탐독하게 된다. 이 부분에서 상드의 할머니가 손녀딸에게 볼테르는 서른 살이 넘은 후에 읽으라고 당부했다는 이야기, 또 신앙적으로 모든 것을 버리고 무無로 돌아가라는 제르송과 반대로 인간적인 감성과 열정을 부추긴 샤토브리앙 사이에서 흔들리는 소녀의 고백들은 매우 흥미로운 부분이다.

당시 세상의 학문들, 세상의 철학서적과 문학책들은 기독교적 교리에 반하는 것이 많았다. 스무 살의 상드가 그런 책들을 읽으면서도 결코 흔들리지 않고 자기만의 종교적 가치관을 고수할 수 있었다는 것은 놀라운 부분이 아닐 수 없다. 그녀는 "형이상학은 대단한 학자들이 진리를 탐구하는 방식이며, 그런 학자에 속하지 않는 나로서는 그런 것이 별로 필요하지 않다는 결론에 이르게 되었다."(《내 생애 이야기 5》, 259쪽)라고 자신 있게 말한다. 하지만 그렇다고 세상 학문들을 모두 거부한 것은 아니다. 그녀는 "인간적이고 학문적인 작업"이 결코 "신성한 빛"은 아니지만 "그것은 내게 없었던 또 앞으로도 없을 듯한 안내 줄"(《내 생애 이야기 7》, 120쪽)이라고 말한다.

그래서 샤토브리앙이나 라이프니츠, 라므네, 르루 같은 사람들의 사상들은 그녀의 신앙심을 더욱더 고취시키게 된다. 상드는 이렇게 말한다.

이런 사람들이 나에게 현대 철학으로 이리저리 휘둘릴 나의 삶의 지표를 분명하게 제시해주었다. (…) 나는 끊임없이 찾았고 그것들을 연합할 수 있는 연결고리를 발견했다고 생각한 적도 있었다. 때로는 그사이를 벌려 놓는 균열들도 있었지만. 최고의 이상적 교리, 우리 마음의 교리, 그러니까 예수의 교리가 본질적으로 모든 세기의 심연을 극복하게 해주는 하나의 결론이었다. 천재의 대단한 계시들을 살펴보면 볼수록, 정신 속에서 마음으로 느껴지는 하늘의 소리가 더 커질수록 성경 속 교리에 관한 생각이 더 깊어질 뿐이다. (…)

젊은 날 내가 신비의 무거운 천장을 흔들어 댈 때 라므네가 와서 신전의 신성한 곳을 붙잡고 있었다. 9월의 법률 제정에 분노해서 마지막으로 지키던 성소마저 뒤집어엎으려고 하자, 르루가 와서 웅변적으로, 너무나 기발하지만 숭고한 생각으로 우리에게 우리가 저주하는 이 땅에 하늘나라가 임할 것을 약속해주었다. 그래서 지금 우리 시대에 아직도 우리는 절망하지만 이미 위대한 레이노는 학문과 신앙의 이름으로, 또 라이프니츠가 예수의 이름으로 우리가 찾아 헤매는 나라 같은 무한의 세상을 우리 앞에 열어 보이기 위해 더 위대하게 일어섰다.

—《내 생애 이야기 7》, 330~332쪽

이들 중 누구보다 라이프니츠의 이론은 상드에게 큰 불빛이 되었다. 상드는 "나는 라이프니츠의 《변신론》에서 내가 깨달은 것을 꿈꾸며 조금 자신을 진정시킬 수 있었다. 라이프니츠야말로 나의 마지막 구원이었다!"(《내 생애 이야기 7》, 99쪽) 라고 말한다.

상드가 데카르트의 문구를 패러디해서 "나는 사랑한다. 고로 나는 믿는다."고 한 말은 자신이 가지고 있는 믿음의 본질을 요약한 말이다. 그러니까 자신을 버리고 보편적 사랑을 해야겠다는 것이 그녀 신앙의 핵심이며 그녀의 신앙은 한마디로 사랑이다. 그리고 상드가 이토록 이 신앙의 길을 고수하는 이유를 그녀는 자신이 "세속적인 즐거움을 탐하는 이기심을 버릴 때 천상의 기쁨이 나를 꿰뚫고, 절대적이고 감미로운 확신이 뭐라 표현할 수 없는 행복감으로 내 마음에 넘치는 것을"(《내 생애 이야기 7》, 121쪽) 느끼기 때문이라고 말한다. 상드는 인간의 행복이란 늘 변하고 흔들리는 외적 상황이 아니라 "영혼 속에 마르지 않고 존재하는 신앙의 원천과 내적 평온"(《내 생애 이야기 7》, 81쪽) 이라고 말하기도 한다.

이후 상드의 삶은 완전한 것에 대한 갈망, 아름다운 이상에 대한 뜨거운 열망을 따라가는 여정이라고 할 수 있다. 유토피아를 향한 투쟁과 온 영혼을 다한 사랑은 모두 이 끝을 찾아가는 동안 겪어야 했던 시행착오들이라고 할 수 있다. 상드는 그 어떤 인생의 고비에도 내면 깊숙이에는 "완전함에 대한 갈망, 무한에 대한 열망"(《내 생애 이야기 4》, 226쪽) 이 늘 채워지지 않고 있었다고 고백한다.

이런 점에서 상드의 자서전은 상드의 솔직한 내면 고백이라 하지 않을 수 없다. 왜냐하면 상드가 살아 있던 당대에도 또 오늘날까지도 상드는 사람들 머릿속에 많은 부분 왜곡되게 각인되어 있기 때문이다. 특히 마리 도르발이라는 당대 인기 여배우와 교류하던 시절, 이미 유명해진 상드는 여러 인간관계에서 많은 상처를 입고 수많은 구설수에 오르내리며 남장男裝을 하고 자유분방하게 사는 부도덕한 여자로 취급받았다(자서전에는 왜 자신이 남장을 할 수밖에 없었는지에 대해서도 자세히 나와 있는데, 파리에서 드레스를 입고 생활하는 데는 너무 많은 돈이 들었기 때문이다). 이때에도 그 내면에 이와 같은 깊은 종교적 성찰이 있었다는 것은 세상에 알려진 상드의 모습이 너무나 단편적이고 편협하게 왜곡되어 있다는 것을 알게 한다. 자서전에서 상드는 도르발에게만 종교적 헌신에 대한 소망, 그러니까 수녀가 되고자 하는 열망을 고백했다고 하면서 "그녀만이 나를 이해할 수 있는 사람이었다."라고 말한다. 또 이어서 "나는 여러 번 밤에 어둡고 조용한 성당에 들어가 그리스도를 생각하며 깊은 명상에 빠지곤 했다. 나는 신앙적 열정에 빠졌던 젊은 시절처럼 알 수 없는 눈물을 흘리며 기도하곤 했다."(《내 생애 이야기 7》, 99쪽) 고 하는데 상드가 세간에 가장 부도덕한 삶을 영위하고 있다고 여겨지던 시절 여전히 가슴 밑바닥에 이런 감정을 품고 있었다는 것은 매우 놀라운 사실이 아닐 수 없다.

상드의 이런 신앙적 고뇌와 간증들은 지금은 물론이고 당시 프랑스 사회에서도 보기 드문 고백이라고 할 수 있다. 그것도 이혼하고 자유분방한 삶을 사는 여자로 평생 구설수에 올랐던 그녀가 이런 글을 쓴다는 것은 사람들을 매우 놀라게 했을 것이다. 더욱이 프랑스는 17세기 "나는 생각한다. 고로 나는 존재한다."라고 했던 데카르트로부터 시작해서 18세기 "하나님은 자연 속에 있다."는 볼테르의 '데이즘'의 영향으로 많은 사람들이 스스로를 볼테르주의자로 천명하며 형식적 예배를 거부하고 교회 권력을 비난하고 있던 때였기 때문이다. 데카르트의 명제는 하나님 없이도 이성을 가진 인간은 스스로 존재할 수 있다는 생각을 하게 했다. 볼테르의 이론은 굳이 교회에 가지 않아도 하나님을 만날 수 있다는 논리로, 교회가 못마땅한 사람들이 교회에 나가지 않고도 하나님을 믿을 수 있는 논리적 근거를 주었다.

그래서 특히나 상드의 할머니는 물론이고 상드 주변의 지식인들은 뜨거운 신앙이나 종교적 열망 같은 것에 넌더리를 내고 있었다. 상드는 이런 사람들에게 다음과 같은 말을 한다.

> 이 이야기를 이렇게 길게 하는 것은 이런 종교적인 문제로 고민해 보지 않은 사람들에게는 너무나 죄송한 일이다. 아마도 그런 사람들은 많을 것이다. 종교적 사상에 대한 나의 강요는 많은 사람을 지루하게 할 것이다. 하지만 이 책의 처음부터 아마도 나는 그들을 이미 지루하게 했을 거라고 생각한다. 그래서 그런 사람들은 오래전에 이미 책을 놓아 버렸는지도 모른다.
>
> 책을 쓰면서 내 마음이 편했던 건 대중들에게 인기를 얻으려는 생각이 거의 없었다는 것이다. [···] 나의 책들은 어떤 실증적인 것에만 정신이 팔려 있는 많은 예술가가 아니라, 이상을 향한 어떤 갈망이 있는 보통 서민들이 더 많이 읽고 더 잘 이해했다. [···] 출판사 편집장들은 항상 그것이 불만이었다. 뷜로즈는 종종 내게 이렇게 말했다.
>
> "세상에, 광신도 같은 얘기는 좀 그만해요!"
>
> 그래서 그 덕에 나는 나의 편집증적인 생각이 광신적인 것이란 걸 알게 되었다!
>
> —《내 생애 이야기 7》, 124~125쪽

또 상드는 "이것은 우리 시대에 있어 그리 미래지향적인 생각은 아닐 것이다. 우리 시대는 지금 그런 방향으로 나아가지 않으니까. 하지만 아무 상관없다. 그런 날은 언제고 올 테니까."(《내 생애 이야기 7》, 331쪽) 라고 말하기도 한다. 이 말은 지금 우리에게도 그대로 적용될 수 있는 말 같기도 한다.

하지만 어쨌든 당시 바이런과 보들레르 같은 시인들이 경건을 조롱하고 방탕을 부추기던 시대에 상드의 신앙적 고뇌들은 그 진솔함과 치열함으로 믿는 사람이든 믿지 않는 사람이든 모든 사람들의 마음에 어떤 울림을 주었다고 해도 틀린 말은 아닐 것이다.

상드는 자신의 삶을 "믿음에 대한 필요성"과 "지식을 향한 갈증" 그리고 "사랑의 기쁨"(《내 생애 이야기 7》, 121쪽) 이 세 가지로 요약하고 있다. 또 자서전 마지막 부분에서 상드는, 어느 날 문학평론가이며 드물게 신앙심이 깊었던 생트뵈브에 대해 어떤 사람이 "그는 항상 신성한 것들로 괴로워한다."고 하는 말을 들으며 "이 말은 정말 아름답고 좋은 말이다. 이것이 바로 나의 고통을 요약하는 말이기도 하다."(《내 생애 이야기 7》, 119쪽) 라고 하는 부분이 나온다. 그녀의 말처럼 상드의 삶은 한마디로 "신성한 것들로 괴로워했던" 삶이라는 말로 요약할 수 있겠다는 생각이 든다.

그렇게도 길게 기술했던 양쪽 조상들의 이야기는 너무나 극단적으로 달랐던 아버지 쪽 가계와 어머니 쪽 가계, 즉 귀족과 평민이란 두 세계와 그 두 세계 속에서 찢겨야 했던 어린 소녀의 가엾은 영혼을 기술하기 위해 필연적인 부분이 아닐 수 없다. 또 이 가여운 영혼이 어른이 된 후 어쩔 수 없이 빠져들게 되는 사회주의 운동, 즉 계급이 없는 평등한 사회를 만들려는 열망을 이해하기 위해서도 자서전 처음에 나오는 조상들에 관한 이야기는 그녀의 삶을 이해하기 위해 당연히 기술되어야 할 부분 같아 보인다. 상드의 인생에서 뼛속 깊이 각인된 이 '평등'은 상드에게 있어서는 최초의 '신성한 것에 대한 괴로움'이었을 것이다.

상드의 아버지의 편지, 자서전의 시작 부분에서 많은 부분을 할애하고 있는 그 편지들은 상드의 아버지에 대한 오마주 같기도 하다. 그녀는 할머니가 돌아가신 후 할머니의 유품 중 자신의 아버지의 편지 뭉치들을 발견하고 그 많은 편지들을 읽으며 많은 눈물을 흘렸을 것이다. 먼저 그 편지들은 나폴레옹 부대에 있었던 한 군인의 자세한 기록을 통해 우리에게 그 시대를 너무나 생생하게 보여주고 있다는 데서 그 의의를 찾아볼 수 있을 것이다. 하지만 무엇보다 그 편지들을 통해 상드가 말하고 싶었던 것은 상드의 아버지가 할머니에 대해 가졌던 절절한 사랑 그리고 자신의 아내에 대해 가졌던 진실한 사랑이다. 이것은 사랑이 많았던 상드 아버지의 아름다운 인품뿐 아니라 상드의 삶이 얼마나 '신성한 사랑'의 결합으로 탄생했는지를 보여주는 부분이기도 하다.

이런 두 계급 사이의 만남으로 인해 상드가 겪어야 했던 고통은 결국 수녀원에서 상드가 하나님을 만나는 계기가 되고 이후 상드의 삶은 이 '신성한 것'과 자신 안의 '인간적인 것'의 싸움으로 요약할 수 있다. 자서전에는 다 나오지 않았지만 그녀의 많은 작품 또한 모두 이

'신성한 것'에 대한 상드의 고뇌를 형상화하고 있다. 또 여전히 남성 중심적이었던 19세기 유럽 사회를 한 명의 여성으로, 한 명의 여성 예술가로 살아내야 했던 그녀의 기록들은 여성의 인권이란 또 다른 신성한 것에 대한 물음을 던지기도 한다.

이런 점에서 우리는 상드의 이 긴 이야기를 한마디로 "신성한 것들로 괴로워했던 한 여인의 기록"이라고 결론 내릴 수 있다. 그리고 그녀의 투쟁은 우리 시대에도 많은 울림을 줄 수 있을 것이다. 우리 사회에서도 여전히 해결되지 못한 정치 사회적인 갈등들 또 남녀평등의 문제 이 모든 것들에 대해 상드가 마지막으로 내린 '우리 서로 사랑하자'란 결론이 우리에게도 하나의 해법이 될 수 있으면 좋겠다.

조르주 상드 연보

1804년

7월 1일 조르주 상드, 본명 아망틴 오로르 뤼실 뒤팽(Amantine Aurore Lucile Dupin)은 파리 15구 멜레가 15번지에서 모리스 뒤팽 드프랑쾨이유와 소피 빅투아르 들라보르드 사이에서 태어났다. 아버지는 폴란드 왕족의 피를 이어받은 귀족 출신이었고 엄마는 가난한 새 장수의 딸이었다. 양쪽 집안의 이 엄청난 계급 차이는 상드 인생 전반에 큰 영향을 미쳤으며 상드가 평생을 사회주의 운동에 헌신하게 되는 계기가 된다.

1808년

할머니 집이 있는 노앙에서 상드의 가족은 9월 16일, 아버지 모리스 뒤팽의 갑작스러운 죽음을 맞이한다. 집으로 돌아오는 도중 말에서 떨어져 목뼈가 부러지는 사고를 당한 것이다. 시어머니와 사이가 좋지 않았던 상드의 엄마는 딸의 미래를 위해 딸을 노앙에 남겨 놓은 채 파리로 돌아가고 이때부터 상드는 할머니의 엄격한 교육 아래 엄마를 사무치게 그리워하며 살게 된다.

1818년

1818년 1월 12일부터 1820년 4월 12일까지 상드는 수녀원 기숙사에서 생활했다. 할머니의 훌륭한 교육으로 루소, 볼테르 등이 집필한 많은 철학 서적과 문학 서적을 읽고 음악, 미술 방면에서도 상당한 일가견을 갖게 된 오로르는 어느 날 저녁, 늘 그리워하던 엄마의 천한 출신성분에 대한 할머니의 모욕적인 말을 듣고 점점 더 반항적으로 행동한다. 이에 할머니는 상드를 파리의 앙글레즈 수녀원 기숙사에 집어넣었다. 이곳에서 상드는 하나님을 만나는 신비한 체험을 하게 되고 신앙적 열망이 갈수록 뜨거워져 수녀가 되고 싶어 하자 할머니는 그녀를 결혼시키기 위해 노앙으로 데려온다.

1821년

12월 26일 상드의 할머니가 지병으로 세상을 떠났다. 할머니가 생전에 아버지 쪽 집안인 빌뇌브 가족에게 미성년인 상드의 교육을 맡겼지만 상드의 어머니는 오로르를 파리로 데려간다. 이 일로 오로르 엄마와의 접촉을 꺼리던 아버지 쪽 친척들과는 완전히 결별하게 된다.

1822년

18살 되던 해 9월 17일, 알고 지내던 집안의 소개로 카지미르 뒤드방(Casimir Dudevant)과 결혼해서 몇 년 후 아들 모리스(Maurice)와 딸 솔랑주(Solange)를 낳는다. 하지만 독서를 좋아하고 철학적 몽상에 빠지기 좋아하는 상드와 사냥만 좋아하고 책 같은 것은 쳐다보지도 않는 남편과의 결혼생활은 매우 불행했다.

1831년

상드가 살았던 베리 지역 출신으로 파리에서 활동하던 쥘 상도라는 작가를 알게 되고 남편과 합의하에 석 달은 노앙, 석 달은 파리에서 지내기로 하면서 파리 생미셸가 31번지에 집을 얻는다. 노앙의 집을 포함해 할머니로부터 유산으로 물려받은 모든 것은 결혼 후에 남편의 소유가 되어 상드는 파리 체류 시 남편이 주는 적은 돈으로 아이들과 궁핍하게 생활하게 된다.

1832년

5월 19일 상드는 쥘 상도의 이름을 딴 조르주 상드라는 필명으로 첫 작품 《앵디아나》(*Indiana*)를 출판하고 석 달 뒤에는 《발랑틴》(*Valentine*)을 발표하는데 이 두 작품으로 상드는 하루아침에 유명해진다. 재정상태가 좋아진 상드는 말라케강 변으로 이사한다. 이즈음 당시 유명한 배우 마리 도르발과 알게 된다.

1833년

6월 17일 〈양세계 평론〉 잡지사 편집장인 뷜로즈가 초대한 식사 자리에서 뮈세를 만나 연인이 된다. 둘은 함께 이탈리아 여행을 가는데 뮈세는 가는 동안 병에 걸린 상드를 내버려 두고 거리의 여자를 찾는 등 무책임한 행동을 한 데다 파리로 돌아온 뒤 질투로 폭력적이 되어 상드는 거의 도망치다시피 노앙으로 떠나며 이 연애사건을 끝낸다. 하지만 이 둘이 주고받은 편지는 한 권의 서간집으로 출판되어 젊은 연인들의 심금을 울린다. 헤어진 후 뮈세는 두 사람의 이야기가 담긴 《세기아의 고백》을 발표해서 상드에게 묵언의 용서를 구한다. 이 해에 상드는 《마테아》, 《한 여행자의 편지》를 출판한다.

중편 《라비니아》가 출간되고 얼마 후인 8월 10일, 《렐리아》 출판으로 엄청난 스캔들의 주인공이 된다. 이 작품에서 상드는 여자의 성적 욕망에 대한 의문을 스스럼없이 표출하고 있는데 이것은 당시로서는 상상도 할 수 없는 물음이었다.

1834년

뮈세를 통해 알게 된 천재 피아니스트 리스트로부터 라므네를 소개받아 그의 기독교적 사회주의 사상에 매료되었다. 상드는 사회주의에 입문하게 되고, 그에게 받은 영감으로 소설 《스피리디옹》을 쓰기 시작하고 《개인 비서》, 《레오네 레오니》를 발표한다.

1835년

문학적 조언자이며 친구였던 평론가 생트뵈브를 통해 또 한 명의 사회주의 사상가 피에르 르루를 만나 그의 기독교적 사회주의 이론에 크게 감명받는다. 상드는 자신의 사회주의 사상의 근본은 신앙심이라고 자서전에서 밝히고 있다.

1836년

2월 16일 남편이 관리하는 노앙의 재정상태가 점점 더 악화되자, 상드는 재판을 통해 남편과 별거한 후 어린 시절 추억이 가득한 노앙 집을 되찾고 아이들의 양육권을 갖는다. 그리고 이 재판에서 변호를 맡은 공화주의자 미셸 드부르주의 영향으로 사회주의 운동에 더 깊이 빠져든다.
리스트와 그의 연인 마리 다구를 통해 쇼팽을 처음 만나고 《시몽》을 발표한다.

1837년

말년에는 상드와 많은 갈등을 겪었던 상드의 엄마가 병으로 숨을 거두게 된다. 《모프라》와 《마지막 알디니》를 발표한다.

1838년

쇼팽과 연인관계가 된다. 상드는 쇼팽과 아이들을 데리고 스페인 마요르카 섬의 발데모사 수도원에 머무는데 백 년 만에 온 한파와 폭우 등으로 쇼팽의 건강이 악화되어 여행은 악몽이 된다. 또 기술 장인이 주인공인 《모자이크 마스터》를 발표한다. 신앙적 고뇌를 담은 《스피리디옹》(*Spiridion*) 이 발표된다.

1840년

《프랑스 일주 노동연맹원》(*Le Compagnon du tour de France*, 이 책은 우리말로 《프랑스 일주의 동반자》로 번역되는 경우가 있는데, 책 내용을 보면 제목의 '*Compagnon*'은 단순한 동반자라는 뜻이 아니라 당시 프랑스 전역을 다녔던 노동연맹의 일원을 말한다) 을 발표한다.

1841년

파리의 한 대학생이 주인공인 소설 《오라스》를 통해, 사회주의 혁명을 바라보며 상드 자신이 가지고 있던 고뇌와 갈등을 이야기한다. 같은 해에 《마요르카에서 보낸 겨울》이 발표된다.

1842년

버려진 고아 소녀가 그 어떤 귀부인보다 아름답게 성장하는 소설 《콩수엘로》(*Consuelo*) 를 발표해서 귀족 집안이 아닌 누구라도 고귀한 품성을 지닐 수 있다는 사회주의 사상을 사람들 뇌리에 각인시킨다.

1844년

사회주의 운동에 깊게 참여하고 있던 상드는 9월 14일, 〈앵드르의 빛〉이란 잡지를 창간해서 그녀 자신도 많은 정치적인 글들을 싣는다.

1845년

《앙지보의 방앗간 주인》을 발표한다. 시골 방앗간 주인의 순박함을 통해 계급 타파에 대한 사람들의 생각을 깨운다. 또 《테베리노》와 《앙투안 씨의 과오》를 발표한다.

1846년

쇼팽과 함께 파리와 노앙을 오가며 그를 어머니와 같은 모성애로 돌보던 상드는 《루크레치아 플로리아니》(*Lucrezia Floriani*)를 출판했는데 여기에서 사람들은 이미 둘 사이에 사랑이 식었음을 알게 된다. 또 상드의 대표작 중 하나인 《악마의 늪》(*La Mare au Diable*)을 발표했는데 이때부터 발표되기 시작하는 상드의 전원소설은 너무나 풍요롭고 다채로운 어휘력과 아름다운 문장으로 훗날 초등학교 교과서에도 실리게 된다.

1847년

약혼 중이었던 딸 솔랑주가 갑자기 파혼을 선언하고 성격파탄자인 조각가 오귀스트 클레젱제(Auguste Clésinger)와 결혼하게 되는데, 막무가내로 돈을 요구하는 사위와 몸싸움까지 벌인 상드는 결국 딸 부부와 의절하게 되고 이때 솔랑주 편을 드는 쇼팽과도 사이가 틀어져 몇 년 후 결별하게 된다.

1848년

2월 혁명이 성공하고 제 2공화국이 세워지자 사회주의 사상가였던 상드는 파리에서 활발한 활동을 펼치며 여러 잡지에 관여하고 많은 정치적 글을 발표한다. 하지만 이해 3월 상드가 너무나 사랑하던 손녀, 솔랑주의 딸 잔이 6살 나이로 죽는데, 상드는 이 사건을 일생 중 가장 슬픈 사건 중 하나로 꼽는다. 전원소설 《사생아 프랑수아》를 발표해 아무 계급도 없는 시골 사람들의 아름답고 순수하고 희생적인 영혼을 그리고 있다. 이런 소설을 통해 상드는 계급타파뿐 아니라 기독교적 신앙도 설파한다.

1849년
5월 20일 마리 도르발이 죽고 10월 17일에는 쇼팽도 세상을 떠난다. 이때 상드는 "내 마음은 묘지가 되었다"라고 자서전에서 고백한다. 이때 아들 모리스가 조각가이며 극작가인 알렉상드르 망소를 소개한다. 당시 그의 나이는 32살이고 상드는 45살이었는데 망소는 상드의 마지막 연인이 되고 죽을 때까지 매우 충실한 비서 역할을 하게 된다.

1851년
나폴레옹 2세가 쿠데타로 황제의 자리에 오르며 제 2공화국이 무너지자 상드는 고향 노앙으로 칩거해 버린다. 전원소설 《사랑의 요정》이 발표된다.

1853년
18세기, 상드가 살았던 베리 지역에 있었던 백파이프 장인들의 삶을 그린 역사 소설 《백파이프의 장인들》을 발표한다.

1855년
상드의 자서전 《내 생애 이야기》가 발표된다.

1857년
4월 30일 당대의 주요 작가들이 모이던 그 유명한 '마니가의 모임'에 여자로서 유일하게 초대된 상드는 이곳에서플로베르를 알게 되어 이후 죽을 때까지 편지로 긴 우정을 나눈다. 이 둘 사이의 편지는 한 권의 서간집으로 나와 있다.

1859년

상드는 뮈세가 죽은 후 그와의 관계를 그린 《그녀와 그》를 발표하는데 그 내용을 보고 격분한 뮈세의 형 폴은 자기 동생을 옹호하고 상드를 비난하는 《그와 그녀》라는 소설로 응수한다.

1865년

8월 21일, 상드의 연인이었으며 충실한 비서로 그녀의 마지막 행적들을 자세히 기록해 5권의 비망록을 남긴 망소는 결핵으로 상드보다 일찍 숨을 거둔다.

1873년

레지옹 도뇌르 훈장을 거절하며 장관에게 이런 편지를 쓴다. "그러지 마세요. 친구여, 제발 그러지 마세요! 저를 우습게 만들지 마세요. 정말로 내가 식당 아줌마처럼 가슴에 붉은 리본을 달고 있는 모습을 봐야겠어요?" 손녀딸들을 위해 《어느 할머니의 옛날 이야기》 1편을 발표한다.

1876년

《어느 할머니의 옛날 이야기》 2편을 발표한다. 6월 8일 오전 10시경 장폐색으로 몇 달간 고통받던 상드는 숨을 거두고 노앙의 자기 집 뒷마당에 묻힌다.

찾아보기

ㄱ~ㄷ

ㄹ~ㅁ

ㅂ~ㅇ

ㅈ~ㅎ

지은이 · 옮긴이 소개

지은이_조르주 상드 (George Sand, 1804~1876)

본명은 아망틴 오로르 뤼실 뒤팽 드프랑쾨이유이며 결혼 후 뒤드방 남작 부인이 된다. 1804년 파리에서 태어나 1876년 노앙에서 삶을 마쳤다. 19세기 프랑스 낭만주의 소설가이자 문학 비평가, 언론인이었으며 70여 편의 소설과 50여 편의 중단편과 희곡 그리고 많은 정치적 기사들을 남겼다. 귀족인 아버지와 평민인 어머니 사이에 태어나 계급적 갈등을 겪으며 사회주의 운동에도 깊이 관여했다. 여성의 권리를 위해 많은 글을 써서 페미니즘의 어머니로도 알려져 있다. 뮈세, 쇼팽과의 사랑으로 많은 스캔들의 주인공이기도 하다. 이혼제도가 확립되지 않은 시절 재판을 통해 이혼하고 파리와 노앙을 오가며 독립적인 생활을 했다. 리스트, 쇼팽, 들라크루아, 발자크, 플로베르, 라므네, 르루, 부르주, 루이 블랑 등 정치 문학 예술계의 영향력 있는 사람들과 교류하고 자신도 큰 영향력을 미쳤으며 공화주의자로 잡지를 창간하는 등 적극적인 정치활동을 펼치기도 했다. 말년에는 노앙에 칩거하며 아름다운 문장으로 유명한 전원소설을 쓰고 손주들을 위한 동화책을 쓰기도 했다. 러시아 혁명에 가장 큰 영향력을 끼친 사람으로 평가되며 유럽인들을 싫어했던 도스토예프스키는 상드만을 유일하게 존경할 만한 유럽인으로 꼽는다. 그녀는 말년에 문단의 여자 후배에게 후세 사람들에게 자신을 "여자로서의 삶이 아닌 예술가로서의 삶을 살았던 사람"으로 얘기해 달라고 고백한다.

옮긴이_박혜숙

연세대 불어불문학과를 졸업하고 동 대학원에서 〈조르주 상드의 몽상세계〉로 석사 학위를 받았다. 이후 미국의 오하이오대에서 두 번째 석사 학위를 받고 2001년에는 파리 소르본에서 〈조르주 상드 소설에 나타난 여주인공 유형〉으로 박사 학위를 받았다. 이후 모교인 연세대에서 학생들을 가르쳤고 현재 연세대 인문학 연구원 전임 연구원이며 프랑스의 상드협회(Les Amis de George Sand) 회원이기도 하다. 저서로는 《프랑스 문학 입문》(연세대학교 출판부), 《소설의 등장인물》(연세대학교 출판부), 《프랑스 문화와 예술》(연세대학교 출판부), 《프랑스 문학에서 만난 여성들》(중앙대학교 출판부), 《그녀들은 자유로운 영혼을 사랑했다》(한길사), 《프랑스 작가 그리고 그들의 편지》(한울) 등이 있으며 역서로는 《지난 파티에서 만난 사람》(빌리에 드릴아당 지음, 바다출판사) 외 다수가 있다. 현재 '영화로 보는 유럽문화'라는 유튜브 채널을 운영하며 주기적으로 영상 강의를 올리고 있으며 인문학 강사로도 활동하고 있다.